스페인 기행

스페인 기행

니코스 카잔차키스 여행기 | 송병선 옮김

일러두기

1. 번역은 모두 영어판을 대본으로 했다. 번역 대본의 서지 사항은 각 권의 〈옮긴이의 말〉에 밝혀 두었다.

2. 그리스 여성의 성(姓)은 남성과 어미가 다르다. 엘레니가 결혼 후 취득한 성 〈카잔차키〉는 〈카잔차키스〉 집안의 여인임을 뜻한다. 〈알렉시우〉나 〈사미우〉도 마찬가지로, 〈알렉시오스〉와 〈사미오스〉 집안에 속함을 뜻하는 것이다. 외국 독자들을 배려하여 여성의 성을 남성과 일치시키는 관례는 영어판에서 흔히 찾아볼 수 있으나 여기서는 그리스식에 따랐다.

3. 그리스어의 로마자 표기와 우리말 표기는 그리스어 발음대로 적되 관용적으로 굳어진 일부 용어는 예외를 두었다. 고대 그리스, 신화상의 인명 및 지명 표기는 열린책들의 『그리스·로마 신화 사전』을 따랐다.

이 책은 실로 꿰매어 제본하는 정통적인 사철 방식으로 만들어졌습니다.
사철 방식으로 제본된 책은 오랫동안 보관해도 손상되지 않습니다.

프롤로그 7

제1부 스페인 9
스페인에 들어서면서 11
미란다 데 에브로 22
부르고스 32
바야돌리드 42
살라망카 52
아빌라 63
에스코리알 74
마드리드 84
톨레도 106
코르도바 122
세비야 140
그라나다 152
투우 162

173 **돈키호테**

185 제2부 **죽음이여 만세!**
187 작가 노트
194 카세레스
201 살라망카
210 바르가스
213 진정한 톨레도
217 톨레도의 알카사르 포위
244 마드리드 함락 1
258 마드리드 함락 2
272 다양한 색깔의 모자들
285 마놀라 — 칼리반

301 옮긴이의 말
307 니코스 카잔차키스 연보

프롤로그

 흔히 창작은 가장 정확하고 고상하게 고백하는 것이라고 한다. 이런 의미에서 여행과 고백은 내 인생에서 가장 큰 기쁨이었다.
 이 세상을 돌아다니는 것, 그것은 새로운 땅과 바다들, 새로운 사람들과 사상들을 보는 것이다. 그러나 그것들을 마음껏 음미할 수는 없다. 모든 것을 처음이자 마지막인 것처럼 오랫동안 머뭇거리며 바라보기 때문이다. 그럴 때면 난 눈을 감는다. 그리고 시간이 그것들을 고운체로 걸러서 나의 모든 기쁨과 슬픔의 정수로 정제시킬 때까지, 내 안에서 조용하면서도 격렬한 결정화가 일어나 풍요로워지는 것을 느낀다. 내가 보기에 이런 마음의 연금술이야말로 인간만이 지닐 수 있는 커다란 기쁨이다.
 이런 방식으로 우리는 우리 자신을 알게 된다. 그것뿐만 아니라, 비정상적으로 자만한 자아를 넘어설 수 있다. 이것이 더욱 중요한 것이다. 여행을 기록한다는 것은 오만한 자아를 인간이라는 고통 받는 편력 군대 속으로 던져 담금질하여 부드럽게 만드는 것이다.
 나는 몇 번에 걸쳐 여행을 했다. 그것은 내 영혼의 해적 여행이었다. 그것은 나의 아픈 마음을 분출하기 위함이었다. 또한 빛이 사라지기 전에 바다와 땅을 가능한 많이 보기를 갈망하던 내 눈들을 충족시키기 위해서였다. 이제 나는 내 영혼을 감싸고 있는 논리라는 메마른 껍데기를 깨부수면서 기억하기 위해 몸부림치려고 한다.

내 모든 여행은 ─ 그것이 원인이 되었든 결과가 되었든 간에 ─ 내가 질식할 것처럼 느꼈고, 또 포위된 미솔롱기온[1]의 영웅처럼 죽는 것 이외에는 다른 탈출구를 찾을 수 없었던 내 자신의 정신적 위기를 보여 주고 있다. 내가 이 모든 것을 말로 포착할 수 있다면, 나와 같은 길을 시작한 다른 영혼들의 고뇌를 줄여 줄 수 있을 거라고 믿는다.

나는 이 고해와 같은 글이 선행이 되기를 바란다. 그 이상 바랄 게 없다. 왜냐하면 나는 예술을 창작하고 있는 것이 아니기 때문이다. 나는 단지 내 마음이 실컷 절규하게 놔두고 있을 뿐이다.

---

[1] 그리스의 도시. 미솔롱기온의 주민들은 1822~1823년 오토만 제국에게 포위되자 저항했고, 결국 그 포위를 이겨 냈다. 그리고 1825~1826년의 두 번째 포위 공격에서는 영웅적으로 최후까지 저항했다. 영국의 시인 바이런은 그리스 저항자들을 지원하면서 1824년에 이곳에서 숨을 거두었다.

제1부
스페인

스페인에 들어서면서

스페인은 두 얼굴을 지니고 있다. 하나는 〈슬픈 얼굴의 기사〉라는 돈키호테의 열정적이면서 긴 얼굴이고 다른 하나는 실용주의자인 산초의 멍청한 얼굴이다.

스페인의 찬란한 장면이 마음속에서 모두 솟구쳐 나온다. 고원 지대에 있는 카스티야와 에스트레마두라는 물도 나무도 없고, 온통 바위뿐이다. 안달루시아와 발렌시아의 홍겹고 후텁지근한 계곡은 오렌지나무와 레몬나무, 그리고 바나나로 가득하다. 이곳 남자들은 무뚝뚝하지만 강인하다. 여자들은 커다란 빗을 향기 넘치는 머리에 꽂는다. 그리고 만틸라[1]는 부드럽게 어깨를 감싸면서 펄럭인다. 항구와 투우장에서는 요란한 소리가 울려 나오고 축제들은 하나같이 화려하다. 코르도바와 세비야의 그늘진 안뜰과 두꺼운 창틀에서는 정열과 죽음을 노래하는 단조로운 아랍 음악이 흘러나온다. 재스민 향기와, 거름 냄새, 과일 썩는 냄새가 풍기고, 모스크라 불리는 근사한 이슬람교 사원과 이슬람 궁전들, 차가운 색조의 교회들이 늘어서 있다. 시끌벅적하고 화사한

---

[1] 머리부터 어깨까지 덮는 여자용 큰 베일. 흔히 만티야라고도 한다.

이 거리를 예수는 십자가에 못 박힌 채 끌려간다. 무리요[2] 그림 속 검은 눈의 작은 부랑아들, 벨라스케스의 그림에 나오는 사람들처럼 모진 삶을 살면서도 자부심 강한 난쟁이들, 고야풍의 기괴한 거지들이나 집시, 그리고 횃불처럼 활활 타오르는 엘 그레코의 갈대처럼 가는 육체들이 거리를 메우고 있다.

스페인은 온통 빛으로 넘실대며, 내 마음도 날개를 펼치고 천천히 두 바다 사이를 유유자적하는 수공작처럼 요동한다.

나는 더욱 잘 기억하기 위해 눈을 감는다. 부드럽고 쾌적한 비가 내리고 있다. 피레네 산맥은 안개 속에 감추어져 있다. 화사한 무지개가 하늘에 걸려 있다. 한쪽 끝은 스페인의 거친 바위에 닿아 있고, 다른 한쪽은 멀리 프랑스를 향하고 있는 안개 속에 잠겨 있다.

어떤 사람의 등은 곧고, 앙상하며, 거만하다. 그 등에는 양파 다발과 기타가 매달려 있다. 다른 사람의 등, 그리고 또 다른 사람의…… 다 해진 노동자의 셔츠에서는 땀과 와인, 그리고 마늘 냄새가 풍긴다. 사람의 냄새다.

우리 모두, 그러니까 남자와 여자들, 그리고 수도사들은 국경에 떼 지어 모여 있었다. 그런데 비가 다시 세차게 내리기 시작했다. 내 곁에 말없이 앉아 있던 몹시 창백한 표정의 수녀는 입술을 깨물었다. 그녀가 머리 위에 쓰고 있던 풀 먹인 하얀 두건은 비에 젖어 죽은 비둘기처럼 그녀의 어깨 위로 축 늘어졌다. 두꺼운 붉은색 벨트를 하고 테가 넓은 모자를 쓴 살찐 농부는 거세게 내리는 비를 보고는 침을 뱉으며 하느님을 저주했다.

가까이 있던 한 아이가 짜증을 내면서 울기 시작했다. 아이 엄

---

2 Bartolomé Estebán Murillo(1617~1682). 스페인의 세비야에서 태어난 화가로, 영적인 삶의 평화롭고 기쁨에 넘친 삶을 주제로 많은 그림을 그렸다.

마가 빨간 자루에서 양배추 잎사귀 한 장을 꺼내 주자 아이는 울음을 그쳤고 토끼처럼 더없이 행복한 표정을 지으며 양배추를 씹었다. 불타는 듯한 눈을 지닌 키 작은 노동자가 웃으며 손을 뻗자, 그의 아내는 마찬가지로 그에게도 큰 양배추 잎사귀 한 장을 건네주고는 자루를 단단히 묶었다.

우리는 모두 웃었다. 나는 그들에게 말을 걸었다.
「어디에서 왔습니까?」
「프랑스요. 우리는 프랑스 포도밭에서 포도를 따고 있습니다. 노동자입니다. 그런데 당신은 뭘 하시죠?」
「나 역시 노동자입니다. 포도밭과는 다른 일을 하고 있지요.」
그는 나에게 양배추 한 조각을 주었다. 나도 마찬가지로 씹어 먹기 시작했다. 나는 그들과 하나가 되었다. 그러자 마음이 편해졌다. 나는 문학인들과 함께 있을 때면 고립감으로 불쾌해진다. 그리고 사람과 사람들 간의 간격을 느끼면, 힘들면서도 동시에 거만한 기쁨을 느낀다. 그러나 여기에선 그런 간격이 조용히 힘들지 않게 사라졌다. 웃음과 무의미한 대화, 그리고 보잘것없는 양배추 한 조각이 그 간격을 메운 것이다.

노동자들, 농부들, 화사한 색색의 숄을 걸친 여자들, 수도사들, 수녀들이 모여 있었다. 비는 더 세차게 내려 우리는 비에 흠뻑 젖고 말았다. 짧은 검은 머리의 카푸친 수도회 수사는 고함을 쳤다.
「세상이 정화(淨化)되고 있습니다. 우리가 지은 죄를 벌하고 계십니다!」
한 여자가 뒤돌아 그를 빤히 쳐다보고는 웃음을 터뜨렸다. 그녀는 반박 비슷한 말을 했지만 나는 들을 수가 없었다. 빗속이라서 단지 그녀의 반짝이는 치아만 볼 수 있었다.

빗발이 잦아들면서 햇빛이 점점 강해졌다. 우리의 얼굴은 햇살로 범벅이 되었다. 모든 사람의 모자와 머리카락, 그리고 코와 우산에서는 마치 눈물이 떨어지듯이 천천히 물방울이 떨어졌다. 그러나 우리는 스페인에 도착하여 그 땅에 발을 디디고 있으며, 프랑스의 아이러니하고 날카로운 시선을 벗어났다는 사실에 형언할 수 없는 기쁨을 느꼈다.

피로에 지친 한 어머니는 기차역 벤치에 앉아 가슴을 풀어 헤치더니 아들에게 젖을 먹였다. 그러고 나서 바구니에서 약간의 빵과 치즈 한 조각, 크게 자른 멜론 한 조각을 꺼내 게걸스럽게 먹어 치웠다. 그녀는 기운을 차려 자기의 빈 가슴을 다시 채우고 있었다. 아무 말 없이 빠르게 빵과 치즈와 멜론을 우유로 바꾸었던 것이다.

마침내 비가 그쳤다. 우리는 주위의 산에서 흘러 내려오는 물소리를 들을 수 있었다. 누런 진흙투성이의 날이었다. 그러나 산꼭대기는 미소를 짓고, 새들은 깃털을 털었으며, 우리 인간들은 진흙 속의 세상에서 행복해했다. 구름은 흩어졌고, 우리는 눈앞에 펼쳐진 향기롭고 상쾌하게 씻긴 스페인을 볼 수 있었기 때문이다. 거친 산허리가 햇볕에 화사하게 빛났다.

아, 처음으로 마을이나 산 또는 바위를 보는 기쁨이란 말로 다 할 수 없다. 지구의 얼굴 위에서 나무를 기르고 오두막을 짓고 아내를 데려와 그 오두막을 아이들로 채우기 위한 인간의 불굴의 노력을 발견한다는 것은 흥분 그 자체가 아닌가!

나는 세계 지도 위에서 단정한 황소 모양의 스페인의 모습을 내 마음속에 그리려 애쓰고 있다. 마음속에 스페인의 산맥과 강, 그리고 높은 고원과 골짜기를 새기고 있다. 나는 시간에 정신을 집중한다. 물론 마음은 시간의 수레바퀴를 붙잡을 수 있고 그것에 갑작스러운 힘을 가할 수 있다. 수 세기 동안 이 스페인 지도의 한 부분을 거쳐 간 모든 인종의 피를 섞어 다시 내 앞을 지나가게 한다. 이베리아인, 켈트인, 페니키아인, 그리스인, 카르타고인, 로마인, 반달족, 서고트족, 아랍인, 유대인 등. 여러 인종이 피를 섞어 전사, 지식인, 시인, 왕으로 퍼졌다. 그러고 나서 마침내 신비롭게도 이 모든 것을 심오하게 종합시킨 인물이 탄생했다. 그는 바로 스페인 전체의 주인공이며, 어울리지 않는 1회적인 얼굴들을 영원의 모습으로 융합했으며, 시간과 공간을 막론하고 가장 위대한 평의회에서 스페인을 대표하게 된 인물이다. 그는 바로 성스러운 순교자 돈키호테다. 그리고 그의 옆에는 그의 신비주의자 아내인 성녀 테레사가 있다. 그들이 바로 스페인의 성스러운 커플이다.

스페인은 여러 국가들의 돈키호테다. 스페인은 지구를 구하기 위해 나타난다. 그리고 안전과 복지를 우습게 여기면서 절대로 손에 넣을 수 없는 터무니없는 망상을 영원히 좇는다. 스페인은 돈키호테처럼 이성을 초월한 싸움으로 지쳐 있다. 스페인의 도시는 텅 비었다. 들판은 황폐하게 버려졌다. 아랍인들이 건설한 수로는 막혀 버렸고 정원은 시들고 있다. 스페인은 자신의 전설을 만들고 있다. 행복과 안락, 절제와 평온과 관련하여 스페인은 어떤 것을 가지고 있을까? 수많은 세월 동안 스페인에서는 세비야의 격렬한 수도사들이 어떤 종류의 사원을 지을 것인지, 크게 지을지 아니면 작게 지을지 말다툼을 벌이는 목소리 밖에 들리지 않았다.

> 그들이 우리를 미치광이로 여길
> 그런 사원을 지읍시다!

이것이 바로 인생의 외침이었으며, 그런 외침은 항상 반향을 일으켰다. 그렇게 풀들은 논리와 중력의 법칙을 무시하면서 진흙에서 솟아 나왔다. 그렇게 풀 밖에서 이상한 동물들과 날아다니는 창조물들이 갑자기 움직이기 시작했다. 그렇게 사람 역시 짐승들 사이에서 나타나 뒷다리를 펴서 걸었고, 그들의 진흙 두개골에서는 뜨거운 섬광이 일었다. 그리고 이렇게 이성에 대항한 돈키호테의 외침은 합리적이고 실용적인 인간들 속에 울려 퍼지게 되었다.

이런 생각에 행복하게 빠져 든 채, 나는 기차 밖으로 스쳐 지나가는 스페인을 보고 있었다. 내 오른쪽과 왼쪽에는 돌과 들판과 바위 사이에 끼여 있는 가난한 마을들이 있다. 때때로 곧게 솟은 종탑이 그런 집들을 지켜 주고 있었다. 햇볕과 비로 수척해진 양치기가 그의 턱을 기다란 양치기 지팡이에 기댄 채 쉬고 있는 모습도 보였다. 그의 무한하고 영원한 눈은 바싹 마른 염소들이 엉겅퀴로 뒤덮인 잿빛 바위 사이로 쓸데없이 풀을 찾는 것을 지켜보고 있었다.

내 반대편에는 스페인 청년이 앉아 있었다. 작지만 맑게 빛나는 눈을 지닌 그 청년 또한 차창 너머의 스페인 풍경을 바라보고 있었다. 우리의 눈은 돌과 가을 추수로 황량해진 포도원에서 마주쳤다. 그리고 얼마 지나지 않아 우린 친구가 되었다. 현대를 살고 있는 그 청년의 이름은 마누엘이었고, 기계 문명에 빠져 있는 정도가 아니라 그걸 숭앙하고 있는 친구였다. 그가 가장 좋아하는 도시는 뉴욕이었다. 마천루와 비행기, 영화관, 재즈, 스포츠, 섹스, 격정적이고 빠른 리듬, 헛된 공상에 대한 경멸과 예술이 지배하는 뉴욕이 그의 메카였다.

난 낡은 가치를 무시하고 새로운 가치를 찾아가는 젊은 세대를 보면 행복감을 느낀다. 난 행복하다. 왜냐하면 진보적인 삶이 내 젊은 시절에서 현대를 살아가는 또 다른 젊은이에게 옮겨 갔다는 것을 확실하게 느끼기 때문이다. 난 이런 빠른 리듬을 좋아한다. 난 감지할 수 없을 만큼 안정적인 움직임은 참을 수 없다. 죽기 전에, 나의 인생이 가능한 한 많이 움직이는 것을 보고 싶다. 그래서 나보다 젊은 사람과 이야기를 하고, 사람들이 젊은 시절에 사랑했던 것들을 비웃고 야유하는 것을 보는 것은 정말로 큰 기쁨이다. 인생이 나를 버리고 떠나려 하고, 더 이상 나를 돌봐 주지 않으며, 젊은 사람을 향해 도약하고, 어리석은 사람들에게 매혹되는 것을 느낀다는 것은 형언할 수 없는 기쁨이다. 난 화나지 않았기 때문에, 패배하지도 않았고 뒤처지지도 않았다. 심지어 그 젊은이의 이야기를 들으면서 눈물을 흘리지도 않는다. 대신 난 그들과 함께 비웃고 비아냥거린다.

난 그 젊은 친구가 말을 하도록 성가시게 굴고 싶었다. 그 스페인 친구는 마치 사막에 버려진 아이처럼 말이 없었다. 그 친구가 말을 시작하게 하려면 약간의 자극이 필요했다. 그러면 그는 말을 멈추지 않을 것이다. 그래서 난 마누엘을 꼬드겼다.

「카르멘을 보러 갈까요?」

「어떤 카르멘요?」 그는 신경질적으로 대답했다. 「볼레로와 짧은 드레스를 입고 캐스터네츠를 손에 들고 머리에 붉은 장미를 꽂은 채 춤추는 여자 말인가요? 파렴치한 관광객들을 흥분하게 만드는 여자 말인가요? 그런 건 모두 옛날이야기죠. 지금 카르멘은 학교 선생님이에요. 아니면 공장에서 일하면서 투표권을 달라고 외치는 그런 여자죠.」

「그럼 돈키호테는 어때요?」

「그는 기술자예요.」

「하지만 돈키호테는 영원하지 않나요?」
「그래요, 그는 영원해요. 하지만 변하지요. 당시 그는 기사였어요. 그는 오래된 책을 읽었고 녹슨 칼을 지녔지요. 투구 대신 이발사의 세면기를 썼고, 늙은 말을 타고 세상을 구하러 다녔어요. 하지만 오늘날 그는 기술자예요. 기술대학에서 공부했고, 학위를 받고서 전문 분야에서 일하고 있어요. 풍차를 보고 그것들을 다이너마이트로 해체하죠. 증기 방앗간을 짓고, 도로와 다리 그리고 철도역과 공항을 세워요. 그는 현대인이에요. 그리고 증기 기관차, 자동차, 비행기를 타지요.」
「그러니까 지금의 돈키호테가 옛날 돈키호테보다 더 많이 알고 있다는 말이군요! 그런데 그게 소용이 있을까요?」
「물론이죠, 그는 더 이상 구경거리가 아니에요. 그러니 그를 보려고 온 관광객들은 그냥 돈을 허비하고 있는 것이죠. 스페인은 연극 무대가 아니에요. 우리들은 중세풍으로 근사하게 차려입은 엑스트라가 아니고요. 우리는 살아 있는 현대인이에요. 그리고 우리의 영혼인 돈키호테 또한 현대인이죠. 그렇다면 돈키호테는 어떤 사람이었을까요? 고색창연한 무기인 방패와 갑옷으로 무장하고 세상을 구하러 나온 영웅이었지요. 그때는 이미 총과 대포가 발명되어 있었어요. 그리고 이상과 상상이 고갈되고, 사리사욕과 약탈, 탐욕이 만연한 시기였지요. 그러나 지금 돈키호테는 더 많이 알고 있어요. 그는 실용적으로 변했어요. 무거운 미국제 안경을 쓰고, 넓고 편한 신발과 부드러운 칼라가 달린 옷을 입지요. 또한 기계를 신뢰하고 무엇이 가장 중요한 문제인지 알며, 행복과 신속한 즐거움이 좋다고 믿어요. 그는 정치에 관계하고, 사람을 위한 자유를 선언해요. 그리고 열심히 일하고 평화를 사랑하며 약간 사회주의적이지요. 그는 자기의 이상을 위해서라면 모든 것, 즉 자기 자신의 이익을 제외한 모든 것을 바치는 사람이에요. 또한 매우 공명정대하지요. 그렇지 않으면 어느 곳에도 정착할 수 없는 구닥다리 골칫덩이가 될 테니까!」

「그러면 둘시네아는?」

「그녀 역시 변했죠. 그녀는 상상의 구름 밖으로 내려갔어요. 즉 꿈에서 깬 거지요. 자기가 태어난 초라한 마을에 나타났고 지금은 마드리드에 살고 있어요. 그녀는 현대인 돈키호테와 결혼해서 주부가 되었어요. 이제 둘시네아는 요리도 하고 세탁도 하며 티격태격하기도 해요. 아이도 가졌어요. 그리고 이름도 바꿨답니다.」

「지금 이름은 뭐지요?」

「데모크라시아, 즉 민주주의죠.」

나는 나무들과 땅을 보고 있었다. 작은 역, 왁자지껄한 목소리들, 온갖 종류의 숄을 걸친 여인들, 마치 울퉁불퉁한 올리브 가지로 만든 것처럼 보이는 나이 든 여자들. 여기서의 삶은 매우 가혹하다. 이곳의 모든 땅은 땀과 눈물로 얼룩져 있다. 나는 내 친구를 돌아보았다.

「그럼, 오래도록 살아 있는 산초는?」

「그건 모든 외국인들이 만들어 낸 가장 큰 실수죠. 돈키호테와 산초는 하나예요. 그 둘은 스페인의 통일된 하나의 정신을 이룬답니다. 세르반테스는 우리가 스페인을 더 잘 볼 수 있도록 스페인의 정신을 두 개로 나누었어요. 스페인의 정신은 풍요로운 조화를 이루고 있어요. 건조하고 단단한 껍질 속에 대조적인 두 개의 힘이 한 쌍의 아몬드 알처럼 서로 껴안고 있어요. 스페인 사람은 둘시네아가 오직 자기 자신 안에만 존재하고 있음을 알고 있지요. 스페인 사람은 정의와 자유와 이상 역시 오로지 자기 내면에만 존재하고 있음을 알아요. 그러나 이렇게 생각한답니다. 〈우리의 내면에 존재하는 것만이 진실일까? 그러니까 현실일까? 실용적인 사람이 보고 만지는 모든 것이 속임수와 꿈은 아닐까?〉 그래서 스페인 정신의 결정체였던 돈키호테는 이렇게 외쳤답니다. 〈오직 우리들 내면에서 희망하는 것만이 현실적이고 살아 있는 것이다!〉 그러자 스페인 영혼의 또 다른 결정체인 산초는 이렇게 주장했지요. 〈오직 우리가 보고 만지는 것만이 현실적이고 살아 있는 것입니다! 주인님, 당신이 말씀하시는 것은 단지 말입니다. 말뿐이란 말입니다.〉

이것이 바로 돈키호테, 즉 스페인의 진짜 뿌리 깊은 투쟁입니다. 스페인의 영혼은 계절에 따라 돈키호테 같은 산초나 산초 같은 돈키호테가 되지요. 어떤 때는 아주 오래된 요소가 지배하기도 하고, 또 어떤 때는 다른 것이 지배하기도 해요. 하지만 항상 그것들은 서로 싸우고 함께 고통 받고 있어요. 마드리드에서 마천루를 보거나, 우리의 정치적 경제적 이해관계를 보고 놀라지 마세요. 이 현대식 세상 뒤로 조잡한 산초와 같은 외관이 모습을 드러낼 테니까요. 당신은 슬픔으로 초췌해진 성도다운 얼굴이며 화사하고 황홀한 스페인의 위대한 수호자 돈키호테를 어떻게 바라보아야 하는지 알기만 하면 돼요. 당신은 알게 될 겁니다. 심지어 무미건조하고 기계적인 현대인인 나조차도 마찬가지입니다⋯⋯. 당신은 산초의 가려운 부분을 조금 긁었지만, 결국 나에게서 뛰쳐나온 사람은 돈키호테였어요.」

나는 아무 말도 하지 않았다. 나는 수학자이며 시인인 현명한 이슬람교도 아부 알리[3]를 떠올렸다. 그는 언제나 사랑에 빠져 사는 사람이었다. 모든 여자들이 똑같이 그에게 기쁨을 주었지만,

---

3 Abū 'Alī(980~1037). 흔히 아비센나로 일컬어지는 이슬람의 유명한 물리학자이자 철학자.

그는 어떤 여자를 선택할 것인지 결정을 내릴 수 없었다. 그래서 그는 자기 시 중의 하나에서 이렇게 썼다. 〈모든 여자가 내 주위로 둥근 원을 만든다. 내 가슴은 중심이고, 내 사랑의 광선은 화살처럼 날아가지만, 날아가는 길이는 항상 같다.〉

자유사상가의 마음 역시 이것과 같다. 그는 동일한 욕망의 슬프거나 행복한 가면이다. 그리고 그가 생각하는 모든 것은 똑같이 사랑받는다.

미란다 데 에브로

　평화로운 에브로 강의 흙탕물은 외롭고 우울한 평원을 굽이굽이 돌아 흐른다. 회색빛 땅에는 잎사귀를 떨어뜨린 나무들만 있을 뿐, 새들도 지저귀지 않고 분위기도 즐겁지 않다. 이러한 가혹하고 쉽게 다가갈 수 없는 풍경은 스페인의 한 모습, 즉 웃지 않는 우울한 모습이다. 그러나 지중해의 햇볕이 작렬하는 해안으로 내려가거나 안달루시아의 아랍식 정원을 보면 우리는 스페인의 또 다른 얼굴, 즉 웃는 얼굴을 발견하는 즐거움을 누린다.

　에브로 강의 둑에는 미란다의 가난한 오두막들이 오밀조밀 모여 있다. 좁고 더러운 거리에서는 거름을 나르는 원시적인 수레들이 지나다닌다. 그리고 거친 외모의 남자들과 쭈글쭈글한 아낙네들뿐이다. 나는 천천히 주변을 바라보면서 좁은 길을 우물쭈물하며 걸었다. 허름한 오두막들과 말라 버린 나무, 먼지 낀 창문을 향해 인사를 하면서 동시에 작별을 고했다. 그런데 갑자기 작은 성 니콜라스 교회가 내 심장을 뛰게 만들었다. 옛날에 그것은 이슬람 사원이었다. 분명히 여기 앞쪽에는 안마당과 작은 분수와 푸른 나무가 있었을 것이다. 재스민과 몇 쌍의 비둘기도 있었을 것이다. 그러나 사제가 그곳에 와서 비둘기들을 쫓아냈을 것이다. 땅에서 올라갔다가 다시 아래로 내려가면서 아름다운 곡선을 그리는 저 둥근 지붕 건물은 돌 나무와 돌 꽃과 돌 비둘기를 지닌 고딕풍의 금욕주의적 아치가 되었다. 화살은 지상을 떠나 하늘로 날아가더니, 더 이상 돌아오려고 하지 않았다.

나는 더 이상 선택의 여지가 없다는 사실에 만족하면서 작은 교회를 배회했다. 천국에 대한 돈키호테식의 필사적인 공격은 비록 헛된 것일지라도 괜찮다. 그러나 푸른 땅 위에서 영원히 전쟁을 수행하는 것 역시 나쁠 것은 없다. 나는 벽에 새겨진 조각이 시간에 의해 좀먹은 것을 볼 수 있었다. 우아하고 힘 있는 고딕풍 아치가 출입구를 이루고 있었다. 작은 기둥들이 창문들을 반으로 나누고 있었는데, 각각의 작은 기둥 위에는 성인의 머리가 있었다. 그중 하나의 머리는 놀랍도록 힘 있는 표정을 짓고 있었다. 우람한 광대뼈와 이마와 뺨과 턱이 넓은 면에 새겨져 있었고, 두꺼운 속눈썹은 아래로 향하고 있었으며, 입술은 열정과 쓰라림으로 가득 차 있었다.

심장이 강하게 뛰었다. 난 우뚝 멈추었다. 이것은 우리의 조상 할머니인 아프리카였다. 우리 선조들의 뜨겁고 검은 대륙이었다. 이곳은 고무나무와 굶주린 야생 동물로 가득 찬 곳이었다. 이 머나먼 스페인 북쪽 지방의 오래된 마을에서 어떻게 갑자기 이 입술 두꺼운 야만적인 아프리카인의 가면과 마주치게 된 것일까? 어떤 흑인 배교자가 이것을 조각했음이 틀림없다. 그의 마음은 기독교 금욕주의자를 새기려고 했으나 그의 몸속에 숨어 있는 선조의 피가 그것을 가로막고 그의 손을 이끌었던 것이다.

그래서 이 메마르고 고결한 교회의 내부 깊숙한 곳에서 우리는 육체에 대한 갈망과 육욕을 발산하는 음탕한 흑인 가면이 새겨져 있는 것을 보게 된 것이다. 그 순간 교회가 흔들렸고 마력이 상실

되었으며, 그 빛은 창백한 가을 태양 속으로 사라졌다. 그러자 내 앞에 숲이 펼쳐졌다. 숲에는 온갖 짐승들과 화려한 색깔의 새들, 그리고 나무 꼭대기에 올라앉은 굶주리고 무자비한 신들로 가득했다. 그 신들은 웃고 있었다. 사람들은 하루 종일 뜨거운 햇볕 아래에서 일했다. 그리고 해가 지자마자 대지는 북소리와 거친 춤과 붙잡혀 온 여인들의 날카로운 비명으로 진동했다. 사람들은 신들과 짐승들, 그리고 물과 뱀들과 대화를 나누었다. 그들의 사원은 성스러움으로 도취되어 있었다. 그리고 불필요한 허세가 배제된 거칠고 간결한 영웅의 노래가 높이 울려 퍼졌다.

인간의 영혼은 아프리카 노래 「바나 바인다」에 나오는 악마 같은 작은 무희와 흡사하다.

한 여인이 사막의 나무 아래에서 아이를 낳았다. 여자 아이였다. 비가 내렸다. 비는 엄마와 아이에게도 내렸다. 엄마는 죽었다. 비는 계속해서 내렸다. 새벽까지 밤새도록 아이의 머리 위로도 비가 내렸다. 그 아이는 나무 아래에 누워 있었다. 여자 아이는 나무 아래에 3년간 누워 있었다. 그러더니 갑자기 몸을 흔들고 일어나서 노래를 부르기 시작했다.

「나는 모든 이가 사랑하는 한 여자라네. 나는 악마도 사랑하는 여자라네. 나는 신이 사랑하는 여자라네. 나는 사람들이 사랑하는 여자라네. 내 이름은 바나 바인다라네.」

소녀는 길을 떠났다. 그녀는 어느 도시에 도착해서 노래를 부르기 시작했다. 모든 사람들이 외쳤다. 「우리가 한 번도 들어보지 못한 그런 노래다!」 그날 밤 바나 바인다는 세 번이나 춤을 췄다. 그러다 갑자기 큰 소리로 비명을 지르더니 황소 가죽 위로 넘어져 죽었다.

오랜 세월 동안 교회의 이 호색적이고 비통한 가면은 바나 바인다가 춤추는 것을 지켜보았다. 그 가면은 나의 작은 가슴이 밤낮으로 지칠 줄 모르고 보고자 갈구하는 것도 지켜보았다. 어린 나이에 생을 마감한 무희와 삶과 쓰라림, 그리고 기쁨과 불치의 허영을.

슬프게도 나는 그 가면을 뿌리쳤다. 아마도 난 그것을 다시는 보지 못할 것이다. 그러나 내가 카스티야의 쓸쓸한 평원에서 이런 식으로 갑자기 그 가면을 보았고, 그것의 두툼한 입술에 보이지 않는 진한 핏방울을 남겼다는 사실에, 나는 은근히 기분이 좋았다.

나는 좁은 거리를 헤집고 다녔다. 늙은 농부가 건초를 가득 실은 수레에서 건초를 내리고 있었다. 현관에 있던 늙은 부인은 그에게 양쪽 문을 활짝 열어 주었다. 건초가 너무 무거워 늙은 농부가 비틀거렸다. 나는 그를 도와주러 달려갔고 우리는 대화를 나누게 되었다.

「노인께선 오늘날 민주주의와 어떻게 지내고 계신지요?」

그 노인은 뼈가 앙상한 어깨를 으쓱거렸다. 「항상 똑같다오. 우리는 가난하지…….」

「밥은 드시나요?」

「아이고, 당연히 그렇지 않지. 우리를 보시오. 뼈와 가죽만 남지 않았소! 늙은 내 아내를 보시오. 허수아비, 아니 빗자루 같지 않소?」

늙은 부인이 웃었다.

「여보, 차라리 그런 게 더 나아요. 물론 난 갈비씨예요. 하지만 살을 찌워서 구더기들에게 주는 게 뭐가 좋겠어요? 그 구더기들의 눈에 띄는 살은 모두 그들 것이지만, 내 뼈는 내 것이죠. 그 어떤 구더기도 내 뼈를 먹을 순 없잖아요? 그래서 나는 천년만년

살 수 있는 거예요!」

그러자 노인은 늙은 부인을 냅다 밀치면서 말했다.

「이리 와요, 테레시나. 수다는 그만 떨고 나를 좀 도와주구려!」

늙은 여자는 남편을 단숨에 안아 버릴 듯한 힘으로, 건초 한 묶음을 번쩍 들었다. 그러고는 안뜰로 두어 걸음 나아가더니 주위를 돌아보며 웃었다.

「어디서 오셨소, 신사 양반?」

「매우 멀리서 왔습니다.」

「여기엔 왜 온 거요?」

「보기 위해서요!」

「불쌍한 사람, 여기에 뭐 볼 게 있다고! 그냥 당신 나라에나 있는 게 나았을 텐데……. 어디를 가나 마찬가진데, 그게 뭐가 좋다고 보시오? 그럴 가치 있는 건 아무것도 없소. 모든 것은 죽음에 속해 있다오.」

모든 것은 죽음에 속한다! 무(無), 무! 그 무엇도 아닌 것. 스페인의 영혼이 발하는 가장 심오하고 가장 특징적인 외침이 이 〈무〉에 대한 의식, 즉 인생은 꿈이라는 생각이다. 가장 비천한 농부에서부터 칼데론[1]과 세르반테스에 이르기까지 인생은 꿈이라는 이 심오하고 비극적인 신념이 울려 퍼지고 있다. 〈꿈을 꿉시다, 오 나의 영혼이여, 꿈을 꿉시다.〉

스페인 사람은 갑작스럽게 악마와 같은 힘을 보여 주는 순간을 제외한다면, 동양의 눈으로 세계를 바라본다. 한 농부가 그의 가족과 친지에게 작별 인사를 하고 기차를 탄다. 아마도 아메리카로 배를 타고 떠나기 위해서일 것이다. 차창 밖으로 그는 친지들

---

[1] Pedro Calderón de la Barca(1600~1681). 스페인의 극작가이자 시인. 대표작으로 『살라메아 시장』, 『인생은 꿈』, 『성스러운 오르페우스』 등이 있다.

을 바라보고 고개를 흔들면서 중얼거린다. 「이미 너무나 먼 곳에 있구나! 너무나 먼 곳에!」 그의 부모, 아이들, 친구들, 그가 태어난 마을이 이미 그에게는 추억의 희미한 안개 속에 빠져 있는 것처럼 보인다. 현실은 희미해지고 그의 마음속에서 정제된다. 꿈처럼 너울거리며 찬란하고, 희미하며 신비하게.

    스페인 사람의 수많은 미덕은 이렇게 현실을 수동적으로 이해하는 데서 파생된 것이다. 특히 심오하고 강렬한 인도주의에서 나온 것이다. 환상을 좋아하는 스페인 사람일수록, 모든 인류의 운명이 자기 자신의 운명인 것처럼 살아 나간다. 세상의 모험은 그의 개인적인 모험이 된다. 이런 스페인 사람의 정신은 러시아인의 정신과 매우 흡사하다. 다시 말하면, 동정심을 느낄 수 있고 다른 사람들과 하나가 될 수 있는, 같은 능력을 지니고 있다. 칼데론은 그의 희곡 『인생은 꿈』에서 다음과 같이 주장한다. 〈그래요, 그래요, 나는 꿈을 꿉니다. 나는 꿈을 꾼답니다. 그리고 착한 일을 하고 싶습니다. 선한 행동이라면 그 어떤 것도 꿈에서조차 헛될 수 없기 때문이지요.〉

    그리고 스페인 사람의 또 다른 미덕인 금욕주의는 모든 현실, 그러니까 날실과 씨실은 꿈에 불과하다는 예측에 바탕을 두고 있다. 삶의 허황된 광경, 즉 모든 것이 꿈이라는 막연한 느낌은 그에게 영웅적인 저항력을 부여하고, 조용한 미소와 자신감 그리고 무언의 인내심을 준다. 스페인 사람은 감상적이지 않다. 그는 탄식하지 않으며 소리치지도 않는다. 그는 쓸데없는 불평을 하면서 굴복하지 않는다. 우리가 나쁜 꿈을 꿀 때, 꿈속에서 우리는 그것은 단지 꿈이며, 그래서 용기를 가져도 괜찮다는 것을 알고 있다. 그래서 그런 꿈에 전혀 당황하지 않는다. 이것과 마찬가지로 스페인 사람은 그가 세상을 살아가는 동안, 인생은 서서히 사라질

꿈임을 알고 있는 것처럼 보인다. 그래서 그는 천재지변 가운데 있어도 용기를 내고 무너지지 않는다.

스페인 사람의 사고방식은 그의 정신과 잘 조화를 이루고 있다. 스페인 사람은 내적인 삶과 외적인 삶 모두를 생각하면서 삶에서 나올 이데아를 기다린다. 그는 비범하게 날카로운 인식 능력을 갖고 있으나 비판적 능력은 없다. 스페인 사람은 종합적 판단을 할 수 있으며, 마치 그것만이 자신에게 소중한 일인 것처럼 매우 기쁘게 그런 일을 한다. 그러나 비판적인 분석을 하는 경우라면, 매우 어려워하며 마음 내켜 하지도 않는다. 스페인 사람은 아주 훌륭한 기질과 정신을 지니고 있다. 하지만 방법이나 기술 또는 세심하게 점검하는 참을성 따위는 가지고 있지 않다. 그래서 카스티야의 속담에 〈스페인 사람들은 말처럼 뛰어다니거나 아니면 노새처럼 가만히 서 있다〉라는 말이 있다. 스페인 사람들은 〈차분하게 일정한 속도로 움직이는 것〉은 자신의 천성에 반하는 매우 불쾌한 일임을 알고 있는 것이다.

정오다. 나는 작은 도시를 벗어나 들판으로 갔다. 진흙투성이다. 온통 황폐함만이 눈에 들어온다. 아무런 연기도 나지 않고 집도 없으며 지나가는 사람도 없다. 나는 스페인을 좋아한다. 왜냐하면 스페인의 따뜻하고 여성스러운 정원이 박정한 황무지와 접해 있기 때문이다. 끝없는 평원과 높은 고원, 그곳에서 물은 자취를 감춘다. 강은 흐름을 바꾸고 오직 모래와 화강암만이 강물의 자취를 보여 준다. 살과 옷과 장신구들이 맨살을 내밀면서 땅의 윤곽을 드러낸다.

이곳은 영웅들의 영혼을 만드는 장인들의 화려한 일터다. 결핍의 땅인 이곳에서, 정신은 햇볕이 이글거리는 열기 또는 얼음장

같은 추위가 휩쓰는 거대한 황무지를 통해 만들어진다. 도움을 청할 곳이라고는 아무 데도 없는 절대 고독의 땅이다. 이런 고독을 깨는 사람에게는 불행이 닥친다. 사막에서 사람들은 자급자족하는 법을 배운다. 아무에게도, 그러니까 하느님이나 사람 또는 짐승, 나무나 물에서도 도움을 기대할 수 없다. 한쪽에는 자기 자신이 있고, 다른 쪽엔 이승과 저승의 잔인한 어둠의 힘이 있을 뿐이다. 약해진 순간, 인간은 패배하게 된다. 여기는 이웃도 없고, 친척도 없으며, 경찰도 없다. 우리는 홀로다. 한 발짝 뒤에, 아니 발뒤꿈치에 붙어서 죽음만이 밤낮으로 따라온다. 우리는 그 어떤 동반자도 가질 수 없다.

그래서 용감한 정신을 지니게 되고, 좋든 싫든 두려움이란 치명적인 약점이며 구원은 오로지 자기 자신에게 기대할 수밖에 없다는 것을 배운다. 오직 이런 생각만이 꿋꿋하게 남아 있다. 인생은 비극이다. 그것은 즐거움도 놀이도 아니고, 철학자나 미학자의 이론적 출발점도 아니다. 그것은 투쟁이다. 즉, 먹느냐 먹히느냐의 문제인 것이다. 인생은 인간의 고기 맛을 보고, 그것이 아주 맛있다는 것을 알고는 지금도 한없이 그 고기를 갈망하는 잔인한 동물이다. 그 동물은 마을과 도시에 들어가 인간을 발견할 때마다 잽싸게 낚아챈다. 인간의 살보다 더 맛있는 것은 없기 때문이다.

이것은 무한한 황무지에서 — 그것이 스페인이건 아프리카건 북극이건 — 인간들의 정신이 어떻게 만들어지는지를 보여 준다. 나는 어마어마하게 눈 덮인 사막을 라플란드 사람의 썰매를 타고 달렸던 기억을 되살렸다. 썰매를 끄는 순록은 크리스털처럼 빛났다. 우리는 언덕으로 올라갔다. 사방을 둘러봐도 언덕 꼭대기는 세상과 멀리 떨어져 있었다. 바로 그 꼭대기에서 나는 무한한 눈과 인간이나 동물의 숨소리조차 들리지 않는 처절한 상황과

직면하게 되었다. 저녁이었다. 내 심장은 오그라들었다. 그래서 나는 매정할 정도로 조용한 안내자를 돌아보았다.

「무섭지 않나요?」 내가 러시아어로 그에게 물었다.

「네, 무섭지 않습니다.」

「왜요? 하느님에게 모든 걸 맡겼기 때문인가요?」

그 라플란드 사람은 천천히 고개를 흔들었다.「하느님은 아주 높은 곳에 계세요. 그분은 볼 수도 들을 수도 없답니다.」

「그런데도 무섭지 않다는 건가요?」

「무서워하면, 나는 패배하게 됩니다!」

〈무서워하면, 나는 패배하게 됩니다!〉 황무지에서 성공하기 위해서는 실용적이고 영웅적인 방식이 필요하다고 사람들에게 전달하는 데 얼마나 오랜 세월이 걸렸을까? 그곳에 사는 사람들은 신이나 악마, 또는 추상적인 개념 속으로 도피하지 않는다. 귀족이나 인간의 자만심에도 호소하지 않는다. 위험 속에서 가장 효율적인 방법은 두려워하지 않는 것이다. 이렇게 하여 인간은 자신의 힘을 완전하게 지키고 투쟁할 수 있으며, 이로써 자신이 죽지 않을 최선의 기회를 갖게 된다. 이것보다 유익한 방법은 없다.

스페인 사람들은 용기 속에 최고의 교훈이 있다는 것을 잘 알고 있다. 그들의 황무지가 그것을 가르쳐 주었던 것이다. 진정한 스페인 사람, 즉 스페인 서사시를 만들어 낸 사람은 사막의 아이이다. 개인주의적이고 도도하며 용감하지만, 동시에 이 위대한 미덕의 모든 약점을 지니고 있는 사람인 것이다. 그는 다른 사람과 함께 일하지 못하고, 공통의 계획을 따라가지도 못하며, 많은 시간과 노력이 요구되는 일들을 체계적인 방법으로 수행하지 못한다. 그는 혼자다. 선원도 없이 혼자만 있는 선장인 것이다! 열정적인 스페인 사람이 순간적으로나마 다른 사람들과 융화되면,

그는 놀라운 성과를 이루어 낸다. 그러나 그의 열정은 이내 꺼져 버리고 그는 그의 탑으로, 즉 자신의 영혼 속으로 물러난다. 그는 혼자 있는 외로운 선장이며, 개인보다 더 커다란 하나의 모자이크 설계도 속에서 다른 모자이크 무늬와 합쳐지기를 거부하는, 아니 합쳐질 수 없는 모자이크 무늬다. 단지 〈나!〉라고만 외칠 뿐이다. 바로 이것이 스페인이 존재하는 데 필요한 주요 신체 기관들이 외치는 거칠고 끈질긴 외침이다. 스페인의 현재를 가장 완벽하게 대표하는 미겔 데 우나무노[2]는 〈나! 나!〉라고 외치면서 이렇게 말한다. 「나는 나 이외의 그 어느 것도 아니다! 그리고 이 삶에서뿐만 아니라 죽은 다음의 세상에서도 마찬가지다. 나는 추상적이고 개성 없는, 아니 개성을 넘어선 유럽 사람들의 불멸을 원치 않는다. 나는 진정한 것, 즉 오직 나의 스페인 정신에 걸맞은 유일한 불멸만을 원한다. 나는 살아남아야 한다. 나, 나 자신, 우나무노, 미겔 데 우나무노는 나의 이 몸뚱이와 이 손톱 열 개와 발톱 열 개, 그리고 나의 뾰족한 염소수염과 함께 살아남아야 하는 것이다!」

---

2 Miguel de Unamuno(1864~1936). 스페인의 철학자로, 20세기 초기에 스페인에 많은 영향을 끼쳤다. 그는 이성과 신앙, 종교와 생각의 자유와 같은 상반된 주제를 많이 다루었다.

부르고스

카스티야. 이 말은 〈성〉 혹은 〈요새〉를 의미한다. 에브로 분지로 통하는 요충지로 유명한 지역은 모두 스페인의 요새, 즉 돌의 심장부였다. 그리고 군사 도시인 부르고스는 카스티야의 머리였다. 이 독수리 요새를 출발로 레온과 카스티야의 백작과 왕들은 스페인 땅에서 아랍인들을 몰아내기 시작했다. 여기에서 유명한 디게네스 아크리타스[1]와 〈엘 시드〉라고 불린 로드리고 디아스 데 비바르[2]가 태어났다. 그리고 여기서 엘 시드와 히메나의 유명한 결혼식이 있었다.

황폐해진 귀족 저택과 오르막과 내리막의 좁은 길들이 눈에 띈다. 그리고 아를란손 강이 도시의 심장부를 관통하며 흐르고 있다. 강둑을 따라 공원이 조성되어 있고, 저녁이 되면 양순한 후손인 훌륭한 부르고스 시민들이 평화롭게 거닐면서 정치를 논한다. 그곳의 삶은 차분한 리듬으로 진행된다. 영웅적인 부르고스는 많

---

[1] Digenēs Akritās. 11세기경에 어느 사제가 쓴 비잔틴 서사시 「디게네스 아크리타스」의 주인공. 아랍인 아버지와 기독교도인 어머니 사이에서 태어난 이 용감한 전사는 중세에 이상적인 그리스 기사이자 영웅으로 여겨졌다.

[2] Rodrigo Díaz de Vivar(1040~1099). 스페인의 유명한 기사.

은 조각과 날짜가 새겨졌지만 정작 칼은 없는 장엄한 칼집처럼 살아남아 있다.

사자의 우리를 조사하는 여우처럼, 나는 부르고스를 이리저리 돌아다녔다. 그러나 고딕식의 거대한 대성당에는 들어가지 않았다.

그곳은 포탑과 총구멍과 뜨거운 냄비의 흔적이 있는 어두운 군사 요새였다. 바로 여기서 그들은 포위군에게 끓는 물과 기름을 쏟아 붓곤 했다. 〈사랑스러운〉 그리스도는 무자비하고 비타협적인 야훼가 되었다. 그는 다시 갑옷을 입고 온통 돌밭인 여기서 이단자들과 싸우기 위해 전선으로 나갔다.

아시시의 성자 프란체스코의 탄원과 눈물을 떠올려 본다. 그는 〈어린 거지〉 혹은 〈하느님의 빈민〉으로 불리고 싶어 했다. 프란체스코는 이미 늙어 있었다. 그의 사람들은 번영을 구가하기 시작했다. 그러자 그의 고약한 제자인 엘리아가 다정하지만 떨리던 스승의 손에서 통치권을 가져왔고, 아시시에 3층짜리 웅장한 성 프란체스코 수도원을 짓기 시작했다. 그는 수도원을 값비싼 벽화로 칠하고, 금박 입힌 성서들과 화려한 스테인드글라스로 채웠다. 그러자 프란체스코는 기분 나빠 하면서 불평했다.「이곳은 우리 그리스도가 태어나신 마구간이 아니다. 이곳은 왕궁이며 요새다! 나는 그것을 원치 않는다. 나는 그것을 원치 않는다!」그런데 수도원은 바로 그 성인을 기리기 위해 세워진 것이었다. 야비한 엘리아는 형제들에게 눈짓을 하고 프란체스코를 가리키며 이렇게 투덜거렸다.「노망났어!」

노예들 사이에서 태어난 하느님은 굴속에 살면서 지하 묘지의 두더지처럼 자신을 숨기셨다. 얼마 후 노예들은 강해졌고 해방되었으며, 지하 통로에서 일어나 왕궁을 점령하였다. 그래서 하느님은 그들과 함께 강해졌고, 자유의 몸이 되었으며, 어두운 지하 감옥에서 나와 왕궁과 요새에서 왕권을 이루셨다. 이 거대한 교회들은 하느님의 권능을 입증하는 것일 뿐만 아니라, 인간의 권력과 믿음과 자부심에 대한 증거이기도 하다. 부르고스의 대성당도 마찬가지로 난공불락의 군사 요새이며 사자의 굴이고, 대홍수 이전의 괴물이었던 것이다.

나는 몸서리를 치면서 입구를 지나 천천히 어슴푸레한 빛 속을 더듬어 나아갔다. 다시 한 번 나는 고딕 양식의 교회가 야기하는 혼란과 황홀함을 느꼈다. 높고 곧은 아치들, 치렁치렁한 돌들, 뾰족한 돔 천장, 구석에서 맴도는 푸르고 짙은 어둠, 스테인드글라스 창문의 차가운 색깔, 즉 루비와 토파즈와 에메랄드 색깔이 내뿜는 신비한 광채들은 혼란과 황홀감을 자아내기에 충분했다.

성신(聖神)이 불어왔고, 바위들은 일어나 있었다. 이런 모든 돌의 기적들이 나타났고 대기 속에서 떠돌고 있었다. 위대한 창조의 시기들은 하나같이 설명 불가능한 미스터리다. 가장 격렬했던 중세의 전쟁 속에서, 평온과 안락을 빼앗긴 채 창작자들은 위험 속에서 매일 그림을 그렸고, 노래를 했으며, 글을 썼고, 교회를 지었으며, 돌이나 철을 가공했다. 분명하게도 성신의 군대는 좋건 나쁘건 모두 일어나 함께 커간다. 좋건 나쁘건, 그것은 거의 느낄 수 없는 변화를 통해, 야비하고 비겁한 영혼을 만들어 낼 수 있다. 그리고 모든 것은 흥분과 힘과 욕망이고, 성신이 될 능력도 있다. 이런 경우 저주받은 초라한 존재는 인색한 사람뿐이다. 그런 사람은 소비하지도 않고 위험을 쫓지도 않으며, 원하지도 않고 오직 기본적인 평화라는 절제와 안락에 만족하며 산다.

자신 있게 말하는데, 위대한 작업도 평화의 시기에 탄생된다. 그런데 그것은 어떤 종류의 평화일까? 전쟁의 딸. 그 씨앗은 전쟁 중에 갖는 성적인 순간에 퍼져 간다. 그리고 시간이 흐르면 눈에 보이는 존재가 되고 평화의 세월 속에서 자라난다. 십자군 전사들은 성묘(聖墓)[3]를 구하기 위해 동쪽으로 갔다고 생각했다. 하지만 사실상 그들은 내면에 지니고 있던 힘을 전하기 위해 갔던 것이다. 그들의 눈은 잔잔한 바다와 태양과 야자나무와 이슬람교 예배당과 공작새를 즐겼다. 그들의 손가락은 실크 양탄자를 만지거나 검은 머리의 동양 여자를 쓰다듬으면서 가늘게 떨렸다. 그리고 조국으로 돌아가자, 그들의 추억은 좋은 것들로 가득하게 되었고 그들의 가방에는 금과 상아, 세밀화가 그려진 필사본, 실크 자수품, 신성한 유품들로 가득했다. 그들은 새로운 깨달음을 얻었다. 그런 그들이 돌을 만지자, 그 돌들은 생명을 되찾았다. 그것들은 포도나무나 동물 혹은 키메라가 되었던 것이다. 북부 지방의 안개 속에서 자라는 장미처럼, 어슴푸레한 교회의 창문들이 열려 있었다.

 나는 적의 진영으로 들어가 비밀스러운 축성 작업을 혼란시키려는 스파이처럼, 이 하느님의 요새로 살금살금 걸어 들어갔다. 그리고 각 장식물을 주의 깊게 바라보았다. 아무도 나를 보고 있지 않자, 손을 뻗어 그것들을 만져 보았다. 성당의 한가운데에는 수많은 여행으로 꾀죄죄해진 욕심 많은 아크리타스의 묘비가 놓여 있었고, 그 옆에는 믿음이 굳고 인내심이 강한 그의 부인이 누워 있었다. 횃불과 초들이 불을 밝히고 있는 금을 입힌 벽감 속에는 실제 사람의 피부와 머리카락으로 만들어진 실물 크기의 커다란 그리스도가 서 있었다. 그런 것은 전통적으로 동양에서 유래하는데, 여기의 것은 실제 그리스도의 몸을 그대로 본떠서 만

---

[3] 예루살렘에 있는 그리스도의 묘.

든 니고데모[4]의 작품이었다. 십자군은 그것을 여기로 가져와 흰 레이스 옷을 입혔고, 사람의 머리카락으로 가발을 만들어 씌웠으며, 맨가슴을 드러내어 피가 흐르게 만들었다.

그렇게 이 대성당에서 스페인의 정신이 동경하는 바를 구체적으로 보여 주는 두 영웅, 서로 완전히 극단을 이루는 두 사람이 만난다. 엘 시드는 대담성과 용감성, 격렬함, 남자다운 삶의 표현이고 그 옆에 있는 십자가에 못 박힌 그리스도는 고통과 인내, 희생과 여성스러움의 표현이었다. 둘은 몇 발짝 떨어지지 않은 곳에 있다. 스페인 사람들은 몇 걸음만 걸어도 이렇게 정신의 양극단을 넘나들 수 있게 된다.

스페인 사람의 종교는 추상적이거나 육체가 없는 교리가 아니다. 가까이할 수 없는 하느님과 멀리서 지적으로 접촉하는 것도 아니다. 그것은 따스한 포옹이며 손이고 상처. 즉, 하느님의 상처로 뛰어든 인간의 손이다. 그래서 스페인 사람들에게 성모 마리아는 흰 구름을 밟고 있는 가까이하기 어려운 동정녀가 아니다. 그녀는 저녁 무렵 현관 계단에 앉아 있거나 실을 잣는 안달루시아나 카스티야 출신의 작은 시골 처녀와 같다. 그래서 안달루시아의 한 민요는 〈성모 마리아가 로즈메리 속에서 아기 예수의 옷을 뜨고 있지요〉라고 노래한다.

스페인 사람들은 그리스도를 사랑한다. 그리스도가 십자가에 못 박혔고 고통을 받고 있으며, 그의 다섯 군데의 상처로부터 성혈이 세차게 뿜어져 내리고 있기 때문이다. 그것이 바로 스페인 사람들이 화려한 색과 진홍색의 피, 강낭콩처럼 굵은 눈물, 그리고 깊은 상처를 지닌 그리스도의 나무 상을 사랑하는 이유다. 스

---

4 그리스도가 살던 시대의 유명한 유대인. 니고데모는 〈승리〉 혹은 〈찬양〉을 의미한다. 그의 이름은 「요한의 복음서」 19장 39절에 등장한다.

스페인에서는 좀처럼 그리스도의 부활이나 행복한 성인 혹은 승리의 하느님을 볼 수 없다. 그런 하느님은 우리를 필요로 하지 않는다. 어떻게 우리의 기도가 그 하느님에게 미칠 수 있겠는가? 하지만 십자가에 못 박힌 그리스도는 우리 가까이에 있으며, 우리 중의 하나다. 그는 우리와 거의 같은 인간이라고 볼 수 있다. 그리고 모든 여성들은 부당하게 죽은 자신의 아들을 팔에 안고 있는 〈슬픔에 잠긴 성모〉가 된다.

대성당의 어슴푸레한 불빛 속에서 나는 오랫동안 무릎을 꿇고 기도하는 여인들을 보았다. 그녀들의 손목은 마치 스스로 십자가에 못 박히는 듯 십자 모양을 긋고 있었다. 또 어떤 여자들은 시장에서 산 물건들, 그러니까 야채, 멜론, 바구니 속에서 삐죽 튀어나온 물고기 꼬리를 손에 들고 들어와 있었다. 그 여자들은 그것들을 자기 아이처럼 꼭 쥐고 있었고, 감정에 압도되어 무릎을 꿇은 채 그리스도를 바라보고 있었다. 분명히 어느 순간 여자들은 모두 자기 아이를 안고 슬퍼하는 어머니가 된다. 이것은 가장 오래되고 가장 심오하며 가장 어머니다운 여인들의 모습이다. 하지만 여기 스페인에서 그들의 얼굴은 더욱 본원적이며 더욱 고통스러운 표정을 짓는다. 스페인 여인의 얼굴은 진짜 감각의 본질인 고통과 죽음을 불러일으키는 것처럼 보인다. 어떻게 하느님은 여인의 자궁 속에서 사람이 되었을까? 이런 가장 단순한 신비를 이곳 스페인에서는 경외감으로 몸서리치면서 바라본다.

뺨에 윤기가 흐르는 촛불지기가 어둠 속에서 손짓으로 나를 불렀다. 그 교활한 늙은이는, 추기경처럼 자줏빛의 스목을 걸치고 있었다. 그는 신경질적으로, 누런 손을 급히 흔들었다.

「이리 와요! 이리 와요!」

「왜 그러시죠?」

「이리 오란 말이에요!」

그는 나를 큰 나무 문으로 끌고 가서, 그 문에 새겨진 새와 동물과 꽃들을 보여 주었다. 나무는 짙은 검은색이었고, 쇠처럼 단단하고 감촉이 좋았다. 인생의 기쁨, 즉 사소한 것의 기쁨, 뜨거운 정열이 새겨져 있었다. 또한 자물쇠 부근에는 목을 위로 뻗고서 마치 자신의 노래로 자물쇠가 열리기를 간절히 바라는 것처럼 노래하는 새 한 마리가 새겨져 있었다. 나는 촛불지기를 바라보았다. 작고 교활하며 내시처럼 강단 있고 차가운 목소리였다. 그의 조상이 이 나무를 새긴 장본인들이었다. 그들의 정신은 이 문 위로 숨을 내쉬고 있었다. 그 영혼들은 여전히 살아 있었고 여전히 숨을 내쉬면서 내 머리를 헝클어뜨리고 있었다. 그 남자는 자기의 말라빠진 누런 손을 나에게 뻗으면서 한 푼만 달라고 구걸했다.

성신은 옛날에 이곳을 지나가면서 영웅적인 행위와 위대한 예술 작품, 그리고 중대한 사상을 만들었다. 성신은 게으르고 겁 많은 인간의 영혼에게는 채찍질을 했고, 도약할 것을 강요했다. 성신은 우리의 마음이 수많은 세월 동안 개미처럼 계속 모아 오고 있던 지푸라기에 불을 붙였다. 그러자 불꽃이 타올랐고, 그 불길은 반사되어 스페인 전역에 불꽃을 일게 했다. 그리고 불꽃이 모두 타버리면서 자신의 의무를 다하자, 성신은 까맣게 타버린 잿더미를 남기고 사라졌다.

그렇다면 성신은 다시 여기를 지나갈까? 성신이 같은 민족과 같은 장소를 두 번씩 지나간 적이 있을까? 슈펭글러는 단 한 번 거대한 문명을 만들었던 이집트인, 아시리아인, 페르시아인, 인도인에게 잔인하게도 〈채무 민족〉이라는 이름을 붙여 주었다. 바로 그 순간 나는 희미한 어둠 속에서 스페인 촛불지기가 말라빠진 손을 뻗친 모습을 보고 겁에 질리고 말았다. 몇 세기 전 바로 여기에서 분노와 기쁨으로 가득 찬 전능한 또 다른 손, 즉 그의 조상의 손은 신성과 싸우면서 나무와 돌에 모든 인간 영혼의 형태라고 말할 수 있는 새와 나무와 신을 새기고 있었다.

얼마나 오랫동안 창조의 호흡이 계속되었을까? 언뜻 보기에, 지상의 법칙과는 반대로 그것은 신속히 소멸되어 버렸다. 성신은 오랫동안 높은 곳에 남아 있을 수 없으며, 자신의 진정한 바탕으로 돌아오면서 땅에 떨어진다. 나는 자만심이 강한 얼간이들이 우리나라에서 외치고 쓰는 것을 들었다. 그들은 흔히 말한다.「기후, 하늘, 햇빛, 그리스의 모습…… 도대체 성신이 둥지를 틀고 자신의 알을 맡기는 데 여기보다 더 좋은 조건을 갖춘 곳이 어디에 있습니까?」그러나 그들은 기후와 하늘과 햇빛과 그리스의 모습은 수천 년 동안 동일한 것이었고, 오직 잠시, 그러니까 2~3세기 동안만 성신이 그곳에 보금자리를 틀었을 뿐이라는 사실을 잊어버린다. 그 기간이 지나면 성신은 다른 곳으로 날아가 버린다. 그곳은 태양도 푸른 하늘도 없지만 성신은 차가운 안개 속에서 둥지를 만든다.

〈채무 민족!〉때때로 잔인한 생각이 맹렬히 나를 휩쓸고 지나간다. 성신은 한 번 지나간 곳은 결코 다시 지나가지 않는다. 맹금류의 새는 결코 옛 둥지로 돌아가는 일이 없다.

촛불지기는 내가 한 푼 쥐여 주자 그것을 움켜쥐고 어둠 속으로 사라졌다. 혼자 있게 되자, 나는 문에 새겨진 것들을 어루만지면서 자세히 보았다. 내 손은 잠시 노래하는 새에서 멈추었다. 단단한 목, 열린 부리, 힘센 갈고리 모양의 발톱…… 마치 고대 조각가의 정신을 만지고 쓰다듬고 있는 느낌이었다. 갑자기 이 조각된 새에서 굉장한 기쁨을 느꼈다. 마음속에서 위대한 열정을 부활시키고 있다는 생각이 들었다. 그리고 국가라는 존재를 초월하여, 새처럼 불안정한 정신으로 가득한 변화무쌍한 보금자리가 실제로는 인간의 마음속에 지어졌다는 생각을 불현듯 하게 되었다. 성신의 피 묻은 시도는 지구상의 장소와는 상관없이 끊임없이 투쟁하는 모든 인간 속에서 영원히 지속되는 보편적인 인간의 노력이라는 것도.

내가 사자의 우리에서 도망쳐 나온 것은 저녁 무렵이었다. 나는 오르막길로 돌아가서 황록색 강둑을 따라 걸었다. 잠시 동안 석양이 구름들 사이로 모습을 보였다. 반짝이는 햇빛이 사람들 얼굴을 비추었다. 그 화려한 오래된 갑옷 문장들, 즉 사자, 독수리, 키메라는 쓰러질 듯한 집들의 가로대 너머로 그날의 마지막 햇빛을 듬뿍 받았다. 옛날에, 즉 약 7세기 전, 창조의 기쁨으로 뜨거웠던 시기에, 이 도시 전체 — 탑, 일터, 시장, 인간의 영혼 — 는 화목하고 통일성 있게 일했다. 다 함께 그들은 각자의 집, 즉 성당 한가운데에 하느님의 망루를 세웠다. 현재는 탑, 일터, 시장 그리고 인간의 영혼은 황폐해졌고, 오직 거대한 뱀의 석굴만이 텅 빈 채 남아 있다.

커다란 광장은 놀고 있는 아이들의 목소리로 시끄러웠다. 그 주위에 과일과 숯을 팔고 있는 작고 초라한 가게, 말안장을 파는 가게, 여관, 편자를 박는 가게가 있고, 노새와 사람의 코를 찌르는 듯한 냄새가 난다. 그리고 광장 뒤에 있는 역사가 깊고 찬란한 궁전은 이사벨 여왕이 신대륙을 발견하고 성공적으로 돌아오는 위대한 순교자 콜럼버스를 맞이한 곳이다.

뱃머리 모양의 두꺼운 돌무늬로 장식된 커다란 문이 있었다.

그 문은 보초로 사자를 두었고, 사방은 작은 탑에 둘러싸여 있었다. 빈 뜰에는 포석들이 모두 사라지고 잔디만이 무성했다. 나는 콜럼버스가 어떻게 이 문으로 들어가서 자기와 함께 온 온갖 사람들로 마당을 가득 채웠을까와 같은 쓸데없는 환상으로 넘쳐 나지 않도록 나의 상상력을 자제했다. 콜럼버스, 그는 〈바다의 돈키호테〉였다. 한때 무지갯빛 새들과 낯선 짐승들과 이름 모를 식물들, 그리고 신비로운 과일들과 두꺼운 금괴로 넘쳐 났을 이 마당은 무성한 잔디로 뒤덮여 있었다. 역사상 보기 힘든 대축제였을 테지만, 지금은 단지 황무지일 뿐이다. 참새 두 마리가 기둥들 주위를 날아다니며 사랑을 속삭이고 있었다. 벼룩에 물린 것 같은 늙은 개가 고개를 올려 나를 바라보았지만, 너무 쇠약한 나머지 짖지도 못했다. 나는 집주인인 양 황폐해진 마당을 이리저리 서성거렸다. 위대한 공고라가 그것을 두고 〈투명한 공기의 역사〉라고 표현했던 것처럼, 지금은 사라지고 없다. 단지 살아 있는 아이들의 불장난과 편자를 만드는 이가 쿵 하고 내리치는 망치 소리와 말똥 냄새만 남아 있을 뿐이다.

다음 날 아침 해가 뜨자, 나는 기차를 타기 위해 허둥지둥 떠났다. 대성당은 수많은 새벽 별들 아래에서 성난 것처럼 위협적으로 보였다.

바야돌리드

 카스티야의 고행의 고원을 따라 갈수록, 고도는 높아졌다. 때때로 굶주린 까마귀 떼가 지나갔다. 이따금씩 산마루 아래에 자리를 잡은 마을들이 있었지만, 그것들은 과다라마 산맥의 돌들 속에 쌓인 돌 더미처럼 거의 눈에 띄지 않았다. 산꼭대기에 있는 조그만 교회는, 지붕의 두 끝머리가 이슬람의 묘지나 크노소스[1]의 희생 뿔처럼 위로 날카롭게 경사져 있었다. 비쩍 마르고 창백한 염소가 갈라진 바위 뒤에서 나오더니 멍하니 발길을 멈추었다. 늙은 농부는 메마른 강바닥을 힘들게 기어오르고 있었다. 떡 벌어진 체격에 약간 무식해 보였고, 비와 태양 아래에서 힘든 삶을 살아온 것 같았다. 그의 콧수염은 가늘었지만 아래턱은 무척 컸다. 나는 있어야 할 곳에 있는 모든 것 — 산이나 나무나 동물, 혹은 인간이나 사상 등 — 이 얼마나 많은 주변의 자재들로 이루어지는지 한 번도 그토록 깊이 의식하지 못했었다.
 나는 돌들을 물끄러미 바라보았고, 저 멀리 황폐화된 풍차를 보기를 갈망하면서 카스티야의 공기를 들이마셨다. 나는 우리가

---

[1] 크노소스는 크레타 문명에서 가장 중요하고 잘 알려진 궁전이다. 전해져 내려오는 말에 의하면 그곳은 전설적인 왕 미노스의 자리였다.

가장 위대한 왕자 돈키호테의 황폐화된 영지에 도착했음을 알았다. 여기 이 예언의 스텝 지대에서 그는 위대한 봉건 영주였다. 여기서 이상의 기사 돈키호테는 노예를 해방시키고, 부당한 대우를 받은 사람들에게 정의를 심어 주며, 고아와 과부를 돌보고, 빚을 갚고 세상의 근본적인 열정인 질투와 부정, 두려움과 부정직, 게으름과 오만에 맞서기 위해 길을 떠났다.

꿈을 깨려고 하지 않았던 이 공상가는 사람이 살 수 없는 이 거친 산속에서 키메라를 찾으러 나선다. 바람이 바위 위로 불어오는 여름철에 바위들 사이를 헤집고 다닌다. 그러면 꿈과 현실의 경계는 머뭇거리다 사라져 버린다. 머리는 끓어오르고 혼란스러워지면서, 자발적인 강한 영혼 앞에서는 모든 것이 쉬워진다고 생각하게 된다. 그러면 우리의 심장은 멎는다. 우리는 당당한 거지의 요새 뒷문으로 나오는 그를 보고 소리치고 싶어 한다.「어디로 가지요? 당장에라도 죽을 것만 같은 늙은 말을 타고 녹슨 창을 든 채 어디로 갑니까? 젊음도 잃어버리고, 허리띠에는 금화 한 푼 없이, 그리고 최소한의 생각도 없이 어디로 갑니까? 돌아오세요!」그러나 이상과 둘시네아를 사랑하는 대담하고 단순한 이 연인은 이미 그의 창을 높이 든 상태였다. 그는 사랑과 분노로 가득 차 있었다. 세상은 하느님의 손에서 나타났고, 많은 부정과 결점도 그 손에서 함께 나타났다. 그리고 그 이상의 기사는 그런 것들을 바로잡아야만 했다. 그렇기 때문에 돈키호테의 작업은 하느님이 떠난 곳에서 시작된다.

이제 모든 끔찍한 시도들이 시작된다. 풍차들, 양들, 뱀들, 그리고 용들과 싸우다가 패배한다. 그리고 굶주림에 몸부림치면서 마침내 참을 수 없는 치욕을 느끼며 돌아온다. 우리의 웃음은 눈물보다 더 쓰라리다. 바로 그 순간 우리는 고민에 빠진 위대한 성신을 비웃고 있으며, 이 삶이 얼마나 역겨운지를 깊이 의식하고 있기 때문이다. 이런 삶은 오직 형편없이 치밀한 계획에만 보답할 뿐, 인정 많고 고귀한 모험은 경멸하기 때문이다.

1600년경에 스페인 사람들이 그들 자신의 비극적인 정신을 보여 주는 이 우스꽝스러운 가면을 보고 어떻게 반응했을지 상상해 보라. 이 가면 뒤에서 그들은 맑은 날처럼 스페인을 잘 볼 수 있었다. 라만차 지역의 미친 영웅처럼 스페인은 너무나 지치고 가난해졌으며, 결국 완전히 힘을 잃고 말았다. 또한 위대한 사상 대신 상상으로 가득 차 있었다. 바로 기독교를 전파시킴으로써 세상을 구하려는 상상이었다. 스페인 역시 돈키호테의 거룩한 광기에 의해 통치되었다. 스페인은 또한 현실과 이상을 구별할 수 없었다. 그러던 1588년 8월 어느 저녁에 끔찍한 소식을 전해 듣게 되었다. 무적함대가 암초가 많은 영국 해안에서 패배했다는 소식이었다. 그러자 스페인 전체가 쓰러졌고 결코 다시 일어나지 못했다. 왜냐하면 무적함대와 더불어 스페인의 돈키호테적 꿈이 모두 침몰하고 말았기 때문이다. 돈키호테와 스페인은 그들의 파괴된 낡은 탑으로 돌아왔고 겸허하게 죽을 준비를 했다.

정확히 이 시기에, 한 사람은 자기 나라의 이런 비극적 모험을 자신의 조그만 틀 속에서 경험하고 있었다. 그가 바로 세르반테스였다.

그는 꿈을 가득 안고 출발했다. 당시 스물네 살의 젊은 세르반테스는 나브팍토스[2]에서 영웅적으로 싸웠다. 그러나 그는 병에 걸렸고, 지휘관들은 열병으로 떨고 있는 그를 전쟁터로 데려가려 하지 않았다. 이미 돈키호테와 같은 열정에 빠져 있던 세르반테

---

2 그리스 중부의 마을로. 코린토스 만에 있는 항구이다. 1571년 이 마을 근처에서 오토만 제국과 유럽 기독교 연합군 간 가장 큰 해전이었던 레판토 해전이 벌어졌다.

스는 소리쳤다. 「내가 고열에 시달리는 게 무슨 문제입니까? 나는 여전히 용감하게 싸울 것입니다! 침대에 사지를 뻗고 있는 것보다 그리스도와 왕을 위해 싸우며 죽는 게 낫습니다! 가장 위험한 자리로 날 보내 주세요. 맹세하건대 나는 그 자리를 지킬 것이고, 싸우다가 장렬하게 죽을 것입니다.」

똑같은 방식으로, 똑같은 열렬한 흥분과 신념으로, 돈키호테 또한 그렇게 말했다. 그리고 스페인도 그렇게 말했던 것이다! 결국 사람들은 그를 택했고 그는 용감하게 싸웠다. 그는 다시 부상당했지만 다시 전쟁터로 돌진했다. 조국으로 돌아오면, 그는 왕이 팔을 벌리고 자기를 환영해 줄 것이라고 기대했다. 그는 영광과 명예도 기대했다. 하지만 그 누구도 그에게 눈길 한 번 주지 않았다. 그러자 절망에 사로잡혀 글을 쓰기 시작했다. 그는 천명했다. 「나는 위대한 작품을 쓸 것이다. 나는 부와 영광을 얻고 말 것이다. 나의 펜으로 나는 칼로 얻을 수 없었던 것을 얻고 말 것이다.」 그는 종이에 자신을 내맡기고 희곡과 소설들을 거침없이 써 내려갔다. 그러나 영광은 오지 않았다. 그뿐 아니라, 사랑도 이룰 수 없었다. 그는 한 여인을 미친 듯이 사랑했다. 하지만 그녀는 그가 가난하고 하찮은 사람이라는 이유로 그를 버리고 다른 남자와 결혼했다.

세르반테스는 절망에 빠져 있었다. 마흔 살을 넘기자 그는 펜을 버리고 장사치로서 실생활에 뛰어들었다. 그는 무적함대에 물품을 제공하는 일을 했고, 함대에 필요한 기름과 밀을 사면서 스페인 전역을 여행했다. 그러나 무적함대는 침몰했고, 그와 더불어 세르반테스도 파산하고 말았다. 그는 비밀리에 아메리카로 떠나려고 시도했지만, 체포되어 채무자의 감옥에 들어가고 말았다. 감옥에서 세르반테스는 자기의 삶을 되돌아보았다. 그는 이교도와 싸워 영웅이 되려는 마음으로 시작했지만 성공하지 못했다. 그러고 나서 그는 위대한 시인이 되고 불멸의 작품을 쓰겠다고 했지만, 마찬가지로 성공하지 못했다. 그는 한 여자를 사랑했지만 그녀는 그를 배신했다. 그리고 장사에 매료되었다가 그만 채무자의 감옥에 갇히고 말았다. 그가 얻은 것은 무엇인가? 무엇 때문에 그의 인생은 이 모든 피투성이 모험을 했던 것일까? 그가 어떤 꿈을 가지고 어떻게 출발했고, 지금 어디서 끝을 맺게 되었는가! 돈도 친구도 명예도 없는 늙은이는, 세상을 정복하기 위해 출항했던 배가 난파되어 우스꽝스럽게 된 모습과 마찬가지였다. 그리고 이것은 그의 위대한 조국이 고통 받은 모습이기도 했다. 1600년경에 세르반테스와 스페인은 육지로 둘러싸인 조용한 내해(內海)에서 난파되어 닻을 내린 상태였다.

그런 다음 절망 속에서, 즉 그곳 감옥과 세르반테스의 쓰라린 가슴속에서 돈키호테가 태어났다. 세르반테스는 젊은 날의 꿈과 스페인이 젊었을 때 꾸었던 꿈을 늙은 기사의 머릿속에 집어넣었고, 그를 끔찍하고 냉혹한 현실과 함께 전쟁터로 보냈다. 세르반테스는 돈키호테의 고통을 보며 함께 웃고 울었다. 왜냐하면 그것들은 세르반테스 자신의 고통이었기 때문이다. 그리고 그와 함께 모든 스페인도 웃고 울었다. 왜냐하면 위대한 사상을 가지고 시작했지만 결국은 수백 곳에 상처를 입고 돌아오는, 종이 갑옷을 입은 기사는 바로 스페인 자신이었기 때문이다.

더 이상 논리와 이성에 반하는 커다란 전쟁을 수행할 수 없을 정도로 완전히 소진되어 있던 스페인 사람들은 이 이야기를 읽고 너무나 즐거워했다. 왜냐하면 그것은 그들에게 모든 정치적·사회적 운동이 쓸데없으며 부조리하다는 것을 말해 주고 있었기 때문이다. 스페인은 돈키호테를 사랑했다. 왜냐하면 더 이상 어떤 믿음도 없었기 때문이다. 스페인은 즐거운 마음으로, 어쩌면 이상(理想)이 없는 것이 자국민들을 현실로 안전하게 데려가는 최선의 방법이자 가장 확실한 방법이 되리라는 것을 알았다. 돈키호테는 몰락 속에 있는 위대한 카스티야의 정신을 달래 주었다. 예술은 견딜 수 없이 슬픈 위기의 순간에 있던 스페인에게 그 어느 것보다도 값진 선물을 주었던 것이다.

나는 오늘 하루 종일 이곳 산 위에서 끝없이 고통 받고 싸웠던 이상의 기사를 떠올리면서 여행하고 있다. 오디세우스, 햄릿, 파우스트와 더불어 그는 인간의 영혼에 깊게 뿌리박힌 존재다. 이들은 인간의 정신을 지배하는 네 명의 대가다. 다른 나라의 부대에 더욱 예리하고 영리한 사람, 더욱 괴팍하고 섬세한 사람, 더욱 탁월한 정복자들이 있을지도 모른다. 그러나 돈키호테의 마음과 가장 가까이 있는 것은, 젊은 신병이나 고참병을 막론하고, 군인의 마음이다. 그들의 마음은 통렬할 정도로 영원히 그와 가깝다. 그것은 아마도 모든 대가들 중에서도 돈키호테가 인간의 운명을 가장 충실하게 반영하고 있기 때문일 것이다.

그렇게 나는 우리의 위대한 대가의 그림자와 함께 카스티야의 중심부인 바야돌리드로 들어갔다. 화려한 교회들과 황폐해진 거대한 궁전들로 가득한 이곳 스페인의 옛 수도는 연인들이 모두 죽어 버리자 살아남기 위해 산업 전선에 뛰어들어 장사를 해야만 했던 몰락한 공주와 같은 모습이었다.

위대한 왕들은 스페인을 사랑했다. 추기경들은 목숨을 바쳐 스페인에 충성했다. 그러나 이 모든 위대함은 영원한 것과 덧없는 것을 구별하고 기억할 수 있는 여행자나 어떤 장소의 핵심을 포착할 수 있는 여행자에게는 특별한 것이 아니다. 오로지 한 가지만이 바야돌리드에 남아 있다. 그것은 하나의 기억, 그러니까 작고 초라한 집, 습기, 웃자란 담쟁이덩굴, 어두운 유리창과 철제 격자창에 대한 기억이다. 이 작은 집은 바야돌리드의 심장부에 있는데, 그곳에 있는 모든 것은 스페인에서 가장 소중하다. 왜냐하면 그 집 안에서 위대한 창조자 세르반테스가 살았고, 고통을 겪었기 때문이다. 인간들의 머릿속에는 순간적인 위대함만 가득했고, 그래서 정신은 괴로워했다. 그리고 그것에 대한 대가로 정신은 통쾌한 복수를 했던 것이다.

이 집을 둘러보면서 나는 굉장히 감동받았다. 내 눈은 그 집을 떠나고 싶어 하지 않았다. 여기서 내 눈은 폭풍우 같은 한 사람의 전 생애를 둘러보았다. 그는 자기 민족의 정신을 명확히 보여 줄 수 있었고, 그래서 민족을 위험과 파괴로부터 구할 수 있었다. 말의 힘은 마술과 같아서 명확히 한정된 범위 내에서 사물을 창조할 수 있고, 창조된 것을 포함할 수도 있다. 그래서 그것은 원래의 형태보다 넘치거나 줄어들 수 없고 그 형태를 잃어버릴 수도 없다. 아마도 세르반테스와 동시대를 살았던 케베도[3]는 그의 폭넓은 유머와 비애감, 그리고 삶에 대한 강렬한 사랑으로 인해 더욱 풍부하고 더욱 현명하며 더욱 힘이 있었을지도 모른다. 그러나 그의 작품 중에서 스페인 정신이 지닌 이중적 본질을 불후의 작품으로 만든 것은 하나도 없다. 그는 스페인을 구할 수도 없었고, 그 역시 구원받지 못했다. 하지만 세르반테스는 돈키호테와 산초를 통해 파괴되던 스페인의 민족정신을 구했고, 스페인과 함께 구원되었다. 단테는 이탈리아를 엄격하게 3운 구법으로 통일시킴으로써, 죽은 지 수백 년이 지난 후 이탈리아의 통일을 가져

---

3 Francisco Gómez de Quevedo y Villegas(1580~1645). 스페인의 시인이자 소설가. 통렬한 풍자와 예리한 기지를 종횡으로 구사한 스페인 바로크 문학의 일인자. 대표작으로 『사기꾼』이 있다.

왔다. 그것과 똑같이 세르반테스는 그의 작품에서 자기 민족의 숨겨진, 아니 아직도 다 헤아릴 수 없는 특징들을 표현했다. 그는 그것들을 크리스털처럼 맑게 만들어 고착시켰고, 스페인 사람들은 자신들에 대한 가장 완벽한 표현을 보면서 굳건한 민족성을 지니게 되었던 것이다. 그것이 바로 위대한 작가의 어렵고 위험하며 극단적으로 불가사의한 의무다.

바야돌리드와 스페인을 대표하는 또 다른 창작자는 항상 열정과 힘이 넘쳤던 나무 조각가 그레고리오 에르난데스[4]다. 여기 바야돌리드에서 그는 십자가에 못 박힌 예수의 비극적인 장례식 행렬, 그러니까 도둑들과 로마 군인들, 그리고 창백하고 피 범벅이 된 벌거벗은 예수에게 야유를 보내며 비웃는 상여꾼들과 평민들을 새겼다. 여기에 모든 유형의 산초들이 있다. 모두 육적인 사람들로 두툼하고 축 처진 입술과 조롱하는 눈을 지닌 대식가들과 술꾼들이다. 그중 몇몇은 순진하고 몇몇은 교활하다. 그들과 더불어 돈키호테와 같은 모든 유형들, 즉 벌벌 떨면서 겁에 질린 홀쭉한 사도들, 영웅들, 힘없는 여성들, 그리고 상상과 현실의 절정을 보여 주는 위대한 순교자인 가시 면류관을 쓴 천국의 돈키호테가 있다.

그 나무는 눈부시게 피로 물들어 있었다. 너무나 사실적으로 표현되어 있었다. 입과 눈, 입술과 팔이 너무도 생생하여, 우리는 경외심으로 가득 찼다. 시간이 되돌아가 우리를 먼지 많고 피비린내 나는 예루살렘의 오르막길에 갖다 놓은 것처럼 보였다. 그리스도의 수난이 되살아나 있었다. 항상 그랬던 것처럼 군중은

---

4 Gregorio Hernández(1576~1636). 스페인의 가장 유명한 성상 조각가. 대표작으로 「빛의 그리스도」, 「누워 있는 그리스도」 등이 있다.

구세주 그리스도를 죽이려고 달려들었다. 이 피로 물든 나무 상은 영원한 이데아를 체현한다. 이 스페인 장인은 스페인의 정신이 이해할 수 있는 그리스도의 수난을 만들기 위해 상상력과 움직임과 유화 물감이 나무에 가득 스며들게 했다. 피가 그리스도의 상처에서 세차게 솟구친다. 피를 사랑하는 스페인 사람은 그것을 볼 때마다 흥분하고, 그의 가장 역사 깊고 심오한 미덕이 발동한다. 그는 비웃음과 죽음을 무시하고 세상을 구하기 위해 나설 준비가 되어 있다. 스페인 사람에게 예수 그리스도는 아마도 돈키호테의 다른 면, 즉 그의 가장 애처롭고 가장 내밀하며 신성한 면인 것은 아닐까?

나는 부활절 행렬을 이끄는 빨간 숭배물들을 만지며, 나도 모르게 스페인 사람들의 마음을 움직이게 하는 또 다른 신비스러운 의식을 떠올렸다. 그건 바로 투우였다. 이 두 의식은 하나가 되어 내 안에 융화되었다. 혹시 미트라[5]교에서 소의 죽음이 기독교에서 어린양의 희생과 같은 의미를 가졌던 것일까? 그것은 어쩌면 미트라교의 신성한 투우사를 조종하여 그의 신을 죽이려고 했던 보편적인 인간의 원시적 본능이 아니었을까?

바야돌리드에는 돌로 만든 성자들, 성모상들, 키메라들, 새들로 가득한 오래된 교회들이 많다. 여기에서 바로크 스타일은 참을 수 없는 온갖 무절제와 과장으로 나타난다. 고전적 기둥은 원래의 마구잡이 형태로 복귀했다. 바로크의 혼란스럽고 무절제한 오르가슴에서 나온 씨앗은 싹을 틔우고 무르익었다. 그리고 그 무엇의 통제도 받지 않고 마구잡이식으로 퍼져 나갔다. 미친 듯이 부는 바람 때문에 앞뒤로 휘날리는 옷 속에서 육체, 즉 눈이나

---

[5] 옛 페르시아의 빛과 진리의 신.

손이나 발은 격렬히 발작하면서 숨 막혀 했다. 이런 육체들 사이에는 빈 공간이 하나도 없고, 아무런 구원도 없으며, 침묵도 없다. 우리는 무심코 고전적 법칙이 주는 고요함과 고결함과 균형을 간절히 소망한다. 여기 바야돌리드에서, 나는 그림과 조각상들에 둘러싸여 그 해방된 영혼에 대한 반감을 가지고, 하지만 아무 말 하지 않은 채 지켜보았다. 분명히 최고의 예술은 억제된 열정이며 혼돈 속의 질서이고, 기쁨과 고통 속의 평정이다. 우리 스스로의 주인이 되기 위해서는, 그리고 우리 스스로를 표현하기 위해서는 우리가 사용하고 있는 물질의 주인이 되어야 하고, 아무런 연관도 없는 아름다움에 현혹되지 않아야 하며, 공간을 채우는 것으로 시간을 정복할 수 있다는 생각에 끌려 다니지 않아야 한다.

흔히 말하길, 디오니소스는 밝고 화려한 실크 옷을 입고 팔찌와 귀고리를 잔뜩 한 채, 눈에는 연지를 바르고 손톱은 주홍색으로 붉게 물들이고서 인도 제국을 떠났다고 한다. 그는 그리스 쪽으로 계속해서 갔고, 그곳의 맑고 단아한 해안에 이르자, 자기 옷들을 하나씩 벗었고, 귀고리와 팔찌들을 바다에 던져 버렸으며, 손톱에 물을 들이지도 않았고 연지를 바르지도 않았다. 마침내 그가 엘레우시스 만에 도착하여 신성한 해안에 발을 디뎠을 때, 그는 완전한 벌거숭이가 되어 있었다. 술주정뱅이의 신이 미의 신이 되었던 것이다. 예술의 길 역시 그렇다.

살라망카

 판석이 깔린 대학교의 멋진 정원들은 텅 비어 있었다. 약 3세기 전에는 수천 명의 학생들이 전 세계에서 개미처럼 모여들곤 했었다. 고함 소리와 토론, 그것은 바로 삶과 역동성의 표현이었다. 얼마나 열띤 논의들이 이 정열적인 청년들의 지혜의 둥지를 휘저었던가! 학생들은 술꾼에 방탕아, 혹은 창백한 신비주의자들이었다. 그들은 온갖 색의 옷을 입고 이리저리 움직였다. 몇몇은 성 야곱의 기사단에 속해 있었다. 그들의 가슴에는 칼자루 모양의 빨간 십자가가 달려 있었다. 또 어떤 사람들은 초록색이나 파란색 또는 노란색 망토를 두르고 있었고, 또 다른 사람들은 검은색이나 눈처럼 하얀 사제복을 입고서, 어두운 복도에서 성호를 긋고 창문을 서성이며 캠퍼스의 판석 위를 걸어 다녔다. 그들은 아리스토텔레스의 삼단 논법이나 스콧과 토마스 아퀴나스의 신학, 또는 움직이지 않는 우주의 중심인 지구에 관해 토론을 벌이곤 했다. 이 학생들은 민주적으로 조직되어 그들 스스로 교수를 선택했다. 하루 종일 그들은 신학을 토론하면서 신학의 길을 갔고, 밤이 되면 포도주를 마시거나 노래를 불렀으며, 여자를 취하기도 하고 기도를 하기도 했다.

오늘날, 대학교 정원에서는 평화와 고독, 즉 더없는 행복이 느껴졌다. 가을 햇살이 내리쬐었다. 잔디는 마치 있는 힘을 다해 돌을 뽑아내려는 듯이 기분 좋게 돌과 엉켜서 하나가 되었고, 현관문에 앉아 있는 흰 고양이는 햇볕을 쬐고 있었다. 모든 소란스러운 소리도 사라졌다. 우리가 어디서 왔고 어디로 가고 있는지에 대한 형이상학적 문제가 한때 이곳을 휩쓸었지만, 그것은 아직도 풀리지 않고 있다. 당시의 학생들은 사라졌고, 그들의 자리엔 오로지 침묵하는 잔디와 햇볕을 쬐는 고양이만이 있었다. 인간의 고결함과 고통을 이루는 1회적인 환희의 상태는 지나갔다. 나는 우리의 대중 민요에 나오는 용감한 젊은이를 떠올렸다. 그는 죽음의 신으로부터 그들 스스로를 구하기 위해 요새를 만든 청년이었다. 그러자 죽음의 신은 앞으로 나아가더니 약간 허풍을 쳤다. 「약간의 변동이 있었군, 요새는 거기에 없었거든.」

정원의 구석에서는 구슬픈 햇볕이 가장 다정하고 가장 상냥한 수사 루이스 폰세 데 레온[1]의 석상에 떨어졌다. 그는 위대한 16세기 서정 시인이며 아주 똑똑한 신학 교수이기도 했다. 민중 언어를 가장 열광적으로 주창한 그는 〈무한한 슬픔으로 가득한 스페인〉을 선포했다. 우리가 사람들을 계몽하고 구원하려 한다면 그들의 언어로 써야만 한다는 것이었다. 오직 그 사람들의 언어를 사용함으로써 고대의 지혜 또한 부활시킬 수 있다는 말이었다. 진보적인 수사는 이렇게 설교했다. 「그러면 지혜로운 사람과 지혜가 전혀 없는 사람들 모두 더 나아질 것입니다.」

---

[1] Luis Ponce de León(1527?~1591). 스페인의 신비주의 시인. 유명한 헤브라이어 전문가로 「욥기」와 「아가」를 번역하기도 했다. 당시 도미니크 수도회와 신학 논쟁을 벌이고 그 논쟁적 관점으로 성서를 옮겼다는 이유로 감옥에 갇혔다. 대표작으로 『그리스도의 이름에 대하여』, 『완벽한 아내』 등이 있다.

당연히 그는 투옥되고 말았다. 5년 동안 불평 한마디 없이 감옥에서 고문을 받았다. 그는 최초의 그리스도교도들처럼 자기도 진리를 위한 순교자라는 생각으로 위안을 삼았다. 나중에 그는 자신의 슬픔을 운율 있게 표현하고 그것을 시로 만드는 재능으로 위안을 찾았다. 예술은 다시 기적을 만들었다. 자신의 시를 통해 감옥에 갇힌 시인은 잠긴 문을 열었다. 그리고 자유인으로서 다정하고 감상적으로 하늘과 땅을 찬미하고 노래했다. 은총과 이루 말할 수 없는 아름다움, 겸손한 자존심, 고귀함과 서정적인 하늘의 고요한 환희를 노래했던 것이다.

> 여기 그들의 질시와 거짓들이
> 나를 문 뒤에 가두었다.
> 그러나 집 안에 갇힌 현명한 그는
> 자신의 초라한 상태를 기뻐했다.
> 악한 세상으로부터 멀리 떨어진
> 이 기쁨의 들판에서
> 외로이 삶을 보냈다.
> 허름한 방과 식탁과 함께,
> 그리고 그의 유일한 보상이자
> 알 수 없는 질투의
> 하느님과 함께.

5년 후 그는 석방되었다. 조용히 전에 강의했던 살라망카 대학교로 돌아간 그는 강단에 올라가서, 마치 어제 잠시 수업을 빼먹었던 것처럼 평소와 같이 쉽고 단순하게 〈우리가 지난번 말했던 것은……〉이라는 말로 다시 강의를 시작했다.

아무도 없는 뜰에서 나이 든 여자가 손에 옥수수 알을 가득 들고 나타났다. 그녀는 쉰 목소리로 병아리들을 부르기 시작했다. 「병아리야! 병아리야! 병아리야!」 그러자 붉은 수탉이 나왔고, 그 뒤로 10여 마리의 포동포동한 병아리들이 모습을 드러냈다. 갑자기 루이스 폰세 데 레온 수사가 거닐었던 공간 주위로 소박하면서도 영원한 삶이 꿈틀거리는 것 같았다.

하루 종일 나는 이 쓰러진 살라망카 대학교의 비좁은 거리를 돌아다녔다. 뜨거운 질문들이 내 귀에 말벌처럼 윙윙거렸다. 사납고 수다스러운 지혜의 돈키호테들이 이 잔디 아래서 아직도 썩어 없어지지 않은 것처럼 이곳 공기 속으로 귀신이 되어 나오는 것 같았다. 내 안에서 나는 세월을 되살렸고, 그 영혼이 얼마나 충동적으로 스페인의 땅과 바위를 성큼성큼 넘어 다녔는지 알 수 있었다. 처음으로 나는 피레네 산맥이 유럽과 아프리카를 얼마나 깊이 갈라놓았는지 깨달았다. 르네상스는 고대 그리스와 기독교 정신을 하나로 묶으면서, 인간 정신 속에서 새로운 기쁨과 창조의 근원을 열었다. 그러나 이런 르네상스는 피레네 산맥 너머로 퍼지지는 못했다. 우리가 기사 이야기를 통해 알고 있는 열정적인 스페인과 고딕식 아치와 아랍의 운율은 이곳에 전혀 오염되지 않은 채 그대로 남아 있다.

이탈리아에서 탄생한 르네상스는 아폴로와 동정녀 마리아의 불법적인 결혼에서 생겨난 결과인데, 그것은 국경을 넘어 프랑스로 들어가 그곳을 폭풍처럼 휩쓸었다. 그러자 음유 시인과 화려한 고딕식 교회와 더불어 시작했던 뿌리 깊은 프랑스 고유의 르네상스는 갑자기 맥이 끊어지고 말았다. 이탈리아 르네상스의 침입을 받자, 잘못된 방향으로 선회하여 자기 자신의 것을 모두 거부했다. 그래서 프랑스에서 태어난 영웅적인 영혼들은 영원성을 부여받지 못한 채 죽게 되었다. 파리의 문은 열렸고, 고대 그리스인들은 가운과 투구, 그들의 신화와 신들, 그리고 비극적인 디오니소스를 추종하며 즐기는 온갖 잡다한 사람들과 함께 들어왔다. 치명적인 오해와 광기의 순간이었다. 그러자 중세의 나무에서 자라기 시작한 하느님의 과일은 시들어 버렸다. 그러나 스페인에서는 이 고대의 괴물들, 즉 그리스인들과 로마인들이 오랫동안 국경을 건널 수 없었다. 신성한 종교 재판소 — 오, 제발 주님의 평화 속에서 잠들길 — 가 이단자들을 화형으로 다스렸기 때문이다. 극소수의 사람들만이 비밀리에 국경을 넘었고, 가정과 극장에 숨어들어 나중에 무대에 오르기도 했다. 그러나 대부분의 사람들은 자기 조상들의 신앙을 굳게 믿었고, 새로 도착한 사람들이 나타난 순간부터 그들을 허풍쟁이며 야바위꾼이라고 비웃었다.

그것이 바로 스페인의 시가 독보적인 일관성을 유지한 이유다. 리라를 연주하면서 평민들은 자신들의 영웅을 노래했고, 특히 가장 중요한 영웅인 엘 시드를 찬미했다. 고전적 통일성에는 관심이 없었던 기사 이야기에 기초를 둔 그들의 연극은 고전적 스페인의 토양과 긴밀한 관계를 가지면서 번창하였다. 그들은 영웅주의를 숭앙했고 모험을 갈망했으며 삶과 사랑의 위업을 강렬하게 욕망했다. 그래서 스페인의 기사들과 스페인의 웃음, 그리고 스페인의 눈물이 바로 스페인 시의 특징이다. 시인은 자기의 발이 스페인의 땅속 깊이 박혀 있는 것을 느끼면서 기뻐한다. 현대 스페인의 시인 페드로 살리나스[2]는 나무처럼 땅에 굳게 뿌리박고 있는 시인이 느끼는 그 옛날의 기쁨을 이렇게 찬양했다.

---

2 Pedro Salinas y Serrano(1892~1951). 진정성과 아름다움, 그리고 독창성이라는 세 가지 요소를 추구한 스페인의 순수 시인. 대표작으로는 『사랑의 이유』, 『확실한 우연』 등이 있다.

대지. 그 이상도 아닌.
대지. 그 이하도 아닌.
당신에게 넉넉함을 주는.
땅 위로 우리의 발을 두고,
우리의 발 위로 곧은 몸통을 두고,
우리의 몸통 위로 꼿꼿한 머리를.
거기, 우리 이마의 안식처에
순결한 이상이, 그리고 순결한 이상 속에
내일, 내일,
영원의 열쇠가.
대지. 그 이상도 그 이하도 아닌.
당신에게 넉넉함을 주는 것.

여기에서 우리는 스페인 땅에서 나온 티탄, 로페 데 베가[3]의 완전히 열광적인 기쁨과 자부심을 이해할 수 있다. 그는 자기의 영혼은 뿌리가 없거나, 공중에 떠다니거나, 아니면 자기의 육체와 함께 사라질 순간적인 것이고 외로운 운명이라고 여겼다. 이와 반대로 스페인과는 하나임을 느꼈다. 이미 태어났거나 아직 태어나지 않은 사람들과 산, 그리고 강과 모두 하나임을 느꼈다. 그의 순간적인 말은 모든 스페인의 말이었고, 그래서 그는 확신을 가지고 자랑스럽게 이렇게 말할 수 있었다. 「나는 로페 데 베가, 전능한 아버지, 하늘과 땅의 시인, 모든 보이는 것과 보이지 않는 것들의 시인이 하나임을 믿는다……」

---

3 Lope Felix de Vega Carpio(1562~1635). 스페인의 극작가이자 시인. 평생에 쓴 극작품이 2천2백 편에 달한다고 하나 약 5백 편만 남아 있다. 대표작으로 『양들의 샘』, 『올메도의 기사』, 『파렴치한 별』 등이 있다.

그러나 이 기쁨은 오래 지속되지 못했다. 거만한 부르봉 왕가의 군주들이 그리스 로마의 퇴폐적인 작품들을 가지고 피레네 산맥을 넘어왔던 것이다. 스페인 국민들은 그들의 변하지 않는 강한 본능을 가지고 반항했다. 그들은 이런 작품들을 보고 싶어 하지도 않았다. 그들은 그 작품들을 이해할 수 없었다. 그들은 그 작품들을 보고 아무런 감동도 받지 못했다. 그들은 안드로마케와 메데이아와 아가멤논에 관심을 가질 이유가 없었다. 그들은 자신들의 영웅, 자신들의 삶을 반영하고, 그들 자신들의 핵심에서 탄생한 친근하고 사랑스러운 인물을 보기 위해 스페인 작품으로 몰려들었다. 왕실은 스페인 황금시대의 작품을 무대에 올리지 말 것을 칙령으로 공포하였다. 부르봉 왕가가 가져온 퇴폐적인 작품들은 스페인에 기원을 둔 모든 꽃들을 시들게 하였다. 연극들, 시들, 기사 이야기들은 이제 모두 파리식의 모델로 재단되었다. 그런데 한때 수액이 그토록 충만했었다고는 하지만 어떻게 그런 이국적인 스페인의 나무들이 지금 꽃을 피울 수 있겠는가. 스페인의 정신은 서유럽과 별 관련이 없다. 스페인과 서유럽인들 사이에는 깊은 심연이 가로 놓여 있다. 서유럽은 논리적이며 균형적이다. 심지어 분노가 치밀 때조차 세련되고 우아한 것을 좋아하고, 열정을 논리적이고 냉정한 틀 속에 종속시킨다. 또한 지적 법칙에 의해 훈육되며, 지성이 노력의 절정이라고 외친다. 반면 스페인의 정신은 서유럽과는 정반대다. 그것은 완전히 불균형적이고, 거칠며, 격렬하게 움직이고, 폭발적이다. 그것은 논리와 고정된 규범을 비웃고, 열정을 영원한 삶과 예술의 유일한 원천으로 주장한다.

그러나 이제 그런 세대들은 지나갔다. 이런 정신적 노예화는 스페인의 정신을 무겁게 짓눌렀고 스페인이 고개를 들지 못하게 만들었다. 그러나 스페인 국민은 강한 인종이었다. 그들은 노예와 같은 밑바닥 생활을 하면서도 비밀리에 작업을 하였고, 해방의 순간은 무르익고 있었다. 그리고 얼마 후 해방자가 태어났다. 그는 영웅이거나 성인, 또한 어떤 때는 둘을 모두 겸비한 사람이었다.

아주 많은 세대가 지난 후, 스페인은 스스로 구원자를 탄생시켰다. 그는 성자였고, 조용했으며, 엄청나게 다정한 사람으로 마드리드 대학교에서 법철학을 가르쳤다. 그의 학생 중 한 사람이 말해 준 바에 의하면, 프란시스코 히네르 데로스 리오스[4]는 자상했고, 말수가 적었으며, 바닥에 떨어진 종잇조각 하나도 참을 수 없는 꼼꼼한 사람이었다. 그는 항상 하얀색 넥타이를 매고 있었다. 그의 대화는 아이러니와 유머와 열정으로 가득했다. 그것은 스페인의 부활 정신이 자신의 것을 장악하기 위해 선택한 물리적인 공격 도구였다. 그는 우리가 매우 잘 아는, 우레 같은 목소리와 강인한 신체와 불타는 욕망을 가진 다른 스페인의 영웅들과는 달랐다. 그것은 스페인이 모든 극단적 성향을 포용할 수 있는 풍요로운 성향을 지닌 나라이기 때문이다.

거센 외침이나 세속적인 선언도 하지 않은 채, 프란시스코는 조용하게 자신의 가르침과 삶으로 투쟁을 시작했다. 그는 1876년에 현대 스페인의 모교라고 일컬어지는 〈자유 교육 학교〉를 설립했다. 그의 목적은 남녀를 가리지 않고 새로운 인간을 만들어 내는 것이었다. 그들의 정신뿐만 아니라 그들의 마음과 영혼도 수양시키는 것이었다. 모든 참된 스페인 사람들처럼, 프란시스코는 마음을 한쪽으로 편향되게 배양하려는 생각은 없었다. 그는 이것을 인

---

4 Francisco Giner de los Ríos(1839~1915). 론다에서 출생. 크라우제 사상의 영향을 많이 받았다. 대표적인 저서로는 『교육과 가르침』(1889), 『대학 교육학』(1905) 등이 있다.

격을 떨어뜨리는 위험한 것으로 간주했다. 그의 목적은 생각과 감정과 행동이 완전히 일치되는 완벽한 인간을 만드는 것이었다.

당시의 스페인 학교들이 모두 성직자의 횡포하에 있었다는 것을 감안하면, 그런 학교는 그 누구도 예상치 못한 진정한 기적이었다. 미소가 없고 편협하고 진부하며 독단적인 두뇌로부터 망명한 기쁨은 여기 자유의 요람에서 안식처를 발견하였다. 프란시스코의 학생들은 웃고 놀고, 소풍을 다니고 수영을 했다. 그리고 다 자라자, 그들 주변의 스페인과는 완전히 다른, 즉 그들이 생각하고 있던 또 다른 스페인을 만들어 갔다. 전쟁은 상상 속의 스페인과 현실의 스페인 사이에서 시작되었다. 여느 때처럼, 처음에는 현실의 스페인이 사회 조직과 군주, 군대, 성직자들, 그리고 교육받지 못한 집단들의 지원으로 또 다른 스페인을 이겼다. 그러나 여느 때처럼, 상처로 얼룩진 슬픈 이상은 천천히 앞으로 나아갔다. 현실의 스페인이 이상의 스페인을 괴롭히고 못살게 굴수록, 이상의 스페인은 더욱 용감하게 자랐고 더욱 앞서 나갔다. 인도 속담에 〈연꽃의 향기는 바람을 따라 사이좋게 여행한다. 그러나 신성의 향기는 바람을 거슬러 간다〉라는 말이 있다. 선(善)이 확고하게 인간 정신에 뿌리내리기 위해서는 싸우고 피를 흘려야 한다는 것은 자명하다. 그리고 밤낮으로 적과 싸우고, 항상 깨어 있도록 노력하고, 세상에 존재하는 악의 성향에 굴복하지 않아야 한다. 싫든 좋든 이 적은 선과 함께 움직이면서 인간들을 발전시킨다. 만약 잔혹함과 거만함과 부정이 이 세상에서 사라진다면, 오히려 우리에게 화가 미칠 것이 분명하다!

프란시스코는 조용히, 그리고 끊임없이 미소 지으며 투쟁을 계속했다. 그 〈신성의 향기〉는 스페인 전역으로 퍼져 갔다. 어떠한 정신이라도 신성의 향기와 닿으면 변형되었고, 그 정신은 향기를 변화시켰다. 그리고 이내 그 향기는 무기를 들고 싸우거나 분노를 폭발시키거나 저항의 외침으로 나아가게 만들었다. 교수들과 완전히 다른 성격의 소유자였던 학생들은 스페인 방방곡곡에서 일어났다. 프란시스코는 몹시 기뻤다. 그는 이것이 좋은 신호란 것을 알았다. 왜냐하면 하나의 생각이 이렇게 많은 다른 정신들을 이끌 수 있을 때는, 그것이 이런 생각을 구체화하는 두뇌보다 훨씬 더 위대한 것임이 틀림없기 때문이다. 분명히 그 소망은 개개인의 소망보다 더 크고, 대중과 시대의 필요에 깊이 뿌리박은 것이었다.

프란시스코는 자기의 운명을 이루었다는 것을 알았다. 이제 늙은 그는 자신의 손을 곱게 잡고서 세상을 떠났다. 그는 저녁의 빛처럼 조용히 사라졌다. 그의 학생 중 한 사람이었던 시인 안토니오 마차도[5]는 그의 죽음을 위대한 감정에 담아 이렇게 묘사했다.

> 내 스승이 떠나자
> 오늘 아침 햇살은
> 나에게 말했네. 내 형제 프란시스코가
> 지난 사흘 동안 일하지 못했다고.
> 그는 죽은 것일까? ······우리가 알고 있는 건
> 그가 환한 길을 따라 떠나면서,
> 이렇게 말했다는 것이다. 내가 이룬 업적과
> 내 희망에게 애도를 표하라.
> 항상 착하게 살라. 그리고 여러분들 속에서

---

5 Antonio Machado y Ruiz(1875~1939). 스페인 98세대 작가 중의 하나. 대표작으로는 『고독』, 『카스티야의 들판』, 『새로운 노래』 등이 있다. 스페인 내전 때에는 공화정부를 지지한 탓에, 프랑코가 승리한 후에는 프랑스로 망명하여 그곳에서 객사했다.

내가 그랬던 것처럼 영혼이 되라.

살라. 삶은 계속되고,

죽음은 죽고, 그림자는 지나가는 법.

베푸는 자는 받을 것이고, 지금껏 살아온 자는 여전히 살 것이다.

불굴의 정신이여, 소리를 내라! 교회의 종이여, 침묵하라!

또 다른 더 순수한 빛을 찾아
우리 형제이고 여명의 빛이며,
작업장의 태양이었던 거룩한 삶을 살았던
기쁨의 노인이 떠나갔네.
아, 친구들이여,
그의 몸을 산으로,
넓은 과다라마의
푸르른 산으로 가져가라.
그곳에는 바람이 노래하는
초록색 소나무들이 가득한 깊은 협곡이 있다.
그의 순결한 가시나무 아래서,
황금빛 나비들이 노는
백리향의 땅에서 영원히 잠들리라.
그곳에서 언젠가 우리 스승은
다시 스페인이 꽃피는 꿈을 꾸었다.[6]

---

[6] 1915년 2월 11일에 마차도가 발표한 시 「프란시스코 히네르 델로스 리오스 씨에게」.

아빌라

스페인 정신이 담금질된 이 우뚝 솟은 곳은 건조하고 황량하며 독선적이다. 중부 카스티야, 그곳의 허름한 오두막집 안에서는 사람과 동물들이 함께 먹고 잔다. 그곳에는 차가운 바람이 불어오고, 크고 불타는 눈에 키가 큰 야윈 양치기들이 있다. 햇볕에 그을린 양치기 소년들은 마치 굶주린 염소들을 쫓듯이 바위들 사이를 오간다.

진정한 스페인 사람은 여전히 마음속에 유목민적 삶에 대한 깊은 향수를 간직하고 있다. 그는 땅을 경작하다가 허리가 휜 농부들을 경멸한다. 아랍의 노예들을 고용할 수 있었을 때, 그는 노예들에게 땅을 경작하도록 맡기곤 했었다. 이 영광의 시기에 스페인 사람은 자신이 원하는 진짜 직업에 종사했다. 그것은 전쟁에서 싸우고, 여행을 하며, 방랑자처럼 신세계를 배회하고 떠돌아다니는 것이었다. 그것은 그리스도교를 전도하기 위해서도, 황금이나 대단한 요부들을 가로채기 위해서도 아니었다. 그것들은 단지 핑계에 불과했다. 만일 그런 핑계들이 없었다면 그는 다른 핑계를 찾았을 것이다. 그는 싸우고 방랑했다. 그런 것이 그의 본성이었기 때문이다. 그는 모험을 갈망했다. 그는 일상의 평범한 삶에서 벗어나기 위해 싸웠고, 죽기 전에 위대한 작품을 마치기 위해 싸웠다. 뒤러의 놀라운 작품에서처럼 죽음의 신은 말을 타고 전속력으로 달리고 있는 스페인 사람을 말을 타고 전속력으로 뒤쫓는다. 마치 용감한 투사들처럼 두 사람은 무덤을 향해 가고 있다. 그러나 이 섬뜩한 경주가 끝나기 전에, 스페인 사람은 열망하듯이 자기 주변의 땅과 바다와 여자를 바라보고, 굶주린 듯이 보고 만지고 작별 인사를 한다.

이를 통해 우리는 스페인의 정신 속에 담긴 이율배반을 분명하게 설명할 수 있다. 그것은 바로 그토록 많은 현인들이 논리를 통해서는 이해할 수 없었던 열정과 무존재다. 이것들은 스페인 정신을 맴도는 양극단이다. 열정, 욕망, 삶의 따스한 포옹…… 그리고 모든 것이 무(無)라는 인식, 즉 우리는 존재하지 않으며, 죽음만이 우리의 후계자라는 인식이다. 그러나 강인한 정신이 무, 혹은 무존재에서 나온다는 것을 잘 알면 알수록, 그는 무상하고 무익한 순간을 더욱 강렬하게 살아간다. 강인한 정신을 소유한 사람에게는 죽음이 가장 강력한 흥분제이기 때문이다.

카스티야의 심장부에 있는 어느 언덕배기에 아빌라의 성벽이 솟아 있다. 그곳에서는 돌과 성자들 이외에는 아무것도 발견할 수 없다. 그 성벽은 아직도 본래 그대로의 모습을 간직하고 있다. 여든여덟 개의 망루와 들쭉날쭉한 총안들, 그리고 텅 빈 지하 통로도 옛날 그대로다. 오늘날 이 성벽은 한 유명한 도시의 판잣집들과 별장들, 교회들 그리고 수도원들을 에워싸고 있다.

10세기보다 훨씬 이전에, 이제는 너무 황량하고 조용한 이 광장은 일하는 아랍인들로 가득했었다. 거무스름한 장인들은 그들의 청동을 두드렸다. 이슬람 장사치의 목소리가 기도를 하라고 부르는 소리와 뒤섞였다. 분명, 그곳 광장 한복판에서는 분수가 뿜어지고 있었을 것이다. 반면에 차단된 높은 벽으로 둘러싸인 집 안과 격자문 뒤쪽으로는 검은 눈들이 초조한 표정으로 열심히 거리를 내려다보고 있었을 것이다. 그곳은 오브리아키[1]다. 날카로운 고함 소리와 초록색과 빨간색 마구를 단 노새들, 약삭빠른 상인들, 번쩍이는 빨간색 옷들, 시끄러운 소리들, 양념 가게, 비밀의 정원, 초승달 아래에서 연주되는 구슬픈 실로폰 소리로 가득한 곳이다. 이런 장면은 격노한 그리스도교도들이 북쪽에서 급습하고, 까무잡잡한 장인들이 수은 가주와 연지로 화장한 그들의 여인들과 함께 사라질 때까지 계속되었다. 그런 다음 이제 그 좁은 거리를 수도원장들이 살찐 노새를 타고 지나가고, 갑옷을 입은 기사들과 정조대를 찬 여인들도 지나가기 시작했다.

1522년의 어느 날이었을 것이다. 어느 기사가 말을 타고 아빌라로 달려왔다. 그는 웃으면서도 화나 있었다. 열 살가량의 소년이 눈물로 범벅이 되어 말 엉덩이에 앉아 있었다. 기사는 오래된 별장에서 내렸다. 그리고 소년의 목덜미를 붙잡고 그를 땅에 내려놓았다. 일곱 살 이상은 되어 보이지 않던 어린 계집아이는 현관으로 달려갔다. 계집아이는 오빠의 모습을 보았지만, 씩씩거리면서 모질게 자기의 입술을 깨물었다. 하지만 한마디도 하지 않았다. 기사는 말에서 내리면서 〈테레사!〉라고 약간 화난 목소리로 아이를 불렀다. 「이건 모두 네 잘못이야! 네가 오빠를 미치게 만들었어! 너 거기서 듣고 있지! 오빠는 이슬람교도들에게 가서 성서를 전도하고 싶다고 말하고 있어! 이 철부지야!」

어린 테레사는 아무런 대답도 하지 않고 그냥 오빠의 손을 잡고 있었다. 오빠는 여전히 흐느끼고 있었다. 그러자 그녀가 그의

---

[1] 원래 그리스의 스필라와 포트타 레알 사이의 옛 동네. 유대인들 혹은 오브리오이들의 가게가 밀집된 유대인 거리를 일컫는다.

귀에 속삭였다. 「오빠, 울고 있는 오빠 자신이 부끄럽지 않아? 우리가 조금 더 나이 먹을 때까지 기다렸다가 함께 가.」

어린 테레사는 성인들의 전기를 읽고 그들의 삶을 상상하며 가슴이 벅차오름을 느꼈다. 무지갯빛의 세밀화에서 그녀는 초록색과 빨간색 터번을 두른 이슬람교도들이 성인의 머리를 자르는 모습을 볼 수 있었다. 그녀는 성자의 피에서 크고 하얀 백합이 자라나는 것을 보았다. 그리고 파란 하늘에 에메랄드 빛의 벽이 솟아 있는 예루살렘을 보고 감탄을 금치 못했다. 「영원하라······. 영원하라······! 영원하라!」 나중에 우리에게 고백한 것에 의하면, 테레사는 어렸을 때 오빠 로드리고와 하늘을 나는 것과 순교에 대한 이야기를 나눌 때면, 몇 번이고 되풀이할 정도로 이 말을 사랑하고 있었다.

이렇게 뜨거운 신앙적 분위기 속에서, 그녀는 즐거운 마음으로 기다리면서 성장했다. 엄한 아버지가 있는 가정이었지만, 그녀는 어렸을 때부터 영웅적인 행위와 모험을 상상하면서 영원히, 정말 영원히 먼 곳으로 도망가는 꿈을 꾸곤 했다.

부모님은 그녀를 수녀원에 넣었다. 당시 귀족의 딸들에게 수녀원은 일종의 고급 여학교였다. 그곳에서 젊은 수녀들은 젊은 여자 친구들과 잡담을 하곤 했다. 그들은 몇 시간 동안 쉬지 않고 면회실에서 수다를 떨었다. 또한 친지와 남자 친구들의 방문을 받기도 했는데, 방문하는 사람들은 작은 향수병과 피부 화장용 크림, 새로 발견된 인도에서 가져온 이국적인 과일들, 고구마, 바나나, 커피 같은 세속적인 선물을 가지고 오곤 했다. 종종 그들은 천상과 지상의 사랑이 음유 시인의 기교나 과장된 낭만적 생각과 뒤섞인 복잡한 아크로스틱[2]을 받기도 했다. 그래서 육체라는 위험한 각성제는 순진하면서도 짓궂게 치장되었다. 이런 모든 자유를 가진 상류 계급의 수녀원은 세속적인 모임 장소로 바뀌었고, 그곳에서 철학과 예술적인 주제에 대한 토론이 벌어졌다. 한마디로 말하면, 그곳은 근심 걱정이 없는 명랑한 학원이었다. 그리고 시대의 관습에 따라 그들은 플라토닉한 사랑과 이상적인 연인에 관해 대화를 나누었다. 그곳에서 젊은 숙녀들은 자신들에게 걸맞은 명랑한 삶을 살았다. 웃음이 없는 가부장제 가정, 혹은 펠리페 2세의 섬뜩한 궁궐에서는 영위할 수 없었던 생활이었다. 베네치아에서 온 어느 사신은 젊은 수녀들이 더없이 행복한 삶을 사는 것을 본 후에, 〈이런 수녀원에 있는 수녀들은 천국으로 가는 대기실에 있는 것이다〉라고 말했는데, 이것은 정확한 지적이었다. 테레사는 생애 처음으로 가족들이 강제로 보낸 수녀원에서 웃으며 놀기 시작했다. 그녀는 이 세상이 얼마나 즐거울 수 있는지 느끼기 시작했다. 그녀는 모든 논쟁에서 가장 훌륭한 반론을 찾으면서 자기가 논리적으로 말을 잘할 수 있다는 데 자부심을 가졌다. 그녀는 이런 작은 세속적인 성공들로 인해 커다란 기쁨을 느꼈다. 그녀의 삶은 아무런 걱정 없이 행복했고, 그녀는 이런 삶에 만족을 느끼기 시작했다.

그런데 어느 날 밤 테레사의 영혼은 공포에 사로잡히게 되었다. 갑자기 자기가 죽음을 향해 다가가고 있음을 느꼈던 것이다. 지옥이 그녀 앞에서, 그러니까 그녀의 발아래로 갑자기 커다란 입을 벌렸던 것이다. 그러자 그녀는 소리쳤다.「구해 주소서, 오, 제 영혼을 구해 주소서! 저는 수녀원에 예전의 미덕을 되돌려 주어야 합니다.」

같은 시기에, 그리고 같은 방식으로, 돈키호테는 기사들의 전

---

2 각 행의 처음과 끝 글자를 맞추면 하나의 어구가 되는 것.

기를 읽고 마찬가지로 마음이 동요되었다. 그 또한 외쳤다. 「구해 주소서, 오 내 영혼을 구해 주소서! 나는 타락한 기사도에 예전의 미덕을 되돌려 주어야 합니다.」 돈키호테와 성녀 테레사는 한 쌍이다. 그들의 외침은 동일한 외침이다. 목적 또한 동일했다. 그것은 그들의 영혼을 구하는 것, 아니 더 높은 목적을 위하여 터무니없이 많은 것을 제공하는 것이다.

그날 밤부터 성녀 테레사의 영웅적이면서 익살스러운 모험이 시작되었다. 그녀는 새로운 수도원의 규칙을 설교하고 시행하며, 자기가 원하는 수녀원을 설립하기 위해 작은 마차를 타고 밤낮을 가리지 않고 마을과 도시로 달려갔다. 사람들은 그녀를 비웃었고 위협했으며, 말도 못하게 많은 방해를 했다. 그들이 그녀에게 수도원으로 준 집들은 무너지기 일보 직전이었다. 지붕에서는 비가 샜고, 그 안에 있는 것이라고는 의자나 식탁 혹은 담요 한 장이 고작이었다. 그러나 늘 즐거워하고 늘 긍정적인 생각으로 가득 차 있으며 늘 유쾌했던 성녀 테레사는 비바람으로 엉망이 되어 버린 집을 받고는, 없어서는 안 될 가구들, 빵, 기름 그리고 땔감들을 구걸하고 다녔다.

「사랑은 힘이다!」 그녀는 이렇게 말하기를 좋아했다. 그녀에게 신성함은 흥분의 상태나 한순간만 지속되는 용감한 업적이 아니었다. 그것은 매일 되풀이되는 힘든 인내의 노동이었다. 그것은 갑작스레 찾아오는 것이 아니라, 저 아래 도랑과 더러운 먼지와 진흙 구덩이 속에서 행해지는 매일매일의 전투였다. 그것이 바로 성녀 테레사가 싸우는 모습이었다. 그녀는 배고픔과 불평과 위협을 조롱하듯이 끈기 있게 맞섰다. 빵이 거의 다 떨어져 수녀들이 샐쭉해지기 시작하면, 그녀는 웃으며 이렇게 말했다. 「이게 더 나아요. 더 좋아요! 몸이 살찌면 영혼은 말라붙게 되거든요.」

축축하고 차가운 수도원에는 먹을 것이나 연료가 떨어지기 일쑤였고, 잠잘 수 있는 지푸라기 매트리스도 없었다. 그러면 테레사는 빵 굽는 팬을 잡아서 그것을 탬버린처럼 흔들며 뜰에서 노래를 부르고 춤을 추었다. 그녀는 깔깔거리고 웃으며 〈아, 너는 바보다!〉라고 외쳐 대면서 자기 자신을 비웃기도 했다. 그런 장면에 충격을 받은 배고픈 수녀들은 어처구니없다는 표정이었다. 그러면 성녀 테레사는 갑자기 빙빙 돌며 그들을 바라보고는 〈나는 살아남기 위해 이렇게 하는 것이야!〉라는 씁쓸한 말을 입 밖에 냈다. 또한 너무나도 스페인적인 〈모든 것은 무(無)야!〉라는 말을 종종 외치곤 했다.

어느 봄날 저녁, 살라망카에 있는 어느 수녀원 뜰에서 성녀 테레사는 수녀들과 함께 판석 위를 이리저리 거닐면서 평화롭게 이야기를 나누고 있었다. 그때 갑자기 어느 젊은 수녀가 탬버린과 캐스터네츠를 들고 뜰 중앙으로 뛰어나와 노래하고 춤추기 시작했다.「이리 오세요, 이리 오세요, 사랑스러운 눈이여! 이리 오세요, 나의 사랑스러운 그리스도여!」

갑자기 성녀 테레사는 팔이 마비되는 것 같았다. 그녀는 눈을 감았다. 온몸이 얼어붙었고, 그녀는 의식을 잃고 판석 위로 쓰러지고 말았다. 수녀들은 혼비백산하여 그녀를 방으로 옮겼다. 그들은 흐느끼면서 딱딱한 침대 위에 그녀를 눕혔다. 하지만 테레사는 의식을 회복하자 하느님에게 바치는 멋진 송시를 썼다. 〈난 죽습니다, 왜냐하면 죽지 않기 때문입니다.〉

이것은 그녀의 첫 환희이며 첫 번째 의식 상실이었다. 그러나 그녀는 이런 순간들이 두려웠다. 그녀는 이런 순간들을 믿지 않았고 원하지도 않았다. 차라리 딱딱한 땅 위에 자기의 몸에 고정된 영혼과 함께 꿋꿋이 서 있고 싶었다. 수녀들이 쓰러지고 몸부림치는 일종의 히스테리 증세를 보일 때마다, 그녀는 화가 치민 나머지 이렇게 지시하곤 했다.「의식을 찾을 때까지 몇 차례 때리도록 하세요!」

테레사에게 신성한 삶은 날개가 돋아나서 세상으로부터 도피하려는 광기의 분노가 아니었다. 그것은 사랑으로 충만한 인내와 부지런한 삶이었다. 신성함은 예술과 같다. 이른바〈영감〉, 즉 열의와 환희, 광기가 존재한다. 비록 그것들이 하느님에게서 발산되는 것이라 할지라도, 그런 상태를 겪는 사람들에게 길을 잃게 만들 수 있는 악마적이고 의심스러운 요소들이다. 이런 모호하고 세련되지 않은 요소들은 참을성 있고 극단적으로 엄격한 매일매일의 정신적 작업으로 정제되어야만 한다. 인내, 논리, 명랑, 사랑, 이것이 성녀 테레사와 그녀의 영혼의 마차를 끌었던 네 마리의 암말이다.

나는 이 환희의 노동자를 생각했다. 그녀는 자기 자신 속에 돈키호테와 산초를 효과적이고 완벽하게 융화시켰다. 나는 그녀가 아빌라의 황량하고 험한 거리를 빠른 걸음으로 지나다니는 모습을 생각했다. 그녀가 살던 시대가 제공한 독특한 성격들을 떨쳐버리고, 나는 그녀의 수녀복 아래에 감춰진 숨김없고 단단한 불길을 보려고 노력했다.

그 짧은 순간을 강렬하게 즐기는 데는 한 가지 방법만이 있어 왔고, 앞으로도 그럴 것이다. 이 방법을 위해 우리의 모든 힘들이 요구되고 호출되는 것이다. 바꿔 말하면, 우리는 우리 자신들보다 더 고상한 리듬을 따라야만 한다. 오로지 이런 방법으로만 사람의 존재는 고귀해지고 완전해진다. 오직 그렇게 해서만 사람의 힘은 개인의 숨 막히는 한계를 넘어설 수 있다. 그 리듬을 믿고 따르는 사람만이 보잘것없는 개인의 삶을 완전하게 살 수 있다.

신앙인은 장작더미 위로 오르자마자, 혹은 용감한 행위를 시작하자마자, 심지어 자신의 집 현관에 그냥 조용히 앉아 있는 순간에도, 그의 내면적 삶은 용솟음치고, 온통 빛으로 넘쳐 난다. 눈 깜짝하는 순간에 논리적이고 이성적인 비신앙인이 한 세기 동안에도 느낄 수 없는 그런 기쁨을 느낀다. 가장 금욕적인 신앙이 인간이 미래의 삶이 아닌 현재의 삶을 철저하고 강도 높게 살아가는 데 가장 확실하고 효과적인 방법이었다. 오직 믿음을 통해 사람들은 보다 높은 차원으로 승화될 수 있다. 그렇다면 여기서 〈승화된다〉는 것은 어떤 의미일까? 그것은 그들의 욕망과 결핍을 초인간적인, 즉 가장 심오한 인간의 리듬에 종속시킨다는 것을 의미한다.

우리가 이 리듬을 발견했을 때, 우리의 의무는 우리 자신을 그것과 결합시키는 것이다. 그런데 어떻게 결합시켜야 할까? 그 자체의 방법을 따라야 한다. 즉, 가능한 한 많은 유형의 실체를 성신으로 변화시키는 것이다. 인간의 영역에서 이 투쟁은 복잡하고 불확실하다. 우리가 〈물질적 실체〉라고 부르는 것과 〈성신〉이라고 부르는 것은 수정 가능한 개념이기 때문이다. 앞 세대에서 운동 또는 상향 충동이었던 모든 것, 다시 말해 한때나마 성신이었던 모든 것이 그다음 세대에서는 움직임을 잃고 경직되며 무거워진다. 그렇게 〈성신〉이었던 것은 〈물질적 실체〉로 변한다. 한때 불꽃처럼 솟아올랐고 한때 창조되었던 숨결(그것을 종교라고 부르건 아니면, 인종이나 이상, 혹은 조국이라고 부르건 간에)은 몇 세기만 지나도 희미하게 사라진다. 그리고 그것은 서서히 잿더미로 변하고, 마침내는 새로 생기는 그 어떤 생명의 호흡에도 방해가 되기에 이른다. 결국 모든 가능한 형태의 작업에서 그 힘이 소진되고 나면, 창조의 숨결 역시 지쳐서 사라져 버리고, 투쟁의 한

가운데에서 장애물로 변하고 만다.

시간만큼 오래되고 인간만큼이나 오래된 이 리듬은 인간의 역사를 지배해 왔다. 한 집단이 욕망과 결핍으로 가득 차서 잠자리에서 일어난다. 그리고 정신적·물질적인 힘을 얻는다. 스스로 법을 정한다. 그 집단은 문명을 창조하고 점차 자기만족이라는 정체된 리듬 속에 머물게 된다. 그러면 다른 집단의 사람들이 힘을 가지고 일어난다. 그것은 그들이 배고프기 때문일 수도 있고, 새로운 신이 그들을 인도하고 있기 때문일 수도 있으며, 그들이 부정의 희생양이라서 정의를 인도하고 싶어 하기 때문일 수도 있다. 하지만 이 모든 핑계들은 비록 그것이 진실이라 할지라도 늘 주요한 이유를 숨기고 있다. 그들은 일어난다. 그것은 그들이 노예라고 느끼기 때문이다. 보다 정확히 말하자면, 해방을 위해 싸우는 노예를 내면에 가지고 있기 때문이다.

인간의 의지와 관계없는 이런 숨결은 시대를 막론하고 집단을 움직이며, 인간을 도구로 사용함으로써 우리가 말하는 〈문명〉을 창조한다. 혹은 진부하고 낡은 문명의 작품들과 사상들을 소멸시키기도 한다. 거기에는 인간의 정신을 흥분시키는 리듬이 있다. 그것은 자기가 원하는 대로, 그러니까 균형 잡힌 침착하고 조용한 방식이나 대변동처럼 어지러운 속도로 인간들을 춤추게 만든다. 사람들이 지나치게 성급하고 피상적으로 〈시대정신〉이라고 부르는 것은 실제로 인간보다 더 높은 차원의 무엇, 즉 악마다. 그것은 짐 나르는 짐승이 그 어떤 합리적 예상이나 즉각적인 필요성을 넘어, 즉 자기 능력 이상의 행동을 하기 위해 질주하듯이, 시대와 종족을 지배한다. 이 위대한 순간에 모든 사람들은 선하든 악하든, 적이든 친구든, 싫든 좋든 이 악마와 협력한다. 그들이 이 리듬을 이해하고 부추기든, 그것에 반항하면서 그에 해당하는 패거리를 조직하고 증가시키든, 모두 이 리듬을 실어 나르는 것이다.

아빌라를 떠나면서, 나는 성녀 테레사에게 작별을 고했다. 다른 환경과 다른 시대였다면, 성녀 테레사와 같은 불꽃은 다른 얼굴을 가졌을 것이고, 대기 중에서 다른 춤을 추었을 것이다. 어느 천국 같은 봄날, 소크라테스 이전의 어느 그리스 섬에 사포라는 여인이 모두 사랑스럽고 행복한 젊은 여학생들과 함께 있었다. 그녀는 이름만 다르지 실제로는 성녀 테레사가 모셨던 바로 그 신에 대해 송시를 바치곤 했다. 만일 그녀가 우리 시대, 즉 가혹한 근대의 현실에 살았더라면, 부정과 기아와 고통을 보았을 것이다. 인간의 마음을 사로잡았으며 내세에 보상과 처벌을 약속했던 예전의 신을 빼앗겼다면, 그녀는 다른 종류의 성전을 시작했을 것이다. 또 다른 뜨거운 정신에 휩싸여 다른 길을 택했을 것이다.

동일한 정신과 동일한 불꽃이지만, 그것들은 각 시대의 필요와 각 인종의 구성 요소에 따라 서로 다른 이름으로 가고 있다. 그러나 그 경험의 눈은 속지 않는 법이다.

에스코리알

 이교도들이 고문대에서 성 라우렌티우스[1]를 불 고문하고 있었다. 성자는 고문자를 돌아보며 전혀 예상 밖의 표정을 지으면서 말했다. 「이쪽은 아주 잘 구워졌소. 이제 다른 쪽으로 나를 뒤집어 주시오!」

 마드리드로부터 북서쪽으로 60킬로미터 떨어진 에스코리알의 험준한 바위 사이에 이 성자를 기리는 교회가 있다. 펠리페 2세는 만약 전쟁에서 이기면, 성 라우렌티우스를 기리는 거대한 수도원을 짓겠다고 맹세했다. 그는 승리했고, 그래서 1563년 자신의 맹세를 실천에 옮기기 시작했다. 그 창백한 광신자 왕은 자기의 영혼을 안치할 집, 즉 그의 냉담하고 별난 뇌를 보관할 집을 짓고 싶었던 것이다. 그는 이 세상의 미와 기쁨은 전혀 안중에 없었다. 그는 미녀나 불필요한 그림, 그리고 사소한 것으로 자신의 고통을 달래기를 거부했다. 욕정 어린 눈을 즐겁게 해주기를 거부했던 것이다. 그는 자기 영혼이 편히 쉴 수 있도록 아주 깜깜한 화

---

 [1] Laurentius(?~258). 로마 황제 발레리아누스의 박해를 받아 순교한 가톨릭 부제. 그의 무덤 위에 세운 교회는 로마에 있는 일곱 개의 중요한 교회 중의 하나가 되었다. 축일은 8월 10일이다.

강암 굴을 만들고 싶어 했다.

펠리페 2세는 당대 최고의 건축가들을 고용했다. 처음에는 후안 바우티스타 데 톨레도[2]를, 다음에는 훌륭한 후안 데 에레라[3]에게 에스코리알을 맡겼다. 그리고 그들에게 거대한 수도원을 고문대 모양으로 짓도록 명령했다. 그 사원을 성 라우렌티우스에게 헌사하려고 했기 때문이다.

건물을 짓는 데 20년이 넘는 세월이 걸렸다. 펠리페 2세는 높은 바위에 조각된 옥좌에 앉아 잠도 자지 않고 건설 현장을 지켜보면서 손수 지휘 감독했다. 사원은 거친 절벽 사이로 천천히 솟아올랐다. 그는 자기의 방이자 궁전이며 무덤인 그곳을 무표정하고 창백하며 차가운 눈으로 지켜보았다. 누에고치처럼 말없는 이 옹고집 왕은 자신의 고치를 떨리는 마음으로 끈기 있게 짜고 있었다.

그의 영혼은 구원받을 수 있을까? 어느 날 깨어나 회색 석벽을 뚫고 노란 나비처럼 하느님의 거대한 꽃 위로 날아가게 될까? 검은 벨벳 옷을 입은 펠리페는 불길한 예언에 사로잡혔고, 말없이 슬픔에 잠긴 채, 바위를 깎아서 만든 옥좌에 앉아 자꾸만 높아지는 자기의 묘를 지켜보았다. 그것은 길이 208미터, 폭 162미터, 바깥 창문 1천1백 개, 내부 창문 1천6백 개와 1천2백 개의 문, 86개의 층계, 그리고 16개의 안뜰로 이루어진 거대한 묘였다. 이 거대한 고문대의 외관은 호화로운 왕궁이었고, 고문대의 다리는 각각 56미터 높이의 탑 네 개로 이루어졌다. 펠리페 2세는 초록색

---

2 Juan Bautista de Toledo(?~1567). 유명한 스페인 조각가, 건축가.
3 Juan de Herrera(1530~1597). 16세기 스페인의 건축가이며 수학자. 스페인 르네상스 건축의 대표자이다. 1567년에 그의 스승인 후안 바디스타 데 톨레도가 죽자 에스코리알의 건축 임무를 맡았다.

과 노란색의 화강암 덩이들이 연결되고 붙여지면서 자기의 마지막 거처가 마련되는 것을 냉혹한 표정으로 지켜보았다. 아프고 창백한 입술로 그는 필사적으로 계속 지켜보았다. 한 번도 웃지 않았던 이 위대한 왕의 비밀은 무엇이었을까?

오늘 내가 이 비극적인 〈교회의 오셀로〉의 운명을 회상하면서 에스코리알의 거대한 안뜰을 지나고 있을 때, 어느 성인의 오래된 전기가 떠올랐다. 〈단식가〉 성 요한[4]은 사막에 있는 은수자의 방에서 임종하고 있었다. 사막의 건너편에서 성 닐루스[5]는 천사로부터 그 암담한 소식을 들었다. 그는 일어나 지팡이를 잡았지만 너무나 늙은 탓에 움직일 수가 없었다. 그러자 제자들이 그를 들것에 올린 다음 누더기로 감싸고 공처럼 말아서 그의 친구, 즉 죽음으로 신음하고 있던 은수자에게 데려갔다. 닐루스는 가는 길 내내 지팡이를 탁탁 치면서 〈빨리! 빨리!〉라고 소리쳤다. 「서둘러! 그가 목숨이 붙어 있을 때 도착해야 한단 말이야!」 그러나 그가 도착했을 때 은수자는 이미 세상을 떠난 후였다. 닐루스는 몸을 숙여 그에게 마지막 포옹을 해주었다. 그런데 전기에 의하면, 바로 그때 기적이 일어났다. 〈단식가〉 성 요한이 스스로 조용히 일어나 닐루스의 귀에 무엇인가를 속삭이고 나서 다시 누운 다음 영원히 눈을 감은 것이었다.

닐루스의 제자들은 혼비백산하여 그의 스승에게 달려가 손과 발에 입을 맞추면서 물었다. 「뭐라고 말씀하시던가요? 무슨 말을 들으셨죠? 스승님의 눈은 두려움에 사로잡혀 멍해지셨어요!」 그

---

4 582년에서 595년까지 콘스탄티노플 총 대주교로 있었던 성인. 그의 축일은 9월 2일이다.
5 여기서 언급하는 성 닐루스는 누구인지 정확하게 알 수 없다. 성인으로 축성된 닐루스는 가톨릭 교회에 네 명이 있지만, 성 요한과 동시대를 살았던 닐루스는 없다.

러나 닐루스는 그 어떤 말도 해주지 않았다. 그는 누구에게도 결코 그 비밀을 말하지 않았다. 그의 삶도 전혀 바뀌지 않았다. 그러나 그때부터 그에게서는 결코 미소를 볼 수 없었다.

그리고 오늘 에스코리알에서, 악마 같은 생각이 내 마음을 할퀴고 지나갔고, 그 비밀은 대낮의 햇빛처럼 분명해졌다. 나는 은수자가 그에게 했던 말이 무엇인지 깨달았다. 그 비밀을 발견한 것이다! 〈단식가〉 성 요한은 죽음으로 신음하면서 친구이자 동료인 그의 귀에 이렇게 중얼거렸던 것이다.「형제여, 우리의 운명은 다했네! 천국은 없다네!」

스페인 사람은 이 끔찍한 계시를 마음에 품으면서도 아무 소리도 듣지 않은 것처럼 마음의 평안을 잃지 않고 살아갈 수 있을 것이다. 마치 아직도 희망이 있는 것처럼, 그리고 자신의 불행을 확신하지 못한 것처럼 살아갈 수 있을 것이다. 그러나 펠리페는 합스부르크가(家) 사람이었고 아무것도 듣지 못했다. 아마도 오직 과다라마 산맥의 살을 에는 듯한 냉기 속에서만, 그는 이런 쓰라린 예언을 감지했을 것이다. 이것이 그가 더 이상 웃을 수 없었던 이유다.

이렇게 등골이 오싹한 공상을 하면서, 나는 에스코리알의 계단을 올랐다. 장엄한 대리석의 지하 통로 속에서, 나는 스페인 왕들의 묘를 먼저 보았다. 마지막 묘는 활짝 열린 채, 홀쭉한 턱의 알폰소 13세를 기다리고 있었다. 이 왕은 퐁텐블로와 프라하, 프라하와 인도 사이를 태평스럽게 돌아다녔지만, 모두 허사였다. 그의 대리석 묘는 이곳 에스코리알에 배고픈 입처럼 열린 채 놓여 있다. 지금 그토록 부지런히 오가지만, 그런 활동에도 불구하고 이 살아 있는 보잘것없는 인간은 그것에서 도망칠 수 없다.

두꺼운 턱의 펠리페 2세는 그의 조상보다 더 나쁘지 않았다.

여러 면에서 더 훌륭했다. 그러나 그는 조상들이 지은 죄의 희생양이 되었다. 희생양이 되었던 것이다! 그의 조상은 시큼한 포도를 먹었고, 그가 그 부작용으로 고통 받은 것이다. 심오한 정의는 바로 그렇게 지시를 내린다.

시간과 장소를 막론하고 가족이나 종족의 구성원들은 서로 책임이 있다. 그들은 서로 단단히 묶여 있으며, 독립적이고 단일한 유기체를 구성한다. 조상 대신 손자가 죄를 짓기도 하고, 손자 대신 조상이 벌을 받기도 한다. 그래서 성서의 원죄는 상징적일 뿐 아니라 생리적으로도 심오한 의미를 갖는다.

가을이었다. 에스코리알의 정원에는 밤나무들이 모두 황금빛으로 반짝이고 있었다. 땅에는 샛노란 낙엽들이 수북이 쌓여 있었다. 축축한 땅 위에서, 그들은 갓 만들어 낸 플로린 금화처럼 반짝이고 있었다. 햇빛이 비치자 우중충한 수도원이 환해졌고, 잠시 미소 짓는 것 같았다.

가장 큰 안뜰에서는 에스코리알 학교 학생들이 장난치며 놀고 있었다. 저녁 빛을 받고 있는 사이프러스나무 꼭대기에 제비 떼가 앉아 지저귀는 것처럼, 왕궁 전체가 활기를 띠었다. 선생님으로 있는 몇몇 성직자들은 대화를 나누고 제스처를 지어 가면서 이리저리 움직였다. 검은 사제복을 입고, 팔각형의 검은 모자를 쓰고, 실크 술을 늘어뜨린 그들은 주름진 얼굴에 수염을 말끔히 깎은 채, 사냥당한 흑인 노예처럼 햇볕 속에서 재빨리 오가고 있었다.

나는 정원으로 들어가서 아이들과 어울렸다. 나는 아이들의 운명을 추측하면서, 하나씩 뚫어지게 바라보았다. 수도사들의 손에서 벗어나면 그들은 어떻게 될까? 이 명랑한 검은 눈의 스페인

소년들이 얼마나 구원될까? 바로 한 세대 전에도 다른 아이가 바로 이 정원에서 지금처럼 똑같이 놀고 있었다. 그는 말수가 적고, 고집이 센 소년이었고, 명민하게 선택한 분명한 말들과 침착성과 질서를 사랑했다. 그는 우리에게 말했다.「이 거친 군대의 막사에서 나는 내 자아를 기르고, 그 어떤 희망도 동정심에 바탕을 두지 않는 것을 배웠다. 나는 내 마음속에서 희생이나 겸손의 정신을 느끼지 않았다. 나는 눈물로 위안을 구하지도 않았다……」

점차 그의 성격은 무자비한 수도원의 엄격한 미덕을 따르게 되었다. 의지력과 훈련, 이베리아 통합 사상[6]에 철저히 복종하는 법을 배웠던 것이다. 그는 경거망동하지 않았고, 행운이나 상상적 요소에 굴복하지도 않았다. 마찬가지로 그는 엄밀한 문체, 즉 꾸미지 않고 멋을 부리지 않은 힘 있는 문체를 사용했다. 그는 도처에 이렇게 적고 있다. 〈에스코리알은 접근하기 힘든, 거의 초인적인 것이다. 그것은 인간에게 도움이 되지 않는다. 그 안에 표현된 진리는 결코 아이러니가 될 수 없다.〉

스페인의 어린아이들을 일일이 바라보면서 나는 마누엘 아사냐[7]를 생각했다. 잠시 동안 아이들은 사제의 손을 벗어나 뛰어놀았다. 이 아이들 중에서 누가 자기 자신에게 맞는 역사적 순간을 발견하는 행운을 가지게 될까? 어떻게 하면 이 모든 싹들이 내면의 열매를 맺게 할 수 있을까? 그들 중 누가 그런 역사적 순간을 찾거나 만들게 될까?

인간의 성공이나 실패는 매우 신비로운 것이다. 수없이 많은

---

6 합스부르크가가 이베리아 반도를 통치했던 1580년부터 1640년까지 지속되었던 스페인과 포르투갈의 영토를 통합하려는 시도.

7 Manuel Azaña(1880~1940). 그리 성공을 거둔 작가는 아니었으며, 프리모 데 리베라 독재 정권 시절에 공화행동당을 설립했다. 대표작으로는 『후안 발레라의 삶』(1926), 『사제들의 정원』(1926), 『돈키호테의 발명』(1934) 등이 있다.

불확정적인 요소들이 인간의 외적·내적인 면에 모두 기여하고 있다. 자신을 소중하게 여기는 것은 종종 중요한 역할을 하지 못한다. 아사냐는 겨울에는 낮에 여름에는 밤에 걸으면서 평생 혼자서 마드리드 거리를 돌아다녔다고 인정한다. 그는 카페에 가서 몇 안 되는 친구들과 몇 시간 동안 이야기를 하곤 했다. 주머니에 손을 넣은 채 아무 말 없이 도서관의 거대한 열람실을 서성거리기도 했다. 그는 몇 편의 시사 논평을 썼지만, 그것은 그 누구의 관심도 끌지 못한 채 잊혔다. 이미 쉰 살이 되었지만, 아무것도 해놓은 일이 없었다. 그는 실패한 경우였다.

아사냐가 묘사한 바에 따르면, 어느 날 그는 자기가 다녔던 옛날 학교를 보기 위해, 그리고 아직도 옛날 선생님들이 살아 계신지 알아보기 위해 에스코리알로 갔다. 그는 설레는 마음으로 안뜰로 들어섰다. 안뜰 구석에서 햇빛 아래 앉아 있는 나이 든 사제를 보았다. 그가 사랑했던 마리아노 선생님이었다. 그들은 지난 시절 이야기를 나누었고, 그 기억을 떠올리자 점차 흥분하면서 들뜨기 시작했다.

「어떻게 지내는가?」 나이 든 선생님이 그에게 물었다.

「저는 마드리드를 오르내리고 있습니다. 집에서는 담배를 피웁니다.」

「자네는 항상 게을렀어. 자네에겐 관심이 가는 것이 아무것도 없나?」

「제 삶에 대한 사랑이 더욱 강해지고 더욱 고귀해질수록, 제 머리는 더욱 성숙해집니다. 하지만 저는 제 자신을 괴롭힐 따름입니다. 저는 스스로에게 비옥한 땅에 소금을 뿌리게 하고 있습니다.」

「자네 말을 들으니 슬프군. 자네는 지금 그 어느 때보다 허영에 눈이 멀어 있네.」

「제 입술 위로, 저는 주검의 본질을 느낍니다.」

「자네는 마음의 평화를 느끼는가?」

「거의 늘 그렇습니다.」

「그것은 무엇보다 나쁜 것이네.」

「마리아노 신부님, 저는 죽은 사람이 아닙니다! 저의 평화는 저의 경험에서 나옵니다.」

「경험은 길들여져야만 하네. 만약 자네가 천사와 싸웠더라면 자네는 구원받았을 걸세.」

「제가 태어난 이래로 저와 함께하는 보이지 않는 신비로운 동료가 있습니다. 이 동료는 천사처럼 보이지는 않습니다. 저는 더 나은 삶을 살 수 있었지만, 그 친구는 저를 항상 불만스럽게 여겼습니다. 그리고 자기가 누구인지, 무엇을 원하는지 저에게 한 번도 말해 주지 않았습니다. 저는 그것을 죽이고 싶지만 그렇게 할 수 없습니다. 저는 그것을 제 발로 차지만 그것은 다시 돌아옵니다. 그것은 정말 괴물입니다.」

「하느님이 어느 날, 그 괴물이 자네에게 말하는 것을 듣게 해줄지도 모르네. 그러면 자네는 회개한 탕아가 되겠지!」

이것은 아사냐가 1927년에 적은 의미심장한 대화로, 그가 죄의식을 느끼며 빈정거리고 있음을 알 수 있다. 아사냐의 영혼은 그가 인생을 낭비하고 있다는 것을 잘 알고 있었다. 동시에, 그는 희망이 없는 과격하고 확실치 않은 욕망으로 가득 차 있었다. 이 〈괴물〉(또는 실제의 아사냐)은 카페나 두리번거리면서 거리에서 시간을 낭비하는 다른 사람(겉모습만의 아사냐)을 경멸하고 분노하면서 지켜보았다. 몇 년 후에, 그 〈괴물〉은 육체를 취해 눈에 보이게 되었다.

편한 마음으로 아이들과 놀고 난 후 그곳을 떠나면서, 나는 마음속으로 다짐했다. 〈하느님이(다시 말하자면, 필요성과 우연의 일치) 많은 젊은이에게 철두철미한 혁명가가 되게 하고 나머지는 광신적인 보수주의자가 되게 할지도 모른다. 그래서 양쪽 진영 모두 믿음을 가진 조직이 될지도 모른다. 그러면 광폭하기 이를 데 없는 전쟁이 터질 수 있다.〉

나는 뜰에서 거닐고 있던 신부 교사들에게 다가갔다. 마치 날개처럼 그들의 성직복이 바람에 흔들리고 있었다. 〈시대의 분기점들〉이 어떻게 그토록 기복이 심하게 바뀔 수 있을까! 한때 여기엔 스페인을 쥐고 흔들었던 신성한 종교 재판소의 후손이 있었다. 그런데 이제 그들은 몇 개 안 되는 수도원에 틀어박혀 있다. 그들은 멋진 궁전에서 쫓겨났다. 그들의 가장 큰 힘은 아이들에게서 취한 것, 즉 아이들의 영혼이다.

「이 아이들은 당신 학생들인가요?」 나는 모르는 체하면서 물었다.

「네, 물론입니다. 〈기사 양반〉. 그들은 우리의 제자입니다.」

「그런 어법은 이미 사라졌다고 생각했는데요……」

「결코 사라지지 않을 것이오!」 키가 크고 뼈가 앙상하고 곰보 자국이 난 사제가 화를 내면서 금속성의 날카로운 목소리로 반박했다.

내가 얼마나 그런 선생님을 좋아했던가! 리베라 지방의 성인들처럼 말이다. 그의 눈에서는 종교 재판소의 장작 더미가 활활 타올랐다. 아! 새로운 이슬람교도들이 영혼을 구한다는 이유로 무자비하고 어리석게 마구 육체를 죽이던 믿을 수 없는 스페인으로 다시 쳐들어와야 하는 것일까? 여기 스페인에서는 스페인 사람이 무슨 말을 하고 무슨 행동을 해도, 그들을 절대로 싫어할 수 없다. 스페인 사람들은 그런 강렬하고 억누를 수 없는 불을 그들의 눈에 지니고 있다. 그래서 그들 앞에서는 모든 차이점과 이데올로기가 사라진다. 스페인 사람들의 검고 광기 어린 눈앞에서 〈이념〉이란 무의미한 것이다. 다시 한 번, 나는 중요한 것은 〈무엇〉이 아니라 〈어떻게〉라는 것을 이해했다. 오직 이것만이 고려할 가치가 있는 것이다.

나는 항상 나 자신의 천국과 지옥을 마음속으로 그리고 있었다. 그것들은 공식적으로 인정하는 천국과 지옥과는 매우 달랐다. 〈따뜻한〉 사람들은 착하건 나쁘건 모두 나의 천국으로 들어올 수 있었다. 모든 〈차가운〉 사람들은 착하건 나쁘건 나의 지옥으로 들어올 수 있었다. 그리고 지옥의 맨 밑바닥에는 차갑고 착한 사람들이 있게 될 것이었다.

나는 에스코리알의 저녁 햇살을 받으며 가톨릭 사제들을 가까이에서 쳐다보았다. 나는 작별 인사를 하면서 그들과 힘껏 악수를 했다. 그들의 친절한 얼굴은 내 마음속에 지울 수 없는 인상을 남겼다. 그래서 그들 모두 나의 천국으로 들어가게 될 것이라고 나는 생각했다.

늦은 오후 햇살에 화강암들이 빛나고 있다. 하늘을 날려는 다친 새처럼 햇살이 바위에서 바위로 절뚝거리며 나아갔다. 그것은 잠시 맞은편 산꼭대기에서 멈추었고, 급회전하는 것처럼 보이더니 이윽고 사라져 버렸다. 암호랑이의 곡조처럼, 그날 저녁 무언의 속삭임이 수도원에 감돌았다. 그리고 에스코리알의 거대한 고문대는 어둠 속으로 사라졌다.

마드리드

 거친 불모의 고원 정상에 있는 화사하고 친절한 오아시스. 높이로 치자면 유럽의 어떠한 수도보다도 높은 곳. 하늘에 가장 가까운 수도. 안달루시아 사람들은 〈스페인 왕의 옥좌는 하느님의 옥좌 다음으로 높은 곳에 있다〉고 하는데 이것은 정확한 말이다.

 누에바 카스티야라는 냉혹한 불모의 땅 한가운데에서, 고집 센 국왕 대권이 이 시끄럽고 화려한 곳에 거처를 정했다. 그것이야말로 사막의 기적이었다. 이런 기적을 감상하려면 아빌라와 마드리드 사이를 걸어서 여행해야 한다. 그것은 시나이 사막에서 느낀 놀라움과 같았다. 며칠에 걸쳐 불모의 산맥과 푹푹 찌는 모래사막을 건너고 나면, 유명한 수도원과 올리브와 아몬드와 오렌지 나무로 이루어진 멋진 정원이 갑자기 나타난다. 마치 신기루 같다. 인간의 의지는 시간과 장소라는 무한한 공포 속에서 도대체 어떤 존재일까? 두 개의 빙산 속에 몇 세기 동안 놓여 있지만 영원히 지속될 수는 없는 신기루일까? 때때로 신기루는 사라진다. 때때로 그것은, 다시 확 타올라서 대지가 불길 속으로 사라질 때까지 계속되기도 한다.

 이와 비슷하게 노랗고 빨간 흙과 잿빛 초록색의 화강암으로 뒤덮인 이 카스티야의 사막에서, 갑자기 마드리드가 모습을 드러낸다. 그래서 그 즐거움은 한결 더 크다. 왜냐하면 그곳에 도착했다는 기쁨뿐만 아니라, 인간의 의지와 끈기에 대한 자부심을 느끼기 때문이다.

마드리드는 진정한 정신적 승리로, 자신의 장점에 대한 인간의 믿음을 고양시킨다. 여기서 내가 〈장점〉이라고 함은 끈기와 힘을 의미한다. 첫 순간부터 인간 승리의 이정표로서 마드리드가 공감을 불러일으키는 직접적인 이유가 바로 그것이다.

잠시 고원 정상에 서서 마드리드를 감상한다. 손을 귀에다 대고 확성기처럼 모양을 만든 다음 소리를 들어 보라. 교회의 종소리, 왁자지껄한 사람들 소리, 기적 소리, 구별할 수 없는 수많은 소리들, 바삐 움직이는 사람들의 옷 스치는 소리가 들릴 것이다. 햇살이 비치는 만사나레스 강의 좁은 강둑을 따라 펼쳐진 마드리드는 고야가 그린 악마의 누드화인 「벌거벗은 마하」처럼 보인다. 그녀의 음부가 반짝인다. 육체의 곡선이 굽이친다. 그녀는 하늘의 푸른 베개에 기대고 있는 음탕한 여자처럼 앙증맞게 미소 짓는다. 태양은 마드리드 위로 떠오르고 마드리드 위로 진다. 달이 지나다가 마드리드의 곡선미에 사로잡힌다. 비가 내리고 쌀쌀한 산바람이 불어온다. 따스하고 햇빛이 내리쬐는 찬란한 날이 돌아온다. 그리고 그녀는 고요하고 유혹적으로 계속 미소 지으며 사막에서 팔다리를 쭉 뻗고 있다.

그녀의 발밑에, 숨 가빠하며 애태우는 연인처럼 만사나레스 강이 숨을 헐떡이며 헉헉거린다. 그 강의 조롱에 얼마나 많은 사람들이 적의를 발산했던가! 공고라[1]는 이 강을 〈바짝 마른 낡은

---

[1] Luis de Góngora y Argote(1561~1627). 스페인의 시인. 그의 시는 난해하기로 유명하며, 이른바 교양 있는 지식층만을 대상으로 했기에, 〈교양주의〉라고 일컬어진다.

샘!〉이라고 부르면서 이렇게 질문했다.

「만사나레스야, 넌 왜 그렇게 말라 있니?」

「당나귀가 어제 지나면서 나를 모두 마셔 버렸어요.」 이것이 불쌍한 강의 대답이었다.

로페 데 베가는 〈목이 말라서 자신의 물을 마신 것〉이라고 그 강을 비난했다. 그리고 스페인의 위대한 작가 케베도는 〈아, 단지 한 방울의 물, 나의 모기와 개구리는 갈증으로 죽어 가고 있다!〉라고 썼다. 펠리페 2세가 만사나레스 강 위로 굉장히 멋진 다리를 짓자, 몇몇 사람들은 말했다. 「이제 이 다리를 팔아서 물을 삽시다!」 그리고 어떤 사람은 이렇게 말했다. 「펠리페 왕이 다리를 만들었습니다. 이제 후계자는 강을 만들어야겠군요!」 만사나레스 강에 대해 유일하게 따뜻한 말을 한 사람은 독일 황제 루돌프 2세가 보낸 대사였다. 「유럽에서 가장 다정한 강입니다. 우리는 말을 타고서, 혹은 마차를 타고서 그 강을 건넙니다. 하지만 그 강은 절대로 화를 내지 않더군요!」

그렇지만 귀가 먹은 한 노인이 있었다. 염세주의자 고야는 〈귀머거리의 집〉 창문에서 만사나레스 강을 바라보면서, 그 강의 버려진 모습과 흙먼지가 수북이 쌓인 나무들을 찬양했다. 그리고 가끔씩 진흙 웅덩이가 될 때, 그곳에 벗은 다리로 건강하게 서 있던 세탁부들을 보면서 매우 기뻐했다. 이런 희비극적인 〈강이길 바라는 실개천〉은 바로 강들의 돈키호테였다. 그것이 아마도 고야의 외롭고 절망적인 기질을 도와 그의 시골 별장의 벽을 신비스러운 〈검은 프레스코 화법〉으로 그리게 했을지도 모른다. 어두운 원시적인 꿈들, 활짝 깨어 있는 인간의 악몽, 무언가를 먹고 있는 이빨 없는 노인, 다른 늙은이, 지팡이에 기대고 있는 귀머거리, 그 뒤에 입을 크게 벌린 채 그의 귀에 대고 소리를 지르고 있는 기괴한 동료(아마도 죽음의 신, 그래, 분명히 죽음의 신이다). 또는 나이 든 크로노스, 그러니까 자기의 어린 새끼를 쥐고 그것을 먹어 버리는 부리부리한 눈의 괴팍한 괴물. 무엇보다 오싹하기 그지없는 이런 그림은 고야가 식당 방에서 식사를 하면서 계속 감탄했던 장면들이다.

창작하는 사람이 자기 주변의 일상을 어떻게 이용할 것인가 하는 문제는 은밀하고 곤혹스럽기 짝이 없다. 나는 고야의 충실한 협력자이자 가장 힘들었던 말년의 마지막 친구이며 교묘한 재치로 가득한 익살스러운 만사나레스 강을 상상하고 싶다.

18세기 중반까지, 돼지들은 이집 저집을 자유롭게 돌아다녔다. 쓰레기는 길거리에 높게 쌓여 있었다. 악취가 너무 심해 어떤 사람들은 기절하기도 했다. 그 시절의 한 신문 기자는 공기가 너무 더러운 것에 대해, 그 공기가 〈사람들의 옷에 황금빛 줄무늬와 자수를 남겼다〉라고 쓰기도 했다.

오늘날 마드리드의 중심부에는 미국식 마천루가 있다. 그러나 주요 간선도로 주변에는 모세 혈관처럼 가난하고 빈약한 좁은 길들이 뻗어 있다. 그 평화로운 좁은 길에는 격자창들이 있고, 과일을 실은 다정한 작은 당나귀들이 보이고, 큰 사마귀를 가진 노파들의 모습도 보이며, 솜털 피부에 검은 눈을 지닌 소녀들이 웃고 있기도 하다. 어느 장님이 땅에 무릎을 꿇고 앉아서, 파이프를 연주하고 있다. 거칠고 허스키한 음색으로 노래를 부르는 그 사람은 긴 술이 달린 빨간 숄을 걸치고 있다.

수많은 난쟁이들, 절름발이들, 외팔이들, 거리에서 손발을 뻗치며 자신들의 끔찍한 상처를 보여 주는 사람들이 좁은 길을 메우고 있다. 스페인 사람들은 그곳을 지나갈 때 아무렇지도 않게 그들을 바라본다. 학살과 상처들과 공포는 그들에게 친숙한 광경인 것 같다. 성인들의 상처나 그리스도의 피, 혹은 신성한 투우 경기에서 투우의 피를 볼 때처럼 그들은 그런 것에서 조용하고 민감하게 감동을 느낀다.

 나는 불빛이 가득한 교회로 들어갔다. 십자가에 못 박힌 그리스도가 한쪽에 있었다. 그의 몸은 침울하게 매달려 있었다. 모든 곳이 피투성이였다. 그의 손과 발과 갈빗대에는 커다란 붉은 구멍이 패어 있었다. 여자들은 머리 위에 하얀 미사포를 쓴 채 허리를 굽혀서 나무로 조각된 몸과 진홍색의 상처에 아무 말 없이 미친 듯이 키스하고 있었다. 그 여자들이 나가자 다른 여자들이 들어와서는 끊임없이 한숨을 쉬면서 자신들의 가슴을 쳤다. 나는 상쾌한 공기를 마시기 위해 거리로 나왔다. 태양은 이미 위치를 바꾼 상태였다. 하늘에는 구름 떼가 있었고, 공기는 끔찍스러운 심연의 푸른 색조를 띠면서 서늘하게 변해 있었다. 이 빛 속에서 큰 도로를 따라 파도처럼 오르내리던 사람들은 창백해 보였고 어떤 냉랭하고 위험스러운 분위기 속에 침몰해 있는 것 같았다. 여자들은 더욱 사랑스러워 보였지만, 또한 곧 죽을 것이라고 신호하는 것처럼 보이기도 했다.

 이 세상 그 어디에서도 그토록 열정적인 표정을 가진 여자들, 그토록 허리를 악마적으로 요동치는 여자들, 그렇게 순수하고 동시에 짐승 같은 여성성을 지닌 여자들을 만날 수 없을 것이다. 당신은 이 모든 육체들이 육신의 사랑이라는 성스럽지 않은 종교 재판소의 화형대 장작 위에서, 지고의 행복에 가득 찬 듯이 눈을 꼭 감고서, 활활 타오르기를 열망한다는 느낌을 받을 것이다. 하지만 이것은 잘난 체하는 실없는 남자들의 착각이다. 관자놀이와 좁은 앞이마, 갈고리 모양의 곱슬머리를 하고서 아프리카의 가면처럼 화장한 스페인 여자들을 보라. 그들은 치명적으로 몸을 흔들며 거리를 걷고 있고, 그들의 검은 피부는 금속처럼 반사되어 빛난다. 당신을 바라보는 흑갈색의 눈은 형언할 수 없이 끈질기게 당신을 유혹한다. 그러나 그 모든 것은 남자가 아닌 남편을, 육체의 사랑이 아닌 결혼을 손에 넣기 위한 음모와 가장과 유혹적인 속임수다. 모든 스페인 여자의 마음이 열려 있다면, 사람들은 그 안에서 그 어떤 에로틱한 장면이나 내숭도 찾아보지 못할 것이다. 심지어 남자조차 발견하지 못할 것이다. 대신 그 여자들의 가슴속에는 요람이 있을 것이고, 그 요람 속에는 아기가 있을 것이다. 스페인 여성은 첩이나 동료나 노예나 노리개가 아니다. 심지어 아내도 아니다. 그녀는 어머니다. 여기 결혼을 육체적 사랑으로, 사랑을 유희로 아직 왜곡하지 않은 완고하고 완강한 원시 종족이 있다.

 남자들이 사상이나 감정, 혹은 화려한 이상향에 정신을 잃는 나라에서는, 여자들이 논리와 균형을 유지하는 옹골진 미덕을 보여 주었다. 스페인 여자는 굳건하고 꾸밈없는 평범한 마음을 지니고 있다. 그래서 쉽게 광기의 지배를 받지 않고, 일상 현실을 열고 잠그면서 일상생활의 열쇠를 쥐고 있다. 그녀는 가족과 국가라는 폭풍에 흔들리는 비행선의 균형을 잡아 주는 소중한 존재다. 그녀는 남편이 한가롭게 모험이나 황금, 명예의 공상에 빠지거나 미친 원정 여행을 서둘러도 그냥 놔둔다. 그녀는 결코 팔짱을 끼고 한가로이 있거나, 이성을 잃지 않는다. 항상 집안을 돌보고 아이들을 키우며 손에 장바구니를 들고서도 피 흘리는 그리스도 앞에 무릎을 꿇는다. 조용하지만 확실하게, 그녀는 자신의 양발로 땅 위를 자신 있게 걷는다. 심지어 스페인 여성의 정신적 상징인 성녀 테레사도 결코 성스러운 중용을 잃지 않았다. 그리고 만약 천국이 있다면, 그리고 거기서도 가사를 돌볼 사람이 필요하고 자물쇠를 잠가야 할 것들이 있다면, 분명히 스페인 여인인 성녀 테레사가 그 열쇠를 지니고 있을 것이다.

많은 민요에서 이 본원적인 외침을 분명하게 들을 수 있다. 안달루시아에서 만난 수다쟁이 남자는 리라를 들고 창문 아래에서 노래 부른다.

「아, 당신에게 키스하고 포옹하기 위해……」

그럼 격자 창문 뒤로 여자가 대답한다.

「네, 네, 하지만 참으로 빛나는 것은 여자의 손가락에 끼워진 반지예요!」

끊임없이 흥얼거리는 남자는 다시 시작한다.

「아 달님이시여, 떨면서 우는 나이팅게일이여, 그리고 달콤한 봄의 즐거움이여!」

그러면 여자는 그녀의 격자 창문 뒤에서 조용히 똑같은 말을 한다.

「네, 네, 하지만 참으로 빛나는 것은 여자의 손가락에 끼워진 반지예요!」

대낮의 마드리드는 소음과 검은 눈과 곱슬머리 여자들, 태양과 비, 일터와 집과 박물관에서의 수많은 대화로 가득하다. 인간의 마음은 한쪽을 듣고, 그런 다음 다른 쪽의 소리를 듣는 것을 얼마나 즐거워하는가! 그것은 양쪽의 상대적 우수성을 인정하고 광적이고 골치 아픈 모든 생각들에서 벗어나 하나의 견고한 통합체를 만들기 위해서다. 기운이 왕성한 사람은 필연적으로 한쪽으로 치우친 편협한 마음을 지니고 있다. 만약 그렇지 않다면, 그들은 실제적인 삶에서 자신들이 가야 할 뚜렷한 길을 개척할 수 없고, 책임을 질 능력도 없는 우스꽝스러운 아마추어로 생을 마감하고 말

것이다. 이런 사람에게 행동적이지 않은 이론적인 사고는 하느님이 주신 선물과 다름없다. 왜냐하면 그런 사고방식은 오른쪽과 왼쪽을 모두 바라보고, 두 개의 날개를 결합하여 성신을 불러오기 때문이다.

스페인은 무질서와 실험주의와 고통으로 가득한, 역사적으로 아주 힘든 순간을 맞고 있다. 스페인 함대가 쿠바에서 패배한 끔찍한 1898년 이후, 스페인은 모든 힘을 잃고 식민지를 빼앗긴 채 침묵을 지켜야만 했다. 명예 이외의 모든 것을 잃어버린 스페인은 이베리아 반도로 되돌아올 수밖에 없었다. 그것은 우리가 기억하는 돈키호테가 뼈가 부러진 채 죽음을 맞기 위해 자신의 요새로 돌아온 것과 같았다.

위대한 스페인의 서정시인 후안 라몬 히메네스[2]는 어제 나에게 이렇게 말했다.

「1898년도의 파국은 스페인 정신이 어떤 힘을 가지고 있으며 어떤 업적을 세웠는지 투명하게 보여 주었네. 굉장한 충격이었어. 우리 민족의 긍지가 흔들리고 상처 받았지. 소위 98세대라고 불리는 세대는 중요한 특징을 지니고 있네. 그것은 새로운 국경을 넘어 무언가를 배우고, 나머지 다른 세상에 존재하고 있는 무엇인가를 보고자 하는 갈망이었네. 2세기간의 단식 후에, 너무나 목마르고 배고파하는 것이었지. 우리의 새로운 르네상스는 이렇게 시작되었네.」

해군 제독 세르베라[3]는 만일 그가 항구에서 나온다면 피할 수

---

2 Juan Ramón Jiménez(1881~1958). 스페인의 시인. 주요 시집으로는 『돌과 하늘』, 『수련』 등이 있으며, 우화집 『플라테로와 나』가 있다. 1956년에 노벨문학상을 받았다.

3 Pascual Cervera y Topete(1839~1909). 미국과 스페인 간에 전쟁이 벌어질 당시 스페인의 카리브 함대 제독이었다.

없는 파국에 직면할 것임을 확실히 알고 있었다. 하지만 그는 카스티야인의 정신을 움직이는 최고의 미덕인 명예를 지키기 위해 쿠바의 산티아고 항구를 떠났다.

스페인의 항구들은 아프고 부상당한 군인들과 선원들로 넘쳐났다. 곧 모든 조난자들이 시골집과 도시로 흩어졌고, 끝없는 낮과 밤, 그리고 치욕과 파멸의 이야기를 들려주기 시작했다. 사람들은 그 이야기를 경청했다. 그들은 눈물을 흘리며 욕을 했다. 그러나 곧 그들은 다시 숙명적으로 고개를 숙이고 말았다.

그렇지만 몇몇 지식인들은 단호하게 일어섰다. 처음에는 극히 소수였지만, 그 숫자는 조금씩 늘어났다. 그들은 임종에 처한 돈키호테 주위를 빙 둘러쌌고, 어떻게 그를 구할 것인지 조언을 하기 시작했다. 각각의 의사들은 자신만의 의학적 지식을 가지고 있었다. 참석한 의사들 중 한 사람이 말했다.

「오직 한 가지 약밖에 없습니다. 그건 종교입니다. 오직 가톨릭 신앙만이 스페인을 구할 수 있습니다. 신앙을 가졌을 때, 스페인은 위대했습니다. 그러나 하느님에 대한 믿음을 잃자, 스페인은 무너지기 시작했습니다. 그러므로 가톨릭으로 돌아가야 합니다! 성스러운 종교 재판소의 장작에 다시 불을 붙입시다! 모든 이단 서적을 불태우고, 비아냥거리는 모든 입들을 닫아 버립시다!」

그러자 다음 의사가 의견을 개진했다.

「아닙니다! 이 병의 원인은 다른 곳에 있습니다. 그것은 종교의 문제가 아니라 경제의 문제입니다. 스페인은 외국 원정에 과대한 돈을 탕진하는 대신, 국내 재건을 위해 돈을 써야 했습니다. 배고픈 국민들을 위해, 불모의 땅을 위해 말입니다. 그랬다면 스페인은 아직도 강하고 영광스러운 나라였을 것입니다.」

이 말이 끝나자 다른 의사가 대답했다.

「이 질병의 근원은 신앙이 부족했기 때문도 아니고 돈을 낭비했기 때문도 아닙니다. 그것은 바로 무지 때문입니다. 우리는 사람들을 깨우쳐야만 합니다. 근대화된 학교를 열어야 합니다. 문맹을 뿌리 뽑아야 합니다.」

또 다른 의사가 단언했다.

「자유가 없는 한 이 모든 것은 아무 소용이 없습니다. 오늘날에는 오직 자유만이 위대한 업적을 쌓을 수 있는 나라를 만들 수 있습니다. 종교 재판소가 우리의 정신을 노예로 만들기 시작한 저주받은 시대부터 스페인의 몰락은 시작되었습니다. 정치적, 사회적, 지적인 자유! 여기에 바로 구원의 길이 있습니다!」

또 다른 의사가 소리쳤다.

「아닙니다! 전혀 그렇지 않습니다! 이런 유럽의 이상들은 모두 스페인에게 치명적입니다! 우리는 본래의 우리 자신으로 돌아가야 합니다. 우리는 스페인 전통에 충실해야 합니다. 스페인의 특성을 바탕으로 우리 민족의 고유한 삶을 이룩해야 합니다. 여기에 바로 우리의 구원이 있습니다!」

그러자 또 다른 사람이 이의를 제기했다.

「전혀 그렇지 않습니다! 유럽, 유럽의 문명, 과학의 등불! 그것만이 오직 우리의 구원입니다! 스페인은 뒤처져 있고 아직도 중세를 벗어나지 못하고 있습니다. 그러므로 유럽화되고 근대화되어야만 합니다. 다른 방법이 없습니다!」

1898년 이후 스페인의 몇몇 지식인들이 즉시 그들의 환자인 스페인과 스페인의 정신, 즉 그들 스스로를 점검하기 시작했다. 그들이 몰락한 원인은 무엇이었을까? 그들의 진정한 역사적 사명은 무엇이었을까? 그들의 결점과 장점은 무엇이고, 어떻게 구원될 수 있을까?

환자, 즉 돈키호테를 에워싼 의사 중에 네 명의 훌륭한 의사, 위대한 스페인 사람들이 있었다. 그들은 스페인의 운명이 따라갈 커다란 길을 네 개 열었다. 그들은 호아킨 코스타,[4] 앙헬 가니베트,[5] 미겔 데 우나무노, 그리고 젊은 철학자 오르테가 이 가세트[6]였다. 그들을 중심으로 당시의 지식인 엘리트들이 함께 싸우고 도움을 주었다. 안토니오 마차도, 바예 인클란, 아소린, 피오 바로하, 미로 등이 바로 그들이었다.

공증인이었던 호아킨 코스타는 탐구심이 엄청난 사람이었다. 그는 아주 다양한 연구에 몰두했다. 스페인 사람들은 전문화를 싫어한다. 그들은 끊임없는 탐구 정신을 하나의 제한된 영역에 한정시키는 것을 혐오한다. 그들은 사소한 것에까지 무작정 전념하는 것은 인간의 영혼을 파괴하는 일이라고 생각한다. 〈아라곤의 사자〉로 불렸던 코스타는 놀랄 만큼 다양한 연구에 걸신들린 듯이 뛰어들었다. 선사 시대, 사회학, 민속사, 농업 문제, 철학 그리고 마지막으로 정치학에 이르기까지.

문예 부흥의 시대에는 흔히 그렇듯이, 인간의 마음은 가능한 한 많은 것을 붙잡으려는 억제할 수 없는 욕망을 가진다. 이론과 행동에서 가능한 한 넓은 영역을 살펴보려고 하는 것이다. 이런

---

4 Joaquín Costa(1844~1911). 스페인의 정치가이며 법학자. 스페인이 개성을 잃지 않은 채 유럽에 통합되어야 한다고 주장하였다. 98세대의 선구자로 여겨진다. 대표작으로는 『법학적 무지의 문제점』(1901), 『과두 정치와 보스 정치』(1902) 등이 있다.

5 Angel Ganivet(1865~1898). 1890년대 스페인의 가장 중요한 사회 철학자. 스페인을 사상이 파괴적인 정치 무기로 사용되는 국가로 설명하면서 스페인 내전을 예고하였다. 32세의 나이로 자살하였다. 대표작으로는 『스페인의 이념』(1897), 『최후의 스페인 정복자 피오 시드의 마야 왕국 정복』(1897) 등이 있다.

6 José Ortega y Gasset(1883~1955). 스페인의 철학자. 유럽 사상계에 큰 영향을 끼쳤다. 대표작으로는 『대중의 반란』, 『예술의 비인간화』 등이 있다.

부흥기 초기에 인간은 어린아이처럼 조바심을 낸다. 그들은 혼돈의 상태에서 투쟁하는데, 그런 상태는 결실을 맺기에 아주 좋고 가끔씩은 번뜩이는 천재성이 통용되기도 한다.

그래서 이 뜨거운 기질의 아라곤 사람은 예언자처럼 광신적으로 설교를 시작했다. 다시 말하면, 한시도 쉬지 않고 책을 쓰고, 신문에 기고를 하고, 연설을 했다. 그는 이렇게 외쳤다. 「스페인의 눈이 위대한 조상과 영광스러운 조상만 되돌아보는 한, 스페인은 가망이 없습니다.」 실제로 스페인은 그러했다. 그래서 말로만 격분하고 그 말에 스스로 지쳐 있었다. 소리치고 연설하면서, 스페인은 자기의 운명이 다했다고 믿었기에 태연하게 팔짱을 끼고 있었다. 그래서 코스타는 사도처럼 이렇게 외쳤다. 「우리의 조상을 우리 뒤에 남겨 두고 떠납시다. 그리고 현대의 요구대로 앞을 바라봅시다. 시드의 묘를 잠그고 또 잠급시다!」

이 절규는 스페인 전역에 뜨겁게 울려 퍼졌다. 보수주의자들은 의분을 참지 못했다. 「코스타는 반역자다! 그는 스페인의 성스럽고 신성불가침의 것들을 모욕하고 있다! 그는 우리 민족의 가장 위대한 영웅을 모독했다!」 그러나 코스타는 그런 말에 두려워하지 않고, 계속 설교를 했다. 「카스티야는 시드가 무어인에게 맞서 무기를 드는 것을 보았습니다. 그리고 어느 날, 우리가 패배하여, 시드의 시체를 나르고 있는 것을 보았습니다. 카스티야는 스페인이 되었습니다. 그리고 어느 날 스페인은 콜럼버스가 세 척의 범선을 타고 서쪽으로 출항하는 것을 보았습니다. 다른 날에는 우리 군대와 함대가 패배하여 모든 식민지로부터 내쫓긴 다음, 콜럼버스의 시체를 나르고 있는 것을 보았습니다. 하지만 이 모든 시체들이 우리와 무슨 상관이 있습니까? 시드의 묘를 잠그고 또 잠급시다. 그가 무덤에서 튀어나와 다시 말을 타고 새로운 모험을 하지 못하게 그를 가둬 둡시다!」

또 어떤 때는 울부짖기도 했다. 「병에 걸린 환자인 스페인을 구하기 위해, 평범한 약은 소용없을 것입니다. 〈수술 정치학〉이 요구되고, 스페인 국민들의 해부학적 구조를 잘 알고 있고, 또한 그들을 사랑하고 동정할 수 있는 〈강인한 외과 의사〉가 요구됩니다.」

「당신은 어떤 방법을 제안하는 겁니까? 당신의 계획은 무엇이죠?」 사람들은 분개하면서 물었다. 그러자 성격이 불같은 예언자는 간결하게 대답했다.

「학교와 빵입니다. 사람들을 가르치고 우리의 경제를 바꿔야 합니다. 우리는 항상 제자리에서 맴돌고 있으며, 가난에 찌들고, 무지합니다. 우리의 경제는 국가 경제건 개인 경제건, 양쪽 모두 딱한 상태입니다. 우리는 돈을 버는 방법뿐만 아니라 쓰는 방법도 모릅니다. 한 나라의 명예와 안전은 군대의 손에 달린 게 아닙니다. 그것은 흙을 파고, 포도밭에서 일하며, 양을 돌보고, 금속을 만들며, 배에서 열심히 일하고, 기차를 운행하며, 책을 출간하는 사람들의 손에 있습니다.」

한편 그는 종종 이렇게 말하기도 했다.

「우리 민족은 아주 커다란 결점을 가지고 있습니다. 만일 그것을 빨리 바로잡지 않는다면 우리의 운명은 끝이 날 것입니다. 유럽을 보십시오! 유럽에서 배우십시오!」

현대 스페인에게 아라곤의 강인한 사자 호아킨 코스타는 일종의 세례 요한이었다. 성서의 예언자처럼, 이 스페인 르네상스의 선구자는 동시대 사람들의 열정과 악의를 무마시켰다. 그는 또한 자기 형제들이 응징을 받게 될 것임을 알았다. 그래서 그는 황야에서 이렇게 소리쳤다. 「회개하라! 회개하라!」 그리고 인간의 역사에서 흔히 그렇듯이, 황야는 귀를 쫑긋 세우고 그의 말을 열심히 들었다.

　스페인 르네상스의 두 번째 예언자인 앙헬 가니베트는 호아킨 코스타와 정반대의 입장에 있었다. 아라곤의 사자는 정답고 열정적이며 달콤한 안달루시아의 나이팅게일에게 화답을 받게 되었다.
　앙헬 가니베트는 향락의 도시인 그라나다에서 태어났다. 날씬한 몸매와 검은 머리의 소유자인 그는 고풍스러운 아랍인의 세련미를 지니고 있었다. 아주 젊었을 때, 그는 항상 책을 주머니에 넣고 다녔다. 대부분 베르길리우스나 호라티우스의 책이었다. 그는 알람브라 궁전의 따뜻한 정원에서 철학과 정치적인 주제에 관해 조용히 토론하기를 좋아했다.
　스무 살 때 그는 마드리드로 왔고, 마드리드의 지식인 상류 계층과 친분을 갖게 되었다. 가니베트가 〈푸에르타 델 솔〉[7] 근처의 레반테 카페에서 입을 열어 말하면, 그의 모든 친구들은 그 지혜와 달콤한 목소리에 감탄하면서 즐겁게 그의 이야기를 들었다. 가니베트는 우아하고 세속적이며 개방적이었다. 그는 삶과 삶의 기쁨을 사랑했다. 그는 지칠 줄 모르고 헌신적이었으며, 여자 때문에 자살할 운명을 띠고 있었다. 그는 서른 살에 리가에서 강물에 몸을 던졌다. 그가 영사로 파견된 곳에서 그만 투신하고 말았던 것이다.
　코스타와 반대로 가니베트는 스페인 민족의 장점을 연구하고 찬양했다. 그는 민요뿐만 아니라 돈키호테도 뜨겁게 사랑했다.

---

[7] 마드리드의 가장 유명한 광장 중의 하나. 젊은 사람들이 만나는 장소로 유명하다.

그는 스페인 사람들의 장점만 바탕으로 하면 다른 문명을 만들어 낼 능력이 있다고 믿었다. 즉, 유럽의 현대 문명보다 심오하고 인간적인 문명을 만들어 낼 능력이 있다고 깊게 믿었던 것이다. 그는 이렇게 썼다. 〈우리는 두 개의 문을 가진 하나의 집이다. 그 문은 바로 피레네 산맥과 지브롤터 해협이다. 한쪽 문은 유럽을 향해 열려 있고 다른 한쪽은 아프리카를 향해 열려 있다. 스페인의 르네상스는 오직 우리가 우리의 집에 모든 힘과 정력을 집중할 때에만 실현될 수 있다. 우리는 스페인 정신이 사방에서 불어온 바람에 흩날려 빠져나가지 않도록 모든 문을 자물쇠로 잠그고 사슬로 묶고 빗장을 걸어야 한다.〉 아라곤 출신의 거칠고 광적인 스페인 사람은 눈을 유럽으로 돌려서 거기에서 구원을 기다렸다. 반면에 세련되고 교양이 풍부하며 극단적으로 유럽화된 가니베트는 비웃으면서 유럽에 등을 돌렸고, 스페인이 자신의 특성에 충실한 것이 좋다고 충고했다.

가니베트는 풍부하고 모순적인 복잡한 정신을 가지고 있었다. 그는 아주 쓸쓸하게 이러한 자신의 성격을 인정했다. 「보잘것없는 내 깊은 곳에는 부끄러운 이중성이 자리 잡고 있습니다. 본능은 나를 밑바닥으로 나아가게 만들고, 사랑은 나를 위를 향해 보게 합니다. 나는 그 사이에 정지되어 있습니다. 내 위치는 소름끼칩니다. 내 뒤에 남겨진 것들과 내 앞에 있는 것들 모두 나는 견딜 수가 없습니다. 그리고 그 가운데 있는 것들은 최악이라고 생각합니다.」 귀족 가니베트는 예술가처럼 사람들을 관찰했다. 그는 사람들이 만들고 경험했던 모든 것을 사랑했다. 노래, 자수, 춤, 축제, 풍습 들 모두를. 그는 말하곤 했다. 「민요가 천재의 시보다도 내 영혼을 더 멀리, 더 깊게 어루만진다.」 그리고 어딘가에 이렇게 쓰기도 했다. 〈길과 마을과 도시는 목소리를 가지고서 말한다. 때때로 나는 그 목소리들을 듣는다. 그들은 이렇게 말한다. 《여기엔 영혼이 없습니다. 그래서 모든 돌멩이와 조그만 땅과 타일들에게 목적을 부여하고 정당화하는 예술 작품이 없는 것입니다》라고.〉

가니베트는 가톨릭 선거권 투쟁 운동의 적이었다. 그는 스페인 사람들이 교육받지 못했고 뒤처져 있다고 생각했고, 그래서 정치적 자유가 그들에게 해로울지도 모른다고 우려했다. 「스페인에서 민주주의를 말하는 것은 유토피아적인 생각이다. 우리의 개성처럼, 우리 본래의 정치는 무자비하고, 강하며, 독단적인 권력이다. 우리는 민주적 박애주의를 추구하지만 이는 굴욕적인 것이다. 왜냐하면 우리는 우리의 집에서, 그리고 우리 내면의 삶에서 모두 왕이기 때문이다. 그렇지만 나는 천재적인 독재자에게 스페인을 구해 달라고 애원하지는 않겠다. 그것은 국가라는 몸에 인조 머리를 붙이는 것과 마찬가지다. 그가 떠나면, 우리는 더욱 큰 좌절에 빠질 것이다.」

가니베트는 보다 심오하고 보다 고유한 방법으로 국가를 구하려고 했다. 그는 이렇게 말한다. 「만일 내가 국가를 개혁하라는 부탁을 받는다면, 주저하지 않고 그 무엇보다도 남녀의 관계를 개혁하려고 할 것이다. 그러면 가족과 사회와 국가는 이내 스스로 개혁될 것이다.」 그러나 가니베트는 젊은 나이에 죽어 그의 조국에 깊은 영향을 남길 만한 시간이 없었다. 그는 지나치게 민감했으며, 자신의 정신생활에 온 힘을 쏟은 사람이었다. 그는 활기차고 정력적인 사람들이 보여 주는 육체적 거칠음이나 비열한 심성 같은 것이 없는 사람이었다. 그는 자아를 섬세하게 조각하였다. 그는 자기 자신에 대해 이렇게 말했다. 「내가 지닌 불멸의 영혼을 창조한 사람이고, 고통의 끝로 나 자신을 조각하는 조각가이며, 신을 믿지 않는 외톨이다. 이것이 바로 나였다.」

우나무노는 현대 스페인의 가장 위대한 예언자적 자질을 갖춘 사람이다. 폭발적인 힘과 산초 같은 기질을 지닌 고집 센 바스크 사람이며, 고지식하고 열정적이다. 그는 이데올로기나 추상적인 의미들 혹은 박학한 지식 놀이에는 전혀 관심이 없다. 그는 〈살과 뼈〉로 이루어진 실체적인 인간만을 사랑한다. 철학의 뒤에서 그는 철학을 구체화했던 철학자를 찾는다. 행간에서 작가를 찾고 혼자이기를 추구한다. 종이는 염소의 먹이에 불과하다. 우나무노에게 종이는 실제로 살아 숨 쉬는 사람들의 오점만을 남기기 위해 존재한다.

스페인이 유럽화되어야 하는지, 아니면 스페인의 경계 안에 남아 있어야만 하는지의 유명한 딜레마는 우나무노에 의해 예기치 않은 방법으로 해결되었다. 그것은 〈유럽이 스페인화되어야 한다〉라는 우나무노 특유의 논리였다. 그는 이렇게 설득했다. 「우리는 아프리카인이다. 우리는 유럽인들과 달리 빈정대는 해학가나 수학자가 아니다. 우리는 과학자도 아니다. 우리는 전기나 철도, 혹은 전화와 같이 그들이 발견한 것들을 사용하지만, 우리의 정신은 다르다. 우리는 신비적이고 비극적이다. 우리는 유럽의 문화에 적응할 능력이 없다. 그러나 그런 무력함은 우리에게 새로운 문화를 만들 힘을 줄 것이다. 우리는 삶을 구경거리로 만들지도 못하고 그것을 즐기지도 못한다. 만약 르낭[8]이 스페인에서 태어났다면, 우리는 그에게 돌을 던졌을 것이다. 그 누구보다도 내가 가장 먼저 돌을 던졌을 것이다. 하느님, 우리를 풍자가나 회의주의자, 혹은 스포츠맨이나 과학자로 만들어 주시지 않은 당신께 감사드립니다!」

---

8 Ernest Renan(1823~1892). 19세기 프랑스의 대표적인 실증 철학가. 예수의 신성을 부인한 『예수의 생애』로 널리 알려져 있다.

이렇게 우나무노의 메시지는 정치적 혹은 민족적 이상을 초월하여 종교가 된다. 우나무노는 운명에 대한 새로운 개념과 열정, 환상의 힘과 사실주의를 결합시킬 새 우주론을 만들려고 애를 쓴다. 우나무노의 투쟁의 중심은 신과 개인의 관계다. 그는 이렇게 말한다. 「이것은 중요하면서도 끔찍한 문제다. 만일 스페인이 구원받고자 한다면, 이 문제를 풀어야만 한다. 유럽의 방식이 아니라, 스페인의 방식으로 말이다. 그러면 스페인과 모든 세계는 구원받을 것이다. 삶은 논리나 게임이 아니다. 그것은 종교다. 논리나 이상, 그리고 과학적 진실보다 더 높고 더 깊은 것이 있다. 그것은 바로 불멸이다. 하지만 불멸의 철학적 의미가 아니라, 뼈와 살로 이루어진 개인의 불멸을 말하는 것이다.」

우나무노의 설교는 스페인의 정신에 대단한 영향을 미쳤다. 그의 말이 너무나 보통과 다르고 독특하며 여러 가지로 해석될 수 있었기 때문에, 오랜 세월 동안 내면적 투쟁의 문제, 즉 개인과 하느님의 관계가 의식적이건 무의식적이건 전체 영적 생활의 중심이 되어 왔던 나라에 깊은 영향을 주었던 것이다.

우나무노는 현재 스페인의 가장 현명한 사람도 아니고, 가장 편견이 없고 너그러운 사람도 아니며, 가장 위대한 작가나 철학자도 아니다. 그는 이 모든 것보다 더 중요한 것을 지닌 사람이다. 그가 옛날 돈키호테의 가장 충실하고 가장 생생한 화신이기 때문이다.

네 번째로 스페인 르네상스를 예언한 사람은 바로 오르테가 이 가세트이다. 그는 오늘날 스페인에서 가장 위대한 철학자이며, 우리 시대의 가장 위대한 철학자 중의 한 사람이다.

스페인 구원 운동이 시작될 무렵, 오르테가는 아주 젊었다. 당시 그는 독일에서 막 귀국한 상태였다. 그는 훌륭한 독일 철학자 헤르만 코엔의 제자였다. 오르테가는 유럽의 지혜와 명쾌한 정신을 열렬히 숭배하고 있었다. 그는 스페인이 유럽의 과학적인 방법을 채택해야만 구원받을 수 있다고 확신했다. 그 외 스페인을 구할 수 있는 다른 길은 없었다. 유럽의 논리가 스페인의 정신을 순화시켜야 했다.

오르테가는 마드리드에서 태어났다. 그의 가족은 지식인들이었고 「엘 임파르시알」 신문의 발행인이었다. 이런 이유로 그는 어딘가에서 〈나는 인쇄기 실린더의 꼭대기에서 태어났다〉고 말했다. 오르테가는 정말로 기자란 직업에 대해 끝없는 욕심을 가지고 있었다. 그러나 그는 또한 훌륭한 철학자의 심오한 자질도 지니고 있었다. 그는 생활과 연관된 모든 것, 가령 자기 주위의 사람들, 경제, 정치, 사회 체제 등을 아주 세심하게 관찰했다. 우나무노는 자기 주변의 덧없는 삶을 경멸하고 영원한 삶을 추구했다. 그러나 오르테가는 일상 속에서 영원한 것을 찾았다. 그는 스페인 정신의 무질서한 풍요를 유럽 지성의 세련된 예리함으로 융화시킬 수 있는 새로운 지식인 세대를 만들기 위해 노력했다. 오르테가의 설교는 우나무노의 설교와 정반대였다. 과학과 논리, 체계적 작업과 최신 기술, 유럽과의 긴밀한 접촉, 이런 것들이 스페인을 구하기 위해 그가 택한 길이었다.

이 모든 사도의 목소리 중 어떤 것이 승리할까? 그중의 하나가 혼자 승리하는 것이 아니라, 그들 모두가 함께 승리한다. 그들 각각은 다양하고 풍부한 스페인의 특징이 보여 주는 생명력에서 나타나며, 스페인의 현실이 어떠하며 어떤 것을 필요로 하고 있는지 잘 보여 준다. 이 모든 목소리는 한목소리로 투쟁하고 동정을 느끼고 함께 일하면서 각자의 분야에서 스페인의 운명을 이끌게 된다.

이베리아 반도는 아직도 온갖 다양한 인종으로 형성된 다혈질의 사람들로 들끓고 있다. 아직도 그들은 육체적이거나 정신적으로, 혹은 이데올로기적으로 하나의 안정된 유형을 만들 수 있을 정도로 부드러워지지 않았다. 하지만 이것은 위대한 보물이다. 왜냐하면 더 많은 가능성과 예기치 못한 해결책이 존재하기 때문이다. 하지만 이것은 커다란 위험이기도 하다. 왜냐하면 공동의 목표를 향해 나아가려면 규율과 규칙이 필요한데, 그들에게는 그것이 너무나 힘들 일이기 때문이다.

마드리드의 거리를 돌아다니면서, 나는 각각의 모습 뒤에 숨어 있는 서로 다른 인종을 발견하며 기쁨을 느꼈다. 여러 대표적인 유형과 대화하면서, 그들의 정신과 사고방식도 이질적이라는 사실을 발견하게 되어 몹시 기뻤다. 여기가 엘리시온의 땅, 즉 천국이며, 모든 인종이 이교도들이 사는 약속받은 땅을 정복하기 위해 산과 바다를 건넜다는 말이 사실인 것 같았다. 그들의 흔적을 아직도 스페인 사람들의 얼굴과 정신에서 볼 수 있다.

바스크인들, 그들은 고집이 세고 강인하며, 자신들이 이베리아 반도에 가장 먼저 정착한 신비로운 사람들이라는 거만한 신념을 가지고 있다. 카탈루냐 사람들, 그들은 실용적이고 근면하며 몹시 합리적이다. 포르투갈의 국경에 있는 갈리시아 주민들은 부드럽고 서정적인 기질과 상냥하고 공상적인 정신을 지니고 있다. 카스티야인들, 그들은 옛 스페인의 하급 귀족들과 왕자들이며 위대한 스페인 영광을 만든 용감하고 불쌍하며 자존심 강한 사람들이다. 안달루시아인들, 그들은 따뜻하고 쾌적한 기후와 비애감에 깊이 물든 영혼들이다. 아랍인들처럼 관능적이고, 배우지 못했어도 교양 있으며, 가장 뜨거운 순간에도 거세고 무질서하며, 불같으면서도 동시에 게으르다. 마지막으로 발렌시아의 연안에 살고 있는 지중해 민족들, 그들은 스페인의 레반트 사람이라고 불리듯이 쾌활하고 탐욕스러우며, 겉치레를 좋아하고, 나약하다. 그들은 아라곤의 남자다운 거침과 대비된다.

  어느 날 저녁 나는 마드리드의 큰 거리를 내려가고 있었다. 프라도 미술관 쪽으로 걸어가고 있었다. 보름달이 나무들 사이로 떠 있었다. 조용히 떠오른 커다란 보름달이 거리를 오가는 수많은 남녀를 비추었다. 나는 그것의 참을 수 없는 달곰쌉쌀함을 결코 잊지 못할 것이다. 사람에 대한 사랑이 너무 강해지면 자기 자신이 스스로 정에 녹아서 사라지는 순간이 있다. 저녁의 산들바람이 프라도 미술관의 정원에서 향긋하게 불어오면서 여인들의 향기를 흩날리고 있었다. 봄이 온 것이었다. 나이팅게일 한 마리가 꽃이 활짝 핀 밤나무 사이에서 갑자기 노래했다. 공고라의 멋진 시구가 내 마음을 산란하게 만들었다.

> 이 나이팅게일이 놀랄 만큼
> 우아하게 흐느끼네.
> 그는 쉬지 않고 노래하는
> 수많은 친구 나이팅게일을 가진 듯,
> 그의 가슴과 그의 목에서는
> 그들의 슬픔이.

  느닷없이 나는 저녁을 달빛으로 물들인 스페인 전체를 사랑했다. 나는 모든 스페인의 슬픔과 희망을 부여안고 스페인의 구원을 간절히 보고 싶었다. 오늘 밤, 너무나도 분명하면서도 너무나도 오싹하게, 나는 이 질척거리는 얇은 지표 위에서 인간의 몸부림을 본다. 반짝이는 약간의 빛을 위해 암흑의 힘은 오랜 세월 동안 격렬한 소리를 내야만 한다. 앞으로 태어날 희망을 위해, 절망과 슬픔과 부정은 수 세기 동안 일해야 한다. 다른 방법은 없다. 착한 사람들과 섬세한 사람들은 분노와 혐오로 점철된 전쟁을 단념한다. 만약 이들이 삶의 창조자였더라면 그들은 박애주의의 양식과 그들의 논리에 따라 전쟁을 도려내고 말았을 것이다. 그러나 삶은 거칠고 모순적인 정신으로 이루어졌으며, 슬픔과 인내와 완고함 속에 흠뻑 젖어 있다. 그렇게 삶은 눈물과 땀과 먼지의 날카로운 냄새를 퍼뜨린다.

나이팅게일은 덧없이 투쟁하는 인간들 위에서 지저귀고 있었다. 그의 마음속에 있는 수많은 다른 나이팅게일과 함께, 그 나이팅게일은 화합과 일치를 이룰 수도 있었고 창조할 수도 있었다. 나는 스페인의 모든 영혼들이 그 나이팅게일과 유사한 화합과 일치를 얻을 수 있기를 희망했다.

톨레도

 톨레도는 엘 그레코[1]가 그렸던 폭풍우 속의 그 모습[2] 그대로 내 마음속에 살아 있었다. 높이 치솟고, 금욕적이며, 갑작스러운 번갯불이 내리치는 도시. 또한 이곳에는 인간 영혼의 화살이 구름에 짓눌린 하느님의 천둥소리를 관통하듯이, 환상적인 고딕 대성당의 화살이 있다. 톨레도의 절반의 탑들, 절반의 성벽들, 절반의 집들이 푸르스름한 번갯불에 반짝이고, 다른 쪽은 새까만 어둠의 나락으로 떨어지고 있다. 톨레도는 엘 그레코의 정신과 똑같은 모습으로 내 마음속에 나타났다. 한쪽은 빛이 관통하고 있고 다른 쪽은 칠흑 같은 어둠이었다. 어느 비잔티움의 신비주의자가 말했듯이, 냉담이 아닌 하느님의 광기의 출발점이며, 도저히 가까이 할 수 없는 인간적인 노력의 절정을 보여 주고 있었다.
 나는 톨레도에 도착해 좁은 거리를 오르기 시작했다. 평화롭고

---

 1 El Greco(1541?~1614). 스페인의 화가. 본명은 도메니코스 테오토코폴로스이며, 그리스인이라는 의미에서 그레코로 불린다. 대부분 종교화와 초상화를 그렸지만 깊은 명암과 색채, 비정상적으로 길쭉한 인체 묘사로 스페인의 신비주의를 대표한다.
 2 1597~1607년에 그려진 「톨레도 전경」을 말한다. 스페인의 르네상스 미술에서 독립적으로 풍경이 그려진 것이 없다는 점에서, 이 그림으로 인해 엘 그레코는 스페인 최초의 풍경 화가라고 불리기도 한다.

상쾌한 아침이었다. 여인들은 유명한 아랍 시장이었던 소코도베르 광장에서 돌아오고 있었다. 그들의 바구니는 야채와 고추로 가득했다. 대성당의 묵직한 종이 피곤에 지친 종소리를 울렸다. 집들은 열려 있고, 불빛이 흘러넘쳤다. 시원한 안쪽 뜰에서는 어린 소녀들이 예쁘게 꾸민 화분에 물을 주고 있었다. 흔히 그렇듯이, 예사롭지 않은 접촉은 벼락이나 불꽃 혹은 위대한 이념의 모습으로 다가오지 않았다. 그것은 마치 부드러운 봄바람처럼 왔다.

오래된 유명한 도시들에서 그림 같은 유적지나 낭만적인 외로움을 찾는 일은 황당하기 그지없다. 다시 말하면, 흥청망청 즐기면서 소리 지르는 우리의 음란한 상상력을 만족시켜 줄 이런 가짜 무대 효과를 고도(古都)에서 기대할 수는 없다. 위대한 시인이 우리보다 먼저 그 장소를 지나갔을 때, 우리 자신의 눈으로 그곳을 보기는 매우 힘든 일이다. 스페인은 소수의 시인과 화가들과 현란한 몇몇 여행자들의 발견물이다. 그때부터 만틸라와 투우, 캐스터네츠와 그라나다의 집시들, 세비야의 담배 소녀와 발렌시아의 정원들은 우리의 상상력에 불을 지펴 왔다.

나는 이런 멍에에서 벗어나려고 노력하고 있다. 성인들의 삶이 설명하듯이, 사람의 어깨에는 눈에 보이지 않는 두 개의 영혼이 앉아 있다. 오른쪽 어깨에는 천사가, 왼쪽 어깨에는 악마가 앉아 있다. 그날 아침 나는 두 개의 영혼이 톨레도를 뚫어지게 응시하면서 서로 말다툼을 벌이고 있음을 알았다.

내 왼쪽 어깨 위의 악마는 냉소적인 입술을 살피며 깨물고는 더듬거리며 말했다. 「이곳이 제국의 도시, 우리가 그토록 보고자 했던 그 유명한 톨레도란 말인가! 이 펑퍼짐하고 뚱뚱한 유모 같은 것이 그토록 멋지다는 대성당이란 말인가? 먼지로 뒤덮이고 썩어 문드러진 이 다리가 그토록 자랑하는 알칸타라[3]인가? 우리의 마음을 설레게 했던 도시들은 어디에 있는가? 예루살렘, 미케네 그리고 모스크바를 기억하라! 사마르칸트[4]와 부하라[5]를 기억하라! 야로슬라브 궁전과 노브고로트[6]와 아시시[7]를 기억하라! 그런 다음 낭만적인 황홀감에 속지 않겠다고 다짐하라. 이런 더러운 길들, 못생긴 여자들, 참을 수 없는 관광객 무리들, 따분하고 평범한 것뿐이다! 어서 여기서 나가자!」그러나 천사는 조용하고 달콤한 목소리로 내 오른쪽 귀에 속삭였다.「엘 그레코를 보러 가요!」

나는 서두르지 않았다. 왜냐하면 기쁨의 문 가까이 서서 천천히 손을 뻗는 것이 얼마나 즐거운지 잘 알기 때문이었다. 나는 오브리아키에 있는 엘 그레코의 집으로 갔다. 대문은 열려 있었다. 나는 문간에 섰다. 평화롭고 따스한 정원은 방치되어 있었다. 꽃을 피운 석류나무는 불꽃처럼 새빨간 모습을 하고 있었고, 두세 그루의 가시 돋친 무화과나무와 고대의 대리석 조각상이 하나 있었다. 또한 담쟁이덩굴이 뿌리를 내려 벽을 온통 휘감고 있었다. 주름살 많은 나이 든 여자가 양지 바른 곳에 앉아 온몸을 구부린 채 갓을 손질하고 있었다. 나이 든 크레타 여인과 똑같았다. 정원 뒤쪽에는 높은 기둥이 받치고 있는 테라스가 있었고 테라스 위로 십자가 모양의 철창살이 쳐진 창문이 하나 있었다. 그곳이 엘 그레코의 집이었다. 나이 든 여자는 고개를 들어 나를 무심히 쳐다

---

3 이 다리는 원래 로마인들이 만들었으나, 866년 아랍인들에 의해 재건되었다. 1257년 홍수로 파괴되자 알폰소 10세가 다시 만들도록 지시했다. 〈알칸타라〉라는 말은 아랍어로 〈다리〉 혹은 〈아치〉를 의미한다.
4 실크로드의 낭만을 불러일으키는 곳. 티무르 제국의 웅장하고 생생한 기념비라고 일컬어지는 도시이다.
5 우즈베키스탄의 도시로 거대한 왕궁, 요새, 옛 메드레사, 수많은 고대 공중목욕탕, 거대한 시장터 등의 유적이 남아 있다.
6 상트페테르부르크에서 남동쪽으로 180킬로미터 떨어진 러시아의 고도.
7 이탈리아 중부에 위치한 곳으로, 성 프란체스코가 태어난 아주 아름다운 마을이다.

보고는 다시 갓을 다듬기 위해 허리를 굽혔다. 온화하고 향긋한 고요함. 갑자기 크레타 섬 전체가 마음속에 떠올랐다. 나는 더 이상 자제할 수가 없었다. 나는 문 안으로 들어가 늙은 여자 가까이에 다가가 웅크리고 앉았다.

「할머니, 엘 그레코가 어디에서 태어났죠?」

「젊은이, 내가 그걸 어떻게 알아? 그냥 바다 건너 왔다고들 하던데.」

「그가 누군지 아시나요?」

「물론 알지. 하지만 너무 어렸을 때 들어서 기억이 잘 나지 않아.」

「할머니, 엘 그레코가 어떤 사람이죠?」

「그리스도와 사도들을 만든 사람이지!」

나는 그 할머니에게 만일 진실대로 말해 준다면 커피와 설탕을 주겠다고 약속했다. 그러자 할머니의 얼굴에는 기뻐하는 표정이 역력했다. 할머니는 누런 볼이 발그레해지더니, 자신 있게 내게 속삭였다.

「그는 미국 사람들을 데려온 사람이야.」

기쁨이 솟구쳤다. 나는 결코 기회주의적인 배고픈 대중들이 그들의 위대한 영웅들을 그토록 간단히, 그리고 그렇게 사실적으로 묘사할 수 있을 것이라고는 꿈도 꾸지 못했었다. 미국 사람들을 데려온 그는 영웅이다. 왜냐하면 그들과 함께 팁 제도와 물질적 번영이 왔기 때문이다. 확신을 가지고 이익에 집착하면서 땅에 굳게 발을 디디고 사는 농부는 배가 부르냐 아니냐의 관점에서 모든 것을 보고 판단한다.

하루는 아켈로우스 강둑을 따라 걷고 있는데, 한 농부가 지저분한 푸스타넬라[8]를 입고 나를 안내하겠다고 앞장섰다. 그의 작은 눈은 매우 총명해 보였다. 그런데 갑자기 파랑새가 우리 위로 날아왔다. 배는 진한 청록색으로 반짝이고, 날개는 짙은 파란색이었다. 파랑새는 칼처럼 순간적으로 번뜩인 다음 갈대 사이로 사라졌다. 나는 기쁨의 탄성을 지르면서 안내자의 팔을 붙잡고 이렇게 물었다.

「저 새의 이름이 뭐지요?」

루멜리[9]의 그 남자가 얼마나 경멸적으로 고개를 돌리고 나를 빤히 쳐다보았는지 결코 잊을 수 없을 것이다. 그는 어깨를 으쓱거리고서 중얼거렸다.

「왜 저 따위로 골치를 아프게 합니까? 그건 먹을 수 있는 새가 아니에요!」

그 농부는 새의 이름을 알려 주지 않았다. 그것은 먹을 수 없기 때문이었다. 그러나 다른 파랑새인 엘 그레코에게는 이름을 주었다. 나는 엘 그레코의 정원에서 나왔다. 얕고 진흙투성이의 타호 강은 햇살을 받으며 천천히 흘러갔다. 강둑은 거의 맨살을 드러내고 있었다. 뾰족한 잿빛 바위만 휑뎅그렁할 뿐, 푸른 잎사귀 하나 찾아볼 수 없었다. 나는 천천히 그것들을 바라보면서, 엘 그레코의 황홀한 광기의 눈이 분명, 금욕으로 얼룩진 이 바위들을 매우 사랑했을 거라고 기쁜 마음으로 생각했다. 여전히 그가 눈에 광채를 띠며 그것들을 뚫어지게 보고 있는 모습을 볼 수 있을 거라 기대하기라도 한 것처럼 나는 흥분되었다.

나는 엘 그레코의 집과 박물관과 교회들 주위를 거닐었다. 거기에 그의 작품들이 있었다. 그의 전 생애와 투쟁은 내 마음에 살아 있었다. 나의 눈은 예리하고 뜨거운 입과 불가사리처럼 긴 손

[8] 흰 무명 스커트.
[9] 크레타 섬의 한 마을.

가락이 달린 창백한 손과 움직이지 않고 번뜩이는 눈을 보고 감탄을 금치 못했다. 이런 모든 기쁨이 내 앞에 놓여 있었고, 내 속에 들어와 기쁜 표정을 띠고 싶어 안달하고 있었다. 나 또한 조바심이 났지만 자제했다. 왜냐하면 완전한 접촉의 순간이 곧 올 것이고, 그러면 욕망, 그러니까 최고의 기쁨은 죽어 버린다는 것을 알고 있었기 때문이다.

나는 좁고 작은 거리를 이리저리 배회했다. 내 마음은 기쁘게 과거로 질주했다. 오늘처럼 화창한 1614년 4월 8일 아침에 그 위대한 크레타인이 살던 집의 대문은 열려 있었다. 하얀 레이스가 달린 블라우스를 입은 어린아이들이 손에 노란 횃불을 들고 현관에 서 있었다. 약 40년 전에 바다를 건너온 당당하고 신비로웠던 외국인이 죽었던 것이다.

온 톨레도가 그를 애도했다. 그날 열성적이고 과묵한 크레타인이 만든 전설은 모든 사람의 입술에서 소생했다. 그의 삶은 기묘했으며, 그는 말수가 적었고 도끼처럼 일격을 가하길 좋아했다. 미켈란젤로에 대해서 〈좋은 사람이지만, 그림을 그릴 줄 몰랐다〉라고 말한 사람이 엘 그레코가 아니었던가? 교회가 떨 정도로 천사의 날개를 크게 만든 사람이 바로 그 아니었던가? 한번은 종이에 〈난 더 이상 참을 수가 없어. 나라는 존재는 얼마나 따분한 존재인가?〉라고 쓴 사람이 아니었던가? 그리고 종교 재판소가 〈당신은 어디서 왔고, 왜 왔는가?〉라고 묻자, 〈나는 그 누구에게도 나 자신에 대해 설명할 필요가 없습니다!〉라고 대답한 사람이 아니었던가? 그는 식사할 때, 식사를 즐길 수 있도록 옆방에서 악사들에게 연주를 하게 했다. 그의 친구 호세 마르티네스는 이렇게 말한다. 「그는 돈을 마구 썼다. 집에 화려한 것들을 사놓으면서 돈을 탕진했다.」 그는 초저녁에 추기경 산토발 이 로하스의 정원에 찾아가기를 좋아했다. 올리브들, 오렌지나무들, 소나무들, 물고기 연못, 이국적인 새들, 여자의 나신상들이 그곳에 놓여 있었다. 거기서 그는 그의 친구인 시인들, 사제들, 그리고 전사들과 추기경들과 어울리곤 했다. 이 정원은 또한 톨레도에서 가장 교양 있는 숙녀들이 자주 모이는 곳이었다. 그라시안[10]은 〈⋯⋯책 전체에 적혀 있는 아테네 철학자의 말보다 그의 한마디 안에 더 많은 것이 담겨 있다〉라고 말하기도 했다.

톨레도는 그에게 마법을 걸었다. 여전히 웅장하고 화려했지만 서서히 몰락의 길로 접어들고 있던 톨레도는 그에게 잘 어울리는 도시였다. 그렇지만 모든 기사들과 귀족들과 무서운 추기경들과 창백한 수도사들은 여전히 살아 있었다. 정열적이고 무시무시한 이런 모습에 신앙심이 투철한 크레타인의 검고 낯선 눈은 매혹되었다. 그들은 여전히 거만하고 지쳐 보이며 신비의 찬미로 가득한 좁은 거리를 걸어 다녔다. 그의 혈관은 세련된 아랍인의 피로 고동쳤다. 스페인을 점령했던 바로 그 아랍인들은 〈젖과 꿀이 넘치는 땅〉인 크레타 섬까지도 뒤덮었었다. 아랍인들은 크레타에 도착하자, 배를 불태워 버렸다. 그것은 그들이 하는 수 없이 크레타를 정복해야 한다는 것을 의미했다. 이렇게 같은 아랍 정복자들의 피가 크레타와 스페인의 혈관 속에 흐르고 있었다. 그리하여 톨레도에 도착한 엘 그레코는 자기의 실제 조국을 발견했다. 스페인 화가들과는 달리, 그는 아직 순결한 눈을 갖고 있었다. 왜냐하면 그는 청춘기의 중대한 시점에 처음으로 스페인의 장관을 보고 있었기 때문이다. 그것은 바로 무아경에 있는 스페인의 창백한 얼굴과 이미 태양이 지기 시작한 한 민족의 황폐하고 쓰라

---

10 Baltásar Gracián(1601~1658). 스페인의 사상가이자 소설가. 그의 철학과 사상은, 그를 이성에 관한 불후의 스승으로 모신 쇼펜하우어에 의해 유럽에 소개되었다.

린 야심이었다.

같은 순간에, 세르반테스는 슬픈 얼굴의 이런 기사들에게 눈물과 웃음으로 영원성을 부여하고 있었다. 그러나 엘 그레코는 이런 덧없는 익살스러운 요소들을 버렸다. 그는 진저리 나는 귀족 여행자들을 출발점으로 삼아, 선과 색을 통해 영원한 유령, 즉 절망적이지만 파괴할 수 없는 인간의 영혼을 만드는 데 성공했다.

오래된 교회들, 폐허가 된 궁전들, 폐허 사이로 조그마한 고개를 쳐들고 있는 향기로운 인동 덩굴을 보자, 나는 옛날 오브리아키에 있는 엘 그레코의 집으로 되돌아가 있었다. 나는 안으로 들어갔다. 그러나 그림을 보는 순간, 숨이 막혔다. 탐욕스러운 시선으로 그 그림들을 무차별적으로 응시하면서, 나는 화려한 색상과 영혼이 소진된 창백한 육체를 넋을 놓고 바라보았다. 커다란 기쁨이나 슬픔을 느꼈지만 버릇처럼 억지로 아무렇지도 않은 척했다. 이 굉장한 순간에 나는 연극을 할 필요가 있었다. 주의를 약간 딴 데로 돌리고 큰 기쁨이나 슬픔도 아주 잠깐 동안 우리 몸 주위에서 가물거리는 인광에 불과하다는 것을 깨달을 시간을 갖기 위해서였다. 그러면 그것이 내 가슴을 터뜨릴 정도로 가치 있는 것은 아님을 알게 된다.

나는 늙은 박물관 수위에게로 가서 농담을 시작했다. 이야기하면서 웃자 마음이 조금 가벼워졌다. 그제야 나는 입을 다물고서 엘 그레코를 쳐다보기 시작했다.

모든 사도들이 나를 에워쌌다. 갑자기 불길로 떨어지는 느낌을 받았다. 사도 바르톨로메오는 온통 흰색 옷을 입고 있었다. 검정 곱슬에, 얼굴은 창백하고 허기져 보였으며, 그의 목에서 거의 떨어져서 불꽃처럼 흔들렸다. 그는 마치 쓸 준비를 하고 깃털을 잡듯이 우아하고 가볍게, 칼을 쥐고 있었다. 그의 옆에 있는 붉은 곱슬머리의 요한은 한창때의 청년과 처녀의 모습을 모두 지니고 있었다. 그는 뱀이 넘실거리는 성배를 쥐고 있는 신비로운 양성의 헤르마프로디토스였다. 움푹 팬 볼과 말로 표현할 수 없이 슬픈 눈을 가진 노인 시몬은 전사의 창에 그의 온몸을 기대고 있기 때문에 쓰러지지 않았다. 그의 눈은 돌이킬 수 없는 슬픔과 투쟁의 헛됨을 시사하고 있었다.

사도들은 흥분한 상태였다. 박물관 입구에는 톨레도의 훌륭한 모습이 걸려 있고, 맞은편에는 엘 그레코의 아들 호르헤[11]가 지도를 펼쳐 들고 서 있었다. 그리고 톨레도의 하늘에서 여러 명의 천사가 성모 마리아를 에워싸고 함께 내려왔다. 그들은 공중 한가운데서 춤을 추고 있는 듯했다. 마치 봄철에 잔털로 덮인 배로 여왕벌을 떠받들고 있는 에로틱한 벌 떼와 같았다. 그리고 천사 하나가 높은 곳에서 유성처럼 곤두박이치며 떨어졌다.

나는 마드리드의 프라도 미술관에 있는 엘 그레코의 「부활」[12]을 떠올렸다. 평평한 바닥에는 노란색, 초록색, 파란색의 경비병들이 등을 땅에 대고 쓰러져 있다. 이러한 잡다한 광기 어린 인간 군상 속에서 순백의 그리스도가 줄기가 긴 백합처럼 곧게 승천하신다. 무게와 실체와 죽음을 초월하여 하늘로 날아오르는 하느님의 화살 같다. 그리고 차가운 에스코리알의 한가운데는 윤기 흐르는 에나멜처럼 빛나는 「성 마우리티우스의 순교」[13]가 걸려 있

---

11 엘 그레코가 헤로니마 델라스 쿠에바스와 낳은 아들로 1578년에 태어난 것으로 추측된다. 엘 그레코가 헤로니마와 공식적으로 결혼한 적은 없다.
12 이 그림을 그린 시기에 대해서는 논란이 많지만, 현재는 마드리드의 마리아 데 아라곤 신학교 성당의 구유를 장식하던 시절에 그렸다는 것이 정설이다.
13 1579년 에스코리알을 장식할 그림의 화가로 엘 그레코가 선정된다. 미켈란젤로의 그림에서 영향을 받았다. 후에 이 그림을 지시한 펠리페 2세는 그림에 등장하는 인물들의 신앙심이 부족하다면서 이 그림을 거부하고, 이탈리아의 화가 로물로 친치나토에게 다시 부탁한다.

다. 전면에는 감청색, 짙은 하늘색, 노란색의 갑옷을 입은 세 사람이 있다. 또한 녹색 갑옷을 입은 어린 아이도 있다. 그리고 저 세상의 빛줄기가 공기를 가른다. 그 빛이 너무나 숭고하여, 우리는 마치 보름달의 신비로운 광경 속에 우리 자신이 투영된 것 같은 느낌을 받는다.

엘 그레코의 그림이 모두 그러하듯, 빛은 칼처럼 날카롭게 대기를 베어 낸다. 거기엔 「성신 강림 대축일」[14]에서의 성신처럼 무자비하고 잔혹한 무언가가 있다. 거기서 사도들은 떨고 있는 산토끼처럼 움츠리고 있다. 그들은 도망치고자 하지만 이미 늦은 뒤다. 성신은 매처럼 그들을 내리 덮쳐 머리를 붙잡는다. 사도들 중 한 사람이 성신을 피하기 위해 그의 머리를 두 손을 교차하여 감싸지만 그의 손은 피로 뒤덮여 있다.

엘 그레코의 작품에서 빛은 그렇게 나타난다. 그것은 육체를 소멸시킨다. 즉, 육체와 영혼의 경계를 해체한다. 궁수가 활을 잡아당기듯이 육체를 부러질 정도로 팽팽하게 잡아당긴다. 그레코의 빛은 움직인다. 아주 강렬하게 움직인다. 그것은 태양에서 나온 것이 아니라, 햇빛의 반대편에 있다. 그 빛은 비극의 달에서 나온 것처럼 날아오른다. 그리고 대기는 천둥소리로 전율한다. 가끔 천사들이 빠른 혜성처럼 하늘에서 나타나, 화사한 무지개를 깨고, 사람들을 머리 위에서 위협한다. 그것이 엘 그레코 그림 속의 얼굴들이 창백한 무아경인 유령의 모습이거나, 어느 커다란 푸른 번개의 번쩍이는 불빛을 받은 우리의 모습을 취하는 이유인 것이다.

엘 그레코의 고통은 현상 뒤에서 본질을 찾는 것이다. 그래서 육체를 괴롭히고, 육체를 잡아 늘이며, 탐욕스럽게 빛으로 넘치

14 1596~1600년에 그린 그림. 여기서 성신은 비둘기와 불의 모습으로 나타난다.

게 하고, 육체를 급습하여 완전히 불태우는 것이다. 엘 그레코는 끊임없이 완고하게 전통적인 예술의 정전을 비난하면서, 오직 자신의 관점에 전념했다. 마치 기사가 칼을 잡는 것처럼 붓을 쥐고서 그림을 그렸다. 그는 이렇게 말하곤 했다. 「그림은 기술이 아니다. 그것은 법칙이나 규칙이 아니다. 그림은 개척이다. 그것은 영감이다. 절대적으로 개인의 에너지다.」

나이가 들수록 모든 사람은 차분해지고 침착해진다. 그러나 엘 그레코는 더욱 거칠어졌다. 그의 〈맥박〉은 갈수록 더 빨리 고동쳤다. 그의 〈광기〉는 갈수록 풍요로워졌다. 그의 마지막 작품들인 「다섯 번째 봉인」, 「라오콘」, 「폭풍 속의 톨레도」는 순수한 불꽃이다. 이것들은 육체가 아니다. 인간의 영혼은 육체인 칼집에서 나온 칼이다. 이 크레타인은 나이를 먹으면서, 심지어 이것에도 도전했다. 인간의 정신과 육체 모두가 완전히 칼이 되어야 한다는 것이었다. 몸이 영혼처럼 점점 더 가뿐해지고 확장되며, 투명해지고 빛나면서 다른 세상의 것이 되어야 한다는 생각이었다.

중세의 신비주의 연금술사들은 이렇게 말하곤 했다. 「만약 당신이 육체에서 육체를 끌어내지 않는다면, 당신은 어떤 것도 숙달하지 못한 것이다.」 엘 그레코는 만년에 이 연금술의 위업을 달성했다.

이따금 엘 그레코의 육체들에서는 속세의 맹렬한 사랑이 솟아나온다. 그의 천사들은 단단하고 강인한 육체를 지니고 있다. 그들은 볼과 윗입술에 짙은 검은색의 머리칼을 늘어뜨린다. 그들의 코는 무한한 은총과 대적한다. 톨레도에 있는 성 비센테 교회[15]에는 힘센 팔로 성모 마리아를 하늘을 향해 떠밀고 있는 한 천사가 있

---

15 성 비센테 교회는 11세기경 순교자 비센테를 기리기 위해 건립되었다. 교회 건축에 너무 오랜 시간이 걸려, 로마식으로 시작했지만 초기 고딕식으로 끝을 맺었다.

다. 그에게 그러한 힘과 기운이 있기에, 팔과 가슴이 아플 때까지 우리는 넋을 잃고 그를 바라본다. 그리고 그를 바라보면서 우리 스스로가 지구 전체를 높이 떠밀고 있는 것처럼 느낀다.

엘 그레코의 초상화들은 매우 강렬해서 우리를 오싹하게 만든다. 어두운 배경으로부터 늙은 기사나 추기경들이 공중을 떠도는 유령 집단처럼 나타날 것 같다. 엘 그레코는 인간의 몸을 장애물로 느꼈지만, 동시에 영혼을 표현할 수 있는 유일한 수단으로 생각했다. 그것은 인간의 육체를 추상적·기하학적인 형태로 대체했던 아랍의 도안가들처럼, 그가 결코 육체를 거부하지 않았던 이유다. 엘 그레코에게 육체를 결정화하는 것은 살과 빛의 놀이가 아니었다. 그것은 영혼이었다. 즉, 사람의 눈에 보여야만 하는 보이지 않는 영혼이었다. 그것이 우리가 엘 그레코의 초상화들을 바라보는 동안 형이상학적인 공포에 압도당하는 이유다. 그러면 우리는 생각의 어두운 힘인 연금술사, 마법사, 요술쟁이, 엑소시스트를 떠올린다. 그가 그린 모든 사람들은 그들이 살아 있는 동안 가졌던 육체를 그대로 지니고 있다. 그들의 결점도 동일하고 입고 있는 옷도 똑같다. 그들은 요술 거울 속에서 강력한 엑소시스트에 의해 부활되어 돌아온 동일한 사람들이다. 그렇게 예술은 죽은 자를 부활시키는 고대 마법의 힘을 재현한다. 그러나 그 부활된 육체에는 더 이상 달콤하거나 순수하거나 육체적인 온기가 없다. 그들은 지옥과 연옥과 천국을 지나왔으며, 내세의 불꽃 형태로 지상으로 돌아가고 있는 것이다. 이것은 그의 모든 천사들과 인간들이 엘 그레코 정신이 지니고 있는 세 단계를 지나온 뒤, 어떻게 나타나는지를 보여 준다.

성녀 테레사의 영적인 고해 신부였던 바녜스[16]가 말했다. 「테레사는 발부터 머리까지 모두 크다. 그러나 그녀의 머리 위는 비교할

데 없이 더 크다.」 이것은 눈에 보이지 않는 하나의 치수다. 그리고 엘 그레코가 전 생애에 걸쳐 그림을 그리면서 싸워 온 것이었다.

왜 엘 그레코는 2세기 반이 지난 후에 그가 사라졌던 어두운 곳에서 다시 모습을 드러냈을까? 왜 그는 오늘날 우리의 위대한 지도자 중 한 사람이 되었을까? 왜 우리는 그런 강렬한 흥분을 다른 작가에게서는 느낄 수 없는 것일까? 그것은 우리 시대가 끊임없이 격렬하게 고뇌하던 엘 그레코의 의식과 아주 유사하기 때문이다. 엘 그레코처럼, 가장 위대한 현대의 정신 또한 현상의 뒤에 있는 본질을 찾기 위해 노력하고 있다. 그것은 현상이 우리의 욕구를 더 이상 만족시킬 수 없기 때문이다.

다시 한 번, 예술은 외부적 현상에 만족하지 못하고 본질을 추구하기 시작한다. 그래서 물질적인 육체에서 가능한 한 많은 실체를 추상화하며, 표현할 수 없는 것을 표현할 수 있는 선이나 색 혹은 선율을 찾는다. 이런 것만이 오직 표현의 가치가 있다고 여겨진다. 예술은 육체의 눈으로 보는 것이라기보다는, 영혼의 끊임없는 시선이 가시적인 이 세상 안에서 짐작할 수 있는 무언가를 표현하는 것이다.

우리 모두는 디오니소스적인 면을 가슴속에 가두어 두고 있다. 창작자는 디오니소스의 온몸을 그의 가슴속에 집결시키는 사람이다. 이것이 바로 완전한 예술 작품이 우리를 해방시키는 이유다. 여기서 우리를 〈해방〉시킨다는 것은 어떤 의미일까? 나는 그것이 숨 막히는 우리 자신의 개인성을 눌러 뭉개고, 신의 손발이 우리 내면의 무기력해진 부분을 잡아당기게 한 다음, 이 세상 도

16 Domingo Báñez(1528~1604). 스페인 스콜라 철학의 대표자이며 성 토마스 신학에 정통했다고 알려져 있다.

처의 인간들 속에 흩어진 신의 다른 부분들과 신의 손발을 결합하는 것이라고 생각한다. 그래서 우리가 숨을 쉬면 무언가를 이루었다고 느낀다. 우리는 우리의 형제를 인정하고 죽음을 초월한다. 그것은 예술 작품을 보면서 모든 것 — 인간과 짐승, 미래와 과거, 삶과 죽음 — 이 하나라는 사실을 깨닫기 때문이다.

인류의 위대한 창작품이 나오는 시기에, 예술의 목적은 〈미(美)〉가 아니다. 〈미〉는 오로지 수단일 뿐이다. 예술의 목적은 단일성과 통일성을 보여 주는 것이다. 예술의 목적은 구원을 가져오는 것이다.

아마도 당신은 다음과 같은 말에 이의를 제기할지도 모른다. 〈창작은 게임이다. 창작의 목적은 구원도 아니고 아름다움도 아니다. 창작자는 신비의 바다 언저리에 앉아 놀고 있는 아이다. 그는 모래로 사람과 집과 산과 동물을 만든다. 그는 놀고 있다. 당신이 그에게 목적을 부여하면, 그는 더 이상 놀 수 없다. 다시 말하면, 더 이상 창작을 할 수 없다는 것이다.〉

그렇다, 창작은 게임이다. 그것은 그 어떤 논리의 즉각적인 개입 없이 노래하고 만들기 때문에 그렇게 보인다. 창작은 신비적 도취의 상태에 있는 것처럼 보인다. 그러나 실은 마음속 깊이 숨겨진 무한한 힘이, 만드는 사람조차 짐작할 수 없는 명확하고 견고한 목적과 승강이를 하고 있는 것이다(만약 그가 그 목적을 알았다면 게임은 더 이상 비이기적이 될 수 없을 것이다. 그건 더 이상 게임이 될 수 없다). 한 여자가 지나간다. 장인은 그녀를 본다. 그리고 순식간에 모든 것이 창작자에게 드러난다. 그녀의 목선과 그녀의 가슴, 그녀 조상들의 불확실한 역사, 그리고 모든 인종의 역사가 드러난다. 그렇게 대리석, 색깔, 말, 소리가 이 지나는 여인을 구하기 위해 뜨겁게 달려든다. 그림 속의 빛은 어둠과 싸우고, 계단을 올라 모퉁이에 자리 잡으면서, 바닥을 따라 느릿 느릿 나아가고 늙은 현인의 이마 위로 껑충 뛰어올라 앉는다. 그리고 그림은 한 사람의 운명 전체와 선과 악의 희비극적 힘으로 가득한 세상의 모든 영혼을 적나라하게 드러낸다. 장인은 이 선들과 그림자와 소리를 가지고, 심지어 그가 장난치는 동안에도, 변하지 않는 영원한 목적을 좇으며 봉사한다. 그가 그걸 믿는 동안에는 정신을 해방시키고 있는 것이다. 모든 완벽한 예술 작품으로부터 고통과 기쁨, 희망과 투쟁의 외침이 솟아난다. 그리고 무엇보다도, 변하지 않는 자유의 외침이 솟구친다.

어느 아프리카인이 나무와 물감과 날개와 조개, 그리고 종종 조상의 해골을 이용하여 생일이나 죽음 혹은 결혼 의식에서 춤을 출 때 사용할 가면을 만든다. 그러나 그것은 예술 작품을 만들고 있는 것이 아니다. 어느 날 숲 속에서 그는 악령이 마을에 죽음을 몰고 오는 것을 보았다. 공포에 사로잡힌 그는 혼비백산하여 뛰어가 자신의 오두막 문을 잠그고 잽싸게 나무와 날개들과 물감을 가져와 가면을 조각하기 시작했다. 그것은 바로 악령의 얼굴이었다. 그는 오직 이렇게 하는 것만이 그가 악령을 몰아낼 수 있는 방법임을 알고 있다. 그 미개인의 공포를 상상해 보라. 그는 자기가 본 끔찍한 모습을 정확하게 재현하려고 노력한다. 그가 얼마나 정확하게 재현하느냐에 그의 종족이 구원되느냐 마느냐가 달려 있는 것이다.

이 고통은 또한 오늘날, 우리 시대의 악마적 영혼을 구체화하려고 노력하는 장인에게서도 느낄 수 있다. 비열하고 눈먼 침묵 속에서 오직 장인만이 볼 수 있고 말할 수 있다. 오직 그만이 아직 태어나지 않은 아이의 소리를 들을 수 있다. 오직 그만이 정신을 예지하려고 노력하고 그것을 보이도록 만들기 위해 몸부림칠 수 있다. 그것을 보이게 만들면서, 그는 자기 시대의 고통에 의미와 통일성을 부여한다. 그는 무지와 공포로부터 성신을 해방시킨다.

장인은 하느님의 전위병이며 하느님 전선의 마지막 망루다. 그는 또한 미래에 새로운 모습을 주려고 노력하고 있다. 노인은 더 이상 자기 마음을 만족시킬 수 없다. 그것은 창작자의 마음이란 결코 만족되지 않고…… 그의 마음과 하느님은 하나이기 때문이다(여기서 내가 〈하느님〉을 말할 때는, 우리가 받을 수 있는 것보다 더 주시고 우리가 줄 수 있는 것보다 더 요구하시는 하느님을 의미한다). 그분은 단단히 고정되고 정체된 모든 것을 싫어한다. 왜냐하면 나락을 싫어하기 때문이다. 장인은 우주의 챔피언이고, 죽음과 감히 싸울 수 있는 유일한 사람이다. 그는 결코 이기지도 않고 패배하지도 않는다. 때때로 장인은 죽음의 신 역시 하느님의 천사이며, 그가 하늘에서 내려오건 땅으로 올라가건 그건 모두 동일한 현상이고, 그렇게 전투 속에서 자신의 솜씨를 잘 유지시켜 주면서 항상 깨어 있도록 해준다는 사실을 깨닫는다.

장인의 고통은 우리나 엘 그레코처럼 비옥한 전환기에 맹렬하게 분출된다. 물론 그러한 창작자들은 신중한 동시대 사람들에게는 미치광이로 여겨진다. 만약 어떤 사람이 다른 사람들보다 24시간 먼저 안다면, 그는 24시간 동안 미치광이로 여겨진다. 엘 그레코는 2세기 반 동안 미친 사람으로 여겨졌다. 지금에서야 비로소 우리가 의식적으로 그의 고통을 경험하고 있고, 그 결과 엘 그레코는 우리 지도자의 한 사람으로서 인정받기 시작했다. 우리가 찾으려 애쓰고 있는 새로운 균형을 이루게 되면, 엘 그레코는 다시 한 번 잔잔하고 안정된 새 세대에게 이해할 수 없는 존재가 될 것이다. 그러면 지상에서 살아가는 인생의 굽이치는 리듬에 따라, 그는 다시 빛날 것이다.

코르도바

 톨레도 너머로는 사람이 살 수 없는 헐벗은 황갈색의 산맥이 뻗어 있다. 그곳에는 아테네식의 우아함과 아랍의 거침이 공존한다. 때때로 중세의 성이 언덕 꼭대기에서 반짝이고, 반쯤 폐허가 된 성벽과 빗장 달린 요새의 문은 덩그러니 열려 있으며, 배고픈 담쟁이덩굴이 마지막 적군의 병사처럼 성벽을 타고 기어 올라가고 있다. 마을 앞에는 가냘픈 하얀 종탑이 있는 작은 교회가 있다. 멀리 떨어진 곳에서 보자, 그것은 오리가 목을 쭉 내밀고 있는 것처럼 보였다. 작은 하얀 오두막들은 산허리 아래로 내려가는 아기 오리들처럼 그 교회 뒤에 늘어서 있었다. 기차가 빠른 속도로 지나가자, 모든 오리들이 잠에서 깨어나 반대 방향으로 마구 돌진하고 있는 것처럼 보였다.

 붉은 땅에서 하얀 돌들이 꽃을 피운 하얀 엉겅퀴같이 여기저기서 깜빡거렸다. 어떤 곳에도 그늘은 없었다. 도처에 직사광선만이 내리쬐었다. 그때 갑자기 나는 꼭대기에서 처음으로 풍차를 보았다. 그 날개 달린 구조물은 앞에 방패를 들고 햇빛을 받으며 위풍당당하게 서 있었다. 정말로 회색 투구를 쓰고 갑옷을 입고 공격할 준비를 마친 중세 전사처럼 보였다. 돈키호테가 풍차를 거인으로 여긴 것도 너무나 당연하지 않은가! 그 카스티야인은 나름대로 제대로 생각한 것이 아니었던가! 얼마 안 있어 다른 것들이 눈에 들어왔다. 언덕 모퉁이에 모두 일직선으로 군대처럼 열을 맞춰 서 있었다. 정거장에서 갑자기 돌들이 저마다 깔깔거리며 웃는 소리가 들렸다. 마치 산초의 웃음소리 같았다.

  기차 옆자리에 앉은 작고 거무스름한 작은 군인은 창문에 기댄 채 마구 먹고 마시더니, 풍차를 보자 노래를 부르기 시작했다. 그것은 사랑과 죽음으로 가득한 애절한 노래였다. 단조로우면서 가슴이 찢어지는 듯한 멜로디였다. 그의 목소리는 떨리는 고음에 도발적이었다. 칼 모양의 첨탑에서 이슬람교의 기도를 읊는 사람의 목소리 같았다. 아랍인들과 히브리인들이 안달루시아에서 뿔뿔이 흩어지기 이전부터 불러 온 오래된 무어인의 민요 같았다. 그런데 지금 그것이 검은 머리카락의 기독교도인 이 군인의 입술에서 되살아나고 있었다.

  어젯밤 꿈을 꾸었지,
  내 영혼의 자그마한 꿈을
  내 사랑을 팔로 안고 있었지.

그런데 갑자기 창백한 여인을 만났어.
눈보다 더 차가운 얼음 같은 여인을.
「내 사랑이여, 어떻게 여기로 왔나요?
내 사랑이여, 어디에서 왔나요?
빗장을 지른 문들과 격자 붙인 창문들.」

「사랑하는 사람아, 나는 사랑의 신이 아니오.

나는 하느님이 보내신 죽음의 신이라오.」

「아, 잔인한 죽음의 신, 내가
하루만 더 살 수 있게 해주오.」

「하루 온종일을 당신에게 줄 수는 없소.
오직 한 시간만 당신에게 허락할 수 있다오!」

바람처럼 빨리 그는 옷을 입었지.
바람처럼 빨리 그는 거리로 날아왔네.
「문을 열어 주오, 나의 비둘기여.
오, 문을 열어 주오, 내 사랑스러운 여인이여!」

「어떻게 내가 문을 열 수 있을까,
내 어머니가 아직 잠들지 않았는데.」

「당신이 오늘 밤 문을 열지 않는다면,
더 이상 날 위해 문을 열 수 없을 거요.
죽음의 신이 내 뒤에 있소.
아, 내가 당신 옆에서 죽을 수만 있다면!」

「당장, 당신에게 내 창을 열어 주겠어요.
그리고 실크 밧줄을 아래로 던지겠어요.
내 사랑이여, 만약 당신에게 닿지 않는다면,
내 긴 머리를 당신에게 던지겠어요.」

가냘픈 밧줄이 끊어지고,
죽음의 신이 나타났네.
「우린 지금 가야만 하오,
내가 당신에게 준 시간은 이제 끝났소.」

이 구슬프고 쓰라린 멜로디의 반주에 맞추어 우리는 안달루시아의 향기로운 벌판으로 들어갔다. 풍경은 갈수록 온화하고 부드러워졌다. 정원들이 있었다. 들판은 반짝였다. 열기는 사방으로 퍼져 나가고 있었고, 기차 객실은 음식과 과일과 사람들의 땀 냄새로 가득했다. 챙이 넓은 모자들이 자주 눈에 보였다. 눈들은 더욱 울적한 기색이었고, 코는 매부리코처럼 더욱 구부러졌으며, 벨트는 모두가 새빨간 색이었다. 회색 흙덩이 한가운데 세워진 어느 마을의 오두막에서 한 여인이 나왔다. 그녀는 어깨에 알록달록한 숄을 두르고 있었다. 모두가 회백색인 풍경 속에 왕실의 진홍색 옥새 같은 색조가 새겨졌다. 스페인에서의 이 달콤한 기적은 마치 동양에 있는 것 같은 느낌을 주었다. 숨 막혀 죽으려는 순간에 갑작스럽게 화려한 색이 나타난다. 그리고 재스민 향이 갑작스레 풍겨 오고, 노랫소리가 들려온다. 그러자 가슴은 너무 기뻐 껑충껑충 뛰고, 모든 것은 뇌리에서 사라진다.

시골 농부들이 기차에 올랐다. 입술에는 관대함이 넘쳐흐르고, 그을린 얼굴들은 깨끗하게 면도되어 있다. 기차 객실은 멜론과 수박 껍질과 바나나 껍질로 가득 찼다. 갑자기 이야기를 나누는 소리가 들려오더니 뒤섞여 버렸다. 검은 만틸라를 두른 여자들은 웃고 있었다. 해골같이 여윈 노인들은, 한마디도 하지 않고 고통으로 얼룩진 채 세상의 저 끝에서 돌아오는 사도들처럼, 턱을 지팡이에 기댄 채 아래를 내려다보고 있었다. 무언가를 읽고 있는 사람은 아무도 없었다. 심지어 신문을 읽는 사람조차 없었다. 안달루시아 사람들의 눈에는 활기와 기교, 자발적인 문화가 담겨 있었다. 지적인 호기심이나 고민 따위는 없었다.

첫 번째 야자나무가 눈에 들어왔다. 훌쭉하고 거만한 모습이 짙은 푸른빛의 하늘과 대비되었다. 과일들은 더욱 풍부해졌고, 정원들은 더욱 향기로웠으며, 철쭉 덤불은 갈수록 빛을 발했다. 욕망과 더불어 시간은 갈수록 천천히, 하염없이 흘러갔다. 언제 코르도바에 도착할 수 있을까 조바심을 내면서 창문에 기댄 채, 나는 불같이 뜨거운 젊은 시인 로르카[1]의 시구를 조용히 읊조렸다.

> 코르도바
> 멀고도 고적한 그곳.
>
> 말은 검은 조랑말, 달은 휘둥그레 크기만 하고
> 배낭에는 올리브 열매 몇 알.
> 길은 알아도, 영원히
> 난 코르도바에 가진 못하리.
>
> 광야로, 바람 속으로
> 말은 검은 조랑말, 달은 시뻘건 핏빛.
> 코르도바 첨탑 위에서
> 나를 지켜보고 있는 죽음.

---

1 Federico García Lorca(1898~1936). 스페인의 국민 시인으로 불리는 작가. 주요 시집으로는 『시의 책』, 『노래의 책』 등이 있으며, 주요 극작품으로는 「피의 결혼식」, 「베르나르다 알바의 집」 등이 있다. 1936년 스페인 내전이 일어난 지 며칠 후 고향인 그라나다에서 프랑코 측에 의해 살해되었다.

아, 멀고 먼 길이여!
아, 용감한 나의 조랑말!
아, 그러나 코르도바에 도착하기 전
죽음이 나를 기다린다네!

코르도바
멀고도 고적한 그곳.

인간적인 온기를 지닌 스페인의 명랑하고 유순한 아랍 문화가 불현듯 떠오른다. 안달루시아는 인공 수로로 가득한 정원이었는데, 거기서 쌀과 사탕수수 그리고 목화가 자랐다. 아랍인들은 땅과 나무와 꽃을 사랑했다. 그들은 동백꽃뿐만 아니라 재스민, 살구나무, 복숭아나무, 오렌지나무 그리고 대추야자도 처음으로 유럽에 가져왔다. 또한 철과 가죽 세공에서도 명성이 자자했다. 어떤 민족도 그처럼 유연하면서도 부러지지 않는 칼과 얇으면서도 뚫고 들어갈 수 없는 갑옷을 만들지 못했다. 그리고 그들은 실크와 도자기, 사탕절임과 향수 제조에도 뛰어난 장인들이었다.

그런 정원들 사이에 앉아 정신은 장려되었고 촉진되었다. 그리고 〈서양의 아테네〉라는 코르도바에 둥지를 틀고서 행복한 노랫소리로 그곳을 장식했다. 코르도바 도서관은 40만 권의 장서와 그리스 지식을 아랍어로 번역하는 전문 학자들이 있었다. 코르도바의 위대한 법관인 아베로에스[2]를 모르는 사람이 없었다. 그는 법학 박사였으며 철학자였고, 의학 박사였으며 아리스토텔레스의 주석자이자 천문학자였다. 그는 신학과 과학을 조화시키기 위

---

2 Averroës(1126~1198). 아랍의 철학자이며 천문학자이고 작가이며 법관. 아랍어로는 〈이븐루시드〉라고 불리지만, 흔히 아베로에스로 더 잘 알려져 있다.

해 분투했다. 그의 말은 단 한 마디만 살아남았지만, 그 말은 그가 불후의 명성을 누리도록 해주었다. 그는 이렇게 말했다. 「보상의 희망이나 처벌의 두려움에 바탕을 둔 그 어떤 도덕적 체계도 인간이나 신에게 가치 없는 것이다. 그것은 부도덕한 것이다!」 그것은 아랍인들의 자긍심과 존엄성이었다. 그것은 아랍 민족의 고귀함이었다. 무언가를 받기 위해 좋은 일을 하는 것이 아니고, 두렵기 때문에 악을 피하는 것이 아닌 이타적인 불굴의 정신이었다. 사람은 언제쯤이면 이런 사리사욕이 없는 정신 위에 미덕과 신념의 기초를 둘 수 있을까? 아마 결코 인간은 희망과 공포로부터 벗어날 수 없을 것이다.

여기 아랍 왕실의 궁전에서는 시인들이 주도권을 쥐고 있었다. 비잔틴과 서유럽에서 시인들은 기생충이나 익살 광대에 불과했지만, 그들은 아니었다. 그들은 왕의 친구였고, 왕의 조언자였고 술친구였으며, 불멸의 지방을 정복한 그의 사병들이었다. 칼리프 알무타심[3]은 그의 시인에게 이렇게 말했다. 「당신이 노래하는 걸 들으면 나는 내 왕국의 영토가 확장되고 있는 것을 보는 것 같구려.」 그들은 꽃과 여자, 포도주를 비롯한 이 세상의 좋은 것들을 모두 사랑하였다. 이슬람 시인은 넘쳐흐르는 포도주 잔에 축복의 인사를 하며 이렇게 말했다. 「여기 우리의 젊은 왕비가 있습니다. 그녀의 아버지는 마술사입니다. 우리의 키스를 갈망하면서 그녀는 이슬람교도가 되었습니다. 우리는 그녀에게 청혼했습니다. 자, 여기 결혼 중매인이 왔습니다. 침착하게 예의를 갖춰 그녀를 우리에게 데려오고 있습니다.」

그리고 위대한 동양 정신이 항상 그랬듯이, 여기에서도 아랍인

---

3 Al-Muʿtaṣim(794~842). 833년부터 842년까지 아바스 왕조의 8대 칼리프로 재위했다.

들은 서양의 정신이 너무나도 흡수하기 어려운 정반대의 것들을 융화시켰다. 인생의 쾌락 속에서 느끼는 기쁨, 항상 존재해 왔던 먹을 것과 마실 것, 부드러운 애무와 같은 것 들이 군인 같은 매서운 성격과 합쳐졌던 것이다. 그래서 어느 시인은 이렇게 노래했다.「전쟁의 심장부에 몸을 던져라. 가장 용감한 젊은이조차 후퇴하면 대담성을 잃는다! 어려운 위업이 생길 때마다 당신이 모든 책임을 져라!」

안달루시아의 정원들은 아랍의 신비주의자들을 위해 만든 테베의 행복한 은신처 같았다. 여기에서 그들은 다섯 개의 정거장을 하나씩 지나면서 하느님을 향해 웅대한 여행을 시작했다. 첫 번째는 〈금욕의 정거장〉이다. 거기서 그들은 스스로를 희생하면서 지상의 기쁨을 더 이상 원하지 않는다. 그런 다음 〈숭배의 정거장〉에 도착한다. 그곳에서는 욕심 없고 겸손한 마음으로 아무런 보답도 바라지 않고 알라 신을 숭배한다. 그리고 그곳에서 하늘로 가는 여행이 시작된다. 원리 체계에 더 이상 함몰되지 않은 채, 이제는 삶을 살고 걸으며 행동한다. 그런 다음 네 번째인 〈영혼 소멸의 정거장〉에 도착한다. 그들의 외부와 내부의 삶을 모두 알라신께 바친다. 그리고 이런 방법으로 가장 높은 곳인 〈영혼 소멸 이후의 인생〉에 이른다. 그러면 이제 인간은 〈쿠트브〉, 즉 신과 하나가 된다. 그러면 〈파아나〉, 세상의 축인 북극성이 된다.

7세기 동안, 아랍인들은 관개 시설을 통해 대지에 물을 뿌렸고, 돌들을 다듬었으며, 그들의 영혼을 아름답게 가꾸었다. 그러나 그들의 노력은 봄 구름처럼 산산조각이 나버렸다. 시민 폭동이 일어났던 것이다. 기독교도들이 봉기했다. 그들은 대지에 물을 대던 수로를 막았다. 그러자 정원은 시들어 갔다. 샘물도 말랐다. 예술과 노래와 여자들은 이제 지옥에 떨어질 대죄로 여겨지게 되었다. 아랍 문화는 그렇게 지고 말았다. 코르도바는 이제 어둠 속에 묻혀 있으며, 그 화려한 모습은 추억과 상상 속에서만 살아 있을 뿐이다. 시간이라는 모진 비바람 속의 해안에서 코르도바는 바다 거품처럼 꺼져 버리고 말았다.

시인 파리드 우드딘 아타르[4]는 이렇게 적었다.

⟨무가치⟩의 망토를 두르고,
⟨영혼 소멸⟩의 잔을 마신 그녀,
가슴은 ⟨무의식⟩의 수의를 입고,
⟨무(無)⟩의 리넨으로 자신을 감쌌다.

안달루시아 평원 위로 이렇게 반짝이는 불빛 중에서 무엇이 살아남았을까? 하나의 기적이 살아남았다. 그것은 바로 850개의 기둥으로 이루어진 시원하고 그늘진 코르도바의 이슬람교 사원이다.

내가 코르도바에 도착한 것은 초저녁 무렵이었다. 공기가 약간 시원해져 자유롭게 마음껏 숨을 쉴 수 있었다. 향긋한 냄새가 작은 집의 정원에서 풍겨 왔다. 그란 카피탄 대로를 따라 코르도바인들이 한가롭게 밤 산책을 하고 있었다. 어떻게 그 시간을 잊을 수 있겠는가? 나는 머리가 가벼워지면서 약간 현기증이 났다. 아랍식의 닫힌 정원에 들어서자 공기는 시원하면서 짙은 향기를 머금고 있었다. 주위를 둘러보았다. 모든 여자들이 재스민 가지를

---

4 Farīd ud-Dīn Attar(1142?~1220?). 수피교의 가장 위대한 시인 중의 한 명. 가장 유명한 작품으로는 『새들의 회의』가 있으며, 많은 수피교 신비주의자들의 전기를 다룬 『신비주의 성자 열전』도 유명하다.

머리에 꽂고 있었다.

　여자들의 얇은 검은 만틸라가 커다란 빗 위에서 가볍게 넘실거렸다. 땅거미가 질 무렵, 그녀들의 눈은 노을빛을 받아 벨벳처럼 반짝였다. 그들의 부채는 가슴 위에서 평화롭게 움직였다. 부채들이 잠 못 이루는 쌍둥이를 달래서 재우려고 자장가를 불러 주고 있는 것처럼 보였다. 남자들은 창이 크고 높으며 풀을 먹인 것처럼 빳빳한 멋진 모자를 쓰고 있었다. 갑자기 광장 전체가 극장으로 변한 것 같았다. 스페인을 주제로 한 심각한 팬터마임이 상영되는 것 같았다.

　한 절름발이 소녀가 깨끗이 씻은 상큼한 무화과를 쟁반에 담아 가지고 지나갔다. 그녀는 소리 지르며 무화과를 팔았다. 마치 그것들을 공짜로 주는 것처럼 보였다. 그녀는 사팔뜨기였고 흑인 머리카락 같은 곱슬머리에 멋진 노란 장미를 달고 있었다. 다른 길모퉁이에서는 여섯 살가량의 어린 소녀가 늙은 여자가 팔고 있는 재스민 바구니를 간절하게 바라보고 있었다. 나는 발길을 멈추고서 작은 묶음을 샀다. 그리고 그것을 소녀의 머리에 놓아 주었다. 나는 그 장면을 결코 잊지 못할 것이다. 소녀는 기쁨이 아닌 요염함이 깃든 몸짓을 했다. 어떻게 그 소녀가 그것을 움켜쥐었는지는 모르지만, 머리카락에다 그 꽃을 꽂고는 어두운 좁은 골목으로 쏜살같이 사라졌다. 그때 낮은 발코니로 아주 창백한 모습의 여자가 나타났다. 입술은 붉게 칠했고, 눈이 아주 컸다. 검은 부채를 쥔 그녀가 갑자기 온몸을 구부렸다. 마치 난간에 가슴을 댄 것처럼 몸을 굽히면서 거리를 지나가는 남자들을 야릇하게 쳐다보고 있는 것 같았다.

　무함마드는 이렇게 말했다. 「세 가지가 나에게 기쁨을 준다. 그것은 꽃과 여자, 그리고 무엇보다 기도다.」 이제 여름의 어스름이 깔리는 시간이다. 여자들의 머리는 재스민으로 장식되어 있다. 그러면 세 가지 — 꽃, 여자, 그리고 기도 — 는 하나가 된다.

불모의 언덕에서, 나는 정북 방향의 낮은 산비탈을 뚫어지게 바라보았다. 검푸른 어스름 속에서 나는 유명한 술탄 아브드 알 라흐만[5]이 사랑하는 여인을 즐겁게 해주려고 지었던 마술의 궁전 〈메디나 아사아라〉[6]가 있는 축복받은 봉우리를 찾고 있었다. 이 지상의 낙원에는 6천3백 명의 여자들과 3,750명의 아이들, 그리고 1만 2천 명의 경비병들과 비단옷을 입은 내시들이 살았다. 천장은 사이프러스와 금과 자개로 만들어졌고, 벽은 투명한 대리석과 금 모자이크로 이루어져 있었다. 거기에는 정원들이 끝없이 늘어져 있었다. 각 정원에는 똑같은 1만 4천 그루의 나무들이 있었다. 석류나무, 오렌지나무, 사과나무 사이로 전사들과 시인들과 여자들이 거닐고 있었다. 시인 암르 이븐 아부 하바트는 이렇게 노래했다.

> 여기, 이 정원에서, 오 여왕이시여,
> 당신은 앉아서 〈승리〉를 맞아야 합니다.
> 패배자 역시 환영입니다.
> 〈결정〉에게 행복의 왕관을 씌우고
> 당신의 오른편에 세우십시오.

나는 똑같은 산들을 응시하면서 그 궁전이 있었던 곳을 찾으려고 애썼다. 그러나 정원들과 여자들과 현자들 모두 보이지 않았

---

[5] Abd ar-Rahmān III(889~961). 스페인 이슬람교도를 이끌고 카를 마르텔이 지휘하는 프랑스군과 전투를 벌인 술탄. 이 전투에서 패하고 목숨을 잃었다.
[6] 레몬꽃의 도시란 뜻. 아브드 알라흐만 3세에 의해 건립되었다.

다. 어쩌면 아직도 땅 아래 어딘가에 손상되지 않은 팔찌나 코란의 구절로 가득한 청동 대야 또는 진주처럼 하얀 치아가 박힌 정교한 아래턱뼈가 있을지 모른다. 〈우리는 육체를 지닌 흐느낌이지만 아무도 우리를 들어 주지 않는다.〉 우리가 울부짖으며 반항해야 한다는 것은 지극히 옳은 말이다. 죽을 때조차 죽음을 부정하는 돈키호테처럼 말이다. 오늘 밤 나는 아브드 알라흐만의 가냘프면서도 열망하는 입술에 대해 쓴 오마르 하이얌[7]의 쓰라린 시를 마음에 그리면서 즐거워했다.

> 아, 사랑이여! 당신과 내가 그와 함께 이 가련한
> 모든 책략을 움켜쥐도록 공모할 수 있을까요.
> 우리가 그것을 산산조각 내지는 않을까요? 그러면
> 우리 마음의 소망과 더욱 비슷하도록 만들어 주세요!

여기 코르도바의 잠은 유령이 출몰하는 꿈들로 가득해서 무겁고 깊다. 마음의 들창이 열렸다. 옛날의 욕망은 유령이 된다. 그러나 아침에 잠에서 깼을 때, 나는 아무것도 기억하지 못했다. 단지 입이 아주 썼을 뿐이다. 그때 나의 생각은 나를 기다리고 있는 신비롭고 시원한 이슬람교 사원으로 날아갔다. 세수를 하자 기분이 상쾌해졌다. 나는 두근거리는 마음으로 좁고 작은 거리로 나갔다. 아무에게도 길을 묻지 않았다. 마치 나의 옛날 집으로 돌아가는 것 같은 확신이 있었던 것이다. 갑자기 높은 성벽이 앞에 나타났다. 반쯤 열린 커다란 문이 강렬한 태양 속에서 밝게 빛나고 있었고, 그 뒤에는 진녹색의 잎과 사이프러스나무 같은 줄기를

---

7 Omar Khayyam(1048~1131). 페르시아의 시인이자 수학자. 그의 이름은 〈텐트 기술자〉라는 의미를 지니고 있다.

지닌 오렌지나무들이 있었다.

입구를 가로질러 오렌지나무 밑을 지나, 기둥들이 형광체처럼 반짝이는 시원한 어둠 속으로 사라지는 순간, 당신을 엄습하는 아주 쾌적하고 조용한 감정을 어떻게 묘사할 수 있을까? 푸른 딱정벌레가 햇볕이 뜨거운 한낮에 목을 길게 빼고 거대한 장미 덤불로 기어 들어가는 것과 같은 기쁨일 것이다. 무엇보다도 몸이 즐거워한다. 밖은 견디기 힘든 열기로 숨을 쉬기도 어렵다. 당신은 하얗게 회칠한 집이 눈부시게 빛나며 반사하는 바람에 눈도 뜰 수 없을 것이다. 그러나 입구를 지나자마자, 당신의 눈꺼풀은 진정된다. 이마가 시원해지고, 온몸이 시원해지면서 잔잔한 바다 속으로 빠져드는 느낌을 받는다. 그러면 몸과 더불어 정신 역시 기쁨을 누린다. 당신은 전능한 야훼의 군사 요새나 예수 그리스도의 누추한 헛간으로 들어가고 있다고 느끼지는 않는다. 여기서 당신은 검은 머리의 예언자가 있으며, 짚으로 만든 매트리스와 물 항아리와 격자창 뒤에서 작은 소녀의 웃음소리가 흘러나오고, 시원하며 달콤한 향내가 풍기는 집으로 들어가고 있다는 느낌을 받는다.

여기에는 그런 속세의 즐거움이 있으며, 인간과 하느님 사이의 균형이 있다. 상상이 일상의 형태로 지상에 내려온 것이다. 하느님은 번개와 천둥에 싸여 오시지 않는다. 또한 하느님은 불쌍한 거지처럼 강림하지 않으신다. 그리고 조롱조의 야유를 받고 피를 흘리면서 십자가에 못 박히시지 않는다. 하느님은 찬물을 담아두는 청동 잔이나 지저귀는 새로, 혹은 사랑받는 동쪽의 나이팅게일의 모습으로 이곳에 오신다. 그것이 우리가 늘 준비하고 있어야만 하는 이유다. 그런데 〈준비〉라는 말이 의미하는 바는 무엇인가? 그것은 순결한 마음과 갓 씻은 순결한 육체다. 예언자는 이렇게 말씀하셨다.「하느님은 텁수룩한 머리로 인사하는 사람들을 호의적인 눈으로 바라보시지 않는다.」그래서 무함마드는 항상 빗과 가위, 머리에 바르는 향기로운 오일과 작은 거울을 가지고 다녔던 것이다.

같은 방법으로 예언자는 다정하게 삶을 사랑하신 하느님을 환영하기 위해 이 대리석 집을 지었다. 여기에는 공포도 슬픔도 없다. 당신은 기쁨으로 가득할 것이다. 낮고 우아한 기둥들 사이를 거닐면, 당신은 약간 도취된다는 느낌을 받을 것이다. 발길이 닿는 곳마다, 당신의 가슴은 자유롭게 마음대로 선택할 수 있고, 아무 길이나 잡을 수 있다고 느낄 것이다. 모든 것이 훌륭하다. 왜냐하면 하느님이 모든 곳에 있기 때문이다. 당신은 하느님의 집에 들어간 것이다. 그러니 더 이상 길을 잃어버리는 일은 없을 것이다.

이것이 절대적으로 당신을 압도하는 음악적 느낌이다. 발을 들여놓은 순간부터 가장 단순한 멜로디를 느낄 수 있다. 두 개의 기둥이 있는 모든 곳에는 아랍풍의 아치가 있고, 그 위에는 더 좁은 또 다른 아치가 있다. 이런 특색은 마치 메아리처럼 계속 반복된다. 그곳에는 수학적인 정밀함이 무아경과 합쳐 있다. 즉, 엄격한 기하학적인 윤곽과 상상력이 결합되어 있는 것이다. 그것은 수학과 천일야화의 만남이다. 당신은 가벼움과 우아함을 잃지 않은 채 사물을 다스리는 인간의 마음속에서 기뻐한다.

색색의 창문들을 통해서 빛과 공기가 들어온다. 이슬람교 사원은 눈이 가는 모든 곳에 새로운 색을 사용한다. 어두운 체리 색, 초록색, 푸른색, 오렌지색 등. 모든 것이 신비롭게 빛나는 사원은 화려한 무지갯빛이고, 그곳의 기둥들은 일정한 간격으로 놓여 있다. 이 기둥들은 고딕식 교회들처럼 높지 않다. 이 기둥들 옆에 있으면, 인간의 신장은 보잘것없는 것으로 축소되지 않는다. 그것들은 우리의 누나들처럼 우리보다 약간 클 따름이다. 그리고 어두운 그늘 속에서 우리에게 미소 짓는다. 그것들은 초록색과 노란색, 그리고 흰색의 대리석과 값비싼 반암으로 이루어져 있다. 그들 중 몇몇은 비잔틴 양식이고, 어떤 것들은 아랍식이고, 또 다른 것들은 고대 양식이다. 사람의 키 높이까지 윤이 나고 빛이 난다. 수 세기 동안 수많은 신도들이 그 기둥에 몸을 기대곤 했기 때문이다.

나는 이 사원보다 더 즐겁거나 더 인간적인 사원을 본 적이 없다. 그것은 하느님에게 온 마음을 다해 바치는 승리의 찬가다. 전쟁터에서 돌아오는 병사처럼, 인간은 그의 장군인 하느님에게 기쁜 소식을 전한다. 이 사원은 승전보를 알리는 그 순간에 하느님과 인간을 환영하기 위해 세워졌다.

파르테논 신전에서 마음은 인간의 견고한 논리에서 기쁨을 얻는다. 고딕식 교회 안에서, 특히 아주 높고 어두운 돌 숲 안에서 당신은 공포에 사로잡힐 것이다. 당신은 돌기둥들 뒤에, 즉 뒤의 어딘가에 눈에 띄지 않는 것이 배고픈 사자처럼 웅크리고 있다고 느낄 것이다. 그러나 여기 이슬람교 사원에서는 인간적인 기쁨이 울려 퍼진다. 당신은 정복자처럼 이곳저곳으로 돌아다닐 것이다. 그리고 발걸음을 내디딜 때마다, 어둠과 빛이 자리를 옮길 것이다. 우리의 모든 대리석이 움직이며 춤을 추는 것처럼 보일 것이다. 그곳에는 기쁨만이 있다. 여기에서의 기쁨은 속세의 사랑뿐만 아니라 속세의 모든 좋은 것, 가령 과일과 새와 여자들과 전쟁을 만드신 알라신에 대한 감사로 이루어진다. 그리고 그 기쁨은 놀랍게도 우리의 몸과 정신도 기쁘게 한다.

나는 신성한 〈미츠랍〉, 즉 이슬람교의 성스러운 제단의 정면에 있는 기둥 아래에 앉았다. 여기에는 최상의 돌과 나무 조각품들이 온전히 보존되어 있었다. 주위를 둘러싼 조각품들 사이로 금박을 입힌 크리스털로 만든 코란의 글귀들이 반짝였다. 여기에는 오스만이 자기 손으로 직접 글을 썼던 거대한 코란의 연단이 있었다. 그것은 에메랄드와 루비로 꾸며져 두 명의 남자가 들어도 꿈쩍하지 않았었다. 하지만 나중에 분실되었고 그 주위의 돌들은 부식되었다. 이슬람 신도들이 일곱 번씩 바닥을 기어 다녀 평평한 돌들이 모두 닳아 없어진 것이었다.

투명한 대리석, 색색의 크리스털과 자개, 값비싼 나무들, 겨울용 실크 카펫, 여름용 시원한 짚 매트리스, 그리고 7천 개의 가는 초와 향기로운 기름이 타던 8백 개의 은색 양 촛대가 있었다. 이들 중 세 개는 엄청난 규모였다. 각각은 매일 밤 40킬로그램의 기름을 태웠다. 노예들이 산티아고 데 콤포스텔라에 있던 종을 거꾸로 뒤집은 채 끌고 왔고 그것을 은사슬로 매달아 종의 팬 부분을 메우고 촛대로 사용했다. 그리고 좋은 소리 없이 초를 태우면서 또 다른 하느님의 얼굴을 비추었다.

나는 앉아 있던 기둥 바닥에서 일어났다. 동양의 모든 광채가 내 마음을 도취시켰다. 하느님과의 이런 모든 즐거운 접촉은 나를 기쁘게 했다. 아랍의 동화처럼 당신이 가는 곳마다 더욱더 많은 문들이 열린다. 빨간 문들, 초록 문들, 장밋빛 문들. 당신은 계속 앞으로 나아가지만, 마법의 통로는 끝이 없다.

그때 갑자기 나는 환상적인 기대 속으로 빠져 들었다. 그리고 잠시 후 눈을 들었다. 인간의 영혼이 하느님을 찾기 시작했던 이 아름다운 사원 한가운데서, 즉 두 개의 기둥 사이에서 난 피로 얼룩진 채 매달린 거대한 예수 수난 상을 보았다. 어둠 속에서 나는 그것이 몸부림치며 괴로워하는 것을 보았다. 다섯 개의 상처는 피를 흘리고 있었고, 성모 마리아는 그의 발아래 실신해 있었다. 그리고 사도 요한은 마치 노호하듯이 크게 입을 벌리고 있었다.

나는 그것을 볼 수 없었다. 속세는 우리를 무덤으로 이끄는 꽃을 뿌린 길이다. 기독교가 그랬듯이, 그 길을 무덤의 작은 벌레들로 채울 수 있다. 그러면 속세의 그 어떤 좋은 것에서도 더 이상 기쁨을 느낄 수 없게 되고, 꽃의 뒤에, 여자의 뒤에는 항상 그들을 기어오르는 하얀 벌레들이 있게 될 것이다. 그러나 마지막 순간까지 이러한 냉혹한 사자(使者)들을 멀리할 수도 있다. 그래서 길가에 있는 기쁨을 수확하면서 망설이지 않고 무덤으로 갈 수 있다. 그것이 바로 무함마드가 그의 신도들을 알라 신에게 데리고 가기 위해 선택한 길이다.

나는 교회가 되어 버린 이 이슬람교 사원을 응시하면서, 왔다 갔다 하며 기둥들을 어루만졌다. 나는 이 기적이 더 많은 세기 동안 지속될 것이라 생각했다. 그런데 다른 종교가 기독교를 이기고 다른 신의 모습, 즉 다른 인간의 얼굴을 형이상학적 소망에서 해방된 이 어두운 곳에서 똑같이 즐거운 마음으로, 그리고 자유로운 마음으로 비출 날이 올 수 있을까? 죽음으로 가기 위해서는 가파른 절벽을 통해서 가는 길 외에는 천국으로 들어갈 수 있는 문이 없다는 것을 알아야 한다. 그곳에는 구원도 없으며, 아직 공포에 사로잡히지도 않았다는 것을 알아야 한다. 또한 인생에 대한 사랑과 자유로움에 대한 자부심, 희망과 공포를 극복했다는 기쁨을 느껴야 한다……. 이 속세를 그토록 환하고 다정하며 자랑스럽게 숭배할 날은 언제 올까?

나는 예수 수난 상에서 발걸음을 옮겼다. 이슬람교 사원 때문에 슬펐다. 반짝이는 붉은 사과를 보다가, 갑자기 그 아삭아삭하고 싱싱한 사과 속을 벌레가 갉아 먹고 있는 것을 보는 것과 같은 기분이었다. 그때 급한 발소리가 들려 뒤를 돌아보았다. 만틸라를 두르고 빨간 부채를 든 한 소녀가 기둥들을 헤치면서 걱정스러운 표정으로 급히 뛰어오고 있었다. 그녀는 모든 성인과 성녀의 그림 앞에 무릎을 꿇고 기도하는 체했다. 그러나 그녀의 눈은 초조하게 비스듬한 방향을 쳐다보았다. 누군가를 기다리고 있었다. 한시도 쉬지 않고 부채질을 하면서 오른쪽 머리의 재스민을 똑바로 꽂고는 다음 기둥으로 발길을 옮겼다.

마치 일순간, 교회 전체가 그녀의 고통으로 가득 찬 것 같았다. 그 신성한 이슬람교 사원이 인간의 슬픔으로 흘러넘쳤다. 그리고 나 또한 고통 속에서 그 소녀와 함께 괴로워했다. 나 역시 기다렸다. 그때 기둥들 사이에서 친구가 나타났다. 그는 손에 모자를 들고 있었다. 머리부터 발끝까지 천진난만함이 빛났다. 그는 작은 갈고리 모양의 콧수염을 하고 있었다. 소녀는 그를 본 순간, 하느님을 버렸다. 하기야 지금 그녀가 하느님에게 무슨 볼일이 있겠는가? 그래서 그녀는 자기 친구에게로 달려갔다.

그 모습을 보자, 나는 행복했다. 이제 이슬람교 사원은 의미 있는 것이 되어 있었다. 진정한 일상의 하느님, 즉 속세의 모든 것을 사랑하는 인간의 마음은 아직도 이슬람교 사원의 하느님이었던 것이다.

세비야

　내 손마디에 축복을 내려 주소서. 말의 뼈마디처럼 굵지 않아 당신을 어루만질 수 있기에.

　내 얇은 입술에 축복을 내려 주소서. 당신에게 입 맞추면, 내 피가 당신 피와 그토록 가까이 있을 수 있기에.

　당신의 긴 머리카락에 축복을 내려 주소서. 그것을 날개처럼 들어 올리면, 당신 목은 내 숨결을 보다 부드럽게 느낄 수 있고, 우리가 오래도록 평온하게 있는 동안 내 품에서 더욱 즐겁게 쉴 수 있기에.

세비야로 들어가면서, 내 입술은 본능적으로 스페인 친구의 에로틱한 시구를 읊조리고 있었다. 나는 더 이상 낮인지 밤인지 상관하지 않았다. 그런데 가랑비가 내리고 있을까? 아니면 맑은 날일까? 나는 갑자기 장미풍뎅이가 된 것 같았다. 내가 기억할 수 있는 것은 세비야를 처음 접했을 때의 향긋한 냄새와 색깔뿐이다. 그리고 나는 그렇게 화사하고 향기로운 세상에서 태어난 것에 기뻐했다.

귀를 찢는 소리를 지르지 않고, 어떻게 사람은 속세의 아름다움을 찬미할 수 있을까? 언제 우리는 눈을 뜨고 진정으로 꽃과 속세와 여자를 볼 수 있을까? 정말로 우리의 몸을 보라. 그것은 분명히 이 세상을 위해 창조된 것이다. 정말로 세상을 보라. 그것은 분명히 우리의 몸을 위해 만들어진 것이다. 그리고 감사하는 마음으로 〈난 당신이 좋아요〉라고 말하라.

가끔씩 이방의 도시에서 홀로 방황하고 있을 때면, 나는 내 자신을 억제하지 못하고 큰 소리로 외친다. 이런 축복은 무엇일까? 내가 살아 있다는 기적과 늙었다는 기적, 목이 마르면 물을 마실 수 있고 그로 인해 완전히 다시 상쾌해지는 이 기적은 무엇일까? 배고프면 빵 한 조각을 먹을 수 있고, 그러면 뼈들이 기뻐하면서 기운을 되찾는 기적은 무엇일까? 기쁨이란 너무나 얽히고설켜 있고 부족함 속에서도 너무나 편안하다는 생각은 어떻게 하게 되는 것일까?

나는 유명한 아랍 궁전 알카사르[1] 밖의 바위에 앉아 있었다. 기분 좋은 햇살이 비쳤다. 세비야는 이미 깨어나 있었다. 향긋한 정원 냄새와 더불어 벌집처럼 부산했다. 아직 이른 아침이었고 궁전의 문은 아직 열려 있지 않았다. 나는 이른 아침의 햇살을 가득 받은 내 손을 쳐다보았다. 마치 손에 금빛 공을 쥐고 있는 것 같았다. 머리를 만지자, 꼭 모든 새와 짐승과 신들이 나락 위를 항해하면서 목숨을 구하기 위해 피신했던 방주처럼 느껴졌다. 그 이른

---

[1] 원래 〈요새〉, 〈왕궁〉이라는 뜻. 세비야의 히랄다 탑과 세비야 대사원에 인접해 있으며, 그라나다의 알람브라 궁전과 더불어 이슬람의 향기를 짙게 남기고 있다. 스페인 기독교도의 통치하에 있던 이슬람교도에 의해 만들어진 〈무데하르〉 양식의 건축물이다.

아침에, 나는 신을 찬미하면서 말없이 내 오감을 찬양하는 노래를 흥얼거렸다. 자, 보라! 아랍 동화의 문들이 막 열리려 하고 있었다. 그러면 나의 오감은 그 안으로 들어갈 수 있을 것이었다.

시끄러운 하얀 비둘기 무리가 날아와 내 머리 위에서 흩어졌다. 갑자기, 어떤 알 수 없는 연상 작용에 의해 세 배는 더 성스럽고 금욕적인 스피노자의 말이 떠올랐다. 「어떤 신이든 인간이든 악한 존재가 아닌 이상 역경과 고통에서 즐거움을 얻지 않는다. 그는 눈물이나 한숨, 공포를 미덕으로 여기지 않는다. 오히려 완전히 반대다. 즉, 우리가 즐거워할수록(바꿔 말하면 우리가 신의 본성에 더욱 참여할수록) 완전한 곳을 향하여 더 높이 올라간다. 내 말을 들으라. 맛 좋은 음식과 술에서 힘을 얻고 즐거워하는 것은 현자다운 행동이다. 속세의 아름다움에서, 아름다운 장식품에서, 음악과 놀이에서 기뻐하는 것도 현자다운 것이다. 자유인은 결코 죽음에 대해 깊이 생각하지 않는다. 그에게 지혜로운 것은 죽음이 아니라 삶을 연구하는 것이다.」

무함마드의 천국은 속세와 너무나 유사하다. 바로 그런 천국에서 불어오는 쾌적한 바람이 내 이마를 스치면서 모든 슬픔을 말끔히 씻어 버렸다. 내 가슴은 불평하고 두려움만 주는 그런 모든 신에게서 해방되었다. 불쌍한 인간을 공포로부터 자유롭게 해주지 않으며, 인간이 살아 있는 찰나 동안 속세의 색깔과 소리, 냄새 또는 맛에서 조그만 기쁨도 느끼지 못하게 만드는 그런 신들로부터 벗어난 것이었다. 이 알카사르의 문턱에서 잠시 진정한 지혜를 느낄 수 있었다. 머나먼 북부의 우울한 도시에서 스피노자의 그 말을 처음 읽었을 때는 오늘 회상했던 순간만큼 큰 감동을 느끼지 못했었다. 그 말들은 단지 흰 종이 위의 검은 잉크처럼 보였을 뿐이다. 하지만 오늘 이 따뜻한 집시들의 마을인 세비야에서, 그 글들은 별안간 종이에서 떨어져 나와 비둘기처럼 내 머리 위로 날아오르며 생명력을 갖기 시작한 것이다.

해는 하늘 높이 솟아 있었다. 성지기가 쾌활한 성 베드로처럼 큰 열쇠 꾸러미를 가지고 기다리고 있었다. 그는 커다란 초록색 모자를 쓰고 재스민 가지를 귀에 꽂고 있었다. 「안녕하세요!」

이 말을 들으면서, 나는 진짜 천국의 문지기가 어떨지 상상해 보았다. 그는 마음씨가 착하고 활달하며, 귀에는 재스민을 꽂고 있을 것이다. 또한 그 역시 문을 열어 주기 전에 조금이라도 좋으니 팁을 달라면서, 통행자들을 전혀 마다하지 않고 손을 뻗을 것이다. 거기에서도 일주일에 하루나 이틀 정도는 죄인이나 거짓말쟁이, 또는 불명예스럽고 돈 한 푼 없는 가난한 사람들이 공짜로 들어올 수 있도록 해줄 것이다. 그것은 다정하고 자비로운 ─ 그의 하느님보다 훨씬 더 자비로운 ─ 시인이었던 나지안주스의 그레고리우스[2]가 말한 것처럼, 〈모든 것의 회복!〉이었다.

나는 발끝으로 궁전 주위를 조심스럽게 거닐었다. 얇은 대리석 묘비 위를 걷고 있는 기분이었다. 마치 죽은 사람들이 땅에서 뛰쳐나와 우리가 그들을 마구 밟고 있다며, 〈나도 한때는 젊지 않았소? 나도 한때는 용감한 젊은이 아니었소?〉라며 소리치고 불평하기를 기다리고 있던 것처럼, 나는 온몸에 소름이 끼쳤다.

가냘픈 하얀색 기둥들, 정교하게 새긴 레이스 모양의 대리석, 금박의 코란 구절들, 종유석처럼 매달린 대리석 디자인, 시원한 샘물······. 어느 날, 칼리프 무타미니의 총애를 받고 있던 후궁이 시골 아낙들의 삶을 흉내 내고 싶어 했다. 언젠가 그녀의 황금 격

---

[2] Gregorius of Nazianzus(329?~389). 터키의 카파도키아 남서쪽에 있는 나지안스 인근 출생. 고대 교회의 여덟 박사 중의 한 사람이다. 대표작으로는 『다섯 개의 신학 기도문』이 있다.

자창을 통해서 시골 아낙들이 진흙탕에서 맨발로 철벅거리는 것을 보았던 것이다. 그래서 칼리프 무타미니는 계수나무와 정향나무와 육두구로 정원 바닥을 뒤덮었다. 그런 다음 오렌지 꽃잎을 깔고 물을 뿌려서 진흙을 만들도록 했다. 그리하여 그의 애인은 자그마한 맨발로 진흙탕에서 마구 철벅거릴 수 있었다.

목소리들이 내 기억 속의 묘비를 들추었다. 그러나 나는 그 목소리들을 쫓아 버렸다. 맑은 눈으로 살아 있는 대리석들과 나를 둘러싼 현명한 그림 무늬들을 바라보면서 기쁨을 만끽하기 위해서였다. 나는 그것들을 더욱 잘 보기 위해 손으로 만져 보면서, 신비로운 아랍의 상상력과 그들의 인내와 사랑을 되새겼다. 나는 평생을 환희에 빠져 이곳에 허리를 구부린 채 기하학적 정확성을 가지고 자신의 복잡하고 투명한 꿈을 장식했던 까무잡잡한 피부의 아랍 장인을 느끼고 있었다.

여기서 나는 기쁜 마음으로 이 건물이 지닌 두 가지 우수성, 즉 환희와 정교함의 혼합을 깨달았다. 그것들은 좀처럼 융화되기 어렵다. 그러나 그것들이 융화될 때는 최고의 통합을 이루어 낸다. 명확하게 수학적으로 산정된 방법을 통해 신비적인 목표를 이루는 것이다. 왜냐하면 이 모든 장식물들은 바로 대가 수학자의 꿈이기 때문이다. 선은 앞으로 나아가면서 엉킨 것을 풀면서, 모든 식물과 모든 동물과 모든 사상의 정수를 뽑아낸 추상적인 그림이 된다. 또한 선은 덧없는 육신과 그 육신의 다양하고 유동적인 가면에서 해방되어 견고하고 기하학적인 삶의 정수가 된다. 이런 방식으로 위대한 수학자이며 신비주의자인 아랍인들은 현상의 뒤에 숨어 있는 본질적인 요소를 발견하고 구체화하는 데 성공했다.

나는 이런 즐거운 면을 지닌 형이상학에 푹 빠져 들었다. 코르도바의 이슬람교 사원에서 느꼈던 것과 똑같은 음악적 감흥이 나를 휘감았다. 이 모든 장식물들은 한 곡의 노래다. 단조롭고, 에로틱하며 자장가처럼 반복적 후렴구로 이루어진 노래다. 그리고 이 노래는 너무나 감미롭고 부드러우며, 아득한 옛날부터 우리에게 너무 친숙한 가락이어서, 우리는 그것을 달콤하고 무서운 예감으로 가득한 지상의 목소리로 느낀다.

그때 나는 〈처녀들의 뜰〉을 가로지르고 있었다. 이곳에서 세비야의 목소리에 감동받은 아랍인이며 동시에 기독교도인 세비야의 왕들은 왕국에서 가장 아름다운 1백 명의 소녀들을 공물로 받곤 했었다. 「모든 눈의 군대에게 봉사받은 전제 군주여, 이젠 말하라, 그가 그 군대를 데리고 어디로 갔는지.」 이건 심술궂지만 쓸데없는 질문이다. 그렇다, 그는 땅속으로 들어갔다. 그러나 땅속으로 꺼지기 전에 이 여자들과 작별의 키스를 나누고 그들의 눈이 흐느끼게 했다. 인생이란 얼마큼 살았느냐가 중요한 것이 아니다……. 중요한 것은 얼마나 강도 높게 살았느냐는 것이다. 그것은 커다란 꿀 한 방울과 같다. 절대 군주는 잔뜩 배를 채우고 떠나갔던 것이다.

나는 더할 수 없이 훌륭한 거대한 정원을 따라 내려갔다. 향미료, 박하, 마저럼……. 모두가 집에서 먹는 소박하고 밝은 식물들이었다. 나는 걸음을 재촉하여, 월계수 덤불을 지나 사이프러스들이 있는 곳에 섰다. 나는 〈잔인한 사람〉이라고 불리던 페드로 왕[3]의 유명한 애인이었던 마리아 데 파디야[4]의 목욕탕을 찾으려고 했다. 여기서 그녀는 홀랑 벗은 채, 위 창문에서 남자들의 시

---

3 Pedro I(1334~1369). 페드로 1세라고 불리며, 카스티야 지방과 레온 지방의 왕이었다.

4 Mariá de Padilla(1334~1361). 1352년부터 페드로 1세의 정부가 되었다. 죽은 후 이듬해 톨레도의 대주교가 페드로 1세가 가졌던 두 번의 결혼을 무효로 선언하고 그녀를 정식 왕비로 선포한다.

선이 그녀를 어루만지던 손처럼 자기를 애무하고 있다고 느끼면서, 햇빛 속에서 거품 목욕을 즐겼음이 틀림없다. 그리고 그 아름다운 정부는 이제 세비야 대성당에 성인 페르난도[5] 왕 옆에 누워 있다.

나는 호리호리하고 가벼운 아치와 잎사귀들과 연기 모양의 반지처럼 비비 꼬인 조각물들과 작별하기 위해 궁전으로 되돌아왔다. 포위된 인간의 영혼이 어떻게 탈출구를 찾고 모든 장애물을 뛰어넘어 자유라는 한마디를 말할 수 있을까! 이슬람교는 신도들에게 살아 있는 생명체들을 그리거나 조각하지 말라고 했다. 「살아 있는 생명체들을 그린 사람에게는 재앙이 있으리. 재앙 둘째 날에 그가 그렸던 얼굴들이 무덤에서 나와, 영혼을 달라면서 그에게 달려들리라. 그런 다음 자기의 창조물에게 영혼을 줄 수 없는 예술가는 영원한 불 속에 타버릴 것이다.」 아랍인들은 이런 엄한 금지령을 이겨 냈고, 자신들의 형상이 받아들여지길 간절히 바라면서 마음속으로 소리치고 있던 생명체들의 짐을 덜 수 있는 또 다른 방법을 찾아냈다. 바로 추상적이고 상징적인 표현으로 그들의 영혼을 해방시켰던 것이다.

나는 손가락으로 월계수 잎들을 비비면서 그곳을 떠났다. 샘은 말라 있었다. 신도들은 더 이상 그런 예술품들을 황홀한 눈으로 바라보지 않았고, 그래서 그것들은 신성한 의미를 상실하고 있었다. 나의 손톱에 남겨진 월계수의 향내만이 햇빛을 받은 대리석과 호리한 기둥들 너머로 드리운 보랏빛 그림자처럼, 시간이 흐

---

[5] Fernando el Santo(1199~1252). 스티야 왕국의 왕으로 재임 20년 동안 늘 무어인들과 싸웠으며, 세비야에서 무어인들을 몰아내는 데 성공하여 안달루시아 지방의 대부분을 회복했다. 1655년에 교황 알렉산데르 7세에 의해 시복되었고, 1671년 교황 클레멘스 10세에 의해 시성되었다.

르면 사라지는 고운 아가씨들과 무자비한 왕들에게서 살아남은 단 하나의 확실하고 결정적인 것이었다.

나는 여전히 내 손톱에 묻어 있는 이 향내를 가지고 거대하기로 유명한 성당으로 들어갔다. 성당의 끔찍한 문지방을 넘어섰을 때는 정오 무렵이었다. 내 눈은 여전히 알카사르의 기쁨에 들뜬 대리석들 때문에 정신이 없었다. 그런 내 눈들이 여기서는 두려움을 느꼈다. 나는 또 다른 하느님의 집으로 들어갔다. 각 기둥의 아랫부분을 원을 그리며 어슬렁어슬렁 돌아다녔다. 열정적이며 창백한 엘 그레코의 그림 「명상에 잠긴 프란체스코 성인」은 푸른 그림자 속에서 빛났다. 〈하느님의 빈민〉인 프란체스코 성인은 손으로 해골을 잡고는 뚫어지게 바라본다. 그는 하느님이 마침내 군사령관인 죽음을 보내 그를 하느님의 궁전으로 불러들일 때, 하느님을 웃게 만들 가면을 쓸 작정이다. 그런 가면을 준비하는 덧없는 나날 동안, 프란체스코 형제는 미래의 가면이 될 해골을 들고 그것의 역할에 대해 깊이 연구한다.

저 아래에 있는 벽에는, 아기 예수를 어깨에 올린 채 강을 건너고 있는 크리스토발 성인의 모습이 그려져 있다.[6] 그 그림 앞에는 네 명의 여왕이 떠받치고 있는 커다란 대리석 관이 있다. 그것은 크리스토퍼 콜럼버스의 무덤이다. 그리고 석판에는 신세계를 찾기 위해 그가 타고 떠난 세 척의 운명적인 범선 산타마리아, 핀타, 니냐 호가 새겨져 있다. 그런데 이 위대한 인물의 역사를 완전히 설명하는 데 가장 중요한 것 하나가 빠져 있다. 바로 그가 발견한 신세계에서 조국으로 돌아올 때 그를 얽어맸던 사슬이다.

콜럼버스의 쓰라린 비극적 운명을 떠올리자 나는 독기가 치솟

---

[6] 마테오 페레스가 1584년에 그린 유화.

앉다. 그는 뱃머리에 걸터앉아 별들에 취해 있었다. 멀리 서쪽의 텅 빈 바다를 응시했다. 명주가 가득해지면 자기 몸에서 실을 자아 고치를 짜는 누에처럼 그는 힘을 잃어버리고 있었다. 그리고 누에처럼 이 바다의 돈키호테도 살을 깎는 고통을 감내하며 밤낮으로 조용히, 그리고 고집스럽게 자신의 몸에서 신대륙을 만들어 가고 있었다. 그의 꿈이 구체화되고 발톱에 녹색 풀잎이 묻어 있는 새를 처음으로 볼 때까지 그랬던 것이다.

나는 세비야의 항구 과달키비르의 제방으로 내려갔다. 이물 장식들과 색색의 용골을 한 커다란 배들이 닻을 내렸다. 술집에서는 앵무새가 인간처럼 큰 소리로 외쳐 댔다. 맞은편 제방에는 야자수들이 우아하고 가볍게 바람에 나부꼈다. 갤리선들이 아메리카의 이국적인 보물들을 내려놓던 이 멋진 항구는 이제 오래되어 몇몇 낡은 배들, 두세 마리의 앵무새, 죽 늘어선 야자수들밖에 없었다.

오늘은 일요일, 여자들은 정원과 부두를 따라 산책을 하고 있었다. 따스해 보이는 검정 머리의 여자들이 엉덩이를 살랑거리면서 그들의 전설을 충실하게 생활로 옮기고 있었다. 커다란 눈에 짙은 화장을 한 풍만한 여자들은 부두를 따라 천천히 걸었다. 그들은 마치 배에 걸린 이물 장식처럼 보였고, 오늘 밤 땅 위를 걸으며 기지개를 켜기 위해 뱃머리에서 내려온 것 같았다. 그들은 세이렌임에 틀림없었다. 원시 시대에 새겨진 거대한 엉덩이의 나이 먹은 신상(神像)들, 가슴 사이에 그려진 회오리바람의 신상들, 혹은 크노소스에서 발굴된 것처럼 허벅지 사이에 박힌 자석 한 조각이 박힌 신상들일지도 모른다.

아프로디테의 별인 금성이 돛 위로 떠올라 있었다. 사람들은 일상의 노고에서 해방되었다고 느꼈고, 입으로 관능적인 노래를 불렀다. 너무나 비통하여 인류를 경멸하는 사람만이 아무런 감동도 받지 않았을 것이다. 항구의 짐꾼들과 선원들, 유랑자들과 선장들과 훌륭한 거지들이 있었다. 작은 보트에서 나온, 거의 벌거벗고 있는 음탕하며 교활하고 비쩍 마른 집시들은 바닷물로 씻긴 좁은 통로 안에 모여 부두 쪽을 향하고 있었다. 그 원시적이고 만화경 같은 모습이 내 안으로 밀려들어, 고대의 부랑자 같은 내 피의 본능을 일깨웠다. 그런 다음 거리의 가로등이 모두 켜지고 허디거디라는 현악기가 윙윙거리며 소리를 내기 시작하자, 바다에서 태어난 아프로디테의 배고픈 노예 계집들이 화장을 하고 향수를 뿌린 채 음란하게 무대 위로 올라왔다. 그들은 부두에서 할미새처럼 재잘거리며 왔다 갔다 했다. 그리고 다리가 피곤해지자, 작은 배들이 묶여 있는 쇠기둥에 앉았다. 그러고는 다시 자리에서 일어나 득의양양하게 술집 앞을 지나갔다.

나는 하얀 포도와 빨간 포도 두 송이, 그리고 바나나를 들고는, 선원들과 목이 쉰 여자들과 나란히 서서 편안하고 행복하게 그것들을 먹었다. 나는 포도와 바나나와 배고픔, 그리고 또 다른 부랑자 동행인을 보내 준 것을 하느님께 감사하면서, 스스로 축복받은 고행자가 된 듯한 느낌을 받았다.

해는 졌다. 바닷물은 포도주처럼 붉게 물들었고, 배는 파랗고 벌건 그림자로 뒤덮였다. 부둣가에는 대여섯 명의 어린 여자 아이들이 부대 더미에 걸터앉아 있었다. 다양한 색깔의 숄을 걸치고, 머리엔 장미를 꽂고 있었다. 그 여자애들은 웃으면서 정처 없이 걷다가, 갑자기 다리가 아파 오자 그곳에 앉았던 것이다. 보라색 반코트와 짧은 검정 벨벳 바지, 그리고 무릎까지 올라오는 빨간색 긴 양말을 신은 한 젊은 남자가 우스꽝스럽게 휘파람을 불면서 여자애들 앞을 왔다 갔다 했다.

그 순간 나는 스페인의 또 다른 국가적 영웅을 떠올렸다. 그는 바로 세비야에서 태어난 대담무쌍한 호색가 돈 후안이었다. 여기에서 그는 위대한 사랑의 업적을 이루었다. 그리고 여기에서, 그는 일요일에 부둣가를 따라 걸으며 다시 기운을 찾았을 것이다.

돈 후안은 자신의 이상형을 찾기 위해 여자들을 사냥하는 유럽의 독선적이고 감성적이며 여자에 미친 영웅은 아니다. 돈 후안은 영원히 지속되는 행복이나 완벽함을 요구하지 않는다. 다만 강도 높은 순간적인 기쁨을 찾을 뿐이다. 사랑은 맹목과 방탕함을 의미할지도 모른다. 혹은 환상적인 낭비벽을 의미할지도 모른다. 그러나 돈 후안은 사랑에 빠진 사람이 아니다. 그는 대담하고 관능적이다. 그는 북쪽 사람들이 집착하는 깊고 마음 죄는 사랑을 하지 않는다. 그는 절대로 감정에 지배되지 않는다. 그는 소유하되 소유당하지 않는다. 이것이 그의 힘이다. 그의 고결함과 따스함은 자존심과 관능이 결합한 덕택이다. 만약 그가 자부심이 없었다면, 즉시 키르케의 호색한 중의 하나가 되었을 것이다. 만일 그가 관능적이지 않았다면, 기쁨과 다정함이라고는 찾아볼 수 없는 냉혈한, 극악무도한 창녀들의 포주로 끝났을 것이다. 돈 후안은 북쪽 사람들처럼 여자를 안는 순간 〈지금 죽을 것 같아, 어쩔 수 없어〉라고 외치지 않는다. 그는 자기의 규칙과 균형을 지키며, 완전히 순간적이고 단지 순간적인 것만을 추구한 다음, 아무런 상처도 받지 않은 채 본래의 상태로 물러난다. 〈내가 물리치지 않으면, 그들이 나를 물리친다〉고 그는 생각한다. 그리고 그가 무릎을 꿇고 자기의 열정을 고백하는 순간에도, 그의 정신은 깨어 있다. 그에게 여자들은 장난감이지만, 위험한 장난은 하지 않는다. 여자들이 주는 쾌락을 너무도 잘 알고 있기 때문이다. 거기에는 오직 도주라는 하나의 구원만이 있을 뿐이다. 이긴 후에 도망가는 것만 있을 뿐이다.

심지어 하느님도 육체의 쾌락으로부터 자기 자신을 구원하기 위해 똑같은 방법을 사용하지 않는가? 하느님 또한 육체들 사이를 누비고 다닌다. 그러다가 환희의 순간을 중지시키고는 다시 사랑이라는 그의 페가소스에 걸쳐 앉아 떠난다. 그 역시 다른 육체로 달려들면서 환희의 순간으로 도망침으로써 자기 자신을 구원한다. 부정(不貞), 정복 그리고 도주는 육체를 통한 하느님의 여행에서 가장 위대한 세 단계를 이루고 있다. 하느님은 관능적이며 열정적이고 우리가 가까이 할 수 없지만 자유로운 질료로 만들어진 위대한 돈 후안이다. 여자는 바로 이런 질료이다. 여자는 두 손과 두 발로 그가 도망치지 못하게 꼭 붙잡는다.

돈키호테와 돈 후안, 이 두 위대한 스페인 사람은 하느님의 얼굴을 가장 심오하고 뚜렷하게 보여 준다. 그것이 세비야의 항구에서 그날 밤, 내가 보랏빛 조끼를 입고 무릎까지 올라오는 빨간색 긴 양말을 신은 젊은 사람을 보면서 너무나 행복해했던 이유다. 이제 그는 여자 아이들과 마주 앉아 있었다. 그리고 사랑스러운 세레나데를 활기차게 부르기 시작했다.

여자 아이들이 일어났다. 이제는 저녁이었다. 여자 아이들은 아프로디테의 별빛을 머리에 받으며, 자기들을 조롱하듯이 쳐다보고 있는 그 젊은 남자 앞을 지나갔다. 노란 숄을 두르고 검은 술을 단 가장 어린 아이가 잠시 멈춰 섰다. 그러고는 친구들이 보지 못하도록, 아무도 모르게 머리에 꽂혀 있던 새빨간 장미를 빼서 그 남자에게 던졌다.

그라나다

 알람브라 궁전의 커다란 문 위로, 이슬람교도들은 다섯 손가락을 활짝 편 손을 하나 걸어 놓았다. 그 손은 신도들에게 신에게 이르는 다섯 가지 길, 즉 믿음과 자비, 기도, 금식, 그리고 메카로의 순례를 상기시켰다. 이 다섯 가지 길 중에서 나는 마지막을 택했다. 나는 메카가 어디에 있는지 모르지만, 온 세상을 돌아다니며 그것을 찾고 있다. 그러던 어느 날, 〈당신이 찾고 있는 그 메카는 당신의 마음속에 놓여 있다〉라는 한 아랍 시인의 짧고 명쾌한 어구가 마치 번개처럼 내 마음을 꿰뚫고 들어왔다. 그날이 될 때까지, 나는 이곳저곳을 떠돌아다닐 것이고, 매순간 마침내 메카에 도착했다고 생각할 것이며, 그때마다 내 심장은 고동칠 것이다. 그리고 마침내, 어느 날 나는 내 여정의 끝에 도착할 것이고, 그러면 고요하고 행복한 내 마음 한가운데에서 미동도 없이 휴식을 취할 것이다. 아니, 내 마음의 위로조차 얻지 못하고, 메카에 이르지도 못한 채 무덤으로 갈 가능성이 훨씬 높을지도 모른다. 그러나 그때까지는 이리저리 걸어 다니자. 마음을 죄며 슬퍼하자. 끊임없이 기만당하자. 계속해서 메카를 짓고 그것들을 허물자.
 나는 그라나다에 들어가면서, 몹시 기뻤다. 시끄러운 거리를 걸어 다녔고 높은 정원까지 올라갔으며, 눈 덮인 봉우리가 있는 네바다 산맥 너머의 평원을 바라본 후, 알람브라의 입구 바깥에 서 있었다. 다시 내 마음은 마침내 메카를 발견한 것처럼 벅차올랐다. 지식의 쓸데없는 말에 오염되지 않은 채, 잠시나마 그렇게 믿고 싶었다. 충만한 감정의 힘을 만끽할 시간을 갖고자 했다. 감정이 최고조에 달하면, 우리는 그런 시간을 갖게 된다. 그런 다음에야 비로소 무섭게 몰아치는 북풍과 같은 우리의 마음이 사막의 엄청난 신기루를 강타하여 날려 버리게 놔두는 법이다.

나는 알람브라에 들어갈 때 몸에서 전율을 느꼈다. 내 눈은 바로 앞에 펼쳐진 기적을 하염없이 쳐다보고 있었다. 호리호리한 기둥들과 천상의 아치들, 그 디자인과 색깔들, 안뜰, 물, 이 모두가 나에게는 상상의 환각처럼 보였다. 나는 바람을 불게 할 수도 있었다. 그랬다면 그것들은 모두 사라졌을 것이다. 이곳에서 저곳으로 발길을 옮기면서, 나는 믿을 수 없는 동양의 동화 속으로 들어가는 느낌을 받았다. 인간 영혼인 셰에라자드가 천일야화를 들려주는 소리를 듣고 있는 것만 같았다. 그녀가 그 이야기들을 들려주는 동안, 죽음도 뒤로 물러나 있었고, 그녀를 덮쳐 말을 못하게 하지 않았다. 죽음도 다음 이야기가 너무나 듣고 싶었기 때문이다. 기둥들 사이를 지나칠 때마다, 나는 그녀의 이야기를 듣고 또 들었다. 모든 피비린내 나는 전설은 예술의 투명한 막을 통해 피 한 점 없는 상징적인 의미를 취하고 있었다.

나는 그 탑 꼭대기까지 올라갔다. 바로 그 밑에, 그러니까 바로 내 앞에 그라나다의 놀라운 광경이 펼쳐져 있었다. 광대한 평원과 저 너머로 괴기스러운 산이 보였다. 내 안내인은 이곳에 사는 남자였다. 이곳의 모든 아름다움을 잘 알고 있었다. 그는 돌아서더니 나를 향해 머리를 끄덕였다.

「여기 탑 꼭대기에 왕들이 앉아 있곤 했어요. 시원한 포도주를 마시며 여기저기를 바라보았죠. 그 밑 평원에서는 농부들이 열심히 일하고 있었고요.」

「그래도 되는 건가요?」 나는 그의 감정을 돋우기 위해 이렇게 물었다. 그는 잠시 생각하더니 아주 멋진 대답을 했다.

「당시에는 그래도 괜찮았죠.」

그는 역사가 바뀔 때마다 의미와 특성을 바꾸고, 그래서 한때는 도덕적이었고 정당했던 것들이 시간이 흐르면서 부도덕하고 부당한 것으로 바뀌는 위대한 법들에 대해 아주 희미하게만 알고 있었다. 우리는 목욕탕으로 갔다.

「이곳은 왕이 목욕을 하던 장소였고, 저기는 왕비가 목욕을 하던 곳이었어요. 그리고 이 벽감에는 왕비의 슬리퍼를 놓아두었지요. 저 위, 그러니까 원형 대리석 발코니에서는 장님 악사들이 책상다리를 하고서 왕비를 위해 연주를 했습니다. 만일 그들이 선천적으로 눈이 먼 사람들이 아니었다면, 아마도 눈이 뽑혔을 겁니다. 아무것도 보아서는 안 되었으니까요.」

아랍 글자가 뱀이나 반달, 혹은 꽃무늬처럼 벽을 따라 울퉁불퉁 재밌고 다채롭게 꾸며져 있었다. 욕조에는 최면에 걸린 뱀처럼 천천히 위로 올라오면서 〈오 칼리프여, 당신에게 신의 축복이 함께하길. 그리고 당신에게 언제나 승리를 주길 바랍니다!〉라는 글귀가 적혀 있었다. 화려한 화환처럼 장식된 수도꼭지 위에는 다음과 같은 글귀가 있었다. 〈저기 저 샘은 사람들 위로 비를 내리는 유익한 구름이다. 그것과 마찬가지로 칼리프의 손도 사자들, 즉 병사들이 매일 아침 깨어나면 좋은 것을 나누어 준다.〉 그리고 어디를 가나, 돌 장식과 복잡한 기하학적인 꽃들 사이로 코란의 외침인 〈신은 하나다, 그리고 무함마드는 그의 예언자다!〉

라는 말이 적혀 있었다.

  나는 여러 시간 동안 마법에 걸린 듯이 전설의 성을 돌아다녔다. 나는 그곳의 매력에서 빠져나올 수가 없었다. 이리저리 다니는 동안, 나는 내가 왜 그토록 기뻐하는지 그 원인을 찾으려고 애썼다. 오랫동안 나는 서로 뒤얽힌 아라베스크 앞에 이슬람교도들처럼 앉아 있었다. 그리고 거기서 알람브라를 보면서 내 마음속에서 일어난 세 개의 중요한 감정의 근원을 찾았다.

1

  건축물과 음악의 일체감. 나는 이미 코르도바의 이슬람교 사원과 세비야의 알카사르에서 이런 것을 짐작했었다. 그런데 여기 그라나다에서 그것은 가장 명확하고 매혹적인 모습으로 드러났다. 아랍 건축물의 최후이자 최상의 노력은 모든 물질적 형태를 초월하는 것이다. 그래서 가능한 한 벽을 사라지게 만들었고, 그것을 호리호리한 기둥이나 아치로 대체했다. 혹은 아랍의 카펫처럼 벽들을 조각하고 디자인했다. 그렇게 그것들은 무게에서 해방되었다. 기둥들은 더 가늘어졌을 뿐만 아니라 더 낮아졌다. 아치는 영묘하게 물결친다. 장식물들은 사상처럼 기하학적이고 추상적이 된다. 단일한 주제가 주어지고, 이 주제는 수학적인 정교함과 환상의 풍요로움으로 무한히 울려 퍼진다. 아랍의 음악가이자 건축가들은 빛과 공기와 색으로 공간을 채웠다. 그들은 대담한, 하나의 특별한 목적만을 가지고 있었다. 그것은 물질을 초월한다는 것이었다. 고정되고 무거운 모든 내용물을 추상화시켜서 오직 지적인 윤곽만을 남기는 것이었다.

이곳 알람브라에서 어떻게 음악과 건축이 하나가 되었고, 어떻게 그것들이 수학이라는 같은 근원에서 나왔는지는 분명해졌다. 동양적 후렴구는 단조롭고 매혹적이며, 항상 같으면서도 다양한 운을 가진다. 느리고 달콤한 터키의 노래는 모든 열정을 포함하고 있다. 이런 것과 마찬가지로 오랫동안 알람브라를 바라보고 있으면, 당신의 생각은 천천히 신비롭게 굽이치기 시작할 것이다. 당신의 영혼은 돌로 만든 가지 속에 숨어서 지저귀는 나이팅게일이 된다. 4월을 맞이하여 화사하게 꽃을 피운 것처럼 보인다. 〈단 한 분의 승리자만 계시다. 그분은 알라신이다.〉 이 말은 둘둘 말려져 있다가 뱀처럼 나아가면서 항상 같은 모양과 종류의 장식과 뒤섞인다. 그런 다음 황금빛을 내면서 아무도 모르게 그림자 속으로 사라진다. 당신은 가벼운 현기증을 느낀다. 그 현기증은 맑고 투명하며, 당신의 눈 속에 가득하다. 바로 여기 환희의 시작과 음악의 본질이 있다.

2

알람브라에서 느낀 두 번째 최고의 감정은 기하학과 형이상학의 심오한 연관 관계에 관한 것이었다.

여기 알람브라에서 나는 그 어느 곳에서보다 더 내가 사랑하는 두 신비주의자, 즉 스피노자와 이냐시오 데 로욜라[1]를 깊고 가까이 느꼈다. 처음으로 어떻게 형이상학적인 관념이 투명해질 수

---

1 Ignacio de Loyola(1491~1556). 예수회를 창립한 스페인의 성인. 당시 루터와 칼뱅교의 종교 개혁과 반대의 입장에 서서 기독교적 삶의 이상을 수호했다. 1622년 성인으로 시성되었다.

있는지 확실하게 보았다. 낭만적인 비유나 관념적 모호함을 통해서가 아니라, 수학과 기하학을 통해서 알게 된 것이었다.

스피노자의 원리를 받아들이자. 〈영혼은 자기 자신과 자기가 가지고 있는 힘을 검사할 때 즐거워한다. 그리고 즐거워할수록 더욱 분명하게 자기 자신과 자기가 지니고 있는 힘을 구별할 수 있다〉라는 명제 말이다.

당신이 이 법칙만 생각한다면, 당신 앞에 펼쳐진 알람브라의 모든 기하학적 명료함과 더불어 자기 자신을 검사하고 있는 영혼이 얼마나 심오한 기쁨을 느끼는지 이해할 수 있다. 그리고 그것을 검사하는 과정에서 영혼은 자기 욕망의 사슬을 분명하게 따라간다. 그리고 그것을 따라가면서 그 기쁨은 배가되어 환희, 즉 무한한 힘의 입구에 이르게 된다.

이와 같은 방법으로 로욜라는 그의 제자들을 가장 엄격한 수학적 계산을 통해 환희의 경지로 이끌었다. 당신 마음속에서 십자가에 못 박힌 예수를 보기 위해서는, 그리고 그와 함께 일체감을 느끼고 십자가에 못 박히기 위해서는, 당신은 가장 작은 티끌 하나도 없이 극도로 깨끗해야 한다. 당신은 그를 따라 골고타까지 가야 한다, 그리고 길가에 있는 나무와 돌과 사람들의 특징 — 젊은이, 노인, 그들의 눈, 손, 그리고 옷들 — 을 실제로 보아야 한다. 당신은 기하학에서와 마찬가지로, 깨뜨릴 수 없는 선으로 그리스도의 모습을 분명하게 볼 수 있을 때까지 끊임없이 당신의 지성을 강화시키고 모든 감각을 예리하게 해야 한다. 이런 방법으로만 당신은 기독교인의 궁극적 목표이자 최후의 형이상학적 목표인 그리스도와 함께 십자가에 못 박히는 것에 이를 수 있을 것이다.

3

 알람브라에서 솟구친 세 번째 감정은 관능적인 의미와 관련되어 있다. 말할 필요도 없이 알브라 궁전의 가장 천박한 순례자일지라도 그 어떤 느낌보다도 먼저 이런 관능적 느낌을 감지한다. 대부분의 사람들은 이와 같은 감정이 저급한 성이나 멜로드라마를 따라 살금살금 다가오는 것이며, 낭만적인 헛소리나 급조된 역사적 궤변에서 조성된다고 생각한다. 그렇지만 더 깊은 의미에서 보면, 이런 성적인 감응은 플라톤의 사랑에 대한 이론처럼, 육체에서 영혼으로, 그리고 영혼에서 눈에 보이는 세계와 보이지 않는 세계를 창조했던 불가사의한 남성과 여성의 힘으로, 단계를 밟으며 차례차례 상승하는 것이다.

 이 모든 건축과 음악의 유희를 주의 깊게 구경한 다음에야 비로소, 신비가 당신 앞에 갑자기 모습을 드러낸다. 이런 모든 경이로움은 서로를 추구하고 쫓아다니는 오직 두 개의 선으로 이루어진다. 그들은 살며시 멀어진다. 여성의 선은 장난을 치며 숨는다. 다른 선인 남성의 선은 여성의 선을 쫓아간다. 그러자 그들은 서로 가까운 곳에서 쉬게 되고, 이내 서로 뒤엉키고 융합되어 하나의 원을 이룬다. 그런 다음 잠시 멈춘 후, 다각형을 이루어 서로를 충족시키면서 즐거워한다. 그러다가 갑자기, 한 선이 도망가고, 다시 영원한 추격이 시작된다. 회오리처럼 고통스럽고도 관능적인 추격이……

 알람브라는 〈노래 중의 노래〉라는 성서의 「아가」를 돌로 구체화시킨 것이다.

 밤마다 잠자리에 들면, 사랑하는 임 그리워 애가 탔건만,

> 찾는 임은 간 데 없어 [······] 애타게 그리던 임을 만났다네.
> 나는 놓칠세라 임을 붙잡고 [······] 예루살렘의 아가씨들아,
> 이 사랑이 잦아들기까지 제발 방해하지 말아 다오. [······]
> 보아라, 솔로몬이 가마를 타고 오신다. [······] 솔로몬 왕은
> 손수 타실 연을 레바논 재목으로 만드셨다네. 은 기둥에
> 금 닫집 바닥은 가죽 끈으로 엮어 붙은 담요를 깔았다네.[2]

그러한 관능적인 고뇌를 안고, 알람브라의 주춧돌을 놓았을 때부터 여자의 젖처럼 둥근 돔을 만들 때까지 태곳적부터 고독한 두 개의 선인 남성과 여성은 서로의 뒤를 쫓는다. 점차로 모든 관능의 실타래는 실체를 잃어버린다. 그렇게 당신 내면의 시선은 천천히 인간의 정욕으로부터 해방된다. 그리고 당신에게는 세상을 만들어 온 두 개의 끊어지지 않는 선만이 남는다. 그것은 바로 상대방을 쫓아가는 우주의 또 다른 힘이다.

그러는 동안 개인의 쓰라림과 즐거움은 점점 더 일반화되어 간다. 당신은 관능적인 모험을 통해서 보다 더 잘 보기 시작한다. 즉, 이곳 알람브라에서 싸우고 있는 이런 두 개의 선은 성서의 이야기를 이룬다. 갑자기 모든 것이 분명해지고, 당신은 이렇게 명백한 관능의 추구가 실제로는 하나, 단 하나의 목적을 지니고 있음을 깨닫게 된다. 그것은 알람브라의 모든 벽에 새겨진 〈신은 오로지 한 분이시다. 무함마드가 그의 예언자이시다!〉라는 끔찍한 외침을 받아들이는 것이다.

그렇게 음악에서 형이상학으로, 그리고 형이상학에서 사랑까지 나아갔기 때문에, 당신은 한 계단 한 계단씩 이 출처가 의심스

---

[2] 「아가」 3장 1~10절.

러운 광경이 그려진 정상까지 무의식적으로 올라간다. 그곳에는 우주에서 나오는 보이는 힘과 보이지 않는 힘들의 모든 전투가 있다. 그 전투는 세상이 창조된 두 개의 상반된 힘, 즉 서로를 미워하고 사랑하는 힘에서 유래한다.

알람브라의 입구를 지나 햇볕 속으로 물러나자 몸이 떨렸다. 갑자기 어떤 경이로운 세상에서 또 다른 경이로운 세상으로 나온 것 같았다. 지구상의 그 어떤 문도 그토록 서로 다른 두 개의 세상을 분리하지는 않는다. 도대체 어떤 것이 실제 세상일까? 어디가 동화 속이고 어디가 실제 삶일까? 그리고 일상생활의 잔인한 투쟁과 머리 안에서 태어난 굳은 이치, 즉 필요성 너머의 보이지 않는 이론을 어떻게 합칠 수 있을까?

알람브라의 입구이자 거대한 요새 위의 상인방에는 벽감이 하나 있었다. 그곳에 무지한 처녀처럼 성모 마리아가 아이를 안고 있는 다양한 색상의 석고상이 서 있었다. 그 성모상의 머리 윗부분은 깨져 있었고, 성모 두개골의 움푹 들어간 자리에는 제비 한 쌍이 둥지를 틀고 있었다. 나는 너무 기뻐서 껑충껑충 뛰었다. 경외서의 한 구절은 이렇게 말하고 있다. 〈나무와 새와 물이 우리를 부른다. 그 돌을 들어 올리면 너희는 나를 볼 것이다. 나무를 잘라라. 그러면 나는 그 속에 있을 것이다.〉[3]

도시의 외곽 멀리서 바라보면 알람브라는 정말로 거대한 요새 같다. 이 튼튼한 성은 군사적 목적으로 지어졌다. 성벽의 두께는 2미터에 달했고, 한때는 갑옷으로 무장한 병사들이 총안을 모두 지키고 있었으며, 지하의 통로는 수송 장비로 가득했고, 마구간

---

[3] 제5의 복음서라는 「토마 복음」에 나오는 구절이다.

은 말로 가득 찼었다. 하지만 내부는 달랐다. 거대한 성의 섬세한 표면 위에 인간의 모든 즐거운 게임들 — 관능적인 것이건 지적인 것이건 간에 — 이 성벽을 전혀 약화시키지 않으면서 그 정체를 드러내고 있었다.

우리의 정신은 이 알람브라의 요새와 같지 않을까!

투우

 동물들은 인간들보다 우주를 창조하고 파괴하는 태초의 영원한 힘들과 더 가까이 있다. 그것들은 하느님에게 더 가까이 있다. 동물들은 하느님의 진정한 천사들이자 대천사들이다.
 최초의 인류는 동물들에 내재한 이 어두운 신비에 대해 깊이 의식하고 있었다. 곰이나 사슴이 동굴 앞에 홀연히 나타나 무아경의 눈빛으로 말없이 응시하면, 태고의 사람들은 공포심과 존경심으로 몸을 떨었을 것이다. 그것은 종교적 경외감과 다르지 않다. 사람들은 그것이 바로 신이라고 여기면서, 우리가 배고프다는 것을 아시고 자신의 살을 우리에게 나누어 주어서, 그것을 먹게 하시어 죽음에서 구하기 위함이라고 생각하였을 것이다. 그렇게 성스러운 사냥, 주술사의 충고, 돌멩이와 활을 사용하는 격렬한 약탈이 시작되었다. 살상은 마술적 행위였으며 종교적 의식이었고, 신의 살을 탐하는 최후의 모험이었다.
 수천 년이 지난 후에도 여전히 사람은 야수와 직면하면 아무도 모르게 몸을 떤다. 심지어 오늘날에도 원시 부족과 위대한 창조자들에게 신학은 여전히 동물학에 깊이 뿌리를 내리고 있다. 황소, 사자, 독수리, 그리고 이국적이고 전설적인 새는 아직도 지구에 위대한 말씀을 전하는 네 명의 복음사가들이다. 그중에서도 가장 열성적인 복음사가는 하느님의 말씀을 빛나는 등에 단단히 매고 다니는 황소다.

고대의 인류는 황소를 숭배 의식의 핵심으로 사용하곤 했다. 그들은 황소의 뿔 사이로 태양을 밀어 넣었다. 그리고 거대한 고환 위에 그들의 모든 희망을 걸어 두었다. 성대한 축제 때에는 황소와 맞붙어 싸웠다. 우두머리 사제는 투우사였으며, 칼은 하느님도 대항할 수 없는 가장 강력한 액막이로서 그의 제례 도구였다. 황소가 울부짖으며 쓰러지면, 신도들이 몰려 나와 황소의 날고기를 마구 먹었다. 이것이 바로 진짜 살과 진짜 피로 행하는 원시적 영성체였다.

스페인의 땅에 발을 디딘 순간, 나는 공기 중에서 신성한 황소의 숨결을 느꼈다. 때때로 나는 화장한 여인들과 고함치는 남자들로 소란스러운 거리를 황소가 누비는 것을 보곤 했다. 그것은 고요하게 빛나는, 피가 튄 눈을 지닌 진정한 신의 모습이었다. 나는 군중들이 사원으로 향하는 모습을 뚫어지게 바라보곤 했다. 그들은 옛날에 의식을 치르러 갈 때처럼 즐겁고 초조하며 흥분된 모습이었다. 그런 다음 나는 신문에서 그 성스러운 의식의 결과를 읽을 수 있었다. 하느님과 인간 사이에서 피로 얼룩진 무언극을 말이다.

처음에는 그 의식이 내포한 톡 쏘는 듯한 분위기를 받아들이기 힘들었다. 나는 성역의 밖에 선 채 감히 그 경계선을 넘지 못하고 있었다. 아직도 경계선을 넘을 정도는 아니라고 느꼈기 때문이다. 난 투우를 단순한 볼거리로 간주하고 싶지 않았다. 나는 내 안에서 예로부터 전해 내려온 감정이 솟구치길 염원했다. 그러면 수천 년 후에 내 피가 어떻게 꿈틀거렸는지를, 이렇게 하느님과의 폭력적인 접촉을 통해 축복받았다는 사실을 기억할 수 있을 것 같았다.

조금씩 나는 내 목표에 다가가고 있었다. 스페인은 내 가슴에 용기를 불어넣었다. 나는 핏덩이가 두껍게 엉겨 붙은 십자가에 못 박힌 그리스도들을 보았고, 나의 눈은 점점 그런 것에 익숙해져 갔다. 여인들이 춤추는 것을 지켜보노라면 나의 관자놀이는 캐스터네츠처럼 고동쳤다. 나는 그들의 활기찬 목소리와 종소리, 그리고 트럼펫 소리를 들었다. 또한 고추와 강한 향으로 조리된 고기를 먹었다. 카스티야의 촌티 나는 적포도주도 마셨다. 내 오감은 점점 강해졌다. 나는 혼자였고 자유의 몸이었다. 내 영혼을 해치는 향수병이나 내 피를 고갈시키는 육체적 정열 따위는 없었다. 나는 행복하지도 않았고, 불행하지도 않았다. 이런 상투적인 말들로는 표현할 수 없는 모든 행복과 불행을 포함하고 있었으며, 그것들을 초월하여 강력하고 신비적으로 통합된 생생한 순간을 살고 있었다.

바로 그때 나는 하느님에게 더 가까이 가고 있음을 느꼈다. 어느 날 지중해 연안의 한 스페인 항구에서였다. 스페인에서 출발하기 하루 전날, 나는 내가 문지방을 넘어갈 준비가 되었음을 알았다. 나는 굴욕적인 종교들이 요구하는 것처럼 하느님을 모실 자격을 갖기 위해 금식하거나 피를 흘리지도 않았다. 오히려 그 반대였다. 내 육체를 더욱 강하게 만들었고, 하느님과 싸울 힘도 있었다.

나는 다른 남녀 신도들과 뒤섞였다. 남녀 할 것 없이 모두 광장을 가로질렀다. 모든 도로는 의식에 참가하는 사람들로 가득했다. 오후의 태양은 작열하면서 우리의 살을 녹였다. 겨드랑이에서 냄새가 풍겨 왔다. 여인들의 머리카락은 재스민과 장미 썩는 냄새가 뒤섞인 악취를 풍겼다. 바로 사람의 악취였다. 땀과 오줌으로 범벅된 동물적인 냄새였다. 그러나 이것이야말로 그 의식에 적합한 냄새, 즉 태고의 요람 냄새처럼 생각되었다. 사람들은 그 냄새를 들이켜면, 아무도 모르는 감동을 느끼곤 했다.

이내 도시 근교에 위치한 사원이 모습을 드러냈다. 사원은 원형 경기장처럼 엄청난 석조 울타리로 둘러싸여 있었다. 문들은 활짝 열려 있었다. 오늘은 위대한 신인 황소가 방문객들을 만나는 날이었다. 붉은 깃발들이 산들바람에 휘날렸다. 말을 탄 호위병들이 이리저리 오갔다. 짙은 먼지가 마치 향처럼 피어올랐다. 정문 앞에서 상인들은 초와 유황 대신, 부채와 피스타치오, 그리고 시원한 음료수와 과일들을 팔았다. 멜론 씨를 씹거나 휘파람을 불면서, 전혀 격식을 차리지 않은 채 사람들은 하느님의 집으로 들어갔다. 물론 그들은 자기들이 하느님의 집으로 들어가고 있다는 것을 알고 있었다.

드넓은 투우장에는 모래가 새로 깔려 있었다. 양쪽에 나무로 만든 세 개의 단상이 설치되어 있었다. 신도들은 그 계단에 앉았다. 내 반대편에는 〈아름다운 문〉이라 불리는 문이 있었는데, 그곳으로 황소가 나올 것이었다. 고함 소리와 웃음소리, 그리고 사람들의 몸 냄새가 분 냄새와 오렌지 껍질 냄새와 뒤섞였다. 가난한 사람들이 앉아 있는 투우장의 절반은 햇볕이 따갑게 내리쬐는 곳에 있었고, 나머지 절반의 투우장은 서늘한 초저녁의 그늘에 잠겨 있었다. 눈부시게 화사한 부채들이 마치 하느님에게 다가오라고 손짓하듯 빠르게 날갯짓을 했다. 기대감으로 반짝이는 눈들이 모두 그 신비의 문에 고정되었다.

갑자기 트럼펫 소리가 울려 퍼졌다. 머리에 깃털을 꽂은 중세 옷차림새의 기병 두 명이 투우장을 돌며 정리했다. 그런 뒤 그들

뒤로 문이 열리고, 투우사들이 줄을 지어 들어오기 시작했다. 먼저 결정적인 순간에 앞으로 뛰어들어 투우를 죽일 주인공인 〈마타도르〉가 등장했다. 뒤이어 색색의 장식 리본이 달린 긴 창으로 날뛰는 황소의 목덜미와 어깨, 그리고 궁둥이를 찌를 〈반데리예로〉들이 등장했다. 그런 다음 〈피카도르〉, 즉 황소를 창으로 찔러 더욱 화나게 만들 말 탄 창기병들이 나왔다. 그들은 모두 정장 차림의 수도사들 같았다. 금과 은으로 수를 놓은 짧은 겉옷과 비단 허리띠, 여러 색깔이 어우러진 짧은 바지를 입고 있었다. 마지막으로 붉은 망토로 황소를 자극하고 혼란에 빠뜨릴 〈카페아도르〉들이 등장했다. 이런 모든 사제들은 젊고 우아했으며, 그들의 사원은 기쁨과 밝은 색, 그리고 매우 경쾌한 음악으로 가득 찼다. 마치 결혼 행렬과 장례 행렬을 하나로 합쳐 놓은 듯한 그 행렬은 깃털을 꽂고 종을 달고 화려하게 장식한 세 마리의 노새로 끝이 났다. 죽은 황소와 배가 터진 말들, 혹은 인간의 시체들을 끌고 나갈 노새들이었다. 가끔씩 신이 희생되기를 거부하는 경우가 있기 때문이다.

 홀연히 그들 모두가 떠나고, 투우장의 그늘진 곳에 몸을 숨긴 채, 움직이지 않는 말 위에 두 명의 피카도르만 남았다. 우리는 모두 숨을 멈추었다. 깊은 침묵의 순간이었다. 갑자기 문이 삐걱거리는 소리를 내더니, 검게 빛나는 황소가 튀어나왔다……. 조용히, 온순하게, 그리고 머뭇거리면서 투우장 중앙으로 나아갔다. 그러더니 갑자기 멈추었다. 잠시 킁킁거리며 군중의 냄새를 맡고는 두려움을 느낀 것 같았다. 햇빛 때문에 눈이 부신 탓인지, 투우장에 모인 색색의 희미한 모습과 수많은 이글거리는 눈들만 어렴풋이 보이는 것 같았다. 황소는 격분하여 울부짖고는, 방향을 바꿔 투우장의 우리로 돌아가려고 했다.

그런데 그늘진 곳에서 한 명의 피카도르가 나왔다. 그들이 타고 있던 백마가 황소 주위로 넓은 원을 그리기 시작했다. 황소는 우리로 되돌아갈 수 없다는 것을 깨달았다. 사람들이 황소를 죽이기 위해 여기로 데려온 것이었다. 황소는 무언가를 향해 돌격할 듯이 활처럼 온몸을 웅크렸다. 순간적으로 황소의 뿔이 말의 복부 아래서 번쩍였다. 기수는 온 힘을 다해서 창으로 황소의 목덜미를 찌르고는 얼른 도망쳤다. 황소는 고통으로 울부짖더니 기수를 향해 돌진했다. 그러자 카페아도르들이 붉은 케이프를 펄럭이면서 황소를 에워쌌다. 황소는 방향을 바꾸어 그들에게 돌진했다. 하지만 그 유연한 젊은이는 잽싸게 황소가 달려오는 길에서 한 발짝 뒤로 물러섰고, 황소는 아무것도 없는 케이프를 헛되이 뿔로 들이받고 말았다.

황소는 주춤거리며 신음을 했다. 오른쪽을 바라보더니 다시 왼쪽을 보았다. 그런 다음 아픈 머리를 들었지만, 야유하는 수많은 인간들의 무게에 짓눌려 고개를 밑으로 떨어뜨리고 말았다. 황소는 드러누우려 했다. 너무나 지쳤고 너무나 고통스러웠던 것이다.

그때 반데리예로들이 나타났다. 그들 중 하나가 대담하게 황소 정면에 서서 황소 얼굴을 뚫어지게 바라보았다. 그는 두 손을 높이 들고 두 개의 작살을 황소의 목덜미에 꽂았다. 하나는 빨간색 장식 리본이, 다른 하나는 초록색 장식 리본이 달려 있었다. 그러고서 몸을 굽히더니 살짝 옆으로 비켜섰다. 순간 황소가 덤벼들었던 것이다. 황소는 다시 뿔을 허공에 들이받았다. 그 미처 날뛰는 짐승이 다시 기운을 되찾기 전에, 다른 반데리예로가 노란색 장식 리본이 달린 작살 두 개를 더 꽂았다. 이제 황소의 등 위로 피가 솟구쳤고, 팔자 사나운 그 짐승은 장식 리본이 달린 작살들을 온몸에 매달고 위아래로 날뛰며 큰 소리로 울부짖었다.

그렇게 시간이 지나자 지쳐 버린 황소는 고개를 숙인 채 잠시 멈추었다. 그때 마타도르가 기세등등하게 걸어 나왔다. 황소를 죽일 투우사가……. 금박으로 수놓은 벨벳 옷을 입고, 긴 실크 양말을 무릎 위까지 올려 신은 그는 붉은 케이프를 들었다. 뒤에 길고 반짝이는 칼을 감춘 마타도르는 황소와 마주보고 섰다. 황소는 이제 위기의 순간이 다가왔음을 깨달았다. 황소는 천천히 머리를 흔들면서 힘을 모으고 준비했다. 마타도르는 황소의 율동적인 움직임을 따라가며 황소에 꽂힌 작살처럼 흔들렸다. 그도 준비하고 있는 것이었다. 황소가 공격하기 위해 온 기운을 모으는 그 순간, 갑자기 붉은 케이프가 황소를 덮쳤다. 그리고 투우사와 황소 사이에서 칼이 순간적으로 번뜩였다. 갑자기 황소가 다리를 부르르 떨면서 무릎을 꿇었다. 황소는 다시 용기를 내서 일어나려고 했지만, 다리가 포개지면서 바닥으로 쓰러지고 말았다. 칼이 황소의 심장을 관통했던 것이다. 황소는 굴러 고꾸라져서는, 다리를 두세 번 허공에 흔들며 떨었다. 동시에 혀를 깨물면서 머리를 들어 올려 목이 위로 향하게 했다. 그때 그 공모자들 중에서 가장 혐오스러운 사람이 나왔다. 왜냐하면 지금은 더 이상 어떤 위험도 없기 때문이다. 그 〈푼티예로〉[1]는 단도를 뽑았고, 살육은 그렇게 끝났다.

트럼펫이 울려 퍼졌다. 흥겹게 벨을 울리면서 세 마리의 노새가 종종걸음으로 도착했다. 도살된 황소는 노새 뒤에 매달려 투우장 밖으로 질질 끌려 나갔다. 그 피비린내 나는 광경에서 감정을 추스를 시간도 없이 또다시 숨을 죽였다. 쉬지도 않고 문이 다시 열리고, 두 번째 황소가 뛰어나왔던 것이다. 이번에는 검은 얼

---

[1] 마지막으로 급소를 찔러 죽이는 투우사.

룩이 있는 호리호리한 하얀 황소였다. 그러나 뿔은 칼처럼 날카로웠다.

다시 한 번 정식 절차가 시작되었다. 처음에 황소는 마치 목초지에서 장난치듯이 태연하게 콧김을 내뿜었다. 나는 그 황소의 고운 기질과 강인함과 순진함을 결코 잊지 못할 것이다. 그런데 갑자기 피카도르가 뛰어나왔다. 마타도르도 나왔다. 눈 깜짝할 사이에, 칼이 황소의 목을 관통하여 심장에 꽂혔다. 관객들이 기쁨의 비명을 지르며 자리에서 일어났다. 내 옆의 한 여자는 웃고 있었다. 그녀의 눈은 동그래져 있었다. 멍한 그녀의 눈은 관능적인 표정을 띠고 있었다. 그 어린 황소는 똑바로 서 있으려고 발버둥 쳤지만 다리가 떨려 비틀거렸다. 황소는 쓰러지면서 모래 위에 주저앉았다. 그것은 말로 형언할 수 없는, 소름 끼치는 춤이었다. 단지 몇 초간이었지만 나에게는 영원의 의미를 느끼도록 했다. 황소는 춤을 추었고 무릎을 꿇었으며, 다시 일어났지만 울부짖을 수조차 없었다. 그리고 갑자기 고꾸라지면서 숨을 거두었다.

세 번째 황소는 놀라울 정도로 아름답고 힘이 셌다. 꿀벌 같은 색깔에 포동포동하게 살이 찌고 날카로운 뿔을 가지고 있었다. 그 황소는 투우장으로 나오자, 모래 위에서 피 냄새를 맡고는, 그곳에서 도살이 있었음을 알아차렸다. 성이 나서 축축한 콧구멍을 씰룩거리면서, 붉은 눈동자를 빙글빙글 돌렸다. 그리고 그늘진 곳에 있던 창기병을 보고 갑자기 씩씩거리며 그에게 달려들었다. 창은 표적에서 빗나갔고 창기병은 말에서 떨어지고 말았다. 격노한 황소는 말의 복부를 뿔로 받았다. 그러자 말의 복부가 터져 버려 창자가 바닥에서 꿈틀거렸다. 말은 끔찍한 고통을 이기지 못해 울었으며, 자기 내장을 발로 차, 결국 다리가 내장에 뒤엉키게 되었다. 그러자 내장들이 모래 위로 세차게 흘러나왔다. 투우장으로 달려 나온 반데리예로는 황소가 달려들자 놀란 나머지 나무 울타리 위로 도망치고 말았다. 황소도 울타리 위로 뛰어올랐다. 관객들은 너무나 놀라 공포의 비명도 지르지 못했다. 그러나 황소는 이내 뒤로 밀려 났고, 나무 울타리는 다시 제자리에 놓였다.

이제 마타도르가 등장할 차례였다. 그의 칼은 붉은 케이프 뒤에 숨겨져 있었다. 인간과 황소는 다시 정면으로 마주보고 섰다. 그들은 마치 서로 애무하듯이 서로의 팔다리를 어루만졌다. 기쁨의 순간이었다. 왜냐하면 위대한 화해의 순간이 온 것처럼 보였기 때문이다. 피를 흘리지 않는 평화롭고 위대한 만남이 이루어질 것이었다. 신과 인간은 더 이상 살육이 없이, 사랑으로 융화될 것이었다. 그런데 갑자기 마타도르의 칼날이 황소의 곧은 뿔 사이에서 번쩍였다. 하지만 투우사는 칼을 물리면서 움츠러들기 시작했다. 화가 난 관객들이 그에게 야유를 보내자, 그는 창피해 어쩔 줄 몰라 했다. 그는 다시 칼을 뽑아 조준한 다음 찔렀다. 하지만 표적은 다시 빗맞았다. 그는 심장을 똑바로 찌를 수가 없었다. 칼은 양 뿔 사이에 덩그러니 꽂혀 있었다. 황소는 필사적으로 머리를 흔들면서 칼을 내동댕이쳤고, 미친 듯이 날뛰며 자기를 괴롭힌 투우사를 향해 방향을 바꾸었다. 투우사는 이제 다른 칼을 손에 쥐고 있었다. 둘은 잠시 서로를 마주보며 꼼짝하지 않았다. 그 순간 나는 인간의 뛰어난 자질을 깨달았다. 마치 무도회에 가는 듯 호리호리하고 섬세하게 만든 가벼운 옷을 입고 있는 그의 이마가 그늘에서 차분히 빛났던 것이다. 그렇게 맹렬하게 헐떡이면서, 투우사는 동물이자 신인 황소의 비밀스러운 힘과 맞서고 있었다.

나는 내 주위에 있는 모든 사람들의 심장이 사이좋게 고동치고 있는 소리를 들었다. 그런 숭배, 즉 황소에 대한 숭배가 그들을 하나로 만들고 있었다. 〈아, 아!〉와 같은 외침이 모두의 마음 깊은 곳에서 튀어나왔다. 만일 우리가 저 황소의 빛나는 가죽을 만질 수 있다면, 칼처럼 예리한 황소 뿔에 매달릴 수만 있다면, 그리고 황소의 피를 우리의 혈관에서 나오는 것처럼 느낄 수 있다면, 그래서 황소의 심장 박동과 하나가 될 수 있다면 얼마나 좋을까! 하지만 여기에 있는 그 누구도 이 신성한 힘과 맞붙어 싸울 수가 없었다. 그래서 성스러운 황소와 가장 친근하고 그런 의식을 가장 잘 알고 있는 대표자를 보내 황소와 싸우고 황소와 경기를 하게 한 것이었다. 모든 애호가들을 대표하고 영원히 황소와 하나가 되는 것, 그것은 황소를 죽임으로써 이루어진다. 여기서 죽이는 것은 견딜 수 없는 사랑의 결과다. 신성한 결혼과 신성한 도살은 같은 것이다. 이런 동일성은 섬세하고 순박한 영혼에게는 틀림없이 미친 것처럼 보일 것이다. 그러나 진정으로 사랑을 해본 사람이라면 이해할 것이다. 피와 하나가 되는 것, 그리고 죽음을 통해 사랑을 영원하게 만드는 것은 인간에게 꼭 필요하다. 단지 오늘날에는, 문명이 그런 필요성을 덮고 감추어 침묵하게 만든 것이다. 여기 지중해의 맨 가장자리에서, 그런 필요성들은 가장 단순하고 신비로운 방법으로 갑자기 다시 되살아난다.

투우장에서 나왔을 때는 이미 어둠이 깔려 있었다. 나는 내 안에서 뜻하지 않은 신비로운 힘을 깨달았다. 마치 내가 황소와 교감하여 그 힘을 일부 얻은 것 같았다. 나는 진지한 마음의 평정, 즉 소박한 기쁨을 느꼈다. 그 끔찍한 싸움은 내 마음속에서 삶과 인간, 인간과 하느님, 하느님과 죽음 사이의 화해를 깨닫게 해주었다.

스페인 해안이 내 뒤에서 사라지고 있다. 하늘과 맞닿아 있는 머나먼 바다의 수평선을 따라, 섬세하고 우아하며 험준한 산맥들이 뻗어 있다.

다시 한 번 내 소중한 지중해는 내 뜨거운 이마를 시원하게 식혀 주고 있다. 나는 눈을 감는다. 그러자 상상 속에서 스페인의 거칠고 북적이는 만화경 같은 장면들이 솟아 나온다. 나는 내 기억 속에서 갑작스레 얻게 된 영혼의 새로운 여행의 보물들을 정리하려 하고 있다. 나는 마음속에 그것들을 수학처럼 정확하게 간직하고 싶다. 알람브라 궁전, 코르도바의 이슬람교 사원, 부르고스의 거대한 대성당, 머리에 재스민을 꽂은 여인들, 발렌시아의 오렌지 길, 엘 그레코의 멋진 그림들과 고야의 냉혹하고 소름 끼치는 장면들……. 코르도바의 발코니에서 잠깐 보았다가 이내 사라진 한 여인, 마드리드의 큰 거리에서 보았던 8월 밤의 보름달, 알리가다의 잘 익은 대추야자나무 아래에서 처음으로 맞았던 따스한 비. 그리고 전 국토가 붉은 전선처럼 뻗쳐 있는 스페인, 굵은 핏방울, 쓰라린 생각들, 순간의 강렬한 즐거움들, 웃음, 눈물. 특히 스페인에서의 마지막 날. 빛나는 황소와 웃고 있던 여인, 두 뿔 사이에 꽂힌 칼, 신과 하나가 되도록 신을 죽인 사람.

나는 그것들을 일찍이 느꼈었다. 그때 내 가슴은 깊이 동요되었었지만, 지금은 확신하고 있다. 그것은 삶이란 사랑과 죽음이 벌이는 필멸의 싸움이며, 돈키호테처럼 무시무시하고 필사적이고 용맹한 모험을 하는 것이란 사실이다.

바로 여기에 스페인 출정의 가장 훌륭한 트로피가 있는 것이다.

돈키호테

그의 가슴은 씨근거렸고 모든 경계선이 흐릿해졌다.
상상은 그의 주변 세상을 핥았고
포효하며 활활 타오르는 불길이 그를 감쌌다.

그러자 도롱뇽처럼, 운명이 다가와
시원한 불길 속에서 자신의 입술을 핥았다.
그의 마음은 황량한 황무지에서 높게 뛰어올랐다.

그리고 아직 백발백중인 검은 눈동자가 빛났고
저 먼 평야에서 그는 보았다.
믿음이 기적에게 젖을 주며 지나가는 것을.

그리고 신념은 성모 마리아처럼 상냥했다.
그의 영혼은 급히 달려가 꿈속에 숨었다.
자유를 외치면서 대지에서는 숨이 막혔기 때문에.

그러자 쓰레기의 봉건 영주인 불꽃,

저 위대하고 수척한 금욕의 돈키호테가
자리를 박차고 일어나 믿음의 신음 속에서 고통 받았다.

「가만히 있으라, 내 영혼아!」 고대의 집정관이 외쳤다.
「하느님이 여기에 절반만 끝내 놓으신 모든 것을
그의 전사인 내가 지금 완성하겠노라!」

그런 다음 욕망의 정점에서
그의 불타는 눈동자는 여전히 대지를 응시하고 있었다.
하느님, 그 눈동자가 영원히 타오르도록 도우소서.

아, 냉혹한 황무지, 최후의 심판의 시간
물도 없고, 새도 없고 희망도 없는 여기,
이곳의 모든 창조물은 뱀들의 시커먼 무리이다.

「하느님, 저는 여태껏 저런 독을 본 적이 없습니다.」
창백한 입술이 두려움에 떨며 노래하였다.
「저런 무자비하고 황폐한 나라도 본 적이 없습니다.

저는 진정 하느님의 길을 따랐어야 했음을 알고 있습니다.」
그는 눈을 감았고, 그의 온몸이 전율했다.
그의 왼쪽 어깨뼈에서 작은 새가 뛰어올랐다.

그리고 에로틱한 열망으로 유혹하듯이
저세상의 위대한 달콤함을 노래했다.
「나의 시원한 집은 하얗게 빛이 나네.

바닷가의 하늘색 끝머리에는 내 가슴속 깊은 곳의
달콤함이 있고, 성스러운 가정에서는
가슴 큰 여인이 내 아들에게 젖을 주네.

이것은 새가 아니다. 이것은 나이팅게일이 아니다!
아, 마음이여, 속지 마라. 뒤돌아보지 마라
보라, 이제 자유의 여인이 다가온다.」

듬성듬성 털이 빠진 그의 말이 갑자기 심연의 언저리에서
크게 울부짖으며 입을 열었다.
「아아! 주인님, 어디로 가십니까?

이 메마른 육체를 가엾게 여기소서. 곧 해가 질 겁니다.
당장 그 시원한 마구간으로 돌아갑시다.
신선하고 달콤한 풀이 가득한 땅으로 돌아갑시다.」

그러자 주인의 육체는, 하느님의 높은 나무에 있는
그 게으른 자손이 두려움에 사로잡혀 고개를 숙인 채 흔들었고
긴 말머리를 벌벌 떨었다고 말했다.

그러나 여전히 주인은 자기의 마음에 귀를 기울이고 있었다.
「이것은 관념의 왕국의 본성이다.
그 보시물은 저 독사들,

그리고 오직 곱슬곱슬한 하나의 꽃 — 미묘한 향내와
우리 사랑의 비밀스러운 향기,

돈키호테

우리의 존재하지 않는 여인, 둘시네아.

평생을 정처 없이 거닐면서, 우리는 모든 길에서
사랑스러운 연인의 발자국을 뒤쫓을 것이다.
그리고 목마를 때, 우리에게는 우리 자신의 피 이외에는

돌 위에서 핥을 것이 없다. 흔히 볼 수 있는 개처럼.
그러나 우리와 함께 가는 외로운 길동무가 있으니
그것은 계속해서 뒤따라오는 사자, 즉 탐욕스러운 죽음뿐이다.

앞으로! 단 하나의 희망도 없이, 심지어 그토록
갈망하던 것을 어느 날 보게 되더라도
계속 싸워라, 멋지고 당당한 기사여.

아버지, 이것은 당신의 가장 커다란 자랑거리가 될 겁니다.
당신이 풍차를 거대한 성벽으로 잘못 알고
그 위협적인 그림자와 허공에서 싸웠다는 것.

당신 위에 떠 있는 하늘의 차가운 별들은
오랫동안 웃을 것이고, 이 아래의 사람들은 당신의
모든 행동을 소리치며 경멸하겠지만,

당신은 가장 강렬한 자유와 죽음의 유혹적인 기쁨을 느끼며
달콤한 미소를 지을 것이니, 아, 위대한 순교자의 영혼이여,
당신의 진한 피를 모든 곳에 흘려 놓으소서.

미덕의 엄격하고 딱딱한 돛대에 단단히 묶여
당신은 가느다란 팔을 펼치고 지나갈 것이고
3월의 모든 제비들은 떼 지어 몰려들어

당신의 영혼이 먹어 버린 공허한 구멍에,
그러니까 당신의 신성한 몸과 겨드랑이와 어깨와
긴 목구멍에 둥지를 틀 것이오.

그리고 당신은 더욱 강화된 하느님의 거짓말,
즉 부활이 존재한다는 거짓 속에서
당신의 신성한 피로 부활절의 달걀을 칠하리라.

그러나 당신은 맛있는 골수를 먹고 자랐고
당신의 곡식을 여물처럼 마구 뿌렸다.
그런 다음 그 사냥개, 당신의 마음으로 눈을 돌려

비겁한 마음의 가죽 끈을 풀었고
빠르고 가벼운 빛으로 만든 활과 화살을 가지고
상상의 포도밭으로 왔다.

돌팔매질과 비웃음 속에서
우리도 너덜너덜한 갑옷을 입고 이국적인 공작새,
즉 우리의 꿈을 잡으러 달려 나갔다.

얼마나 기쁜가! 높은 산꼭대기! 이 높은 곳에서
우리의 눈썹은 가장 순수한 바람에 날리네.

마침내 우리가 모든 혐오스러운 숨결을 피했기에,

그리고 마침내 신중함의 단단한 고삐를 끊었기에.
모든 창조에서 가장 어려운 것이 무엇일까?
그것은 우리의 마음이 원하는 것이며, 떨지 않는 것이다.

우리의 꼬인 창자의 가장 어두운 숲에서
모든 정의와 우정과 기쁨, 그리고 그곳에 둥지 튼
야생의 새들을 밝게 비추어 주자.

비록 그들이 절대로 모습을 드러내지 않더라도,
뜨거운 땅 속의 화로가 끊임없이 불타게 하라.
당신 자신의 불길을 활활 타오르게 하라.

부정과 파렴치한 도취와 가난이
순금과 돈키호테로 변할 때까지.
지구와 모든 생명은 고결함을 띠고

젊음의 꽃은 불멸의 꽃을 피우리라.
그 틀림없는 궁수, 즉 인간의 순수한 마음은
얻을 수 없는 사냥감만을 좋아하기 때문이다.

아, 아버지, 난 잘 알고 있습니다. 당신의 마음 깊은 곳에
모든 고통이 죽은 뱀처럼 몸을 꼰 채 놓여 있다는 것을.
당신의 신음을 마음속에 가두십시오. 목이 막힐지라도.

아, 희망 없는 인류여, 절대로 잊지 마라.
짝 잃은 대지의 가장 위대한 희망은 바로 당신임을.
이제 넓게 펼쳐진 당신의 황금빛 나래를 흔들어라.

입이 험한 암컷 공작새인 이 대지가
태양의 화사한 온기와 황금 광선 속에서 천천히
배회하는 당당한 수컷 공작새로 변할 때까지.

당신은 하느님이 가장 사랑하는 어린 자식이며,
그의 가장 귀중한 보물이며 그의 가장 순수한 금이며
단단하고 무너지지 않는 최후의 보루이다.

늙은 주인은 마침내 당신의 높다란 주홍빛 깃털과
당신의 갈라진 가장 바보 같은 창 위에 자신의
가장 높은 희망을 매달아 놓으셨기 때문이다.

당신만이 가치 있는 승리자이다. 일어나라.
그리고 인간의 비열한 조건으로부터 당신의 신을 움켜쥐어라.
대지가 아닌 불타는 화염으로 무장하라.

긴 날개를 펼쳐라. 당신의 신성한 광기와
무관심이 당신의 추진력이 되도록.
일어나라, 승리자여, 제2의 창조를 시작하라!」

그렇게 가슴은 웃고 울었고
거대한 운동선수가 초라한 안장 위에 웅크린 채

새로운 조그만 목소리를 듣듯이

작은 검은방울새가 당신의 둥근 머리 위에서
깡충거리는 것을 보라, 목을 꼿꼿하게 치켜들고
주홍빛 목이 터질 듯이 노래 부르는 그 새를.

아, 저 새의 가슴과 날개는 얼마나 떨고 있는가!
너무 많이 노래를 부른 탓에 한 방울의 피가
노란 부리에 맺혀 부들부들 떨 때까지.

그러면 머리가 희끗한 우리의 어머니인 대지는 뛰어올라
커다란 황금방울새로 변했다. 태양 속에서 목을 곤추세우고
그 거대한 날개를 퍼덕거리며,

대지에서 들어 본 적이 없는 새로운 노래를 터뜨렸다.
곧 욕망의 가장 높은 가지에서,
우리의 능력을 넘어선 공적을 쌓은 세이렌이 일어났고

그녀의 손에는 화관처럼 살인이 들려 있었다.
그 길들여지지 않은 처녀의 눈 속 깊은 곳을
우리의 고대 집정관은 바라보았고, 거기서

외로움과 가난과 고통을 보았지만
사랑하는 이의 가슴으로 다가간 남자는 보지 못했다.
외로운 대장은 피가 흐를 때까지 입술을 꽉 깨물었다.

모든 생명이 이제는 투덜대는 신화처럼,
그의 마음을 빠르게 둘러싼다.
그가 신의 어둡고 깊은 곳에서 시작하여

그의 꿈의 촘촘한 망 속에서 허우적거리며
그의 여인의 왕국으로 들어갈 때까지.
그의 머리 위에는 별이 빛나는 깊은 하늘이

나뭇잎을 떨어뜨리고 흐느끼기 시작했다.
그러나 그는 아무 말 없이 그의 가엾은 말에
박차를 가했고 천천히, 힘이 모두 빠진 상태에서

희망 없는 기나긴 길로 자신의 영혼을 올려 보냈다.

제2부
죽음이여 만세!

작가 노트

 지구상의 가장 밝고 빛나는 얼굴 중 하나인 스페인의 얼굴은 지금 어둡다. 비행기들이 사나운 새들처럼 스페인 위를 지나간다. 연기와 불길이 치솟는다. 찢어질 듯한 비명이 카스티야, 안달루시아, 에스트레마두라, 카탈루냐를 뒤흔든다. 도시와 마을들은 파괴되고 있다. 남녀노소 가릴 것 없이 무기를 들고 서로를 죽인다. 톨레도는 폐허 속에 파묻혀 있다. 한때 매력적이고 태평스럽고 욕심 많은 공주였던 마드리드는 화염에 휩싸여 있다. 이제 그 불멸의 명성은 미솔롱기온처럼 전설이 되어 버린 것이다.
 피레네 산맥 너머에서 들려오는 소식들은 불분명하고 모순적이다. 야만적인 영웅적 행위들, 과격한 언어들, 거들먹거리는 잔인한 업적들, 산 채로 불타는 사람들, 파헤쳐진 무덤들, 벽을 등진 채 총살당한 끝이 없는 시체들. 서로 간의 오래된 증오가 무자비하게 폭발했던 것이다. 끔찍한 현대 사상들이 치명적으로 충돌했고, 그렇게 인류를 말살시키고 있는 것이다.
 전 세계가 이 새로운 비인간적인 투우장에 서서 숨을 죽인 채 듣고 있다. 그 누구도 그냥 단순한 관객이 아니다. 이 소식을 보고 들으면서 무관심할 만큼 비천한 인간은 없을 것이기 때문이다. 모든 이가 스페인의 고통을 보며 개탄하고 있다. 더 깊이 보면, 스페인의 슬픔은 우리 모두의 슬픔이며, 모든 개인과 모든 민족의 슬픔이다. 우리는 스페인 역사의 특징이 두 개의 상반되는 요소들이 대립하고 있는 것임을 잘 알고 있다. 그런데 이것은 또한 우리 역사의 특징이기도 하다. 스페인 전쟁은 본질적으로 내란이 아니다. 그것은 세계전이다.

이런 이유로 오늘날 스페인으로 가는 사람들은, 만일 이런 가공할 만한 비극을 다른 사람들에게 널리 알리고자 한다면, 큰 책임감을 느끼게 된다. 그는 더 이상 위험에서 자유롭지 않다. 그는 풍습이나 풍경, 정원이나 오래된 교회, 또는 예쁜 장면이나 세비야의 집시와 무용수, 투우 같은 이국적 볼거리를 마음대로 그리면서 무책임하게 있을 수는 없다. 오늘날의 여행자들에겐 그러한 것들이 보이지 않는다. 모두 사라진 것이다. 그가 목격하는 장면은 완전히 다르다. 이제 그의 증언에는 책임이 뒤따른다. 그것은 역사적 기록이자 인류에 대한 기여로서 가치를 가진다. 거짓말, 과장, 무익한 서정시 등 감정의 자잘한 것들은 그런 인간의 고통 앞에서는 부적절하다.

나는 가서 보았다. 내 눈으로 직접 수많은 것을 보았다. 나는 지도자들과 이야기했고,[1] 군인들과 함께 살았으며, 폐허가 된 마을에 들어갔고, 죽은 남편 앞에서 통곡하는 여인들의 울음을 들었으며, 전쟁터에서 죽은 시체 더미 위에 올라가기도 했고, 그들의 주머니에서 발견된 편지를 읽었으며, 먼지 이는 지상과 공중에서 벌어지는 전투를 쫓아다녔고, 마드리드가 파괴되는 모습을 만사나레스 강둑에서 지켜보았다.

---

1 이 글을 쓰던 1936년 가을에 카잔차키스는 스페인 내전의 주인공인 프랑코를 인터뷰했다.

이 전쟁은 이루 말할 수 없는 비극적 성격을 지니고 있다. 그것은 서로를 죽이는 이 모든 사람들이 우리의 전환기가 필요로 하는 희생물이기 때문이다. 그들은 냉혹하지도 않고 비겁하지도 않다. 그들은 모두 따스한 피를 가진 아프리카인이다. 풍요롭고 다양한 피가 섞인 잔인한 인종, 즉 스페인 사람들이다. 그들의 일시적인 마스크 — 그것이 빨간색이건 검은색이건 — 뒤에 있는 스페인 사람의 얼굴은 항상 열정과 불길로 가득하다. 몇 년 전 우리는 이 성난 얼굴을 투우장에서 본 적이 있다. 수천 명의 남자와 여자들이 황소의 고통과 죽음에 온 정열을 다해 열중하고 있었다. 그런데 오늘날 우리는 이와 유사한 전쟁을 목격하고 있다. 이제 더 이상 황소와 인간 사이의 싸움이 아니라, 인간과 인간의 전투라는 점만 다를 뿐이다. 투우 경기가 아니라 인간들 간의 싸움인 것이다. 피로 인해 야기되는 원시 시대의 알 수 없는 도취감, 인간과 야수의 근원으로의 회귀, 예술로 치장되고 문명이라는 이름으로 행해지던 점잖은 의상이 갑자기 벗겨진다. 그리고 모든 위대하고 중요한 인간 행동의 밑바탕에는 경제적 혹은 정신적인 자기 이익이 아니라 열정이 깔려 있음을 발견하게 된다. 그 열정은 논리와 사리사욕을 넘어서는 동물적인 사나운 힘이다.

이 결정적인 위기의 순간에 삶은 최고의 선(善)이 아니다. 이 점은 현재 스페인에서 펼쳐지는 유례없는 야만적인 드라마의 많은 것들을 설명해 줄 것이다. 지금과 같은 순간에는 열 개, 아니 스무 개의 목숨을 지니고 있지 않은 것이 아쉽다. 만일 그랬다면 모두 불을 붙여 태워 버릴 수 있었을 텐데 말이다. 집에 조용히 앉아 있거나 카페에서 뜨겁게 토론을 벌이며 시간을 보내던 사람들은 이제 유혈 참사에 겁을 먹고 있다. 그들은 신문을 통해 스페인에서 일어나는 기사를 읽고 어깨를 으쓱한다. 사진을 보고 움찔하며 숨을 죽인다. 그러나 역사적 움직임에 적극 참여하고 있는 또 다른 사람들은 거친 흥분을 느낀다. 그들은 끓는 피에 빠져 도취되었다고 느낀다. 그리고 엄청난 현기증을 느끼며, 영원하고 인간적인 동물적 쾌락을 음미한다. 죽음의 문턱에서 그들은 그냥 앉아서 생각만 하는 이들이 전혀 이해할 수 없는 기쁨을 경험한다.

이 글을 쓰는 지금, 나는 완전한 책임 의식을 가지고 보여 줄 것이다. 난 내가 본 것을 정직하고 명확하며 공평하게 쓸 것이다. 의식적이든 무의식적이든 내가 이 글을 쓰는 목적은 특정 사상을 옹호하는 것도 아니고, 특정 진영의 영웅적 행동이나 범죄를 은폐하거나 찬양하는 것도 아니기 때문이다. 나의 목적은 다른 곳에 있다. 내가 보고 들은 모든 것을 증거로 제공함으로써, 지금 스페인이라는 이름으로 진행되는 이 엄청난 인간적 상처를 당신에게 있는 그대로 보여 주려는 것이다. 어쩌면 조만간 프랑스 또는 전 세계라는 이름으로 진행될 수도 있는 어떤 것을······.

스페인, 아니 전 인류가 함께하고 있는 이 중대한 위기의 순간, 나는 양 진영의 비난을 받을 만한 위치에 있다는 것을 알았다. 내 마음과의 격렬하고 고통스러운 투쟁 끝에 나는 자유 의지에 의해 내 입장을 선택했다. 어떤 멍청하거나 거만한 의도로 선택한 것이 아니었다. 또한 비판에 무관심하기 때문도 아니었다. 단지 오늘날 생각하는 사람의 가장 어려우면서도 유익한 의무는 진실을 말하는 것이라고 생각했기 때문이다. 필연적으로 이런 진실은 모든 전투원에게 모질고 불쾌하다. 그러나 그런 것은 중요하지 않다. 언젠가 이것은 미래를 창조하는 데 도움이 될 것이기 때문이다.

나는 아무것도 숨기지 않을 것이다. 우리는 역사의 악마적 굴곡을 지나고 있다. 그것은 여러 가지 이름으로 불린다. 증오, 전쟁, 유사 이전의 어둠, 혼돈 등. 그러나 우리가 분명하게 보고 정직하게 싸울 수 있다면, 역사에서 늘 그랬듯이 아마도 마지막에는 피에 젖은 이름이 살아남을 것이다. 그것은 바로 〈새로운 문명〉이라는 이름이다. 나는 내 의견을 투명하게 보여 주지 않은 채, 내가 보고 들은 모든 것만을 이야기할 것이다. 사람들을 내쫓고 통제하며 잔혹하게 죽이는 지금의 이 섬뜩한 격돌 앞에서 개인의 의견이 무슨 소용이 있겠는가? 그런 개인의 의견은 피상적이고 어처구니없을 것이다. 그것은 끔찍한 지진을 보러 가서 그곳에서 잘잘못을 판단하고 그 안에서 한쪽 편을 드는 것과 다름없다. 또한 지표를 갈라서 도시를 삼킨 지진을 보고 자연을 비난하는 것이나 다름없다.

스페인으로 가기 위해 나는 포르투갈에서 배를 탔다. 그곳에서 독일 철학자 콜린 로제 박사를 만났다. 그 역시 스페인으로 가는 길이었는데, 우연히 같은 선실에 있게 된 것이었다. 그가 물었다.

「당신은 전쟁에 찬성하십니까, 반대하십니까?」

「찬성도 반대도 안 합니다. 마치 지진에 찬성도 반대도 안 하듯이 말입니다.」 나는 대답했다.

내가 스페인으로 가는 도중에 처음으로 발을 디딘 스페인 땅은 마요르카 섬의 팔마 해변이었다. 거기서 나는 엄청난 흥분을 감지했다. 군인들과 민간인들, 성난 여인들, 화사한 옷을 입은 젊은 처녀들, 긴 막대기에 기댄 나이 든 남자들이 막사 앞에 모여 서서 벽에 붙은 소식지를 읽고 있었다. 비가 내렸다. 커다란 대포가 빗속에서 웃듯이 유쾌하게 빛났다. 팔마의 거대한 고딕 성당은 비를 피해 문 밑으로 모여든 비둘기로 뒤덮여 있었다. 비둘기들은 성인의 머리를 차지하고 앉아 있거나, 천사의 대리석 날개 밑에 둥지를 틀고 있었다. 성당 전체가 암비둘기의 구애 소리 같은 울음소리로 가득했다. 바로 그때 작은 배가 떠났다. 군인들로 가득 찬 배였다. 그리고 또 다른 배도 그런 비극적인 짐으로 가득했다. 그들은 손을 높이 쳐들고 파시스트들의 경례를 하고 있었다. 그러자 손수건이 나부꼈고 함성이 들렸다.

「죽음이여 만세!」

그때 성당 한쪽 구석에서 열다섯 살가량 되는 소녀가 나왔다. 곱슬거리는 머리카락 위에 스페인의 국기 색깔처럼 빨갛고 노란색의 스카프를 두르고 있었다.

「이봐요! 이봐요!」 그녀는 두 번째 배에 올라타려는 어느 작은 군인을 부르고 있었다.

기껏해야 열다섯 살 정도밖에 되어 보이지 않는 그 작은 군인은 미소를 짓더니 뒤로 돌아 달려갔다. 그리고 대성당의 아치형 문 밑에서 그녀의 허리를 잡아 안았다. 그들은 영원한 인간의 언어를 말했다……. 거기에서 전쟁의 모습은 전혀 찾아볼 수 없었다. 그들의 얼굴은 마요르카의 조용하고 따스한 빗줄기 속에서 환하게 빛났다.

그 순간 나는 전쟁이 인간의 모든 슬픔과 기쁨을 극도로 강화시킨다는 것을 깨달았다. 작고 사소한 일 하나가 전쟁에 휩쓸린 사람에게는 강렬한 기쁨을 줄 수 있다. 그냥 앉아서 한가롭게 전쟁에 대해 생각하는 사람, 즉 위험에 처하지 않은 사람은 그런 것을 느낄 수 없다. 여자와 포도주와 태양과 꽃의 진정한 의미와 그것들이 얼마나 소중한지는 죽음으로 가는 길에 있는 사람만 느낄 수 있다. 그래서 나는 스페인 땅에 발을 들여놓은 이후부터 내 앞에서 일어난 장면에 놀라지 않았다. 즐거운 기분, 들뜬 마음, 시끄러운 축제 분위기. 이런 것은 투우장의 관객 심리와 똑같은 심리였다. 레슬링 경기장의 격한 분위기, 살아 있는 색으로 짙게 채색되고 누더기와 벨벳의 아름다운 무대 의상으로 가득한 극장 무대, 들깨를 씹으면서 신문을 읽고 담배를 피우며 시끄럽게 토론하듯이 목청을 높이며 왔다 갔다 하던 여자들과 아이들과 남자들. 이것이 바로 부르고스와 살라망카의 피투성이 극장의 복도 분위기였다. 그리고 톨레도와 세비야 사이의 전쟁터와 바르셀로나와 발렌시아 사이의 전쟁터, 빌바오와 말라가, 마드리드의 전쟁터에서 볼 수 있었던 등장인물이자 무대 배경이었다.

1936년 가을
니코스 카잔차키스

카세레스

우리는 포르투갈 국경을 건너고 있었다. 올리브가 띄엄띄엄 보였고, 회색 바위와 에스트레마두라의 붉은 가을 포도밭이 눈에 들어왔다. 나무 하나 없는 마을이 화강암 속에서 삐죽 모습을 드러냈다. 문 위에는 노란 옥수수 다발과 고추가 덜렁덜렁 매달려 있었다.

나는 군인들로 빼곡한 기차 안을 비집고 들어갔다. 모든 사람들이 무릎을 맞대고 앉아 있었다. 그들은 마분지로 만든 옷가방을 테이블로 쓰고 있었다. 각자 배낭을 최대한 빨리 열었다. 정어리 통조림, 석회처럼 하얀 빵, 검은 올리브 열매, 커다란 고추 들이 들어 있었다. 그들은 먹기 시작했다. 작은 가죽 물통을 여럿이 돌려 마셨다. 물통을 누르자 조그마한 구멍으로 포도주가 흘러나왔고 그들의 입에서는 쩝쩝 소리가 났다. 그들은 흥겨워하며 팔랑헤[1] 당가를 부르기 시작했다.

성격이 활달한 어느 작은 군인은 더 이상 열정을 참을 수 없었던지 팔을 치켜들고 소리쳤다.

---

[1] 1933년 10월 호세 안토니오 프리모 데 리베라가 만든 스페인의 정당. 국민 전통과 스페인의 제국주의적 기독교 전통을 강조한 파시즘을 주장하였다.

「죽음이여 만세!」

다시 가죽 물통이 병사들의 입에서 입으로 돌았다. 창밖으로 거친 회색의 화강암과 은빛 올리브들과 붉은 포도밭이 눈에 들어왔다. 여기저기 햇볕에 그을린 돌로 만든 작은 집들이 있었다.

목에 부상을 당한 호리호리한 몸매의 어느 젊은 남자는 머리를 뒤로 젖혀서 술을 마실 수가 없었다. 그러자 그들은 청년의 머리를 받치고 술병을 그의 입술 사이에 대주었고, 그 청년은 술을 꿀꺽꿀꺽 마셨다. 그는 공화국 군인들에게 포위되었던 도시 중 하나인 톨레도의 요새에 있었다. 나는 그에게 질문을 했지만, 그는 아무것도 말하려 하지 않았다.

「말하고 싶지 않습니다.」 그가 거칠고 퉁명하게 소리쳤다. 「말하고 싶지 않아요. 말이 무슨 소용이 있습니까? 날 보세요……. 난 뚱뚱한 사람이었습니다. 그런데 지금은 20킬로그램이나 줄었어요.」

그들은 모두 웃음을 터뜨리고는 다시 술병을 돌렸다. 그리고 그 영웅의 입에 술이 가득 찰 때까지 다시 목을 받쳐 주었다. 그는 술을 입에 가득 담고는 고통스럽게 삼켰다. 그러고는 입술을 닦으며 다시 말했다.

「20킬로그램이나 빠졌습니다. 20킬로그램! 그게 바로 요새가 의미하는 바이지요. 바로 그거라고요!」

우리의 기차는 거칠고 외로운 산악 지방을 지났다. 커다란 검은 망토를 걸친 양치기가 바위에서 손을 흔들며 우리에게 외쳤다.

「신문요, 신문!」

기차에 탄 사람들이 그에게 신문을 던져 주자, 양치기의 개가 달려와 신문을 집어 물었다.

요새 하나가 정오의 하늘을 등진 채 우리 앞에 우뚝 솟아 있었다. 집들, 깃발들, 온갖 종류의 모자들, 밝은 노란색 담요와 하얀 침대보와 붉은 십자가로 뒤덮인 발코니들. 우리는 에스트레마두라의 수도인 카세레스에 도착했다. 이글거리는 태양이 정오의 뜨거운 햇빛을 내리쬐고 있었다. 어떤 하얀색 침대보에 커다란 붉은 하트 모양이 수놓여 있었다. 이것은 창에 찔린 예수의 심장이었다. 그곳의 벽들과 대문들 위에는 커다란 글씨로 〈스페인 만세, 예수님 만세!〉라고 적혀 있었다. 망토를 입고 터번을 두른 모로코인들, 마스카라와 분을 짙게 칠한 여인들, 가슴에 커다란 붉은 십자가를 새긴 옷을 입은 토실토실한 간호사들이 여기저기 뛰어다니면서 군인들에게 인사를 하고 있었다. 그들은 거만하게 몸을 움직이고는 입술을 적시고 돌아오면서 외쳤다. 「스페인 만세!」

「무슨 일이죠?」 나는 약간 늙은 어느 여자에게 물었다. 여자는 팔짱을 낀 채 서서 이 장면을 조용히 지켜보고 있었다.

「아무것도 아니라네, 젊은이. 아무것도 아냐⋯⋯. 그냥 전쟁일 뿐이지.」

조그만 정원에는 여자들과 어린이들이 벤치에 앉아 참깨를 씹고 있었다. 붉은 모자를 쓴 열 명의 젊은이로 이루어진 한 무리가 행진을 하며 지나갔다.

「누구죠?」 내가 한 할아버지에게 물었다.

그러자 그 노인은 재빠르게 알갱이를 삼키고 나서 대답했다.

「레케테스[2]들이지.」

「그게 뭐지요?」

「음⋯⋯ 왕을 복위시키고 싶어 하는 사람들이야. 그들의 외침이 안 들려? 왕, 왕, 오 우리의 왕⋯⋯.」

「붉은 모자를 안 쓰신 것을 보니 민주주의자시군요.」 내가 노

---

[2] 군주제를 지지하는 사람들. 스페인 내전에서는 흔히 프랑코가 이끄는 민족주의 진영을 일컫는다.

인에게 말했다.

「나한테 모자를 안 주니 안 쓰고 있는 것이지. 그건 순모로 만든 모자야. 이제 곧 겨울이 다가올 텐데…….」

노인은 웃고 나서 광장 쪽을 바라보았다. 광장은 군인들로 가득했다. 그런데 그들은 제각기 다른 색깔의 모자를 쓰고 있었다. 그는 고개를 흔들고 침을 뱉더니 한마디 했다.

「이것들 모두 스페인 사람들의 머리네. 그들의 모자를 보지 말게, 신사 양반! 그들의 모자를 보지 말게.」

내 앞에는 중세 석조 발코니들이 있다. 요새의 문들, 궁전들, 집들의 상인방에는 태양 무늬, 별, 갑옷들, 기묘한 야생 짐승들이 어우러져 새겨져 있다. 여자들은 군인들을 향해 미소 짓는다. 그들의 무거운 눈길은 슬프고 다정스럽게 병사들을 바라보면서 좀처럼 그들을 떠나지 못한다. 도시 전체의 분위기가 병영 같다. 사랑과 죽음이 다시 융합되고, 갑작스럽고 기묘한 기쁨을 분출하면서 남자와 여자들을 속이고 있다. 남자들은 새로운 권리를 얻은 것처럼 보인다. 즉, 용기를 얻은 것 같다. 「키스해 주시오」라는 그들의 새로운 노래가 들린다. 많은 날들을 나는 이 노래 때문에 잠을 못 자고 있다. 「키스해 주시오. 난 전쟁터로 가는 길이니.」 여성의 마음속에서는 태곳적부터 지니고 있던 성적 본능과 모성애, 그리고 동정심이 일어난다. 「그가 전쟁터로 가고 있어요……. 그가 전쟁터로 가고 있어요.」 모든 여자들이 놀랍도록 사랑스럽게 바라보고 있다. 여자들은 죽음의 그늘에 놓인 이 남자들에게 흔히 사랑이라고 알려진 가장 잔인한 쾌락을 느끼는 듯했다. 그 여자들은 더 이상 남자를 거부할 용기가 없다. 그들은 이제 영원한 의무를 이행해야 한다.

나는 이 뜨거운 분위기를 호흡하며 몹시 기분이 들뜬 상태로, 카세레스의 좁고 오래된 도로로 천천히 발길을 옮겼다. 여기에서는 광장의 떠들썩한 소음이 들리지 않았다. 삶은 평화로운 리듬을 회복하고 있었다. 멜론과 수박과 포도를 실은 당나귀들이 이리저리 오가고 있었다. 여인네들은 머리 위에 반짝거리는 물동이를 지고 있었다.

나는 어느 조그만 집 앞에 멈추었다. 문이 활짝 열려 있어서 안을 들여다보았다. 검은 마룻바닥이 깨끗하게 청소되어 있었다. 구석엔 물동이가 있었고, 깨끗한 수건이 두 개 걸려 있었으며 안쪽에는 벽난로가 있었다. 그 앞에는 나이 지긋한 세 명의 부인이 온통 검은 옷을 입고 만틸라를 두른 채 반원 형태로 둘러앉아 있었다. 그들 반대편에는 붓처럼 따끔따끔한 흰 수염을 기른 늙은 남자가 있었다. 그들은 모두 구부리고 앉아서 문간에 선 채로 이야기를 하는 젊은 여자의 말을 듣고 있었다. 그녀는 끊임없이 손짓을 해가면서 자기가 잃어버린 닭에 대해 이야기했다. 닭을 찾아 여기저기 뛰어다녔는데 마침내 찾았을 때, 그 닭은 부엌에 앉아 알을 낳고 있었다는 것이다. 그녀는 이 놀라운 사건을 네 명의 노인에게 열정적으로 말했다. 그들은 그저 구부리고 앉아서 조용히 듣기만 했다. 그들의 모습은 마치 고대 비극의 등장인물들 같았다. 그들의 모습은 마치 고대 비극의 배역을 맡은 사람들 같았다. 다시 말해, 합창가무단과 한 명의 사자(使者) 같았다. 그들은 영원한 주제, 결코 죽지 않는 일상들, 변하지 않는 삶을 보여 주고 있었다.

나는 뜨거운 흥분의 심장부인 광장으로 되돌아갔다. 가는 길에 윤기 흐르는 노란색과 가지 색깔의 석판으로 꾸며진 커다란 분수를 보았다. 분수는 거대한 아치형 대문 아래에서 반짝반짝 빛났다. 소녀들이 모여 물동이에 물을 채우고 있었다. 그들은 큰 소리로 잡담하면서 깔깔거리고 웃었다. 군인들이 그녀들의 주위로 몰려들어 군대식 손짓과 말투로 장난을 걸었다. 그러자 소녀들은 마치 누군가가 재미있는 이야기라도 들려주듯이 깔깔거렸다. 나는 그 장면에 매료되어 발길을 멈추었다. 노란 술을 달고 우쭐대던 어린 군인 한 명이 돌아서서 나를 쳐다보았다. 그는 팔에 풍만한 소녀를 안고 있었다.

「외국인이오? 독일인이오?」 그는 소녀를 팔로 꼭 안은 채 나에게 물었다.

「뭐 하고 있는 거지요?」 나는 웃으며 물었다.

「아…… 이건…….」 그 군인은 마치 인생의 가장 위대한 축복을 몇 마디로 요약하려는 듯이 대답했다.

「여자와 피요!」

물을 채우기 위해 줄을 서 있던 어느 노인이 부럽다는 듯이 덧붙였다.

「그리고 담배!」

열 명의 팔랑헤 당원들이 어깨를 맞대고 지나가며 팔랑헤 당가를 불렀다.[3] 그들 앞에는 두 명의 젊은 여성 팔랑헤 당원이 행진을 하고 있었는데, 가슴 위에는 팔랑헤당을 상징하는 다섯 개의 붉은 화살이 수놓아져 있었다. 그녀들은 꼿꼿이 몸을 편 채 가슴을 앞으로 내밀고 걸었다. 나는 귀를 기울였다. 그 여자들의 젊고 강한 목구멍에서 터져 나오는 당가는 스페인 국경 너머 먼 곳까지 울려 퍼지고 있었다. 그것이 찬양하는 이념을 넘어 울려 퍼졌다. 약간 가사가 수정된 그 당가는 이제 사랑과 죽음의 세계적인

---

[3] 스페인 내전에서는 민족주의 군대와 공화국의 군대가 싸웠다. 민족주의 전선은 모로코인들을 위시한 아프리카 군대와 팔랑헤 당원들, 카를로스 지지자, 레케테스들이 주를 이루었다.

송가로 변해 있었다.

> 당신이 어제 붉은 실로 수를 놓아 준
> 새 셔츠를 입고 태양을 마주하네.
> 죽음이 날 찾는다면 죽음을 만나리.
> 그러면 당신을 다시는 보지 못하리라.
> 나는 내 동지들 옆에 나란히 서리라.
> 그들은 우리의 열정을 통해 흐르는
> 냉정한 몸짓으로 별을
> 아침의 별을 지킨다.
> 만일 당신이 내가 쓰러졌다는 소식을 듣는다면,
> 아마도 내가 최전방으로 갔다는 것이리라.
> 깃발은 승리와 함께
> 평화의 행복한 발걸음으로 오리라.
> 그리고 우리 여단의
> 다섯 개의 장미와 화살로 장식되리라.
> 하늘과 땅과 바다에서 기다리던
> 봄이 돌아와 다시 웃으리라.
> 전진하라, 여단이여, 승리를 향해!
> 빛이 스페인을 비추고 있으니.

나는 피곤해서 잠에 빠져 들었다. 그날 밤은 나에게 꿀맛과 같은 한순간이었다. 내 몸은 편히 쉴 수 있었고, 내 머리도 차분해졌으며, 신비롭게도 내가 무너지지 않고 다음 날 나를 기다리고 있는 모든 짐과 맞설 수 있도록 신진대사 기능을 회복시켜 주었다.

살라망카

 정오다. 나는 살라망카의 거리를 배회했다. 성당, 대학교, 중세의 궁전들, 장엄한 발코니들, 사심 없는 쾌락들, 자유 인간의 장난감인 예술. 이 모든 것들은 사라지고, 뜨거운 전쟁 분위기로 대체되었다. 자동차들이 미친 듯이 질주했다. 모든 길모퉁이에는 보초들이 서 있고, 대주교가 사는 오래된 궁전에는 깃발이 나부끼고 북소리가 나며, 장교들이 왔다 갔다 했다. 그리고 거기에서 눈에 보이지는 않지만 절대로 잠들지 않는 완고하고 말없는 프랑코가 새로운 스페인의 운명을 이끌고 있었다.

 우리는 아직도 피와 불길이 식지 않은 위대한 전설 속에서 살고 있었다. 나는 프랑코의 대기실에 앉아서 자유롭게 돌아다닐 수 있는 통행증을 받기 위해 기다리고 있다. 나는 열심히 주변을 둘러본다. 검은 성직자 복장의 신부들이 소리 없이 지나다닌다. 그들의 눈썹은 짙고 깨끗하게 면도된 그들의 얼굴은 말없이 미소 짓고 있다. 그들의 온몸이 웃고 있는 것 같다. 그들은 성공을 확신하고 있다. 그들의 뿌리는 깊다. 수천 명의 성직자들이 살해당했고 이번 사태로 인해 순교자들의 숫자가 늘어 가면서, 교회의 문장은 다시 윤을 내고 있다. 종교가 또 다시 이곳의 현대적 삶이 지닌 강력한 사리 추구에 개입한 것이다. 다시 한 번 현대의 삶이라는 전쟁터로 들어온 것이다. 오늘날 스페인 교회는 더 이상 오래된 양피지로 장식된 전통이 아니다. 그것은 사랑스러운 인격체가 되었다. 그것은 이제 수많은 상처를 입고 장군들이 움직이는 복도와 회랑을 따라 자유롭게 움직이고 있다. 그리고 친구들 사이로 돌아올 때면, 새로운 상처를 자랑스레 보여 준다.

프랑코의 높은 창문 아래에 있는 정원에 음악이 울려 퍼진다. 사람들이 거리에 몰려든다. 짙은 화장과 새롭게 다듬은 머리 모양을 한 여인들이 기대에 가득 찬 표정으로 앞으로 나선다. 아무것도 빠진 것이 없다. 성직자, 군인, 여자, 음악, 다양한 색의 모자들, 두꺼운 커튼 뒤의 저 높은 곳에서 일하는 보이지 않는 지도자. 있어야 할 것은 모두 있는 것이다! 그리고 스페인 사람들은 그들의 삶이 새로운 색깔과 의미를 갖게 된 것에 행복해한다.

프랑코의 외무부 국장이 나에게 다가온다. 그는 수려한 외모를 갖춘 젊은이지만, 수면 부족으로 눈은 몹시 지쳐 보인다. 그는 나에게 프랑코의 서명이 담긴 통행증을 갖다 준다.

「가장 먼저 어디부터 가려고 하시오?」 그가 묻는다.

「톨레도.」

그러자 젊은이의 눈이 빛난다.

「나는 우리가 톨레도에 들어가 요새의 영웅들을 해방시킨 날을 잊지 못할 것이오. 우리는 요새의 지하 동굴에서 모습을 드러낸 이상한 생명체들을 보았소. 정말이지 깜짝 놀랐소. 그들은 유령이었소. 모든 남자들이 턱수염을 기르고 있었고, 여자나 남자나 할 것 없이 해골처럼 말라 있었소. 그래서 그런지 그들은 무척 커 보였소. 그들의 눈은 너무 커, 마치 눈이 얼굴 전체를 덮고 있는 듯했소. 그때 처음으로 나는 엘 그레코를 이해했소. 엘 그레코가 그림의 주인공들을 얼마나 마음 깊은 곳에서 꺼냈고, 얼마나 고통스러운 열망을 느끼며 꺼냈는지 깨달았던 것이오.」

  무서운 늙은 호저(豪猪) 우나무노를 보지 않고는 살라망카를 떠날 수 없었다. 그의 대문을 두드릴 시간까지 기다리면서, 산타 마리아 데 로스 카바예로스(기사의 성모) 교회의 가을 정원을 이리저리 거닐었다. 나뭇잎은 노랗게 물들어 있었다. 포플러는 온통 황금빛으로 빛났다. 계절에 상관없이 변함없는 세 그루의 커다란 사이프러스나무가 주홍색의 저녁 빛을 받으며 어두운 모습으로 서 있었다. 나는 마음속으로 우나무노에게 중요한 질문 두 가지를 하기로 결심했다.
  〈오늘날 영적인 인간의 의무는 무엇입니까? 투쟁에 참여하는 것입니까? 그렇다면 누구 편을 들어야 합니까?〉
  〈스페인과 세계의 현 정세에 대해서 어떻게 생각하십니까? 새로운 전쟁이 다가오고 있습니다. 아니 이미 와 있습니다. 스페인에서는 그 최초의 전초전이 이미 일어나고 있습니다. 우리가 그것을 막을 수 있습니까? 그리고 막아야 합니까?〉

  나는 그의 문을 두드리고 사각형의 사무실로 들어갔다. 책은 거의 없었다. 두 개의 커다란 책상과 두 개의 낭만적인 풍경화가 벽에 걸려 있을 뿐이었다. 창문은 커서 빛이 충분히 들어왔다. 영어 책이 책상 위에 펼쳐져 있었다. 나는 귀를 기울였다. 복도 저 아래에서 우나무노의 발소리가 점점 가깝게 들려왔다. 노인의 발걸음처럼 그의 발걸음은 피곤한 듯한 소리를 내고 있었다. 내가 불과 몇 년 전 마드리드에서 그렇게 우러러보았던 그 위대한 발걸음과 젊은 기운은 어디로 갔단 말인가?

문이 열리자 순식간에 우나무노가 노쇠했다는 것을 알 수 있었다. 그의 정열은 식고, 그의 등은 굽어 있었다. 그러나 그의 눈은 여전히 반짝거렸다. 그 눈은 아직도 영원히 깨어 있었다. 투우사의 눈처럼 빠르고 강렬한 눈빛이었다. 내가 입을 열기도 전에 우나무노는 큰 소리로 말하기 시작했다.

「난 절망적이오!」 그가 주먹을 쥐며 외쳤다. 「여기서 벌어지고 있는 일에 대해 절망을 느끼오! 저들은 싸우고 서로를 죽이며, 교회를 불태우고, 의식들을 만들며, 붉은 깃발들과 주님의 깃발을 치켜들고 있소. 이런 모든 것들이 나를 절망으로 몰고 가오. 이 모든 것이 스페인 사람들이 믿음을 갖고 있기 때문에 생긴다고 생각하시오? 절반은 기독교를 믿고 나머지 절반은 레닌을 믿는 것이란 말이오? 아니요! 절대 그런 것이 아니오! 들어 보시오. 내가 말하려는 것을 주의 깊게 들어 보시오. 이 모든 것은 바로 스페인 사람들이 아무것도 믿지 않기 때문에 생기는 것이오. 아무것도⋯⋯. 아무것도 믿지 않소! 그들은 〈데스페라도〉[1]요. 이 세상의 다른 어떤 언어도 이것에 해당하는 단어를 갖고 있지 않소. 왜냐하면 스페인을 제외한 그 어떤 나라도 그 단어가 의미하는 바를 가지고 있지 않기 때문이오. 〈데스페라도〉는 계속해서 붙잡고 있을 만한 것이 아무것도 없는 사람을 뜻하오. 그들은 아무것도 안 믿는 사람들이오. 그리고 믿지 않기 때문에 거친 분노에 의해 움직이는 것이오.」

우나무노는 잠시 창문을 내다보며 입을 다물었다.

「그리스는 어떻소?」 그가 나에게 물었다. 그러나 내 대답을 기다리지도 않고 다시 말을 이었다.

「스페인 사람들은 미쳤소!」 그가 소리쳤다. 「스페인 사람들뿐

---

[1] 이 말은 무법자이며 절망적인 사람들을 뜻한다.

만 아니라 오늘날 전 세계가 미쳤소. 왜 그런지 아시오? 전 세계 젊은이들의 정신이 와해되고 있기 때문이오. 그들은 성신을 비웃을 뿐만 아니라 증오하오. 그들은 성신을 증오하오. 그렇소. 그게 바로 오늘날 전 세계 젊은이들의 특징이라오. 그들은 스포츠, 행동, 전쟁, 계급투쟁 등을 원하오. 왜 그런 것들을 원한다고 생각하시오? ……바로 성신을 증오하기 때문이오. 그들은 현실에 바탕을 두고 싶다고 말하고 있소. 나는 그들이 또한 낭만적인 백일몽이나 싸구려 감성 혹은 추상적 관념들을 혐오한다고 들었소. 왜 그런 것들을 경멸하는지 아시오? ……바로 성신을 증오하기 때문이오. 아, 나는 오늘날의 이런 젊은이들을 잘 알고 있소. 이 근대주의자들을 말이오! 그들은 성신을 증오하오!」

그는 일어나 책상 위에 펼쳐져 있는 영어 책을 찾았다. 그리고 한 구절을 읽었다.

「알겠소? 그들은 성신을 증오해!」

바로 그 순간 나는 급하게 질문을 던졌다.

「그렇다면 여전히 성신을 사랑하는 사람들은 무엇을 해야 합니까?」

우나무노는 참으로 이상한 행동을 했다. 그냥 듣기만 하고 있었던 것이다. 그는 잠시 입을 다물고 있더니, 갑자기 다시 말을 하기 시작했다.

「아무것도 없소!」 그는 큰 소리로 말했다. 「진실의 얼굴은 끔찍한 거요. 우리의 의무가 뭘까? 사람들에게 진실을 숨기는 것이오. 구약은 〈하느님의 얼굴을 바라보는 자는 죽을 것이다〉라고 말하고 있소. 모세조차도 하느님의 얼굴을 감히 똑바로 쳐다보지 못했소. 그는 하느님의 뒷모습만 보았고, 그것도 하느님 옷자락의 일부만 보았소. 그것이 바로 진실의 성격이오! 우리는 사람들을 속여야 하오. 이 불쌍한 사람들이 힘과 용기를 얻어 계속 살아 나갈 수 있도록 말이오. 만일 그들이 진실을 안다면 살아 나갈 수 없소. 그들은 더 이상 살고 싶지 않을 것이오. 사람들에겐 신화와 환상과 거짓이 필요하오. 사람들의 삶을 지탱해 주는 것이 바로 그런 것들이오. 여기 이 볼썽사나운 주제에 대해 내가 쓴 책이 있소. 나의 마지막 저서요. 가지시오.」

우나무노는 옛날의 기운을 되찾았다. 그의 혈관이 다시 피로 넘치기 시작했다. 그의 볼은 발그스름해졌고 그의 몸은 꼿꼿이 펴졌다. 다시 젊어진 것 같았다. 그는 큰 걸음으로 책장으로 가서 책 한 권을 꺼냈다. 그러고는 급히 몇 마디 적어 넣고 나에게 건네주었다.

「가지시오. 『순교자 성 마누엘 부에노』[2]라는 책이오. 읽으시오. 알게 될 것이오. 그 책의 주인공은 믿음이 없는 가톨릭 신부요. 그러나 그는 자기가 가지고 있지 않은 믿음을 사람들에게 주려고 노력하오. 그렇게 해서 살아 갈 힘을 주려고 한 것이오. 살아 갈 힘! 믿음과 희망 없이는 살아 나갈 수 없다는 것을 그는 잘 알고 있었소.」

그는 빈정거리며 절망적인 웃음을 웃었다.

「50년 동안 나는 고해소에 가지 않았소. 그러나 신부나 수사, 혹은 수녀들에게 고해를 했소. 나는 죽도록 먹고 마시는 성직자나 돈에만 관심을 보이는 성직자에게는 관심이 없소. 차라리 여자를 사랑하는 성직자에게 더 관심이 많소. 그들이야말로 진정으로 고통 받는 자들이니 말이오. 그리고 더 이상 믿지 않는 성직자들에게 더욱 관심이 많소. 이들의 비극은 끔찍하오. 내 책의 주인공

---

[2] 우나무노가 1930년에 써서 1933년에 출간된 소설. 이성과 신앙의 문제를 주로 다루고 있다.

성 마누엘 부에노가 바로 그런 사람이었소. 자, 읽어 보시오!」

우나무노는 손으로 거칠게 책을 뒤적였다.

〈진실은 무섭고 참을 수 없고 치명적인 것이다. 순진한 사람들이 진실을 알게 되면 더 이상 살아 나갈 수 없을 것이다. 그런데 그들은 살아야 한다……. 살아야 한단 말이야!〉

우나무노는 책에서 급히 몇 장을 찢어 내어 읽기 시작했다. 읽고 또 읽었다. 마치 자신의 말과 목소리를 듣자 미칠 정도로 흥분한 것 같았다. 그는 책을 거의 다 읽고 나서야 비로소 멈추었다. 그러고는 이렇게 물었다.

「그런데 당신 생각은 어떠하오?」

나는 이렇게 대답했다.

「그리스 로마 문명의 막바지에 있기 때문에, 오늘날 변증법적인 정신은 너무 지나치게 나아가서 더 이상 삶에 도움이 되지 못하고 있습니다. 우리는 더 이상 신화를 믿지 않습니다. 그래서 우리의 삶은 황폐합니다. 변증법적 정신이 깊은 잠에 빠져야 할 시간이 왔다고 생각합니다. 인간의 심오한 창의력이 다시 깨어날 수 있도록 말입니다.」

「그러니까 당신은 일종의 새로운 중세를 말하는 거로군?」 우나무노가 외쳤다. 그의 눈은 불타고 있었다. 「나도 같은 말을 했었지. 언젠가 발레리에게 말했소. 〈정신은 그것이 만들어 낸 위대한 진보를 감당할 수 없다. 정신은 쉬어야 한다〉라고.」

그 순간 창문 아래에서 음악 소리가 들려왔다. 군인들이 큰 소리로 만세를 불렀다. 「스페인 만세!」 우나무노는 열심히 그 소리를 들었다. 이윽고 그 외침이 사라졌다. 그러자 다시 한 번 스페인을 대표하는 노인이 말했다. 이제는 지치고 슬픈 목소리였다.

「스페인이 고통 받고 있는 이 중요한 순간에, 나는 내가 군인들과 함께 가야 한다는 것을 알고 있소. 그들은 질서를 회복시킬 사람들이오. 그들은 규율이 뭔지 알고 있고 어떻게 그것을 강요하는지 알고 있소. 난 우익이 아니오. 사람들이 말하는 것에는 신경쓰지 마시오. 나는 자유의 대의는 거스르지 않았소. 그냥 당분간 그런 질서를 강요하는 게 절대적으로 필요하다는 것뿐이오. 하지만 언젠가, 난 다시 일어나 자유를 위한 투쟁에 뛰어들 것이오. 혼자 말이오. 난 파시스트도 아니고 볼셰비키도 아니오. 나는 혼자요!」

나는 대화를 다른 방향으로 돌려 보려고 했다. 백발의 검투사에게서 커다란 고통을 보았기 때문이다. 그러나 노인은 그렇게 놔두지 않았다.

「나는 혼자요!」 다시 한 번 외치고, 그는 벌떡 일어났다. 「나는 혼자요. 마치 이탈리아의 크로체처럼 말이오!」

내가 그곳을 떠날 때는 이미 밤이 깊어 있었다. 나는 이 전사의 과격하고 무정부적인 〈데스페라도〉에 관해 쓴 안토니오 마차도의 시구를 조용히 읊조렸다.

> 돈키호테 같은
> 미겔 데 우나무노, 이 힘센 바스크인은
> 그로테스크한 갑옷을 입고
> 착한 만차 사람처럼 우스꽝스러운
> 투구를 쓰고 있다. 미겔은 괴물 같은 말을 타고
> 미친 듯이 황금 박차를 가하며
> 사람들의 수군거림은 두려워 않고 돌아다닌다.

어느 몰이꾼들의 마을에서
세리꾼들과, 도박꾼들, 폭리를 취하는 장사꾼에게,
그는 기사도의 정신을 가르친다.
그리고 자기 민족의 포악무도한 영혼이
자신의 철퇴를 맞으면,
아직 잠자고 있는 정신을 언젠가는 깨울 수 있을 것이라는
희망으로.

기사가 말을 타고 달려 나가기 전에
그는 의심의 불쾌함을 보여 주고 싶어 한다.
그리고 새로운 햄릿처럼 가슴팍
근처의 벌거벗은 칼날을 바라볼 것이다.

그는 거친 종족의 기운을 지니고 있다.
조국 너머를 꿈꾸었고
바다 건너에서 금을 찾은 종족이었다.
그는 죽음 뒤의 영광을 보여 준다.
그는 창시자가 되고 싶어 한다. 그래서 말한다.
「나는 믿는다. 하느님과 스페인의 힘을.」
그는 로욜라보다 더욱 착하고 훌륭하다.
예수 맛이 나는 그는 바리사이파 사람들에게 침을 뱉는다.[3]

---

3 안토니오 마차도, 「미겔 데 우나무노에게」.

바르가스

나는 살라망카와 우나무노를 뒤로하고 톨레도를 향해 서둘러 길을 떠났다. 올리브 숲, 포도밭, 껍질이 벗겨진 작은 참나무들이 눈에 띄었다. 여기저기에 반쯤 허물어진 집들이 있고, 빨래하고 요리하고 아이들 몸에서 이를 잡아 주고 있는 여인들의 모습이 보였다. 저 멀리에서는 대포 소리가 들렸다. 우리는 조금씩 전선에 다가가고 있었다. 평야는 온통 구멍투성이였다. 폭탄 조각들, 탄피들, 공산당 신문들, 길가에 버려진 편지들, 사진들, 그리고 너덜너덜 찢긴 붉은 깃발…….

우리는 바르가스 시내로 들어갔다. 약 50명의 민병대가 나와 함께 차를 타고 갔다. 우리는 모두 톨레도로 가는 길이었다. 마을 입구에서 여인들이 우리를 향해 달려왔다. 그들은 앞 다투어 무너진 담벼락과 망가진 자물쇠와 앙상한 건물 뼈대를 가리켰다. 바람이 불고, 문짝이 삐걱거리기 시작했다. 그것은 흐느낌 같았다. 나는 집들을 일일이 둘러보았다. 어느 집을 가든 침대 매트리스, 침대보 등의 잔해가 수북이 쌓여 있었다. 하지만 여전히 벽에는 웃고 있는 아이들과 박수를 치는 신혼부부의 사진이 걸려 있었다.

몇몇 마을 처녀들은 노부모와 함께 남아 있었다. 50명의 민병대가 모습을 드러냈다는 애기를 듣자, 그 처녀들은 재빨리 애교 머리를 이마와 관자놀이에 붙이고는 아무도 없는 황량한 광장을 이리저리 거닐기 시작했다. 그들은 군인들이 들을 수 있도록 큰 소리로 떠들고 웃었다. 군인들은 여자들의 웃음소리와 말소리를 듣고는 아직도 조그만 술통이 하나 남아 있던 어느 술집에서 뛰쳐나왔다. 그들은 젊은 여자들 주위를 빙 둘러섰다. 황폐해진 마을은 이미 바뀌어 있었다. 죽은 자는 잊히고, 싸구려 검은 블라우스 위로 붉은 장미가 빛나고 있었다.

인간의 영혼은 망각이라는 잔인한 힘을 갖고 있다. 거의 모든 마을이 파괴되었다. 아버지, 오빠, 약혼자, 남편, 그들 모두가 땅속에 묻혔다. 그들의 시신은 아직 썩지도 않은 상태였다. 젊은 여자들은 그들의 죽음을 기리며 슬픔에 깊이 빠졌다. 처음 며칠 동안 그들을 본 사람이라면 〈저 여자들은 결코 다시 행복해질 수 없을 거야. 저들의 인생은 끝났어〉라고 말했을 것이다. 그런데 며칠이나 지났을까? 갑자기 여기 피 묻은 길거리에 50명의 민병대가 나타나자 젊은 처녀들은 머리에 꼬불꼬불한 리본을 꽂고 입술을 촉촉이 적셔서 붉게 만들고는 산책을 나왔다. 「스페인 만세!」 군인들은 처녀들에게 접근하며 파시스트식의 인사를 큰 소리로 외쳤다. 그러자 처녀들은 웃었다. 여자들은 이 애국적인 외침이 투명한 가면이며, 이 가면 뒤에는 큐피드의 작은 얼굴이 분명하게, 어린아이처럼 다정하지만 악마처럼 빛나고 있을 것임을 잘 알고 있었다.

빛나는 삼각모를 쓴 군인들과 풍만한 가슴과 초승달 모양의 애교머리를 붙인 처녀들은 마을 뒤로 하나 둘씩 산책을 나가기 시작했고, 그렇게 그들은 방앗간에 이르렀다. 그곳은 아직도 건초 더미로 가득했다.

한편, 시청의 작은 탑 위에서는 두 명의 남자 직원이 〈민주주

광장〉이라는 커다란 금색 글자가 새겨진 판을 떼어 내고 있었다. 벽을 타고 올라간 그들은 그것을 떼어 내면서 마치 자기들의 손으로 민주주의를 파괴한 듯이 웃고 있었다.

「이제는 거기다 무엇을 달 겁니까?」 내가 물었다.

「무슨 말이에요?」

「그 자리에 어떤 글자를 달 겁니까? 알폰소? 프랑코? 동정녀 마리아?」

「우린 아직 몰라요.」 그들은 열심히 그 글자판을 떼어 내면서 대답했다. 「새 글자판을 아직 못 받았거든요.」

그러나 모든 것은 자연스럽게 끝나기 마련이다. 사랑과 전쟁도 마찬가지였다. 어느 트럼펫 연주자가 시청 탑에 올라가 트럼펫을 불어 집합하라고 알렸다. 짚단에서 미세한 먼지가 일었다. 민병대 병사들은 옷을 털었다. 그리고 삼각모의 주름을 곧게 잡고는 모자를 벗었다. 그들은 트럭에 모였고, 우리 모두는 다시 그 트럭에 올라탔다. 애국가가 시작되었다. 우리는 톨레도로 향했다. 마을이 어스레한 저녁 빛에 덩그렇게 말없이 혼자 남은 채 우리 뒤로 멀어졌다. 그리고 다시 문짝이 짖어 대는 개들처럼 삐걱대기 시작했다. 커다란 보름달이 짙은 노란색을 띠고 슬프게 모습을 드러냈다. 그것을 보니 미케네의 죽은 왕들이 남긴 황금 가면이 떠올랐다. 처녀들은 트럭 뒤를 따라 숨을 헐떡이며 뛰어왔다. 그러나 이내 지쳐 버렸고, 마침내 높은 방앗간에 서서 손을 흔들었다.

「스페인 만세! 스페인 만세!」 군인들은 뒤돌아서 처녀들에게 이렇게 소리쳤다.

그러나 처녀들은 포옹하는 시늉만 보냈을 뿐 아무 말도 하지 않았다.

진정한 톨레도

우리가 톨레도의 첫 번째 초소에 도착했을 때는 이미 깊은 밤이었다. 작고 구불구불한 거리가 시끄럽게 울렸다. 그때 누군가가 〈소코도베르 광장으로!〉라고 외쳤다. 트럭이 멈추었다. 나는 서둘러 내려서 주변을 급히 살펴보았다. 마치 꿈을 꾸는 듯했다. 한때 광장을 에워싸고 있던 건물과 기둥들이 모두 사라지고 없었다. 가게와 호텔과 커다란 빵집과 술집 모두 보이지 않았다. 오직 아치형 대문 하나만 남아 있었고, 그 위로는 굉장히 멋지게 생긴 벽의 잔해가 달빛을 받으며 예사롭지 않게 매달려 있었다. 화려했던 옛 건물들은 모두 공연이 끝나자 허물어 버린 무대 장치처럼 변해 있었다.

나는 폐허 더미를 기어오르다가, 쇳덩이와 부서진 가구, 그리고 폭탄 파편에 걸려 넘어졌다. 한때 이곳은 가게와 집들이 늘어서 있던 거리였다. 그리고 여기에는 알카사르로 올라가는 긴 대리석 계단이 있었다. 카를로스 5세는 이렇게 말했었다. 「이 계단을 오르면 정말로 황제가 된 느낌이야.」 그런데 그 계단은 이제 어디 있는가? 광장과 알카사르는 하나가 되었다. 알카사르는 무너졌고, 광장의 폐허 더미는 더욱 높아져 이제는 광장의 높이와 알카사르의 높이가 거의 같았다. 부서지고 불길에 타버린 높은 벽이 공중에서 흔들거렸다. 그 벽은 마치 칼처럼 솟아 있었다. 그것이 알카사르였다. 그 유명한 알카사르에서 목숨을 건진 것은 아무것도 없었다. 대성당까지 이르는 도시 전체가 폐허가 되었다. 달빛 아래서 무너진 집은 유령처럼 서 있고, 통곡하듯이 절망으로 가득 찼다. 흐릿한 달빛 아래에서 나는 앞뒤로 흔들거리는 발코니와 느슨하게 걸쳐진 철제 기둥을 알아볼 수 있었다. 또한 갈비가 부러지고 문이 너덜거리는 뼈대만 남은 집도 보았다. 모든 것이 그렇게 버려져 있었다.

톨레도는 격렬하고 고동치는 모습들로 가득하고, 모든 희망을 잃은 높고 거대한 벽으로 가득한 엘 그레코의 캔버스가 되어 있었다. 그것은 논리적으로 터무니없는 것이 되어 있었다. 이제는 덧없이 사라지는 그림자들이 서로 속이듯이 움직이면서 이 도시의 건축물들을 배치하고 있었다. 너무나 마술적인 장면이어서 그곳을 떠날 마음이 생기지 않았다. 인간의 내면 깊숙한 곳에는 재앙을 향한 충동이 숨어 있음이 틀림없다. 왜냐하면 인간은 약탈된 도시의 광경을 야만적인 기쁨으로 즐길 수 있기 때문이다. 톨레도는 자신에게 맞게 사납고 모질어졌다. 그래서 마침내 호전적이고 용맹한 정신에 걸맞은 육체를 발견하게 된 것이다.

「난 정말 피곤해!」 우리에게 몇 마디 남기지 않은 엘 그레코의 말 중에서 이 말은 오늘 밤 내 앞에 펼쳐진 톨레도의 이미지와 놀랍도록 딱 들어맞는다. 나 역시 이 모든 단정적인 논리 유형과 균형 잡힌 형식, 그리고 고요한 삶에 지쳐 있었다. 가게들, 집들, 교회들, 술집들에 지쳐 있었던 것이다. 마찬가지로 엘 그레코의 독립적이고 냉정한 정신의 활화산 같은 힘은 톨레도를 뒤흔들었을 것이며, 천사들은 그 위로 번개처럼 갑자기 나타났음에 틀림없다. 오늘날은 천사 대신 비행기가 날고 있다. 그러나 그 신비주의적 목적은 마찬가지다. 그 신비주의적 목적이란 무엇인가? 바로 톨레도를 뒤흔들어 자신만만한 신중함과 평범함에서 해방시키고, 잿더미로 바꾸어 오만하고 유령 같은 창백한 모습, 즉 관념의 순교자로 만드는 것이다. 그러면 관념은 육체를 태워 버려, 더 이상 육체가 불길을 가릴 수 없게 된다. 톨레도의 정수는 남아 있다. 오직 불필요한 겉모습만 재로 변한 것이다.

부끄러운 말이지만, 나는 전혀 슬프지 않았다. 그것과는 거리가 멀었다! 강렬한 기쁨이 나를 사로잡았다. 현재의 톨레도는 내가 알았던 다른 톨레도 — 내가 처음 보았을 때 무척이나 실망스러웠던 그 톨레도 — 보다 인간에게 더 많은 것을 제공해 준다. 당시 나는 물이 흐르지 않고 푸른 식물들도 자라지 않으며 말없는 사람들로 가득한 백해무익한 바윗덩이를 볼 거라고 생각하고 있었다. 그러나 내가 발견한 것은 상인과 사진사와 성직자들로 가득한 활기찬 지방 도시였다. 오늘 이 모든 사람들이 여전히 여기에 있다. 그들의 종자는 지구상에서 쉽게 사라지지 않을 것이다. 그러나 그들의 눈에는 그들이 보았던 폐허와 비참한 장면들뿐만 아니라, 그들이 겪으며 살아온 공포가 생생하게 담겨 있다. 그리고 이것이 그들을 상인처럼, 사진사처럼, 성직자처럼 보이지 않게 한다.

한 랍비가 언젠가 이렇게 말했다. 「하느님은 글과 말로 그분의 의지를 보여 주셨다. 그러나 그분은 말 사이의 의미, 즉 텍스트의 행간에 있는 고결한 의미를 아직 보여 주시지 않았다.」 여기 톨레도에서 말은 사라졌다. 텍스트는 산산이 부서지고 말았다. 그리고 이제 두 번째로(첫 번째 계시는 엘 그레코의 작품에서 볼 수 있다) 폐허 사이의 빈 공간이 톨레도의 고결한 의미를 드러내 보였다. 톨레도의 의미뿐만 아니라, 고집 세면서도 스스로 절망하는 인간 그 자체의 의미를 보여 준 것이다.

톨레도의 알카사르 포위[1]

밤새도록 잠을 이룰 수 없었다. 날이 밝을 무렵, 나는 작은 언덕을 비틀거리며 오르기 시작했다. 성지를 찾는 방문객들은 폐허 속으로 난 좁은 길을 따라갔다. 나 역시 그 길을 따라 알카사르로 올라갔다. 다른 남녀들도 이제 완전히 잠에서 깨어났다. 먼 도시에서 온 그들은 나와 함께 행렬을 이루어 신성한 순례 여행을 하고 있었다. 포위에서 풀려난 사람들 중의 하나인 창백하고 마른 군인 한 사람이 우리 앞에서 걸어가면서 포위되었던 알카사르의 전설을 장황하게 들려주었다.

「바로 여기에 지뢰가 있었어요. 우리가 싸운 곳이 여기예요. 여기에 우리의 동료들을 묻었지요. 여기는 우리가 물을 길어 먹던 우물이었고요.」

나는 귀를 쫑그리고 한마디도 빼놓지 않고 들으려 했다. 나는 어떻게 일상의 척박한 요소들 — 배고픔, 두려움, 더러움 — 을

---

[1] 프랑코는 안달루시아와 에스트레마두라 서쪽을 점령한 후, 아프리카군이 어떤 길을 잡아야 할지 중대한 결정을 내려야 했다. 1936년 9월 21일 그의 휘하 부대는 마케타에 도착했다. 그곳은 바로 북쪽으로는 마드리드, 동쪽으로는 톨레도로 가는 갈림길이었다. 그들은 마드리드로 진군할 수도 있었고, 공화국 군대에 포위된 국민 전선 군대를 구하기 위해 톨레도로 갈 수도 있었다.

전설로 만드는지 알고 싶었다.

「이른 아침부터 우리는 각자 일을 시작했어요. 교대로 망을 보았고 요리를 했어요. 방벽도 만들었고요. 어떤 이들은 폭탄 잔해를 이용하여 절구에서 밀을 갈았고, 어떤 이들은 물을 나르거나 말을 도살했고, 또 어떤 이들은 싸웠지요. 정말로 할 일이 많았어요. 그렇게 시간이 흘렀지요.」

우리는 평평한 석판이 깔린 긴 통로로 들어섰다.

「저기서 여자들이 잠을 잤어요. 말 옆에서 말이에요. 여자들도 우리와 함께 고생을 했지요. 우리는 그녀들에게 떠나라고 했지만 그러려고 하지 않았어요. 그러니 어쩌겠어요? 그들은 여자였어요. 그래서 우리는 그들을 머무르게 했지요.」

우리는 부서진 테이블과 타버린 책들, 형체를 알아볼 수 없이 비틀어진 철제 침대들을 밟고 지나갔다. 그리고 몇 걸음 더 내려갔다.

「코를 막아요!」 군인이 우리에게 소리쳤다.

참을 수 없이 역겨운 악취가 나기 시작했다.

「처음에는 밖에 시체를 묻었어요. 그러나 포위가 점점 좁혀 오자, 여기에 묻어야 했지요. 흙도 별로 없었고 그래서 얕게 묻어야 했어요……. 그러자 악취가 풍기기 시작했지요…….」

그는 창백한 표정으로 말을 하면서 괴로운 듯이 신음 소리를 냈다.

「그런데 무엇보다 큰 문제는 물이 썩어 버린 것이었어요. 우리 모두 설사가 났죠.」

그는 웃으려 했으나 그럴 수 없었다.

「당신은 이름이 뭡니까?」 내가 그에게 물었다.

이제 우리는 안뜰에 들어서고 있었다. 다시 상쾌한 공기가 느꺼졌다. 다른 순례자들은 흩어졌다. 그곳에 있는 사람은 우리 둘뿐이었다. 그러자 그가 대답했다.

「미겔 고메스 카스카하레스입니다. 부르고스 출신이지요.」

안뜰의 벽에 동판 하나가 살아남아 있었다. 거기에는 가슴이 팽팽하고 풍만한 남녀 양성자의 품 안에 어느 군인이 안기는 모습이 그려져 있었다. 그리고 황금빛 대문자로 〈조국을 위해 죽는 자는 불멸의 여신의 가슴에 안기게 된다〉라고 선명하게 적혀 있었다. 미겔은 그것을 읽으면서 고개를 흔들었다.

「무슨 생각을 하고 있나요?」 내가 물었다.

「아무것도 아닙니다.」 그가 대답했다.

우리는 말없이 바리케이드가 쳐진 거리로 내려갔다. 우리는 새카맣게 타버린 나무와 잿더미와 누더기 더미를 올라가야 했다. 여기저기에 〈화재 보험 가입 건물〉이나 〈게시물 부착 금지〉 따위의 글들이 보였다. 대들보들은 새까맣게 타버렸지만, 글씨는 알아볼 수 있었다. 땅주인의 이런 걱정이 얼마나 우스워 보였는지 모른다. 그는 모든 것에 주의를 기울였지만 가장 무서운 것, 즉 예측할 수 없는 것은 빼놓았던 것이다. 폐허가 된 집의 돌쩌귀가 빠진 대문에는 〈거지 출입 금지!〉라는 글자가 쓰여 있었다. 그러나 불길과 포탄과 전쟁과 죽음은 걸인이 아니다. 그래서 그들은 들어왔던 것이다.

우리는 광장에 도착했다. 열 살에서 열두 살 정도 되어 보이는 어린 학생들이 행진을 하고 있었다. 그들은 총과 총탄으로 완전히 무장한 상태였다. 채 일곱 살도 되지 않아 보이는 어린 소년이 앞에 서서 작은 깃발을 들고, 그 뒤로 북과 트럼펫 연주자들, 그리고 어린 군인들이 빠른 걸음으로 걷고 있었다. 그들의 앳된 얼굴은 모두 분노로 일그러져 있었고, 미소 하나 없이 무표정했다.

많은 아이들이 입술을 깨물었다. 그들의 눈은 미성숙한 열정으로 빛났다. 부모들은 길가에 길게 늘어서서 박수를 치면서 환호성을 질렀다. 우리는 무자비한 위기의 시대에 들어와 있었다. 〈아이들이 더 이상 놀고 싶어 하지 않으면 세상은 슬픔의 길로 빠져 든 것이다!〉라는 중국의 속담이 실감나게 다가왔다.

〈스페인은 미쳤다! 스페인은 미쳤다!〉라는 우나무노의 말이 내 입술 위에서 메아리쳤다. 나는 미겔의 팔을 잡았다. 우리는 알카사르라는 카페에 들어가서 머그 가득 커피를 마셨다. 커피를 마시자 몸이 따스해졌고 우리는 친구가 되었다.

「심지어는 이런 것조차 사라졌어요!」 미겔은 중얼거렸다. 그의 침울한 푸른 눈이 더욱 어두워졌다. 더러움과 영광으로 얼룩진 이 끔찍한 모험을 먼 곳에서 신화처럼 흐릿하게 지켜보고 있는 듯했다.

「난 일기를 보관하고 있어요.」 그가 잠시 후 조용히 말했다. 부끄러워하는 것 같았다. 그는 손을 셔츠에 넣어 연필로 적은 노란 종이를 꺼냈다.

「여기 있어요!」 그는 얼굴을 붉혔다.

나는 그 종이를 받았다. 그리고 깊이 감동했다. 종이는 구겨지고 때가 묻어 있었으며, 땀자국과 피 같은 붉은 얼룩으로 지저분했다. 나는 그것을 읽기 시작했다. 몇몇 단어는 지워져 있었다. 그래서 우리는 고개를 숙여 종이를 뚫어지게 바라보면서, 지워진 글자가 무엇인지 추측하려고 했다. 기억나는 부분은 그의 기억으로 빈 공간을 메웠다. 그렇게 우리는 영웅적인 단순한 글을 읽어 나갔다.

7월 22일. 우리는 안으로 들어와 문을 닫았다. 모스카르도[2]

대령이 명령을 내렸다. 「나의 부하들이여, 용기를 가져라! 스페인의 영광이 우리의 손에 달려 있다. 우리는 항복하지 않는다! 우리 편이 와서 우리를 해방시켜 줄 것이다. 용감하게 행동하라. 스페인 만세!」 우리는 숫자를 세어 보았다. 남자 1천1백 명, 여자 520명, 아이 50명, 말 97마리, 노새 27마리였다. 내 아내는 너무 늦게 도착해 우리와 함께 있을 수가 없었다. 오히려 잘된 일이다. 우리는 가진 것과 우리에게 필요한 것들을 기록했다. 총, 대포, 보급품, 음식, 물 등. 우리는 여자들이 잘 곳과 남자와 말과 노새들이 잘 곳을 정리했다. 사령관은 계엄령을 선포했다. 포위된 상태였다. 우리는 각자의 자리로 돌아갔다.

미겔은 숨을 참으면서 빠르게 읽어 나갔다. 그의 노란 손가락이 단어들을 만질 때마다 위태롭게 떨렸다. 그는 페이지를 넘겼다.

   7월 24일. 우리는 몇몇 가게에 난입하여 음식물만 골라 약탈했다. 쌀, 마카로니, 콩, 기름, 올리브, 커피, 설탕 등. 하느님, 감사합니다! 이젠 굶어 죽을 걱정이 없습니다! 그런데 이 포위는 얼마나 오래 지속될까? 열흘? 열닷새? 우리 편이 와서 우리를 해방시켜 줄 것이다. 대포가 불을 뿜기 시작했다. 붉은 군대[3]가 우리 맞은편의 집들에 알카사르를 만들었다. 그들은 광장을 장악했다. 이제 참극이 시작된 것이다! 사령관은 우리를 독립 사단으로 나누었다. 〈심플론 사단〉은 지하 땅굴을 뚫

---

2 José Moscardó Ituarte(1878~1956). 필리핀과 모로코 원정에 참여했고, 내전이 시작될 무렵에는 대령으로서 톨레도 체육중앙학교 교장을 맡고 있었다. 1936년 톨레도에 전시 상태를 공포했다. 그때 그가 지휘하고 있던 알카사르는 7월 22일부터 71일간 공화국 군대에 포위되었다.
3 알카사르 수비대인 민족주의 군대와 맞선 공화국 군대를 의미한다.

어 붉은 군대가 우리를 괴멸하기 위해 설치하고 있는 지뢰를 날려 버리기로 되어 있다. 〈자살 사단〉은 먼저 공격을 개시하여 길을 확보하는 임무를 맡을 예정이다. 나는 이 사단에 들어갔다. 내 아내와 아이에게는 미안하다. 하지만 어쩌겠는가? ······하느님, 저희를 도와주소서!

「상당히 두려웠었군요!」 내가 미겔과 함께 웃으며 말했다. 「당신은 두려웠지만, 글로 표현하지는 않았네요.」
「물론, 두려웠죠.」 미겔이 소심하게 말했다. 「나도 인간인걸요. 두려웠어요. 하지만 그 말을 한다는 게 부끄러웠어요. 나뿐만이 아니에요. 난 대단한 사람이 아니에요. 그런데 가장 위대한 영웅들은 두려워하지 않는다고 생각하나요? 그들은 군화 속에서 떨겁니다. 진짜라니까요. 다만 그것을 부끄러워할 뿐이죠. 부끄러워하는 것이에요. 그게 바로 비밀이에요.」

  7월 27일. 오늘 그들은 모스카르도 대령의 아들을 죽였다.

미겔이 눈을 들어 나를 바라보았다.
「아이가 있나요?」 그가 물었다.
「아니요.」
「그런데 이걸 이해할 수 있을까요?」
「말해 봐요. 아마도 이해할 수 있을 거예요.」
미겔은 내가 제대로 이해할 수 없을 것이라는 의미로 고개를 저었다.
「음, 그러면 잘 들어 봐요. 모스카르도 대령에겐 아들이 있었어요. 외아들이었지요. 그런데 붉은 군대가 마드리드에서 그 아들을 볼모로 잡았어요. 가끔씩 전화를 걸어 〈알카사르를 포기하라, 그렇지 않으면 아들을 죽이겠다〉라고 협박했죠. 모스카르도는 전화를 끊으면서 〈항복할 수 없다〉고 대답했어요. 그런데 하루는 그 아들이 직접 전화를 걸었어요. 〈아버지, 항복하지 않으면 날 죽이겠다고 말하고 있어요. 항복하지 마세요, 아버지. 내 목숨은 중요하지 않아요. 전혀 중요하지 않단 말이에요!〉 그러자 모스카르도는 아들에게 이렇게 말했어요. 〈걱정 마라, 아들아. 나는 항복하지 않을 것이다. 네 인생은 너무나 소중하다. 그러나 스페인의 명예는 더욱더 소중하다. 스페인 만세! 우리 아들 만세!〉 며칠 후, 붉은 군대는 모스카르도에게 다시 전화를 해서 이렇게 말했어요. 〈지금 알카사르를 넘기지 않으면 아들을 죽이겠다.〉 〈난 항복하지 않을 것이다!〉 〈그렇다면 전화를 끊지 마라. 네 아들에게 쏘는 총소리를 듣게 될 것이다.〉 모스카르도는 전화를 끊지 않았어요. 그리고 그는 총소리를 들었죠. 붉은 군대가 그의 아이를 죽인 것이었어요……」

미겔은 아래를 바라보았다. 눈에는 눈물이 가득 고여 있었고, 그는 그런 자신을 부끄러워했다. 그의 목소리가 거칠고 딱딱해지더니 이렇게 소리쳤다.

「인간을 갈기갈기 찢어 놓는 이 망할 전쟁 같으니라고! 망할 놈의 전쟁! 망할 놈 같으니라고!」

페이지를 넘기면서 그는 피가 거꾸로 솟구치는 것 같았다. 그러나 그는 계속 읽어 나갔다.

7월 29일. 우리는 잘 먹고 있다. 우리는 매일 네 마리의 말을 도축한다. 우리는 대포 소리에 익숙해 있다. 그러나 한 가지 큰 걱정거리가 있다. 그건 우리 편이 어떻게 되었는지 모른다는 것이다. 그들은 어디 있는 것일까? 언제 돌아올까? 그들은 나흘 안에 마드리드를 탈환할 것이라고 했다. 나흘이 지났다. 그런데 왜 탈환하지 못한 것일까?

미겔은 계속해서 말했다. 「이게 우리에게 가장 큰 고통이었지요. 그들은 우리의 모든 통신선을 차단했어요. 톨레도의 붉은 군대 사령관인 그 개자식 바르델로 소령과 연결되는 전화선 하나만 달랑 남겨 놓았지요. 그는 매일 전화로 〈항복하라, 항복하라〉 하고 말했어요. 그리고 우리를 분열시키기 위해 엄청난 거짓말들을 해댔죠. 모두가 우리에게 겁을 주기 위한 것이었어요. 예를 들면, 우리 편이 일찌감치 흩어졌다든가, 프랑코가 살해당했고 유혈 혁명은 실패로 돌아갔다는 얘기 따위였죠. 그러나 모스카르도는 언제나 큰소리로 외쳤어요. 〈난 항복하지 않는다!〉 그러고는 전화를 끊었어요. 붉은 군대는 거세게 공격해 왔어요. 그들은 마드리드에서 군대와 탱크와 비행기를 가져왔어요. 금속 포탄이 비처럼 쏟아지기 시작했어요. 그들은 우리 근처에 있던 집 안에 몸을 숨기고는 발코니와 지붕에 흙을 쌓고서 우리에게 사격을 시작했어요. 그리고 큰 스피커를 가지고 고래고래 소리 질렀지요. 〈너희 눈을 뽑아 버리겠다! 너희를 불에 구워 주마! 항복하지 않으면 너희 여자를 겁탈하겠다!〉 그러나 우리는 침묵을 지켰어요. 인내심을 가져야 한다고 스스로 다짐하곤 했어요. 〈인내심을 갖자! 오늘이나 내일쯤 우리 편이 나타나면……〉 그러나 며칠이 흘러도 아무도 나타나지 않았어요. 그러자 일부는 겁을 집어먹었어요. 하루는 〈자살 사단〉이 식량 공급을 위해 급습에 나섰는데, 그때 열 명이 도망가서 붉은 군대로 넘어갔어요. 여기 그들의 이름을 써놓았지요. 하지만 무슨 소용이 있나요? 페이지는 넘어 가지요.

그들은 우리에게 치욕일 뿐이에요……」

그는 다음 페이지로 넘어가서 이런 대목을 읽기 시작했다.

8월 5일. 우리는 점점 더 안쪽으로 후퇴하고 있다. 알카사르 밖의 건물들은 이미 포기했다. 우리 모두는 알카사르 안쪽으로 밀려 들어갔다. 여자와 아이들은 지하실로 내려 보냈다. 지하실은 습하고 어두우며 구멍에는 쥐들이 가득하다. 그러나 안전하다. 전기는 끊겼다. 우리는 말과 노새의 지방을 태워 초를 만들었다. 그렇게 해서 조그만 초라도 갖게 되었다. 하느님 덕택에, 도서관에는 가죽 장정의 크고 두꺼운 책이 많아서 창문을 막을 수 있었다. 모든 일이 순조롭게 진행되고 있다. 그리고 어제 우리는 거대한 성공을 거두었다. 우리의 사령관이 〈자살 사단〉을 소집해서 이렇게 말했다.

「제군들, 사람은 언제나 최악의 상황을 예상하고 늘 준비하고 있어야 한다. 이 포위 상태가 앞으로 얼마나 더 계속될지 모른다. 그러니 적절한 조치를 취하자. 근처에 밀로 가득 찬 창고가 있다고 들었다. 우리 행동으로 옮기자! 십자 성호를 긋고 오늘 밤에 나가도록 한다. 안내자 한 명을 붙여 주겠다. 가능한 한 많은 밀을 싣고 와라, 제군들!」

우리는 자정에 출발했다. 아주 조용히 움직여서 적들은 우리의 움직임을 눈치 채지 못했다. 우리는 창고를 발견했고 대포에 맞아 뚫린 구멍을 따라 기어 들어갔다. 창고는 커다란 밀 자루로 가득했다. 우리는 그것들을 어깨에 짊어지고 새벽까지 운반했다. 그런데도 여전히 어느 정도가 그곳에 남아 있었다. 우리는 그것까지 모두 챙겨 올 것이다. 때로는 인간의 생명뿐만 아니라 명예까지도 이 메마른 빵가루에 좌우된다. 우리는 이제 많은 밀을 가지고 있다. 우리의 명예도 안전하게 지켜졌다. 스페인 만세!

미겔이 계속 말했다. 「당신도 알겠지만, 우리 나름대로의 기쁨도 있었어요. 신문에 나오는 말을 모두 믿지 마세요. 신문에서는 우리가 낮이건 밤이건 항상 우울했고, 웃음소리는 들을 수 없었으며, 여인들은 한시도 슬픔을 못 견디고 울었다고 하지요. 물론 그렇기도 했어요. 우리는 인간일 뿐이니까요. 주변엔 폭력뿐이었어요. 우리는 동지들의 죽음을 지켜봐야 했어요. 그러나 기쁨도 있었어요. 시간을 때우기 위해 농담을 나누었죠. 요리가 완성되어서 먹을 때는 몹시 즐거워하기도 했고, 식사를 마치고 담배에 불을 붙여 피우기 시작할 때도 그랬어요. 처음에 우리는 담배가 많았어요. 하지만, 빌어먹을! 담배가 다 떨어지고만 거예요. 마침내 손에 잡을 꽁초조차 없게 되었지요. 우리는 미칠 것만 같았어요. 그런데 당신이 이 말을 믿을 수 있을까요? 어느 날 밤, 우리는 담배 가게를 급습해서 약탈했어요. 담배 한 개비 때문에 우리의 목숨을 걸었던 것이지요. 그래요, 이게 바로 인간이에요……」

그는 두세 페이지를 넘기고서 말했다.

「이건 내 아내에게 쓴 글이에요. 기분 전환을 위해 썼던 것이죠. 우리가 할 수 있는 게 없었거든요. 여자는 담배와 같아요. 순간적으로 생각나는 것에 불과해요. 한 여자와 같이 살았는데, 갑자기 그 여자를 가질 수 없게 되면 머리가 돌아 버리죠. 어찌할 바를 모르게 돼요. 그래서 자리에 앉아 편지를 쓰고, 그런 식으로 잠시나마 기분을 전환하는 거죠.」

다음 페이지에 미겔은 큰 글씨로 〈8월 15일〉이라는 날짜를 휘갈겨 써놓았다. 그 글씨를 쓰는 동안 손이 무척 떨렸음이 틀림없다. 기뻐서 그랬던 것일까, 아니면 슬퍼서 그랬던 것일까? 그 밑에는 빨간 색연필로 커다란 빛을 내뿜는 태양이 그려져 있었다. 그리고 태양에서 뿜어져 나오는 빛마다 도시의 이름이 쓰여 있었다. 마드리드, 세비야, 부르고스, 바르셀로나. 그리고 가장 긴 햇살에는 대문자로 베를린이라고 쓰여 있었다.

「이 그림은 뭐죠?」 내가 물었다.

그러자 미겔은 탄성을 질렀다. 그의 눈은 반짝였다.

「이건 엄청난 기쁨이었죠. 난 우리의 가장 큰 기쁨을 생각해 봤어요. 담배나 여자보다 더 큰 기쁨 말이죠. 잘 들어 봐요. 그럼 왜 그런지 알게 될 거예요. 여기 그려진 태양은 우리의 라디오예요. 그날 나는 너무 행복해서 글씨를 쓸 수 없었어요. 그래서 그림을 그렸어요. 그들이 외부 세계와 통신을 모두 끊어 버렸다고 말했었죠? 전보 장비도 없었고 라디오 한 대 없었어요. 외부 세계와 완전히 단절되어 있었어요. 우리는 밖에 있던 우리 편에게 무슨 일이 일어나고 있는지도 전혀 알지 못했어요. 숨이 막힐 것 같았죠. 우리가 포위되었을 때 그게 가장 괴로운 일이었어요. 우리는 질식당하고 있었어요. 그런데 갑자기 어느 날, 그러니까 8월 15일에 두 명의 기술자가 학교 물리 실험실에서 전기 배터리 몇 개를 발견했어요. 그리고 그걸로 라디오를 작동시키는 데 성공했죠. 단숨에 외부 세계와 연결된 것이었어요. 마치 포위가 끝난 듯한 느낌이었죠. 〈스페인 만세!〉 그런데 마드리드 방송밖에 잡히지 않는 거예요. 우리가 얼마나 열 받았을지 짐작하겠죠? 그들이 말하는 것은 전부 거짓말이었어요. 새빨간 거짓말이었어요. 반란군이 수천 명의 무고한 사람을 죽였고, 모로코인들이 온 마을을 약탈하고 불 질렀다는 방송을 하고 있었어요. 심지어 알카사르가 항복했다는 방송까지 했어요. 항복하는 장면을 정말로 상세하게 묘사했다니까요. 우리가 언제 항복했으며, 포위되었던 우리가 무기를 버리고 다섯 명씩 무리를 지어 어떻게 밖으로 나왔는지 등을 이야기하더군요. 이 거짓 방송에, 어떤 사람들은 웃음을 터뜨렸죠. 또 다른 사람들은 욕을 퍼부었어요. 〈입 닥쳐, 이 멍청이 병신들아!〉라고 외친 사람도 있었죠. 〈맘대로 지껄이라고 해. 자, 우린 여기에 있지만 절대로 항복하지 않을 거야! 자, 즐기자! 오늘은 위대한 축일이야! 성모 탄신일이야. 자, 축하하자!〉 우리는 그 자리에서 춤을 추고 고래고래 노래를 불렀어요. 일부는 성모에게 바치는 성가를 기억해 내서 부르기도 했어요. 이틀인가 사흘이 지났어요. 기술자들은 계속 작업을 했어요. 그러던 어느 날 저녁이었어요. 대포 소리가 멈추었고, 우리는 밀라노 방송을 들을 수 있었어요. 리스본의 방송도 들렸죠. 이들은 우리의 친구였어요. 우리의 친구였단 말이에요! 그래서 우리는 모든 것을 알게 되었죠. 무슨 일이 일어났는지 알게 되었어요. 우리는 세비야를 탈환했어요. 프랑코는 남쪽에서부터 올라오고 있었고요. 몰라 장군은 북쪽에서 내려오고 있었죠. 그들은 승리를 거두며 전진하고 있었어요. 그들은 바다호스를 점령했어요. 두 군대는 만났고, 얼마 후에 그들은 수치스럽게 빼앗겼던 마드리드를 그들의 강인한 손으로 다시 점령하고 있었어요. 〈스페인 만세! 그리스도 왕 만세!〉라고 외치는 함성이 알카사르의 지하 통로에 울려 퍼졌어요. 그리고 우리 모두는 껴안고 기쁨의 눈물을 흘렸죠. 여자들도 그 소식을 듣고 부엌과 세탁장에서 뛰어나왔어요. 그리고 우리는 축제의 춤을 추기 시작했죠. 우리 모두는 알카사르의 노래를 불렀어요…….」

「노래 가사도 썼나요?」

「물론이죠! 우리 동지인 알프레도 마르티네즈 레알이 가사를 썼지요. 그리고 마르틴 힐이 곡을 붙였어요.」

「그 노래 기억나요?」

「저들이 나를 갈기갈기 찢는다 해도, 그 찢겨진 신체들이 모두 그 노래를 부를 수 있을 정도지요.」

이야기를 하면서, 내 친구 미겔은 조금씩 뜨겁게 달아오르기 시작했다. 그는 그 영웅적인 나날들을 모두 다시 생생히 되살리고 있었다. 얼굴이 붉어지면서 기운을 되찾았다. 색 바랜 푸른 눈이 이제는 빛나고 있었다. 그리고 카페 한가운데서, 그는 조그만 소리로 알카사르의 찬미가를 부르기 시작했다.

> 스페인의 자녀들아,
> 용감하게 싸워
> 우리의 조국을 구하라.
> 배신자와 악당들아,
> 종교를 저버린 모든 이들아,
> 너희의 총알과 폭탄은
> 결코 알카사르를
> 함락시킬 수 없으리라.

무의미한 말들에 불과했지만, 미겔의 눈은 눈물로 가득 찼다. 그는 웃으면서 동시에 울고 있었다. 과거의 기쁨과 슬픔이 다시 깨어나, 그를 짓누르기 시작했던 것이다. 그는 소리를 지르거나 컵을 박살내거나 거울을 깨고 싶었을 것이다. 그러나 그는 부끄러워했다. 그래서 대신 조용히 흐느꼈다.

「우리에겐 다른 기쁨도 있었어요. 또 다른 기쁨 말이에요!」 그가 갑자기 덧붙였다. 「8월 22일, 여기 보세요. 이 아래 적어 놓았죠. 우리는 눈을 들어 하늘을 보았어요. 그런데 무엇을 보았을까요? 그건 우리에게 천사처럼 보였어요. 우리 편의 비행기 한 대가 머리 위에서 갑자기 솟아올랐어요. 우리에게 봉투 하나를 떨어뜨리고 적들의 사격을 받기 전에 달아났어요. 프랑코 장군이 우리 사령관인 모스카르도 대령에게 편지를 보낸 것이었어요. 뭐라고 쓰여 있었는지 우리는 몰라요. 하지만 그날 모스카르도 대령은 아들의 죽음 이후 처음으로 미소를 지으며 우리에게 말했어요. 〈제군들, 하느님이 우리와 함께하신다. 하느님이 스페인과 함께하신다. 용기를 가져라!〉 우리는 용기를 얻었죠. 그리고 등사기로 신문을 찍기 시작했어요. 우리는 그 신문을 〈알카사르〉라고 불렀어요. 당신도 짐작하다시피, 우리 라디오는 가볍고 작은 것이었어요. 그래서 모든 사람이 다 들을 수가 없었죠. 바로 그런 이유로 신문을 제작한 거지요. 물론 매일 만든 건 아니었지만요……. 이제 적들은 밤낮으로 중화기로 포격을 가하기 시작했어요. 그래서 우리는 라디오를 제대로 들을 수 없었어요. 그러나 뉴스를 듣게 되면 그걸 신문으로 만들어 등사기로 인쇄했지요. 우리는 우리 편이 어디에 있고 어떻게 진격하고 있는지를 지도와 도표로 만들어 인쇄했어요. 마지막 페이지는 오락 페이지였어요. 무료한 시간을 보낼 수 있도록 수수께끼, 말놀이, 게임, 농담 등을 실었지요.」

미겔은 커피 한 잔을 더 주문했다. 그러고는 담뱃가루와 종이를 꺼내 담배를 말아 피우기 시작했다. 그는 이제 열정이 가득한 푸른 눈으로 나를 바라보았다. 그러더니 갑자기 말했다.

「하지만 우리의 생활이 순탄했다고 생각하지는 말아요! 이제 모든 것이 다 끝났는데, 왠지 모르게, 우리가 얼마나 힘들었는지 말하기가 부끄러워요. 좋은 것만 말하고 싶어져요. 여기를 읽어 보세요.」

그는 고개를 숙여서 한 페이지를 펼쳐 보여 주면서, 한 대목을 손으로 지적했다. 난 그 부분을 읽었다.

8월 27일. 우리 우물 중의 하나가 폭격을 당했다. 물이 넘쳐 흘렀다. 우리는 그곳을 묘지로 만들었다. 오늘 나는 내 친구 아우렐리오 멘도사를 묻었다. 그는 탑 위에서 망을 보고 있다가 박격 포탄에 맞았다. 내 친구와 다른 두 명의 동료가 죽었다. 나는 삽과 외바퀴 손수레로 그의 시신을 수습했다. 우리는 우물 밑에 석판을 놓고는 죽은 이들을 묻고서 흙으로 덮었다. 그들은 이미 부패해 냄새를 풍겼다……. 어제는 여자 한 명이 기절했다.

미겔은 고개를 흔들었다.
「그들을 깊게 묻을 만큼 흙이 충분하지 않았다고 말했었지요? 그건 시체가 늘어났기 때문이기도 했어요. 이제 붉은 군대는 커다란 대포를 가져와서 쉬지 않고 우리를 향해 쏘아 댔어요. 그들은 알카사르를 짓밟아 버리겠다고 결심하고 있었어요. 우리에게 수천 발의 포탄을 쏘아 댔지요. 얼마나 많이 쏘았는지는 모르겠어요. 하지만 수천 발이었어요! 그런데 우리 무기는 뭐였는지 아세요? 도서관에 설치한 작은 대포 하나가 전부였어요. 우리가 응사할 수 있는 무기는 그것뿐이었어요. 폭격이 멈추고 그들이 우리를 향해 돌격하면, 우리는 일반 소총과 몇 개의 기관총으로 응사했죠. 밤이면 몰래 나가서 담배나 밀, 그리고 눈에 띄는 것은 모두 가져왔다고 말했잖아요. 그런데 붉은 군대가 우리를 발견한 거예요. 그러자 그 빌어먹을 놈들이 무슨 짓을 했는지 아세요? 그들은 우리에게 강한 서치라이트들을 비추었어요. 알카사르는 그 빛에 휩싸여 눈을 뜰 수도 없을 지경이었죠. 그런 상황에서 어떻게 얼굴을 드러낼 수가 있겠어요? 좋은 점도 있긴 했죠. 말과 노새의 지방도 없었고 양초도 거의 다 떨어져 버렸거든요. 어쨌거나 밤에는 그 서치라이트 불빛이 우리의 유일한 불빛이었어요. 그 빛 덕택에 우리 여인네들은 커다란 절구에 밀을 갈 수 있었어요. 부서진 폭탄 조각으로 밀을 갈아야 했지요. 그런데 솜씨 좋은 기술자가 자동차 모터로 자동 제분기를 만들어 주었어요. 그래서 보다 쉽게 밀을 갈게 되었지요.」

「포위당한 동안 여자들은 무슨 일을 했나요?」

「무슨 일을 했냐고요? 불쌍하게도 한시도 쉬지 못했어요. 여자들은 요리를 했고, 반죽을 해서 빵을 구웠어요. 설거지와 빨래도 했고, 청소를 하고 우리 옷을 수선하고 간호사 역할도 했죠. 남자와 똑같이 고생했어요. 그게 바로 스페인 여자예요. 스페인 여자들은 섹스와 노래, 그리고 경박한 것에만 뛰어나며 캐스터네츠를 잘 연주한다고 말하는 사람도 있어요. 하지만 그런 자들은 지옥에 떨어질 거예요. 스페인 여자들은 불굴의 어머니이자 남편의 충성스러운 동반자예요. 그들은 개처럼 현관에 앉아서 집을 지키는 사람들이에요!」

미겔은 한숨을 지으면서 다시 먼 곳을 바라보았다. 이미 저녁이 되어 있었다. 은빛의 흐릿한 불빛이 폐허를 뒤덮었다. 위대한 아치 대리석 문인 〈푸에르타 데 상그레(피의 문)〉만이 유일하게 서 있었다. 외롭고 슬프고 공허해 보였다.

「자, 미겔, 계속 읽어 봐요.」 내가 말했다.

내 친구는 고개를 돌려 다시 내 쪽을 바라보면서 일기장을 엄지손가락으로 만지작거리기 시작했다.

「아, 여기부터 보죠. 모두 마찬가지예요. 폭격, 더 많은 폭격이 있었어요! 이제 사방에서 우리를 에워싸고 있었죠. 시시각각 알카사르의 새로운 부분들이 무너져 내렸어요. 적들은 우리가 항복하기를 기대하고 있었죠. 그들은 우리를 미친개처럼 몰아넣었어요. 아사냐가 우리가 죽는 모습을 보러 왔어요. 라르고 카바예로[4]도 왔어요……. 마르가리타 넬켄과 라 파시오나리아[5]도 왔어요! 우리는 간신히 목숨을 부지하고 있었죠. 우리는 서로에게 용감하게 버티라고 소리쳤어요. 〈용감하게 버텨라! 우리 편이 와서 구해 줄 것이다〉라고요. 여길 보세요.」

8월 29일. 오늘 라디오에서 빅뉴스를 들었다. 양과스 장군[6]의 연대가 톨레도로 진군하고 있다는 것이었다. 적들은 결정적인 패배를 맛본 것이었다. 마지막 전투에서 붉은 군대의 군인들이 2백여 명 죽었고 1천여 명이 부상당했다. 우리 편은 대포 다섯 문을 포획했고, 세 개의 기관총과 탱크 한 대도 손에 넣었다. 양과스는 압도적인 힘을 과시하며 진군하고 있다. 곧 톨레도는 우리의 것이 될 것이다!

「우리는 너무나 기쁜 나머지, 미친 듯이 〈스페인 만세! 그리스도 만세!〉라고 소리 지르며 흐느꼈어요. 너무 기뻐서 한잠도 못 잤어요. 아침이 되자 서쪽을 바라보았어요. 그런 다음 남쪽을 보

---

4 Francisco Largo Caballero(1869~1946). 스페인의 사회주의 지도자이며 정치가. 노동조합 대표였지만 기회주의적 정치를 했으며, 심지어는 프리모 리베라의 독재 정권(1923~1930)에도 협력했다. 스페인의 레닌이라고 일컬어진다.

5 La Pasionaria(1895~1989). 스페인의 공산주의자. 원래 이름은 Dolores Ibárruri로 1920년 스페인 공산당 창당에 결정적인 역할을 했으며, 스페인 내전 당시 파시스트 군대와 반대 입장을 취하였다.

6 야게 장군General Yague의 오기로 보인다. 야게 장군은 스페인 내전 당시 프랑코, 몰라와 더불어 민족주의 군대의 대표적인 인물이다.

앉어요. 양과스의 군대가 나타나길 기다리고 있었죠. 그러나 아무 일도 일어나지 않았어요! 아무 일도 없었어요. 그날도, 그다음 날도. 커다란 희망을 품은 탓인지, 우리의 마음은 이내 지치기 시작했어요. 열악한 생활 조건 때문에 모두 놀랄 정도로 야위어 갔죠. 잠도 모자랐고 두렵기 그지없었으니까요. 그리고 물이 상해서 다들 병에 걸려 있었어요. 우리의 불쌍한 영혼들은 더 이상 차분히 기다릴 수 없었어요.」

그때 민병대원 한 명이 카페로 들어왔다.

「안녕, 미겔, 잘 지내?」 그가 소리쳤다.

그러나 내 친구는 헤아릴 수 없을 정도의 두려움에 빠져 든 나머지, 그의 말을 듣지 못했다. 미겔은 부드럽게 말을 이어 갔다.

「그날 이후 우리는 더 이상 고통을 참고 견딜 수가 없었어요. 동료 중에서 세 명이 미쳐 버렸어요. 많은 이들이 신경 쇠약에 걸려서 비명을 지르기 시작했죠. 아무런 이유도 없이 억지로 웃음을 터뜨리는 사람도 있었어요. 당신도 알다시피, 한 인간의 불쌍한 신경은 밧줄처럼 튼튼하지 않잖아요. 우리의 신경이 영원히 버틸 수는 없는 것이죠. 밤낮으로 죽음의 소리를 들을 수 있었어요. 우리 발밑의 화강암을 뚫고서 죽음이 점점 다가오는 것 같았어요. 이게 무슨 말인지 이해하겠어요? 아스투리아에서 온 광부들이 바위를 뚫고 들어오기 시작했던 거예요. 알카사르 밑으로 구멍을 뚫고 있었죠. 우리는 밤낮으로 바위 뚫는 기계 소리를 들을 수 있었어요. 그들은 터널을 만들고 있었어요. 점점 더 가까이 다가오고 있었어요. 그들은 우리 발밑에 이르면, 다이너마이트를 쌓아 놓고 터뜨릴 작정이었던 거예요. 우리 모두 알카사르와 함께 하늘 높이 날아가 버릴 수밖에 없는 상황이었죠! 이제 마지막 시간이 다가오는 것을 느끼고 있었어요…….

······9월 13일, 14일, 15일, 16일, 17일. 여기 내가 쓴 것 좀 보세요. 이 모든 날 동안 오직 한 단어, 〈공포!〉라는 말밖에 없어요. 공포! 공포! 공포! 지금 신문에서 말하고 있는 것에는 귀 기울이지 말아요. 우리 모두는 두려움에 떨고 있었어요. 광부들이 우리 발밑에 와 있었어요. 그들은 다이너마이트를 수북이 쌓아 놓았을 거예요. 매순간 다이너마이트에 불이 붙어 우리가 산산이 찢겨 날아갈까 봐 겁먹고 있었어요. 알카사르에 없던 사람들은 이제 〈영웅들이다! 영웅들이다! 그들은 한순간도 떨지 않았다!〉라고 말하며 다닐 수 있지요. 제기랄! 지옥에나 떨어지라지! 그건 새빨간 거짓말이에요. 거짓말! 내 말 좀 들어 봐요. 포위당한 동안 우리 마음은 토끼처럼 부들부들 떨고 있었어요. 당신에게 말했듯이 우리는 인간이지, 돌이 아니니까요. 우리는 떨고 있었어요. 그런데 왜 항복하지 않았느냐고 당신은 물을지도 몰라요. 하지만 우리의 명예가 걸려 있어서 차마 그럴 수는 없었어요.

9월 17일과 18일 밤에 톨레도에서 나팔 소리가 들렸어요. 확성기에서 고래고래 소리를 지르며 이렇게 말하고 있었어요. 〈톨레도의 모든 주민은 즉시 떠나시오! 도시 성벽 밖으로 나가시오! 그렇지 않으면 목숨이 위험합니다. 죽을 수도 있습니다!〉 주민들은 들판으로 달려 나가기 시작했어요. 그리고 반대편 언덕에 몸을 숨겼죠. 그날 밤은 몹시 추웠어요. 강한 바람이 불고 있었죠. 그리고 모든 사람이······ 남녀 가릴 것 없이 가능한 한 톨레도에서 멀리 달아났어요. 그들은 몇 시간 후면 그곳이 폭발하여 공중으로 날아가 버릴 것임을 알고 있었죠. 자정이 되자 붉은 군대는 모스카르도 대령에게 전화를 했어요. 〈지하 터널이 완성되었다. 우리는 폭발물 7톤을 쌓아 두었다. 이제 버튼만 누르면 된다. 너희는 산산조각 찢겨서 하늘로 날아갈 것이다. 항복하라!〉

아무 대답도 하지 않았어요. 모스카르도 대령은 아무 말 없이 수화기를 내려놓았어요. 우리 모두 창백한 얼굴로 등골이 오싹한 채 서 있었지요. 우리 발밑에서 아직도 구멍을 뚫고 있는 기계 소리를 들을 수 있었어요. 우리는 기다렸어요. 아무도 입을 열지 않았어요. 아무도 울지 않았어요. 모두 죽은 사람처럼 얼굴이 노랗게 되어서 말없이 서서 기다렸어요.

9월 18일 아침 7시에 한 인부가 버튼을 눌렀어요. 퓨즈가 점화되었죠. 지진이 일어나는 것과 같은 엄청난 소리가 들렸어요. 땅이 갈라졌어요. 톨레도 전체가 흔들렸어요. 불기둥과 연기가 치솟았어요. 알카사르의 거대한 잔해들이 떨어져 도시 전체를 뒤덮었어요. 남서쪽의 커다란 탑이 붕괴되었어요. 알카사르 전체가 연기에 뒤덮여 질식하고 있었죠. 15분이 지나고 30분이 지나고, 마침내 한 시간이 지났어요. 도대체 포위된 사람들은 어떻게 된 것일까? 연기 뒤에는 그 누구의 흔적도 보이지 않았어요. 그러자 붉은 군대는 총검을 꽂은 소총과 수류탄을 들고 마침내 알카사르로 진격하기로 결심했지요. 그들은 우리가 모두 잔해 밑에 깔려 있을 것이라고 확신했어요. 그때까지 아무도 지하에서 빠져나간 사람이 없었거든요.

적들은 갈라진 땅의 틈새를 건너뛰어 거대한 돌을 넘어 진격했어요. 그렇게 폭탄을 맞아 폐허가 된 커다란 뜰에 도착했지요. 그러다 갑자기 발길을 멈추었어요. 마치 알 수 없는 공포에 사로잡힌 것 같았어요. 그들은 흐려진 눈으로 지하 통로를 바라보고는, 더 이상 가까이 오지 않았어요.

그때 누군가가 웃으며 이렇게 외쳤어요. 〈진격, 동지들! 이제 유령들이 나타날 것이다.〉 그가 이 말을 하자마자 수류탄이 터졌어요. 그것을 시작으로 연달아 수류탄이 터져서 적군을 뒤덮었지요. 유령들이 땅에서 나왔어요. 그리고는 이렇게 외쳤어요. 〈스페인 만세! 그리스도 만세!〉 우리는 육박전을 벌였어요. 우리는 흥분해 있었어요. 죽지 않고 아무 일 없이 살았다는 사실에 미친 듯이 기뻐하면서, 그 빌어먹을 개자식들을 죽이려고 미쳐 있었죠. 우리는 미친 사람 같았어요. 적군은 더 이상 저항하지 못하고 알카사르에서 후퇴하기 시작했어요. 그들이 우리의 탑에 너덜너덜한 붉은 깃발을 꽂아 놓았어요. 우린 그걸 찢어 버렸지요. 남녀노소 할 것 없이 모두 입에 거품을 물며 〈스페인! 스페인! 스페인!〉을 외쳤어요.

우리는 보초를 세워 놓고 땅 밑 통로로 내려갔어요. 그리고 춤추고 노래하기 시작했죠. 당신에게 말했듯이 우리는 미쳐 있었어요. 무엇을 했든 간에, 그건 상식이 아니라 광기 때문이었어요. 우리의 상식은 날마다 우리에게 항복하라고 속삭였어요. 반면에 우리의 광기는 항복하지 말라고 큰소리쳤죠. 우리는 광기의 말을 따랐어요. 그렇게 모든 일이 일어나고 말았던 거예요. 우리는 그곳 지하 통로에서 서로 껴안고 서로를 어루만졌어요. 우리가 살아 있다는 것이 믿어지지 않았어요……. 그런 기쁨을 느껴 본 적이 있나요?」

「한 번도 없습니다.」 내가 대답했다.

「없기를 하느님에게 기도하겠어요.」 그가 씁쓸한 미소를 지으며 말했다.

그는 말을 멈추었다. 나는 그가 떨고 있음을 눈치 챘다.

「춥나요, 미겔?」

「네.」 그가 대답했다.

「여기 코냑 좀 주세요.」

코냑을 가져오자마자, 그는 단숨에 마셔 버렸다. 그리고 몸이 따스해지자 말을 계속했다.

「그 기간에 카마라사스 신부가 마드리드에서 도착했어요. 붉은 군대가 그를 보낸 것이었죠. 그는 미사를 집전하면서 손에 십자가를 들고 이렇게 외쳤어요. 〈항복하라! 하느님의 법에 맞서는 모든 이에게 하느님의 저주가 내릴 것이다!〉 그는 공포에 질린 여성들을 돌아다보면서 이렇게 소리쳤어요. 〈항복하지 않으면 너희는 모두 지옥으로 갈 것이다! 가련한 영혼들이여!〉 여자들은 흐느꼈어요. 새로 태어난 두 아이가 그에게 세례를 받았죠. 세상을 떠난 노인 두 명이 매장되었고, 그는 그 무덤 위에서 장례 미사를 집전했어요. 우리 모두는 영성체를 했어요. 그런 다음 그를 내보냈어요. 그 망할 놈의 신부는 떠나면서도 외쳤죠. 〈너희는 지옥에 갈 것이다. 지옥에 갈 것이다!〉라고요. 우리는 그를 위에서 내려다보면서 〈스페인 만세!〉라고 외쳐 주었지요.

그날 이후 붉은 군대는 잔인해졌어요. 〈산 채로 불태워라. 벽에 석유를 붓고 불을 질러 버려라! 알카사르는 즉각 함락되어야 한다!〉 그들은 톨레도의 붉은 군대 사령관과 마드리드와 계속 통신을 주고받고 있었어요. 적군의 총수인 아센시오 장군이 마드리드에서 그곳으로 오고 있는 것 같았어요. 그가 전화로 지시를 내렸어요. 그러자 소방대가 트럭에 가솔린을 가득 싣고 소코도베르 광장에 정렬했어요.

9월 19일. 우리는 아침 일찍 알카사르 벽에 기대어 있었어요. 그런데 그때 소방차들이 호스로 가솔린을 뿌릴 준비를 하고서 우리에게 맹렬히 돌진해 오는 것을 보았어요. 〈저 악마 같은 놈들이 우리를 산 채로 불태우려고 해!〉 우리는 공포에 질려 속삭였죠. 마침내 정말 가솔린이 알카사르 곳곳에 뿌려지기 시작했어요. 우리는 망연자실했죠. 그런데 믿을 수 없는 일이 일어났어요…….

우리는 미쳐 있었죠. 그래서 믿을 수 없는 일을 했어요. 한 젊은이가 창에서 뛰어내렸어요. 그는 기껏해야 스무 살 정도밖에 되어 보이지 않았어요. 그는 손에 권총 한 자루만 들고 있었어요. 그는 달려가서 호스를 잡고 산타크루스 방향, 그러니까 적군의 진지가 있는 곳으로 돌렸어요. 그런 다음 총탄 세례를 받고 쓰러졌죠.

심장이 타올랐어요. 우리는 달려 나갔어요. 다시 한 번 육박전을 벌였어요. 우리는 더 이상 사람이 아니었어요. 우리는 악마가 되어 있었어요. 지금 여기 카페에 조용히 앉아 있으니, 우리가 그랬다는 게 나 자신도 믿기지가 않아요······. 그게 정말 나였을까? 그런 모든 용감한 행동을 한 것이 정말로 부르고스 출신의 미겔 카스카하레스였을까? 그러나 나는 결코 용감한 사람이 아니었어요. 폐가 안 좋은 조용한 학교 선생일 뿐이었어요. 걸핏하면 기침하고 감기 걸리며, 조금만 흥분해도 땀을 엄청 흘리는 사람이었어요. 맛있는 음식과 내 약에 익숙해져 있는 사람이었죠. 그런데 내가 어떻게 알카사르에서 살아남을 수 있었을까요? 신기한 일이죠. 정말 신기한 일이에요! 게다가 그 순간부터, 나는 더 이상 기침을 하지도 않았고 침을 뱉지도 않았어요. 그 모든 고생과 공포를 겪은 후에, 하느님이 치료해 주신 거죠!」

자신에 관한 말을 늘어놓다가 웃으면서 그는 이렇게 말했다.

「미겔 얘기는 그만하고, 알카사르 얘기로 돌아가죠. 다음 날 9월 20일, 다시 대포가 불을 뿜기 시작했어요. 싸움은 치열했어요. 적군도 남자답게 싸웠죠. 그들은 수류탄과 화염병으로 공격했어요. 우리 주변에 모두 불을 질렀어요. 그러나 우리는 불이 붙자마자 껐어요. 그들은 우리의 성벽에 자기들의 피 묻은 깃발을 꽂았어요. 우리는 그것을 찢어 버렸고, 그러면 그놈들은 다시 깃발을 꽂았어요. 그 개자식들이 얼마나 거칠고 끈질기던지! 스무 명, 아니 서른 명 정도가 불굴의 의지로 알카사르의 심장부를 향해 전진해 오고 있었어요. 빈손으로 그곳을 떠나느니 차라리 죽겠다는 사람들이었지요. 그러자 더 많은 사람들이 그 뒤를 이었죠. 그들은 우리 주방까지 접근해서 휘발유를 붓고 불을 붙였어요. 알카사르는 밤새 불타올랐어요. 다음 날 비행기 세 대가 우리 머리 위를 날았어요. 우리 편이었죠! 그들은 음식과 편지를 우리에게 던져 주었어요. 편지에는 이렇게 적혀 있었어요. 〈용기를 내라, 제군들! 바렐라 장군이 곧 그곳에 함께할 것이다. 버텨라. 용감하게 싸워라!〉

알카사르의 탑 네 개 중에 오직 하나만 온전히 서 있었어요. 그날 그것마저도 무너졌죠. 우리 주변의 모든 것이 무너지고 있었어요. 우리는 지하 통로로 서둘러 들어갔어요. 며칠째 우리는 배고픔에 시달리고 있었어요. 이제는 하루에 네 마리의 말을 도축하지 않았어요. 아직 남아 있는 1천8백 명의 사람을 위해 한 마리만 잡았죠. 매일 진흙 같은 빵 한 조각과 더러운 물 반 리터를 먹었어요. 게다가 냄새가 어찌나 끔찍했던지! 우리 몸에서는 고약한 냄새가 풍겼어요. 산 사람과 죽은 사람 모두 말이에요! 우리는 서로를 역겨워하며 쳐다보았죠. 그런데 어떻게 버틸 수 있겠어요? 당신에게 솔직히 말하건대, 정말 신기한 일이었어요! 그것으로도 모자란 듯이 다시 발밑에서 기계가 땅을 파고 들어오기 시작했어요. 새로운 땅굴을 파고 있었던 거죠. 모스카르도 대령은 계속 우리에게 말했어요. 〈겁내지 마라. 하느님이 우리와 함께하신다!〉 그러나 우리는 두려웠어요. 나는 종종 이렇게 중얼거리곤 했지요. 〈하느님, 나의 하느님, 저들이 그냥 저를 죽이게 하소서. 그렇게 이 고통을 끝내 주소서! 저는 더 이상 참을 수 없습니다.〉

9월 25일. 다시 한 번 땅이 흔들렸어요. 새 폭탄들을 터뜨린 것이죠. 그때까지 남아 있던 모든 벽들이 주저앉았어요. 산토도밍고 성당[7]이 어디 있는지 아세요? 트럭 한 대가 여기서부터 저쪽 뜰까지 전속력으로 달렸죠. 그 폭발로 직경 1백 미터에 깊이가 70미터에 달하는 구덩이가 만들어졌어요. 탱크가 알카사르를 장악하기 위해 즉시 몰려들었죠. 거의 우리에게 접근했어요. 그들은 알카사르 안에 진입해 있었어요. 그런데 갑자기 땅속에서 유령들이 다시 튀어나왔어요. 그것은 바로 생기와 활력으로 가득한 우리들이었어요! 〈아직도 살아 있어!〉라고 적군이 공포에 질려서 소리쳤어요. 우리는 다시 육박전을 벌였고, 그들을 넘어뜨렸죠. 우리는 보초를 세워 놓고, 그곳에서 총을 들고 무릎을 꿇고 기도하면서 기다렸어요.

그날은 하루 종일 조용했어요. 대포 소리도 없고 총소리도 없었어요. 도대체 무슨 일이 벌어지고 있는 걸까? 또 다른 공포가 우리를 엄습했죠. 모두들 〈저 빌어먹은 개자식들이 새로운 음모를 꾸미고 있어〉라고 생각했지만 아무도 말을 꺼내지 않았어요. 우리는 기다렸어요. 밤이 되자 무시무시한 천둥번개가 치기 시작했어요. 어둠과 비에 몸을 숨긴 우리 편 열 명이 도시로 내려가 먹을 것을 찾았어요. 정어리 통조림이나 담배 같은 것 말이에요. 우리는 가게 두 곳을 털어서 먹을 것을 잔뜩 싣고 돌아왔어요. 그런데 적군이 한 명도 없었어요. 거리는 텅 비어 있고 집들은 꼭꼭 잠겨 있고 아주 어두웠죠. 〈뭔가 수상해. 아무도 잠들면 안 될 것 같아〉라고 우리 동지들에게 말해 주었죠.

그러나 다음 날 새벽녘이 되자 우리는 알리콰레스 언덕 위의 커다란 대포가 더 이상 우리를 겨누지 않고 있다는 걸 알게 되었

---

7 중세 이후 톨레도의 역사의 거울이라고 불리는 사원으로 1364년경에 건립되었다. 카스티야의 귀족 부인인 이네스 가르시아 데 메네세스의 소원에 따라 세워졌다.

어요. 포신들이 서쪽으로 방향을 바꾸고 있었어요. 〈우리 편이 오고 있는 거야!〉 한 장교가 소리쳤어요. 〈저걸 봐! 저들이 대포를 서쪽으로 돌렸어. 우리 편이 오고 있다고!〉

9월 26일 해 질 녘, 우리는 아무 말 없이 긴장한 채 서쪽을 보며 서 있었지요. 그때 우리 군대가 진격하고 있는 것이 보였어요. 우리의 깃발이었어요! 우리 형제들이었어요! 구조대다! 우리는 신호를 보냈고, 그들도 우리에게 신호로 응답했어요. 물론 우리는 너무나 기뻤지만, 기쁨을 느낄 기운이 없었어요. 우리 군대가 톨레도로 들어온 것이었어요. 바렐라 장군이 지휘하고 있었어요. 붉은 군대는 이미 철수하고 없었어요. 아예 미친놈들만 남아서, 문 뒤와 창문 뒤에 숨어 있었죠. 그들은 거리에 바리케이드를 치고 있었어요. 9월 27일, 집과 거리에서 시가전이 벌어졌어요. 그날 수천 명의 붉은 군인들이 죽었죠. 나머지는 급하게 마드리드 방향으로 도망갔어요. 저녁 9시에 우리 군대가 알카사르에 올라왔죠. 폐허를 뛰어넘고 부서진 탑들을 기어올라 중앙 뜰까지 왔던 거예요. 마침내 우리는 지하에서 올라왔어요……. 우리를 본 모든 사람들은 살면서 그런 걸 본 적이 없다고 말했죠. 아마 앞으로도 절대 못 볼 거예요. 우리는 더 이상 인간이 아닌 것처럼 보였어요. 우리는 유령이었어요. 뼈대만 앙상하게 남아 있었죠. 우리의 피부는 모두 쭈그러들고 누렇게 되어, 우리의 뼈에 느슨하게 걸쳐 있을 뿐이었죠. 우리의 눈은 커다랗지만 생기가 없었어요. 면도도 안 했고, 더러웠으며, 누더기를 걸치고 있었지요. 무릎이 떨려 왔어요. 기진맥진한 상태라 소리칠 수도 없었고 뛰어다닐 힘도 없었어요. 모두 건강이 위험한 상황에 있었지만, 그 순간까지 우리는 용감하게 버텼어요. 그러나 갑자기 해방의 순간이 오자 다리에 힘이 빠져…… 더 이상 똑바로 서 있을 수가 없었죠.

우리는 지하에서 나왔어요. 경찰, 군인, 의용군, 고등학생들, 일꾼들, 아이들, 여자들, 남은 다섯 마리의 노새와 한 마리의 말, 그리고 마지막으로 알카사르에 갇혀 있던 모든 이들이 나왔어요. 중앙 뜰에서 모스카르도 대령은 바렐라 장군에게 가서 경례를 하고 말했지요. 〈장군님, 이상 없습니다!〉」

마드리드 함락 1

내가 톨레도에 도착했을 때 요새의 폐허는 그때까지도 따뜻했다. 내 친구 미겔의 볼은 아직도 영웅의 얼굴처럼 창백했다. 전설은 발효하는 포도주처럼 여전히 〈쉬잇!〉 하며 소리를 내고 있었다. 내가 만난 포위되었던 사람들은 저마다 상상이나 기억에서 꺼낸 것을 덧붙였다. 그들은 역사를 창조하고 자신의 모습 속에서 서사시를 만들고 있었다. 불필요한 모든 것들은 버려지고, 본질적인 것만 발견되고 있었다. 조금씩 소문이 구체화되면서 전설은 결정적인 모습을 갖추게 되었다. 나는 톨레도에서 처음 며칠을 이렇게 보냈다. 즉, 역사에 각인된 모든 영웅들과 밥 먹고 술 마시며 이야기를 했다. 요새가 죽자, 그것은 불멸이 되었던 것이다.

그럼 엘 그레코는? 대포와 포탄과 화염과 피바다 속에서 위대한 크레타인이었던 엘 그레코는 소실되었다. 그는 무기보다 앞에 오고 무기보다 뒤에 온다. 그는 미래를 신성화하고 과거를 불멸화한다. 그러나 지금 동족상잔의 끔찍한 폭풍 속에서, 누가 그의 사도와 천사들에 신경을 쓰겠는가? 사도들은 이제 다른 이름을 갖고 있다. 그들은 프랑코와 카바예로, 그리고 몰라스와 라 파시오나리아다. 그리고 그의 천사들은 비행기라고 불린다. 나중에 또 다른 엘 그레코가 와서 이 피로 물든 시대를 만든 몇 달 동안, 스페인의 가을 하늘 속에서 이리저리 날고 있는 기계들과 하루살이의 생명체들을 불멸화할 것이다.

포탄과 폭약으로 완성된 지금의 톨레도는 너무나 엘 그레코의 상상과 비슷했다. 나는 전쟁의 상흔을 간직한 채 꿋꿋이 서 있는 벽을 따라 이리저리 거닐었다. 그러면서 엘 그레코의 어떤 작품 안에서 떠다니는 듯한 느낌을 받았다. 그래서 나는 두꺼운 황금 틀 안에 있는 그의 작품들의 작은 모형을 보고 싶다는 생각도 들지 않았다.

어느 비바람이 치던 회색빛 저녁 무렵, 산토토메 교회[1] 맞은편의 작은 길에서 갑자기 네 명씩 무리를 이루어 전쟁터로 가는 군인들이 보였다. 길모퉁이의 가로등이 그들을 모질게 비추고 있었다. 그들의 총구가 잠시 빛났고, 총검과 황동 단추도 빛났다. 모두 수염도 나지 않은 어린 소년이었다. 그들의 눈은 이상하게 반짝거렸다. 반면에 볼은 야위고 수척했다. 그들은 팔을 들고서 〈우리 왕 그리스도 만세!〉라고 외쳤다. 나는 잠시 발길을 멈추었다. 온몸에서 전율을 느꼈다. 그들은 「옷 벗은 그리스도」[2]와 「성 마우리티우스」에 등장하는 엘 그레코의 군대가 아니던가? 늙은 크레타인이 그린 사람들이 살아나 톨레도의 거리에 넘쳐흐르고, 〈그리스도 왕 만세!〉라고 똑같이 환희에 사로잡혀 외치고 있지 않는가!

---

[1] 톨레도에서 가장 오래된 교회. 12세기에 건립되었지만, 수차례의 보수 공수로 인해 겉모습이 많이 변했다고 한다.
[2] 1577년에 시작하여 1579년 봄에 완성된 그림. 엘 그레코의 초기 작품 중 가장 훌륭하다고 평가받는다.

죽음이여 만세! 245

나는 내가 방금 본 것이 엘 그레코의 색깔보다 훨씬 더 핏빛이고 훨씬 더 씁쓸하며, 오늘날 우리 자신의 절망에 빠진 저주받은 정신에 더욱 어울린다는 것을 갑자기 깨달았다. 각 시대에는 그에 맞는 전쟁터가 있다. 종교, 예술, 과학, 산업, 전쟁 등의 전쟁터가 있는 것이다. 그리고 가장 중요한 사람은 시대가 선택한 전쟁터에서 싸우는 자이다. 우리는 군사 시대에 접어들었고, 따라서 오늘날 가장 중요한 사람은 가장 위험한 전쟁터에서 군인과 협력하는 자들이다.

그렇다면 우리는 최선을 다해 현시대의 의무를 다해야 한다. 톨레도로부터 들려오는 대포 소리는 더욱더 멀어진다. 매일 민족주의 군대가 마드리드로 진군하고 있다. 8킬로미터, 10킬로미터, 15킬로미터……. 마드리드를 수중에 넣을 것인가, 넣지 못할 것인가?

톨레도와 마드리드를 잇는 약 70킬로미터의 길은 넓고 모두 아스팔트로 포장되어 있다. 아침 일찍 우리는 아랍 초소를 통과하여 들판으로 내려갔다. 내 가슴은 무거웠다. 나는 마드리드의 함락 모습을 지켜보러 가고 있었다.

승용차와 지프들은 장교들로 가득했다. 반면에 젊은 병사들은 트럭을 타고 노래를 부르면서 모로코인들에게 악을 썼다. 태양은 빛나고, 하늘은 푸르고 맑았다. 두세 명의 노인들이 밭을 갈고 있었다. 늙은 할머니들은 공포에 질린 채 문가에서 어색한 자세로 손을 흔들며 파시스트식의 인사를 했다. 평야는 폐허가 되어 버렸고, 벽은 온통 구멍투성이였으며, 대문과 집들과 가게들은 크게 금이 가 있었고, 콩과 설탕과 팥이 길가에 이리저리 흩어져 있었다. 도로 바깥쪽이나 들판에는 땅이 볼록 튀어나오거나 부풀어

오른 곳이 여기저기 눈에 띄었다. 그것들은 바로 시체들을 묻은 무덤이었다.

 더 멀리 갈수록 전쟁이라는 이름의 끔찍한 방랑자가 스쳐 갔다는 것을 더욱 잘 알 수 있었다. 버려진 수통, 군화, 인부들의 옷, 피 들을 쉽게 볼 수 있었다. 파리 떼와 까마귀들도 전쟁의 상처를 보여 주고 있었다. 말들은 썩어 가는 복부를 드러낸 채 다리를 공중에 곧추세우고 땅 위에 드러누워 있었다. 싸우다가 죽은 개와 말과 노새들도 보였다. 일부는 붉은 군대의 것이었고, 일부는 검은 군대의 것이었다. 그들은 서로에게 달려들어 악을 썼지만, 왜 그렇게 하는지 이유도 모르고 있었다. 어제 나는 톨레도에서 한 농부가 뼈가 앙상한 검은 개를 밧줄에 묶어서 끌고 가는 것을 보았다. 그 개는 너무나 고통스러운 나머지 캥캥 짖었다.

「이봐요!」 난 그 농부를 불렀다. 「당신 개가 뭘 잘못한 거지요? 아파서 신음하고 있어요.」 농부는 그냥 피식 웃었다. 그리고 대답도 하지 않은 채, 손을 뻗어 개의 이마에 있는 큰 상처를 보여 주었다. 난 몸을 구부려 그 상처를 보았다. 그런데 뭘 보았을까? 내가 본 것은 뜨거운 쇠로 찍은 십자가의 낙인이었다. 아직도 거기서 시뻘건 피가 뿜어져 나오고 있었다. 광적인 농부가 자기의 개까지도 가톨릭 종교의 희생자로 만들어 버린 것이었다!

 헤타페[3]였다. 마을에는 여전히 전쟁의 온기가 서려 있고, 피비린내 나는 격렬한 전투의 연기가 피어오르고 있었다. 벽에는 망치와 낫이 그려져 있고 넝마가 되어 버린 붉은 깃발이 발코니에서 휘날리고 있었다. 공기 중에는 아직도 폭발물의 냄새가 배어 있었다.

---

[3] 마드리드 북서쪽에 있으며, 톨레도에서 13킬로미터 떨어져 있다. 현재는 마드리드 시에 편입되어 있다.

죽음이여 만세!

광장 한가운데에는 얼굴이 얼어붙은 시체 한 구가 드러누워 있었다. 그 흐리멍덩한 눈은 공포에 질린 채 하늘을 뚫어지게 바라보고 있었다. 고개를 숙여 보니 그의 주머니에 봉투가 들러붙어 있는 것이 보였다. 그것은 편지였다. 나는 호주머니에서 그것을 꺼내, 떨리는 손으로 집어 들었다.

　커피숍은 거울이 깨진 채, 마치 공포에 휩싸인 듯 의자들이 천정까지 높이 쌓여 있었다. 식료품 가게들은 모두 약탈당해서 문이 활짝 열려 있고 안은 텅텅 비어 있었다. 벽 위에 〈현금만 받습니다〉라는 표지만 덩그렇게 걸려 있을 뿐이었다. 공증인 사무실에서는 계약서가 갈기갈기 찢긴 채 창밖으로 휘날리고 있었고, 토지 소유주의 권리증은 길거리에 흩어져 있었다. 작은 마을 광장의 폭격 맞은 술집 앞에는 군인 한 명이 외롭게 앉아 있었다. 그는 작은 철제 책상 위에 축음기를 올려놓고는 음악을 듣고 있었다. 그의 발치에는 길고 목이 좁은 포도주 병이 놓여 있었다. 그는 수시로 몸을 굽혀 코르크를 열고 포도주를 들이켰다. 그런 다음 책상에 양쪽 팔꿈치를 괴고는 음악을 들었다. 그러다 신음 소리를 내뱉고는 다시 술을 마셨다. 그는 매우 화가 나 있는 듯했다.

　「저 사람은 왜 저러는 거요?」 나는 다른 군인에게 물었다.

　「아, 기분이 안 좋은 모양이네요. 이건 저 사람의 술집이었거든요. 그리고 적들이 저 사람의 부인도 죽였어요……」

　나는 높은 곳으로 올라가 둘러보았다. 옅은 안개에 싸인 마드리드가 저 너머로 펼쳐져 있었다. 평온하게 웃음 짓는 방탕의 도시였다. 야전 망원경으로 궁전과 정원, 그리고 거리와 광장을 선명하게 볼 수 있었다. 거대한 붉은 깃발이 우체국 위에서 펄럭였다. 이 사랑스러운 도시 위로 가을 구름 몇 덩이가 빠르게 지나갔다. 잠시 그 구름들의 그림자가 마드리드를 가볍게 덮어 마드리드는 어두워졌다. 그러나 구름이 사라지자 마드리드는 다시 빛났다. 마치 활짝 웃음 짓는 것 같았다. 잠시 슬픈 생각이 마드리드의 마음을 스치고 지나간 듯했다. 잠시 마드리드가 슬픔을 잊었다가, 곧 그 슬픔이 되돌아온 것 같았다.

「딱하다고 생각하지 않나요?」 나는 내 옆에 있던 장교에게 물었다.

「누가 말이죠?」

「마드리드 말이에요.」

「마드리드는 붉어요……. 마드리드가 다시 하얗게 되면…….」

나는 두려웠다. 나는 영원한 작별 인사를 하듯이 하염없이 마드리드를 바라보았다. 이제 나는 우리가 살고 있는 시대가 혐오스러운 시대이며, 우리의 정신은 위험에 빠져 있다고 확신하고 있었다. 아직도 지구상에 남아 있는 아름다운 것들을 보려면, 빨리 움직여야 할 것만 같았다. 내일이 되기 전에, 아니 모레가 되기 전에는 틀림없이 폭탄과 비행기와 어두운 힘이 다가와서 그것들을 모두 파괴할 것이기 때문이다. 그것은 일식 현상과 같다. 우리는 검은 날개가 펼쳐져서 어둠 속의 영혼을 드리우는 것을 고통 속에서 분명하게 지켜본다.

바로 그 순간 나는 끔찍한 소리를 들었다. 하늘을 나는 비행기 소리였다. 군인들은 기뻐서 펄쩍펄쩍 뛰기 시작했다. 〈우리 편이야, 우리 편. 이제 우리 편이 마드리드를 박살내 버리고 말 거야!〉라고 그들은 외쳤다.

비행기들은 다가올수록 더욱 크게 보였다. 처음에는 두루미 같았지만, 잠시 후에는 커다란 독수리처럼 보였고, 굉음을 내며 우리 위를 지나갈 때에는 날개 달린 끔찍한 괴물이 머리 속에 뇌 대신 사람을 담고 있는 것처럼 보였다. 아홉 대의 비행기가 세 대씩 편대를 이루어 일직선으로 날아갔다. 잠시 후면 그 비행기들은 마드리드에 도착할 것이다.

 나는 숨을 멈추었다. 인간 정신의 사악한 힘에 놀라고 경악한 나머지, 나 자신이 무력하게 느껴졌다. 또한 참을 수 없는 슬픔도 내 무력감에 한몫을 했다. 날카로운 소리를 지르는 맹금류가 마드리드의 심장을 뒤덮었다. 그리고 동시에 리드미컬하면서도 건조한 〈쿵쿵〉 소리가 아홉 번 울려 퍼졌다.

 「폭격하고 있어!」 장교가 기쁨에 들떠 펄쩍펄쩍 뛰면서 소리쳤다. 「스페인 만세!」

 그가 이렇게 소리 지르자마자 아홉 개의 짙은 연기 기둥이 마드리드의 남쪽에서 피어올랐다. 그 연기는 비행기의 편대와 같은 방향으로 피어올랐다. 마드리드의 내장에 아홉 개의 구덩이가 생긴 것이 틀림없었다. 그리고 각각의 포탄은 각 동네를 먼지로 만들어 공중으로 사라지게 만든 듯했다.

 「각 포탄의 무게는 2백 킬로그램입니다!」 장교는 마드리드를 열심히 살피면서 말했다.

 연기구름이 흩어졌다. 나는 귀를 기울였다. 마드리드에서 나오는 고통의 신음 소리를 듣고 싶었던 것이다. 마드리드는 중상을 입었고 괴로워하고 있을 것이다. 마드리드의 여러 곳에서 폭발이 일어났기 때문이다.

 그러나 그때 마드리드 뒤쪽에서 육중한 금속성의 굉음이 들려왔다. 우리는 구름 밑에서 일곱 대의 비행기가 나타나는 것을 볼 수 있었다. 그러자 아홉 대의 비행기가 갑자기 방향을 틀었다. 양쪽 비행기는 교전에 돌입했다. 우리는 숨을 죽였다. 나는 땅에 엎드려 전투를 지켜보았다. 공중전은 사악한 인간 정신이 만든 가장 아름다운 광경 중 하나다. 그것에는 마술적인 우아함과 힘, 그리고 순수한 고결함이 서려 있다. 그것은 새들의 민첩함과 인간의 두뇌가 혼합된 것이다. 공중전을 바라보면 인간이라는 사실에 이상한 자부심을 느끼게 된다. 즉, 신비하고 창의적이고 한시도 쉬지 않는 유기체이며, 갈수록 빠른 것을 동경하고, 조상들의 무거운 지상전과 해전을 더 이상 수용하지 않으며, 전투를 가장 가볍고 가장 광활한 공간, 즉 공중으로 옮긴 인간에게 자부심을 느끼게 되는 것이다.

아홉 대의 파시스트 폭격기들은 율동적인 춤을 추려는 듯이 원 모양을 이루었다. 일곱 대의 공화국 전투기는 기동성이 훨씬 좋았다. 그들은 높이 올랐다가 우아하게 하강했으며 순식간에 커브를 틀고 붕 소리를 내며 급상승하면서 매처럼 달려들었다. 그들은 장난치는 것 같았다. 젊은 처녀들이 가운데 있고 알지 못하는 신랑감들이 처녀들을 둘러선 채, 남자와 여자들 모두 가장 힘센 남자와 가장 우아한 처녀들을 차지하기 위해 서로 경쟁하는 봄철의 무도회처럼 보였다. 그때 날카로운 기관총 소리가 들렸다. 그러자 춤추던 비행기들은 흩어졌고, 그 선은 흐트러졌다. 그들은 하늘에서 회오리바람처럼 움직였다. 모든 비행기가 도망가다가 되돌아오고, 눈 깜짝할 사이에 구름 속으로 사라졌다. 그런데 갑자기 비행기 한 대가 이상한 소리를 내기 시작했다. 오른쪽 날개가 느슨해지더니 갑자기 혜성처럼 땅으로 곤두박질쳤다. 그 비행기는 마드리드의 언덕 뒤로 떨어지더니 모습을 감추었고, 동시에 우리 근처에서 공포의 비명이 들렸다. 폭격기 한 대가 추락한 것이었다. 그것은 무섭도록 굉음을 내며 빙빙 돌더니 우리가 있던 곳에서 2백 미터쯤 앞에 추락했다.

우리는 놀라서 그곳으로 달려갔다. 우리가 도착했을 때는 온 들판이 알루미늄 조각과 깨진 엔진과 탄약통으로 뒤덮여 있었다. 비행기는 머리를 땅에 처박고 있었다. 형체가 사라진 비행기 잔해였다.

「우리 편이야!」 장교는 입술을 깨물면서 중얼거렸다.

들판 곳곳에 피가 튀겨 있었다. 우리는 일그러진 비행기 잔해 사이에서 끈적끈적한 것을 발견했다. 갈가리 찢겨진 시뻘건 살덩이와 가죽 헬멧이었다.

〈조종사!〉라고 군인들이 외치며 잔해 조각과 기계 덩어리와 부러진 날개를 치우기 시작했다.

나는 그곳을 빠져나오고 싶었으나 거기에 있을 수밖에 없었다. 보기 위해서, 한 조각의 공포라도 놓치지 않기 위해서. 들것이 도착했다. 군인들은 허리를 굽혀 조금씩 시체를 수습했다.

나는 아무 말도 하지 않고 차에 올라탔다. 우리는 계속 달리다 헤타페, 파를라, 알코르콘, 레가네스를 지난 다음 내렸다. 오늘은 더 이상 갈 수 없는 상황이었다. 거대한 대포들이 마드리드 쪽을 향하고 있었다. 포탄이 발사될 때마다 땅이 흔들렸다. 마을 교회의 지붕과 종탑이 부서져 있고 종은 땅에 떨어져 반쯤 파묻혀 있었다. 다시 한 번 비행기들이 굉음을 내며 하늘을 날아다녔다.

「붉은 군대야! 흩어져! 흩어져!」 누군가가 소리쳤다.

우리는 흩어졌다. 몇몇은 땅에 엎드렸다. 어떤 사람들은 교회로 몸을 숨겼다. 또 어떤 이들은 벽에 몸을 기대고 비행기들을 바라보았다. 그러나 몇 명의 모로코인은 움직이려고 하지 않았다. 그들은 교회 뒤에서 불을 피우며 음식을 만들었다. 어디선가 체리 색 안락의자 몇 개를 가져와 그 의자에 앉았다. 그들은 커다란 나무 침대를 끌고 와 장작을 만들어 불에 넣었다. 비행기들이 우리 머리 위에서 잠시 요동치더니 모습을 감추었다. 그때 농부 한 명이 당나귀를 타고 나타났다. 당나귀에는 포도 상자 두 개가 실려 있었다. 우리는 검고 신 포도를 주먹에 가득 쥐었다. 그러자 기분이 상쾌해졌다.

우리는 장교와 함께 움직였다. 우리는 전선으로 다가갔다. 군인들은 흙을 담은 마대 자루 뒤에 바짝 엎드린 채 사격을 했다. 우리는 그곳에서 물러나 나무 뒤에 숨었다. 폭탄들이 쉭 소리를 내며 날아갔다. 가끔씩 날카로운 비명 소리를 들을 수 있었다. 누군가가 죽은 것이었다. 우리 바로 옆에서 비명 소리가 더 크게 들렸다. 나는 그곳으로 고개를 돌렸다. 팔랑헤당 소속 군인이 그의 케이프에 엉킨 채 고통스럽게 몸부림치고 있었다. 포탄에 맞아 다리를 잃은 것 같았다. 얼마 떨어진 곳에 피 묻은 군화를 신은 잘린 다리가 움직임 없이 놓여 있었다.

나무들 뒤에서는 시시각각 쾅 하고 터지는 수류탄 소리가 들렸다. 나무가 우두둑거리며 부러지는 소리도 들렸다.

「모로코인들이 또 다른 탱크를 포획한 것 같군요.」 내 친구가 말했다. 「탱크에 뛰어올라서 수류탄을 던져 운전병을 죽이고 탱크를 포획한 거죠.」

내가 물었다. 「모로코인들에게 스페인 사람을 죽이는 법을 가르치는 것은 위험하다고 생각하지 않나요?」

장교는 어깨를 으쓱했다.

「그들은 가장 훌륭한 군인들이지요. 겁도 없고, 훈련도 잘 되어 있으며, 목숨을 아끼지 않거든요. 무기와 대포, 그리고 수류탄을 어떻게 사용해야 하는지를 놀랄 정도로 아주 쉽게 배워요. 또한 놀라운 시각과 청각을 갖고 있죠. 심지어 밤에도 잘 볼 수 있어요. 마치 동물처럼 미세한 소리까지도 다 들어요. 아마 그들과 전쟁을 하면, 우리는 몹시 두려울 거에요.」

 나는 아무 말도 하지 않았다. 그러나 언젠가 우리는 그들에게 지금 싸우는 법과 우리를 죽이는 법을 가르친 것을 후회하게 될 것이다. 우리는 당장의 필요 때문에 미래를 희생하고 있는 것이다. 언젠가 모든 강한 부족들이 우리를 덮칠 것이다. 그러나 지금은 아무도 그런 것에 신경 쓰지 않는다. 나는 야만의 후예들이 이런 식으로 자신을 위해 길을 열면서 무자비하게 앞으로 나아간다는 역사의 법칙을 확인하며 즐거워했다. 그리고 정말로 우리는 그들이 우리의 심장부에서 야영할 수 있도록 길을 열어 주고 있는 것이다. 하지만 시간이 지나 그것이 명백해질 때까지는 아무도 그것을 깨닫지 못한다. 때가 되면 알겠지만, 그때는 이미 너무 늦어 있을 것이다.

 밤이 되었다. 구름은 흩어졌다. 커다란 가을의 별들이 마드리드와 적들의 머리 위에서 빛났다. 대포 소리는 멈추었고 비행기들은 격납고에 숨어 있었다. 그리고 군인들은 불을 피워 몸을 따뜻하게 하고 음식을 만들었다.

 이제 와서 어떻게 마드리드를 버리고 톨레도로 되돌아갈 수 있단 말인가! 나는 저녁의 자욱한 연기에 가려진 마드리드를 지켜보았다. 어둡고 무서운 밤이 땅에서 솟아나기 시작했고, 이내 정원과 거리와 집을 뒤덮었다. 한 팔랑헤 군인이 나에게 죽은 붉은 군대 병사의 가방에서 발견한 전단지를 주었다.

 1. 무엇보다도 마드리드를 사랑하라.
 2. 사랑하는 마드리드를 위해 죽겠다는 맹세를 지켜라.
 3. 너의 피로 마드리드의 땅을 축복하라.

4. 이념을 위해 죽은 우리의 영웅적 선조들의 자랑이 되라.
5. 적을 죽이면서 죽어라.
6. 너의 아내가 모로코인들에게 항복하지 말게 하라.
7. 마지막 순간까지 있는 힘을 다해 너의 자유를 지켜라.
8. 거짓과 노예제를 타파하라.
9. 야만적인 모로코인들을 우리 땅에서 몰아내라.
10. 마드리드를 프랑코의 무덤으로 만들어라.

 붉은 군대의 십계명을 읽어 가면서 나는 등 뒤에서 누군가의 뜨거운 숨결을 느꼈다. 대여섯 명의 모로코인이 땅바닥에 털썩 주저앉아 있었다. 총을 무릎에 놓고, 그들은 마드리드를 바라보고 있었다. 그들의 눈은 말로 표현할 수 없는 욕망으로 들끓고 있었다. 그들은 천국을 보고 있었다. 그것은 금과 실크와 여자, 그리고 살해된 이단자들로 가득한 부유한 도시였다.
 나는 돌아와 교회 근처에 누웠다. 땅바닥에 파묻힌 두 개의 종 가운데였다. 눈을 감았다. 흙냄새가 떠돌았다. 그 냄새는 지금이건 옛날이건, 어느 먼 곳에서, 혹은 수확이 끝난 대지나 마른 낙엽에서, 아니면 타는 나무 조각에서 맡을 수 있는 냄새였다. 악몽과도 같았던 그날 낮의 전투는 이미 잊혔다. 이제는 영원한 숨결의 밤이 찾아왔다. 모닥불 주변에서 군인들이 노래하고 웃는 소리가 들렸다. 모로코인들은 별을 보자마자 슬픔과 정열로 가득한 단조로운 송가를 부르기 시작했다. 마치 아랍 사막에서 낙타를 타고 가는 사람의 노래 같았다. 갑자기 올리브와 포도밭, 그리고 만사나레스 강둑 위에 있는 우리 근처에서 잠들어 있는 위대한 비운의 도시와 더불어 스페인의 전 영토가 사라지는 듯했다. 그 사막의 노래가 지나가면서 스페인을 황폐화시키고 있었던 것이다.

나는 헤타페의 시체에서 발견한 편지를 주머니에서 꺼냈다. 그것은 어느 아내가 프란시스코 로페스라는 군인 남편에게 쓴 편지였다.

사랑하는 프란시스코!
나는 상심하기 시작했었어요. 난 생각했어요. 당신에게 무슨 일이 일어난 것이 틀림없다고. 그러나 그때 당신의 편지를 받았고, 나는 그 편지에 키스를 하면서 기쁨의 환호성을 질렀어요.

사랑하는 프란시스코, 신문에서 우리 편이 진군하고 있다는 소식을 읽었어요. 곧 전쟁이 끝나면 당신은 우리의 작은 집으로 돌아오겠죠. 프란시스코, 사랑하는 프란시스코, 한시도 당신을 잊은 적이 없어요. 하루 종일, 그리고 밤새 당신만 생각해요.

울로 만든 조끼와 양말 두 벌을 보내요. 그것밖에는 가지고 있는 게 없어요. 그저께 앙헬리카 이모가 오렌지 마멀레이드를 조금 보내 주어서 당신에게도 보내요. 당신은 그걸 좋아하잖아요. 그래서 차마 내가 먹을 수 없었어요. 사랑하는 당신, 이걸 보내니, 이걸 먹고 당신의 입술이 즐거워했으면 좋겠네요. 감기 걸리지 않게 조심해요……. 그리고 우리 아이를 생각하세요. 조심해요, 조심해요, 나의 프란시스코. 우리를 불쌍히 여겨 주세요. 여기 우리의 딸 카르멘도 당신에게 말하고 싶어 해요. 자기 손으로 직접 편지를 쓰고 싶다고 하네요.

(여기서 필체가 바뀐다. 굵고 비뚤비뚤한 글씨가 시작된다. 대부분 대문자로 적혀 있다.)

사랑하는 아빠, 돌아오세요. 제발, 제발! 우리 고양이가 새끼를 네 마리나 낳았어요. 돌아와서 보세요.
내가 아빠에게 쓰는 거예요.

카르멘 로페스

마드리드 함락 2

「우리는 어디로 가고 있습니까?」 불과 이틀 전에 나는 우나무노에게 이렇게 물었다.

「지옥으로 가는 것이오!」 그가 대답했었다.

그리고 정말로 우리는 〈인류의 광기〉라는 역사적 시대에 돌입했다. 동식물의 진화가 결정적인 순간에 발생하듯이, 동일한 광기가 인류에게 전반적으로 나타나고 있다. 무정부주의, 고뇌, 질병, 덧없는 괴물들, 이상한 유형들이 나타나고, 마침내 고통스러운 탐색 끝에 새로운 유형, 즉 더욱 완벽한 유형이 확립된다. 그렇게 삶은 발전해 간다. 우리는 전 인류가 보여 주는 이런 유사한 광기 속에서 살고 있다. 스페인에서 나는 복받치는 증오가 끔찍하게 폭발하는 것을 보았고, 몸서리칠 정도의 끔찍한 말들을 들었으며, 열 살이나 열두 살에 불과한 어린아이들이 총과 깃발을 들고 있는 것을 보았다. 느닷없이 그 아이들을 사로잡은 증오는 그들에게서 젊음과 싱싱함을 앗아 갔다. 그래서 그들은 끔찍한 늙은 악마로 변했던 것이다.

오늘날 스페인의 평야와 산맥에서는 무언가 가공할 만한 것이 솟구치고 있다. 바로 혼돈의 순간이다. 그것은 피레네 산맥 뒤쪽으로 선회하는 제어할 수 없이 위험한 폭풍이다. 게다가 더 이상 그것은 스페인 국경 안에만 국한되어 벌어지는 일이 아니다. 전쟁의 한계와 목표가 점점 이동하고 있으며, 우리는 미래 세대에게 닥쳐오고 있는 것이 무엇인지 두려운 마음으로 예측할 수 있다. 나는 옛 친구들과 연락을 해보았다. 한때 침착하고 천성이 착하고 예술과 과학에 전념하던 사람들이었다. 그런데 이제 그들은 알아볼 수 없이 변해 있었다. 그들의 눈은 그들의 것이라고 보기에 힘든 어떤 통제 불능의 욕망으로 번득였다. 바로 불태우고 죽이고 고문하려는 욕망이었다. 이것은 그들 자신의 욕망이 아니라, 우리가 살고 있는 흉측한 시대의 욕망이었다. 형제간의 증오는 기원을 알 수 없는 원시적인 것이다. 그것은 수천 년간 억눌려 있었다. 그러나 가끔씩 그것이 분출된다. 그런 역사적 순간들을 조심하라! 나는 고통 속에서 몸부림치는 스페인을 이리저리 돌아다니면서, 지구의 궤도가 카인의 별자리 아래에서 움직였다는 것을 깨달았다.

    나는 이 오래된 열정을 그토록 격렬하게 결정화시킨 중요한 초인적인 리듬이 무엇인지 발견하려고 애쓰고 있었다. 강렬한 역사적 순간들이 모두 다 그렇듯이, 나는 살육에서 그런 즐거움을 찾는 사람들은 개성을 상실했다는 것을 알고 있다. 그들의 얼굴은 우리 시대의 사악한 악마를 닮아 가고 있다. 그들은 모두 붉은 가면이나 검은 가면을 쓰고 경기장으로 달려간다. 그들은 가면을 쓰고 술에 취해 자신의 본성을 바꾼다. 야만인이 전쟁의 가면을 쓰면, 그들은 누군가를 죽이고 싶어 한다. 그리고 그들이 춤추는 가면을 쓰면, 발에서 날개가 돋아나고 춤을 추게 된다. 그리고 죽음의 가면을 쓰면, 그들은 흐느낀다. 마찬가지로 오늘날도 서로 다른 색깔의 가면들이 전 인류를 격노하도록 선동하고 있다. 적의 가면을 쓰고 있으면, 아무도 자기 형제의 얼굴을 볼 수가 없다.

  나는 밤새 잠을 이룰 수가 없었다. 날이 밝을 무렵 나는 꿈을 꾸었다. 연을 날리고 있는 꿈 같았다. 나는 연줄을 잡고 어느 큰 도시의 거리를 이리저리 뛰어다녔다. 상쾌한 바람이 불어오고, 연은 탁탁 소리를 내며 날고 있었다. 광장에 도착하자, 발길을 멈추고 눈을 들어 하늘을 보았다. 거기서 내가 무엇을 보았을까? 그것은 연이 아니었던 것이다! 지붕 위에서 쭉 뻗은 채 앞으로 고개를 숙이고 하늘 높이 날고 있던 것은 시체였다. 배가 완연히 푸르스름하게 부풀어 오른 시체였다. 거기서 희고 작은 벌레가 지붕과 도로와 사람들의 머리 위로 떨어졌다.

  「전쟁이다!」 나는 깜짝 놀라 꿈에서 깨며 소리쳤다.

  나는 거리로 뛰쳐나갔다. 모로코인들은 몹시 기뻐하고 있었다. 그들은 총을 사랑스럽게 움켜잡고는 트럭으로 뛰어올랐다. 험상궂어 보이는 군인들이 쉰 목소리로 군가를 불렀다. 나는 가만히 서서 그 노래를 들어 보았다. 나는 울지 않기 위해 입술을 깨물어야 했다.

    나는 용감하고 충성스러운 군인
    나는 대담무쌍한 군단의 군인.
    내 영혼은 슬픔으로 가득하지만,
    아마도 전화(戰火) 속에서 구원되리.

    나의 상징은 두려움을 모른다.
    나의 운명은 단지 참는 것.
    나의 깃발은 내가 죽거나 승리할 때까지

용감하게 싸우기 위한 것.

병사여, 병사여
모든 것을 걸고 싸워라.
너는 우연히 죽을 수도 있다.
인생은 도박이니까.

병사여, 병사여,
넘보지 못할 용기의 병사여,
병사여, 언제나 국기 아래서
너는 수의를 볼 수 있으리.

병사들이여, 싸우라.
병사들이여, 죽으라![1]

나는 차에 올라타서 흥분을 가라앉히려고 노력했다. 거기에 구원이 없다는 것은 잘 알고 있었다. 오늘도 태양은 환하게 빛나고 있다. 하늘은 청명했다. 비행기들은 다시 돌아올 것이고, 나는 지구상의 가장 아름다운 보석 중 하나가 잿더미로 변하는 모습을 보게 될 것이다. 어제 파시스트 전선이 이동했다. 그들은 마드리드를 향해 더욱 전진하고 있었으며, 이미 카라반셀의 교외에 진입해 있었다. 그들은 포위망을 갈수록 더욱 좁혔다. 마드리드의 목덜미에서는 이미 프랑코의 뜨거운 입김이 느껴졌다.

「하느님은 부르고스 정부를 인정하셨소!」 어느 신부가 며칠 전

---

[1] 프랑코가 이끌던 민족주의 군대의 「군단의 노래」이다.

나에게 말했었다. 그는 왕당파의 빨간 모자를 쓰고 있었다. 「우리의 태양을 보시오! 우리의 하늘을 보시오! 우리 비행기는 강하고 성능이 좋소. 우리 군대는 오점 하나 없소. 모로코인들은 추위에도 얼어붙지 않소. 하느님이 우리와 함께 계시오!」

「살인하지 말라!」 나는 그에게 냉소적으로 말했다.

「하느님과 조상의 땅과 왕을 위해!」 그는 매우 화가 나서 이렇게 대답했다.

우리는 넓고 무시무시한 도로를 달려 이에스카스, 토레혼 데 라 칼사다, 파를라, 헤타페, 알코르콘, 레가네스를 지나 카라반셀[2]에 도착했다. 오늘 아침 일찍부터 이곳은 포탄 발사로 온통 구덩이가 되었다. 많은 군인들이 황급히 전선으로 달려 나갔다. 모로코인들은 앞잡이처럼 소리치며 다니고 있었다. 비행기들이 언제 어디선가 나타날 것 같았다. 전 세계의 통신원들이 모두 여기에 모여 있었다. 우리는 커다란 저택의 4층으로 올라갔다. 가구, 거울, 사진, 책 등 모든 것이 깨지고 찢어지고 더럽혀 있었다. 4층에는 이미 테이블에 음식이 차려져 있었다. 수프는 커다란 수프 그릇에 담겨 나오기를 기다리고 있었다. 벽에는 커다란 검고 붉은 얼룩이 있었다. 나는 그 얼룩을 잘 살펴보았다. 피와 머리카락이었다.

우리는 가장 높은 테라스에 자리를 잡았다. 의자나 상자, 옷 꾸러미나 매트리스 등 앉을 수 있는 것은 무엇이든 찾아내어 그 위에 앉았다. 바로 우리 눈앞에, 그러니까 넘어지면 코 닿을 곳에 마드리드가 있었다. 그곳은 너무나 분명하게 미소 짓고 있었다. 마치 신기루처럼 그곳의 삶과 정반대 현상을 보여 주고 있었다. 마드리드 거리는 오늘 황량하기 그지없고, 창문은 꽁꽁 닫혀 있

---

[2] 모두 마드리드 남부 근교에 있는 마을들. 이들이 합쳐진 지역은 마드리드, 바르셀로나와 더불어 스페인 제3의 도시로 일컬어진다.

고, 광장은 텅 비어 있다. 폭탄이 끊임없이 무자비하게, 그리고 규칙적으로 떨어졌다. 우리는 쌍안경을 통해 연기가 나오는 모습과 갑작스레 유리창이나 벽이 무너지는 모습을 보았다. 마드리드는 산산이 부서졌다. 마드리드의 신성하고 태양빛 가득한 육체는 해체되고 있었지만, 잿더미가 쌓이는 곳은 갈수록 넓어졌다.

나는 고개를 돌려 동료들을 바라보았다. 그들은 모두 쌍안경에 눈을 갖다 대고 이 쓰라린 장면을 지켜보고 있었다. 나는 그들의 턱과 입술과 볼을 선명하게 볼 수 있었다. 그러자 두려움에 사로잡혔다. 그들의 표정에는 최소한의 동정심도 없었기 때문이다. 어떤 이들의 입술은 약간 비틀어져서 비웃는 듯했다. 어떤 이들은 사나운 이빨을 내밀고 있어 마치 물어뜯으려는 개들처럼 보였다. 또 다른 이들은 무관심하고 냉정하고 냉혹한 표정이었다. 우리 시대의 이 산업화된 비인간적 문명은 우리의 마음을 잔인하게 만들었고, 우리의 정을 시들게 했다. 그것은 인간을 과학적인 야만인으로 만들어 버렸다. 인간이 이 정도의 비인간성에 도달하면, 멸종하는 것이 그들의 운명인 것이다. 피와 모순과 잔혹성에만 몰두하는 이 모든 스페인의 드라마는 아마도 더 커다란 재앙의 서곡일 것이다. 이런 점에서 이것이 단지 서곡에 불과하다는 것이 더욱 경악스럽다. 나는 〈도와줘요!〉라고 외치려고 했지만 시간이 없었다. 우리 뒤에서, 그러니까 저 먼 지평선 위로 구름한 점 없는 하늘에 굉음을 울리며 비행기들이 날아오기 시작했다. 테라스에 있는 이들은 모두 즐겁게 숫자를 세기 시작했다. 열셋, 열다섯, 열아홉, 스물하나! 비행기들은 세 대씩 편대를 이루어 다가왔다. 가운데의 비행기가 이끌고 나머지 두 대가 약간 뒤에서 따라왔다. 악마적이고 조화로운 전투 대형이었다. 그것은 두루미처럼 거대한 곡선을 그렸다. 그러나 이 두루미들은 날개에 먹을 것을 싣고 있는 것이 아니라, 술통처럼 커다란 죽음의 폭탄을 달고 있었다.

「마드리드는 곧 엄청난 잿더미가 되어 버릴 거야!」 염소 이빨을 가진 금발의 신문 기자가 외쳤다.

그는 잠시 쌍안경을 눈에서 떼었다. 그의 눈은 차가운 강철 색으로 빛났다.

나는 근처에서 큰 소리를 내고 있는 비행기들을 바라보았다. 그리고 아직도 천국처럼 아름다운 마드리드를 바라보았다. 자랑스러운 빌딩들과 교회들, 박물관들, 그리고 사람들로 가득한 빈민가. 〈안녕!〉 나는 마음속으로 마드리드에게 작별을 고했다. 그러면서 햇빛을 받은 화사한 마드리드의 모습을 붙잡아 기억 속에 깊이 새겨 두려고 했다. 마드리드의 덧없는 모습을 잃지 않으려 했던 것이다. 내가 살아 있는 동안 마드리드의 모습은 내 마음속에 보존될 것이다. 마드리드는 몇 초 후면 가루로 변할 것이었다. 비행기들은 마드리드의 상공에 있었다. 그런데 순간적으로 비행기들의 날개가 공포에 질린 듯 멈추었다.

동작을 멈춘 순간과 각각의 비행기에서 검은 폭탄들이 투하될 때까지의 시간은 짧았지만, 우리에게는 한 세기보다도 더 길게 느껴졌다. 우리의 머리 위로 얼어붙어 꼼짝도 하지 않는 한 세기 같았다. 너무나 긴장되어 참을 수 없는 시간이었다. 나는 나 자신이 마드리드의 영혼과 동일시되는 느낌이었다. 마드리드는 이 현대적인 묵시록의 스물한 개의 대천사들 아래에서 떨며 아무런 보호 장비도 없이 들판에 누워 있었다. 나는 그런 마드리드와 함께 누워서 기다리고 있었다. 그 순간 나는 아무것도 생각할 수 없었다. 단 한 마디도 할 수 없었다. 가장 심오하고 완벽한 인간의 표현인 울음조차도 나오지 않았다. 이 영원의 시간은 번개처럼 지나갔지만, 그 순간 동안 나는 삶의 모든 공포, 즉 내 삶과 마드리드의 삶, 그리고 우주의 삶에 대한 공포를 경험했다. 갑자기 끔찍한 비명들이 땅에서 울려 퍼졌다. 그것은 만사나레스 왼쪽 강둑에서 들려오는 비명이었다. 정확히 스물한 번 터져 나왔다. 그리고 즉시 스물한 개의 거대한 연기 기둥이 하늘로 치솟았다. 스물한 개의 마드리드 조각들, 아마도 스물한 개의 동네가 먼지가 되었고, 돌과 나무와 사람들이 흩뿌려졌을 것이다. 마드리드는 연기구름 뒤로 사라졌다. 나는 떨고 있었다. 〈연기구름이 약해지면 우리는 무엇을 보게 될까?〉 나는 나 자신에게 물었다. 부드러운 바람이 불어와 연기가 흩날렸다. 집들이 다시 모습을 드러냈다. 두려워 오그라든 것처럼, 공포에 사로잡힌 모습이었다. 마드리드의 남쪽 자락에서 연기가 피어올랐다. 불길이 치솟으며 지붕을 널름거렸다. 스물한 개의 구멍이 뚫린 마드리드는 제 모습을 잃고 조금씩 잿더미로 변하고 있었다. 내 근처에 있던 신문 기자는 기쁨을 참지 못해 깡충깡충 뛰었다. 그들은 박수를 치기 시작했다.

한 장교가 테라스에 나타났다. 나는 참지 못한 채 〈성 마우리티우스!〉라고 소리 지르고 말았다. 실제로 키가 크고 창백한 이 스페인 사람은 멋진 검은 턱수염과 긴 금욕주의자의 얼굴을 가지고 있어서, 에스코리알에 있는 그레코의 그림 속의 무아경에 빠진 성 마우리티우스와 영락없이 닮아 있었다. 스페인을 뒤덮은 갑작스러운 열병 속에서, 같은 육체들이 다시 모습을 드러냈다가 동일한 화염에 의해 태워지고 소멸되고 있었다.

「이걸 보시오!」 그가 말했다. 「이걸 보시오!」 그는 자기 손끝을 가리켰다.

발렌시아로 향하는 고속도로에 자동차와 트럭과 마차의 끝없는 행렬이 보였다. 아이와 여자들은 마드리드를 버리고 도망갔다. 그러나 누가 여자와 어린이들을 신경 쓰겠는가? 우리는 쌍안경을 통해 가장 먼저 눈에 들어온 지역들을 눈여겨 살펴보았다. 바로 왕궁과 무어인 광장 근처의 구불구불한 길들을 보았던 것이다. 그곳이 바로 끔찍한 전투가 벌어진 곳이었다. 집들은 빗장이 걸려 있었고, 창문은 굳게 닫혀 있었으며, 거리에는 아무도 보이지 않았다. 더 이상 총은 쓰지 않았다. 오직 육박전에 필요한 수류탄과 총검만이 있었다.

창백한 장교가 내 옆에 있던 의자에 앉았다.

「이 살육이 언제 끝날까요?」 내가 물었다.

「이 망할 놈의 마드리드가 잿더미가 되면요.」

「그러면 그 잿더미로 뭘 할 건데요?」

「공중에 뿌려야죠!」 그가 말했다. 그의 목소리는 열정에 사로잡힌 나머지 떨리고 있었다.

「마드리드가 가엾지 않소?」

그는 어깨를 으쓱하더니 잠시 침묵을 지킨 후에, 〈내전은 하느님의 선물입니다〉라고 중얼거렸다.

나는 마드리드가 죽음의 고통에 신음하는 모습을 더 이상 지켜볼 수가 없었다. 그래서 거리로 내려갔다. 세 명의 부상자를 싣고 가는 차가 보였다.

「무슨 일입니까?」 팔랑헤당의 젊은 병사에게 물었다. 그는 손에 부상을 입은 채였다.

「학살이에요!」 어린 병사가 흥분해서 대답했다. 「악마들이 미쳐 날뛰고 있어요. 문 뒤에는 바리케이드를 치고, 창문에서 우리를 향해 총을 쏘고 있어요. 우리는 수류탄을 던져 한 집씩 접수하면서 전진하고 있어요. 벽에 구멍이 생기면, 우리는 정원으로 들어가지요. 그리고 방과 계단과 마루를 일일이 뒤져요. 〈너희는 빠져나가지 못할 거야! 너희는 무사히 지나갈 수 없어!〉라고 그들이 외쳐요. 그러면 우리는 〈우리는 여길 무사히 지날 거야!〉라고 대꾸하죠. 그리고 실제로 우리는 이렇게 살아서 지나왔어요.」

그 젊은이는 부상당했지만, 열정으로 활력을 얻고 있었다. 그는 조그만 목소리로 말하기 시작했지만, 갈수록 더욱 흥분했고, 갈수록 말투도 격렬해졌다.

「내가 천 년을 산다면 난 천 년 내내 싸울 거예요!」 그가 소리쳤다.

트럭과 차들이 부상자들을 가득 싣고 계속해서 도착했다. 그러나 마치 강렬한 쾌락의 순간에 총에 맞기라도 한 것처럼, 얼굴들이 환하게 빛났다. 그들의 얼굴은 이상하게 빛을 내고 있었다. 마치 무용수들의 얼굴 같았다. 전쟁의 비밀은 술에 완전히 취해 버리는 것에 있다. 그러면 공포가 사라진다. 그러면 삶과 죽음이 동일한 것이 된다. 소멸하고 제압당하고자 하는 즐거운 열망이 인간을 지배한다. 즉, 삶을 중단시키려는 열망이 존재한다. 이 폭력적인 흥분은 위험을 쾌락으로 바꿀 수 있다. 절단과 죽음은 우리의 일상적 삶과 완전히 유리된 차원에 존재한다. 일상적 차원에서 그런 것들은 엄청난 공포를 야기한다. 아, 그래서 취하지 않은 전사는 불쌍하다. 그에게는 모든 것이 악몽이며 공포이고 경악이기 때문이다.

더 많은 트럭과 차들이 다시 도착했다. 이제는 더 많은 부상병들로 넘쳐 났다. 모로코인들은 톨레도에서 도망쳐 이곳으로 모여들었다. 과묵한 장교들도 함께였다. 과격하고 불안한 기운이 가득했다.

「무슨 일입니까?」 난 내 친구 장교에게 물었다. 그는 톨레도에서 알게 된, 방금 여기 도착한 루비오 소령이었다. 그도 매우 흥분해 있었다.

「무슨 일이냐고요? 모르겠어요?」 그는 대답했다. 「어제 전쟁의 첫 번째 국면인 낭만적 국면이 끝났어요. 오늘은 두 번째 국면인 현실적 국면이 시작되고 있는 거예요. 첫 번째 국면에는 초조함과 드높은 사기와 맹렬함이 필요하지만, 두 번째 국면에는 인내와 진지함과 지구력이 필요하지요. 붉은 군대는 마드리드를 장악했어요. 그래서 이제 각자가 자기의 집 안에 요새를 만들고 있지요. 모두가 나 홀로 대장인 셈이죠. 모든 붉은 군인들은 거리를 알고 이웃을 알고 숨을 곳이 어딘지도 알고 있어요. 그리고 창문 앞에 매트리스를 쌓고, 그 뒤에 숨어서 총을 쏘죠. 아내는 그를 돕고 음식과 물과 탄약을 갖다 주지요. 밤에는 잠도 잘 수 있어요. 감기에도 안 걸리죠. 비에 젖지도 않아요. 고통 받지 않아요. 이제 끔찍한 시가전이 거리와 집에서 시작되었어요. 그래요, 그들은 미친 사람처럼 저항하고 있어요. 그러나 우리는 이길 겁니다!」

승리는 마침내 높고 위험한 국면으로 치달았다. 그것은 이제 시인 로르카의 머나먼 코르도바가 되어 있었다. 혹은 사포가 말하듯이, 사과나무 맨 꼭대기에 있어서 손이 닿을 수 없기에 반짝반짝 빛나는 사과, 햇빛과 비를 흠뻑 맞은 붉은 사과가 되어 있었다.

그날 저녁 다시 한 번 톨레도로 돌아갔을 때, 나는 큐피드가 방랑자처럼 거리를 걷고 있는 모습을 보았다. 모로코인으로 구성된 새 부대가 도착해 있었다. 거리와 술집과 카페는 사람들로 북적댔다. 라디오 방송은 용기를 불어넣기 위해 큰 소리를 질러 댔다. 그러나 오늘 밤 사람들의 얼굴은 걱정에 싸여 어두웠다. 주교의 저택에 들어가는 대문에서 스페인 친구 한 명이 나를 불러 세웠다.

「알아요? 당신이 좋아했던 그 시인이 살해당했어요……」 그가 말했다.

「누구요?」 내가 공포에 떨며 물었다.

「페데리코 가르시아 로르카.」

「로르카! 누가 그를 죽였죠?」

「어떤 이들은 붉은 군대가 죽였다고 하고, 어떤 이들은 우리가 죽였다고 하네요. 아무도 정확히 몰라요.」

「왜 모르죠?」

「나도 몰라요. 아마 어떤 오해가 있었나 봐요.」 그가 어깨를 으쓱거리며 대답했다.

셰익스피어의 비극에서처럼 사람들은 이렇게 이유도 없이 살해당한다. 삶은 가느다란 실에 매달려 있고 이 실은 눈멀고 비양심적인 운명의 손에서 왔다 갔다 한다. 이름이 비슷해서, 혹은 실제로 하지도 않은 말 때문에, 또는 누군가와 비슷한 옷을 입고 있다는 이유 때문에 살해당한다.

소코도베르 광장에서는 라디오 소리가 크게 울려 퍼졌다.「우리는 점령했다……. 우리는 장악했다……. 우리는 쫓아냈다……. 우리는 붙잡았다……. 우리는 전진한다…….」 그러나 얼굴들은 어두웠다. 그리고 큐피드는 좁은 거리를 거닐기도 했고, 길모퉁이에 서 있기도 했으며, 내일 전선으로 떠날 군인들을 선동하기도 했다. 그러나 큐피드조차도 이제 우울한 표정을 짓고 있다. 더욱 폭력적이었고 더욱 조급했으며 미소를 잃고 있었다. 손과 몸과 영혼이 분리된 것 같았다. 그는 그것들이 다시 만날 수 없을지도 모른다는 것을 알고 있었다. 에드거 앨런 포의 불멸의 까마귀는 다시 모든 사람의 어깨 위에 똬리를 틀고 앉아서, 〈두 번 다시는 안 돼, 두 번 다시는 안 돼!〉라고 외치고 있었다. 잿더미와 땀의 신비롭고도 흥분된 냄새로 가득한 톨레도 전역에 이 외침이 울려 퍼지고 있었다.

나는 성당 쪽으로 갔다. 가는 길에 검은 턱수염의 키 큰 군인이 지나가다가 갑자기 여자를 붙잡는 것을 보았다. 그는 그녀의 팔을 잡아당겼고, 그녀는 웃으며 저항했다. 그러나 군인은 저항하지 못하도록 무자비하게 그녀를 잡아끌었다. 천천히, 그리고 굶주린 듯이 익숙하지 않은 팔을 애무하면서 이렇게 속삭였다.

「이리 와, 이리 와.」

그녀는 누군가가 간질이기라도 하듯이 깔깔거렸다. 그러자 그녀의 만틸라가 바닥으로 떨어졌다. 나는 그 광경을 유심히 지켜보면서 그녀가 거절할지 모른다고 걱정했다. 나는 죽음의 그림자 속에서 이루어진 이 난폭한 포옹을 보고 기뻤다. 삶은 분명히 죽음을 두려워한다. 그래서 우리의 가련하고 순종적인 육신에게 두려워하고 기뻐해야 하는 두 가지 의무를 일깨운다. 전쟁터에서는 누가 죽든 간에 그는 하룻밤 사이에 다른 사람으로 대체된다.

추웠다. 대성당 옆의 작은 정원에는 오두막이 있었다. 그곳에 등유 램프가 켜져 있었고, 한 여인이 밤을 굽고 있었다. 나는 그 맛있는 냄새에 이끌려, 손에 뜨거운 밤을 한가득 움켜쥐기 위해 달려갔다. 여인 옆에는 작은 소녀가 서서 수다를 떨고 있었다.

「당신 아이인가요?」 내가 물었다.

「아, 아니요. 난 미혼이에요.」 그녀가 한숨을 쉬며 대답했다.

그녀는 서른 살쯤 되어 보였다. 뼈만 남은 듯 야위었고 나이보다 늙어 보였으며, 불평을 많이 하는 사람 같았다.

「미혼이라고요?」 나는 갑자기 두려워서 이렇게 말했다. 「왜 그런 거죠?」

「아…… 아무 남자도 날 원하지 않아요…… 아무도. 그런데 이제 전쟁이 벌어져서…….」

그녀는 미소를 지으며 말을 멈추었다.

「그래서요? 그게 어쨌다는 거죠?」 내가 물었다.

「아, 이제 전쟁에서 불구가 된 사람들이 날 데려가겠죠……」

이것은 마치 내 친한 친구가 위험에서 빠져나온 것처럼 날 기쁘게 해주었다. 이 밤 굽는 여인은 전쟁을 다정한 중매쟁이로 보고 있었다. 노새를 타고 먼 곳에서 돌아와 그녀의 오두막 문을 두드리고는 그녀에게 결혼반지를 갖다 주는 중매쟁이로 말이다. 나는 전쟁 덕분에 아이에게 젖을 물리게 될 이 밤 굽는 여인을 계속 생각했다.

다양한 색깔의 모자들

 빨간색, 검은색, 녹색, 파란색 등 다양한 색깔의 모자들이 흥분되고 들뜬 모습으로 끊임없이 톨레도의 거리를 돌아다녔다. 엄청나게 높고 위협적인 대성당은 어둠 속에서 희미하게 빛났다. 공기 중에서 나는 뭐라고 말할 수 없는 공포를 호흡했다. 거대한 몸집이 발산하는 편안함과 평온함을 지닌 많은 〈레케테스〉들이 지나갔다. 그들은 당가를 부르고 있었다.

 행진하라, 붉은 모자여.
 성스러운 믿음을 위해!
 행진하라, 붉은 모자여,
 불멸의 스페인을 위해!

 그들은 군주정이라는 하나의 거대한 명분을 갖고 있다. 그러나 누가 군주의 후보자인가? 나는 묻고 또 물었다. 하지만 그들은 그냥 헛기침만 할 뿐 아무 대답도 하지 않았다.
「알폰소?」
「그건 말도 안 돼요. 그는 부르봉가(家)의 모계 피만 받아서 나온 서자예요.」

「그렇다면 누구요? 카를로스? 하지만 그는 몇 달 전에 여든일곱의 나이로 빈에서 죽었는데요.」

그러면 레케테스들은 다시 헛기침을 할 것이다.

「대단한 사람이었죠.」 그들은 허공에 손짓을 하며 경탄할 것이다. 「말을 대단히 잘 탔죠. 여든다섯 살 때에도 단숨에 말에 뛰어오를 수 있었으니까요.」

「그래요…… 그런데 지금은요?」

그들은 다시 미적댈 것이다. 그리고 아주 정중하게 예의를 갖추고서 그 자리를 떠날 것이다.

나는 화가 나서 레케테스들의 본부로 달려갔다. 그곳은 오래된 궁궐이었다. 나는 계단을 올라갔지만, 그만 복도에서 길을 잃고 말았다. 나는 지휘관 중 한 명에게 물었다. 그는 분명히 알고 있을 것이었다. 그들은 모두 열심이고 극도로 친절했다. 그러나 나를 계속 다른 사람에게 넘겼고, 다른 사무실로 가보라고 했다. 마침내 나는 마흔 살가량 된 활달한 남자를 발견했다. 그는 라벤더 색깔의 술이 달린 모자를 쓰고 있었다.

「나는 당신이 답을 줄 때까지 떠나지 않겠소.」 나는 웃으며 말했다. 「당신들이 원하는 게 뭔지, 그리고 당신들의 계획이 뭔지 이해할 수 있도록 도와주시오.」

「로드리고스 모랄레스가 이 내용에 대해서는 가장 잘 알고 있소. 그에게 안내하겠소!」

「아니, 아닙니다! 당신에게 날 보낸 사람이 바로 로드리고스 씨입니다.」

그는 깊은 생각이 담긴 한숨을 지으며 자리에 앉았다.

「뭐든지 물어보시오!」 그가 얼굴을 찌푸리며 말했다.

「우선, 나는 왜 카를로스 지지자들이 스페인에 생겼는지, 그리고 어떻게 생겼는지 알고 싶소.」

그가 제공한 역사적 정보는 형편없었다. 그는 날짜를 잘 기억하지 못했다.

「1858년에……」 그가 말하기 시작했다. 「1870년에…… 음…… 그러니까 그쯤에…….」

그는 사람 이름도 제대로 기억하지 못했다. 때때로 그는 복도로 달려 나가 지나가는 사람에게 물어보곤 했다. 그리고 헉헉거리면서 자리로 돌아올 때면, 이름이나 날짜를 알아 왔지만, 곧 다시 더듬곤 했다.

「실례하겠소.」 그는 나에게 말한 뒤 다시 복도로 나갔다.

마침내 우리는 역사적인 문제는 그만두고 정치 문제에 접근했다. 그는 흥분했다. 그의 얼굴은 그의 모자만큼 붉게 물들었다. 그가 예의바르게 목소리를 낮춰 말했다.

「국민들에게 자유를 주었소. 그래서 결국 우리는 혼란에 빠져 버린 것이오. 그러나 이러한 실수가 되풀이되어서는 안 되오. 우리는 우리의 숭고한 전통을 따르겠다고 맹세할 군주에게 우리나라를 맡아 달라고 제안할 것이오. 그는 그 어떤 자유도 허락하지 않을 것이오.」

「그게 누구죠?」 나는 그가 내 눈길을 피하지 못하도록 그를 똑바로 쳐다보며 물었다.

그는 마음속으로 이것저것 생각하기 시작했다. 그는 공작과 왕자들, 부르봉가의 사람들을 쭉 이야기하더니 마침내 전혀 예상치 못했던 결론에 이르렀다.

「가장 적당한 분은 알폰소의 셋째 아들인 돈 후안이오.」

「하지만 이미 그가 외가 쪽의 서자라고 얘기하지 않았나요?」

내가 악의적으로 물고 늘어졌다.

그는 펄쩍 뛰면서 얼굴을 붉혔다. 그러나 그는 매우 예의바른 마드리드 사람이었고, 자제력도 있었다.

〈내가 도와드릴 수 있다면 무엇이든……〉이라고 말하면서 나가려고 했지만, 나는 그를 그렇게 놔두지 않았다.

「오늘날의 사회 경제적 문제에 대해 어느 입장을 지지하시오?」 나는 차분한 목소리로, 그리고 가능한 한 유쾌한 목소리로 물었다. 그러자 그는 감정이 격해져 이렇게 대답했다.

「너무 서두르지 마시오! 아직은 그렇게 자세한 사항을 다룰 때가 아니오. 그러나 우리는 가난한 자들을 사랑한다오.」 그는 모자의 술을 만지작거리면서 이렇게 덧붙였다. 「우리는 가톨릭교도요. 그리스도님의 종교인…….」

돌아오는 길에 알고 지내던 늙은 기자를 만났다. 그는 여행을 많이 해서 견문이 넓고 아는 게 많지만, 음식과 술에 대한 열정으로 망가진 사람이었다. 그는 과거에 스페인에 수년 간 머문 적이 있었다. 그는 투우 애호가였다. 그런데 이제 그는 쌍안경을 들고 전선으로 달려갔다. 그리고 공격 장면이 마음에 들면 박수를 치면서 중산모를 공중에 던졌다. 저녁때가 되면 차에 올라타고 가장 가까운 광장으로 달려가서 호사스럽게 목욕을 하고 위스키를 마시곤 했다. 마침 그가 바에서 술 마시고 있는 것을 보았다. 그가 나에게 손짓했다. 나는 바 안으로 들어갔다. 그는 내가 술도 안 마시고 모자도 쓰고 있지 않은 것을 보고 웃었다. 그러면서 이렇게 말했다. 「우리는 모자를 써야 해. 그래야 기분이 좋을 때 하늘로 집어 던지지.」

내가 들어가자마자 그는 나에게 물었다.

「어디서 오는 길이오? 피곤해 보이는군.」

그에게 나의 문제를 설명하자, 그는 웃음을 터뜨렸다.

「당신은 구제 불능이야!」 그가 소리쳤다. 「여기에 펜과 종이로 무장을 하고 왔군. 그러나 당신은 생각이라는 끔찍한 질병으로 고통 받은 적이 없는 불쌍하고 순진한 짐승들을 열 받게 할 뿐이야. 여기서 일어나는 모든 일은 베두인 사람들이 말하는 〈판타지아〉라는 걸 모르겠나? 베두인족은 멍하니 몇 시간이고 꼼짝 않고 앉아서 사막을 바라보지. 그러다 무언가 하고 싶어 참을 수 없게 되는 거야. 숨이 막힐 정도로 말이야. 만일 그가 가난한 사람이라면 성냥갑을 움켜잡고 한꺼번에 다 불붙여 버리지. 그 불을 보면서 자기의 마음이 후련해지는 걸 느끼는 거야. 만일 부자라면 말을 타고 마을로 달려가서, 하얀 젤라브[1]를 바람에 휘날리며 마구 말을 몰겠지. 만일 모든 인류가 관련된 경우라면, 그건 전쟁이 되는 거야. 스페인 사람들은 성냥갑에 불을 붙이며, 말을 타고 전쟁을 하는 것일세. 그게 전부야……」

그러나 그 영리한 늙은이의 말은 옳지 않았다. 스페인을 몸부림치게 만드는 고통은 베두인 사람들이 말하는 〈판타지아〉보다 더 깊고 비극적이다. 아마도 카를로스주의자들의 이념은 구식일 것이다. 그러나 그들은 열정적인 의지가 있다. 그리고 투쟁에서 중요한 것은 이념이 아니라 싸우는 사람들의 리듬과 특징이다. 그들의 명령 규정에는 다음과 같은 계명이 적혀 있다.

    1. 오류 없는 기수가 되라.

---

[1] 소매가 넓고 후드가 달린 외투.

2. 절도 있게 복종하는 법을 배우라.

3. 너의 이름을 더럽히지 마라.

4. 언제든 위험에 직면할 준비를 하라.

5. 너의 이상을 타협하거나 희생하지 마라.

6. 항상 열의를 가져라. 언제나 침착하라.

7. 추위와 더위, 배고픔, 갈증, 질병, 고통, 피로를 조용히 견디라.

팔랑헤 당원들은 훨씬 더 정열적이다. 그들의 이념은 더욱 분명히 정의 내려져 있다. 그들은 더욱더 조직적이며 더욱 열정적이고 현재의 필요성에 더욱 잘 맞추어져 있다. 그들에겐 사단과 연대와 중대와 그 지도자들이 있다. 그들을 움직이는 정신은 전투적이다. 여기에 팔랑헤 군단의 주요 계명 다섯 가지가 있다.

1. 투옥, 부상, 죽음은 임무의 불가피한 부분임을 항상 명심한다.

2. 지속적인 고된 임무 수행은 강제 노동이 아니라 명예다. 오직 그런 명예를 누릴 자격이 있는 자만이 팔랑헤당을 위해 봉사할 수 있다.

3. 용감한 행동은 공개되지 않는다. 오직 잘못만이 기록될 뿐이다.

4. 무조건적으로 상관의 명령에 복종한다. 낮이건 밤이건 소집되면, 기꺼이 신속하게 응한다.

5. 복종은 근본적 덕목이다. 겉치레나 야망 없이 즐겁게 복종하라.

한밤중이었다. 커다란 홀에 환하게 불이 켜져 있었다. 검게 그을리고 키가 작으며 가난해 보이는 한 무리의 젊은 당원들이 모여 있었다. 명령을 받자 그들은 차에 올라타고 떠났다.

「나는 라파엘 가르세란 동지[2]를 만나고 싶소.」

나는 초병에게 말했다.

「명령이다!」조그마한 병사가 큰 소리로 이렇게 외치고는, 사병을 보내 허락을 받아 오도록 했다. 나는 초병을 유심히 살펴보았다. 그는 호리호리했다. 아직 성인이 되지 않은 몸이었다. 그에게는 어린애 같은 다정함이 있었다.

「몇 살이오, 동지?」

「열여섯입니다.」

「그렇게 어리오?」

「난 어리지 않습니다!」그는 기분이 나쁜 것 같았다. 「열여섯이나 되었습니다.」

나는 잊고 있었다. 요즘 1년은 순간적이고 집중적이고 파란 많다는 것을. 요즘 남자들은 소년 시절부터 술과 담배와 여자에 친숙해져 있다. 심지어 사람을 죽이는 것에 대해 알고 있기도 한다. 바로 며칠 전 어느 소년이 나에게 자랑스럽게 〈나도 사람을 죽였어요!〉라고 말했었다. 이렇게 수줍고 순진한 봄철을 건너뛰고, 아기들은 곧장 성인이 되어 버린다.

전령이 돌아왔다.

「들어가시오.」작은 군인은 조그만 소리로 사무적으로 말했다.

팔랑헤당 지휘관이 문을 닫자, 왁자지껄한 소음과 갑자기 차단되었다. 그는 서른 살 정도 되어 보였다. 키는 작았지만 강단이

---

[2] 팔랑헤 병사들은 서로를 동지라고 부른다.

있어 보였다. 목덜미와 팔은 통통했다. 그는 갑작스럽고 빠른 동작으로 움직였다. 스페인의 투우사 같은 스타일이었다. 그의 눈은 푸르고 강철처럼 빛났다. 통통한 몸이 강하고 사나운 그의 의지를 키워 주는 듯했다.

그는 우렁찬 목소리로 곧장 핵심으로 들어갔다.「하느님과 조국, 그리고 왕이라는 세 가지 명분 중에서 우리는 오직 하나만을 위해 죽을 각오로 싸웁니다. 그 명분은 바로 조국이지요. 그러나 과거처럼 보통 사람들이 빈곤 속에서 썩어 가고 무지몽매함 속에서 몸부림치게 만드는 그런 조국을 말하는 게 아닙니다. 우리는 부자들과 가난한 사람들, 상류층과 평민들 모두를 특권 계층 없이 보호해 주는 그런 공정한 조국을 원합니다.」

말을 계속할수록 그의 눈은 빛났다. 그의 두툼한 목의 핏줄이 볼록 튀어나왔다. 그의 내부에 있는 투우사 기질이 되살아난 것이다.

「절대 아닙니다!」 그는 자신의 감정을 억제하지 못하고 주먹으로 탁자를 내리치며 소리쳤다.「아닙니다. 우리는 기껏 부자들의 배를 살찌우고 평범한 사람들을 비참한 삶으로 몰아넣자고 전쟁을 하면서 수천 명의 팔랑헤당 전사들을 죽게 한 것이 아니란 말입니다! 승리는 우리에게 권리를 주었고, 우리는 절대로 그 권리를 빼앗기지 않을 것입니다. 필요하다면 우리는 다시 거리로 나가 싸울 것입니다.」

그는 자리에서 일어나, 몇 번씩 방 안을 돌아다니며 흥분을 가라앉혔다.

「우리 팔랑헤당의 사람들은 정당의 당원이 아닙니다. 군사 조직이지요. 우리는 계급의 이해관계를 초월하여 새로운 사회 정의와 경제 질서를 도입하려 하고 있습니다. 우리는 정당들, 가톨릭

참정권, 선거, 의회 도당들을 제거하고 싶습니다. 우리는 자본주의도 아니고 마르크스주의도 아닌 강한 정부를 원합니다. 모든 생산 기관은 정부 체제 속에서 단일한 조직체를 구성하게 될 것입니다. 무질서하게 생산하지도 않을 것이고 부를 불공평하게 분배하는 일도 없을 것입니다. 땅은 농부가, 정의와 빵은 노동자가 갖게 될 것입니다. 그리고 모든 사람이 글을 읽고 쓸 수 있게 될 것입니다. 당신도 보다시피, 우리는 새로운 조국을 창조하려는 것입니다. 어쩌면 삶에 대한 새로운 개념을 만들려는 것인지도 모르지요……. 당신은 이것을 파시즘이라고 말할지도 모르겠습니다. 맞습니다. 파시즘입니다. 그러면 당신은 스페인 파시즘이 무엇을 의미하느냐고 물을 것입니다. 그러나 이 시점에서 어떻게 그 대답을 우리에게 기대할 수 있겠습니까? 그것은 추상적인 이념이 아니며 종이에 그려진 기하학도 아닙니다. 그것은 실천입니다. 고통스러운 오랜 실험의 결과인 것입니다. 조금씩 우리의 방식, 그러니까 스페인의 방식이 만들어질 것입니다. 몇 년 후, 혹은 몇 세대가 지난 후에 우리에게 다시 오십시오. 그러면 당신의 질문에 답할 수 있을 것입니다. 아직 그 어떤 대답도 할 수 없으니까요. 그것은 지금 만들어지고 있는 중입니다.」

내가 그곳을 떠났을 때 젊은 팔랑헤당 지휘자의 이 말은 내 마음속에 깊이 새겨져 있었다. 그의 말보다 그의 얼굴 표정, 그의 목소리, 그의 눈빛에 서린 불길이 더욱 깊이 새겨졌다. 나는 전 세계 수만 명의 젊은이들이 그의 입을 통해 말하고 있다는 느낌을 받았다.

다음 날 아침 일찍, 새로운 모자를 쓴 사람들이 소코도베르 광장에 나타났다. 그들은 칼자루 모양의 붉은 십자가가 새겨진 밝은 녹색 모자를 눌러쓰고 있었다. 스페인 사람들은 부조화에 열광한다. 각자 자기가 좋아하는 색을 내걸고, 자기만의 특징적인 모자를 쓰며, 옆 사람의 십자가와 다른 십자가를 새겨 넣는다. 〈우리의 십자가는 콤포스텔라의 성 야곱에게 바치는 것이오〉라고 녹색 모자들이 자랑스럽게 외쳤다. 그러자 〈우리의 십자가는 이사벨 여왕의 십자가요〉라고 다른 이들이 제국주의자들처럼 거만한 태도로 말했다. 〈우리 것은 성 안드레아의 십자가요!〉라고 외치는 사람도 있었다. 그렇게 십자가들은 서로 싸우기 시작했으며 십자가에 못 박힌 구세주는 까맣게 잊고 있었다.

나는 녹색 모자를 쓰고 성당에 들어가려던 땅딸막한 사람을 붙잡고 물어보았다. 그러자 그는 이렇게 대답했다.

「우리는 스페인 부흥단이오.」

「그렇지만 요즘엔 누구나 모두 스페인의 부흥을 요구하고 있지 않습니까? 그렇다면 다른 사람들과의 차이는 뭐죠?」

「우린 달라요. 우리는 군주제 지지자들입니다.」

「레케테스처럼 말이군요.」 내가 말했다.

「아닙니다. 아니에요! 절대적으로 달라요. 우리의 지도자는 안토니오 씨입니다.」

「하지만 다른 면에서는 그들과 일치하지 않나요?」

「천만의 말씀, 천만의 말씀입니다!」 (그는 같을지도 모른다는 생각 자체가 두려운 듯했다.) 「우리는 알폰소 13세를 왕위에 앉히려 하지요. 하지만 카를로스주의자들은……」

「하지만 그들이 원하던 카를로스는 죽었어요. 설마 죽은 시체를 왕으로 추대하겠습니까?」

상대는 웃음을 터뜨렸다. 그러면서 승리감에 젖은 목소리로 외쳤다.

「그것 보십시오. 우리는 살아 있는 사람을 지도자로 삼고 있습니다. 그게 바로 우리의 장점입니다.」

「그러면 당신들의 사회적 강령은 무엇입니까? 당신들은 현대의 경제적, 사회적 문제에 현대적 해법을 제안할 생각입니까?」

「그럼요, 당연하지요.」 그는 선서라도 하듯 손을 들어 올리며 말했다. 「우리는 절대적으로 현대적입니다! 우리는 우리의 중세 전통을 따르려고 합니다. 군주제와 의회를 복원할 것입니다. 이건 역사의 명령입니다! 이건 우리 영혼의 명령입니다! 이건 반드시 일어나야 하는 일입니다! 그리고 반드시 그렇게 되고 말 것입니다!」

이런 과장된 허풍을 떨면서 그는 벌떡 일어나 교회로 갔다.

나는 벤치에 앉아 성당을 마주보았다. 햇빛은 돌로 만든 성인과 천사와 괴물들 위로 흘러내렸다. 그들은 지붕 위에서 아래에 있는 사람들을 내려다보았다. 이유는 모르겠지만, 나는 로르카의 치열한 시구를 떠올렸다.

> 인생은 꿈이 아니다! 깨어나라! 깨어나라!
> 우리는 계단으로 넘어져 축축한 흙을 먹거나
> 죽은 달리아의 합창과 함께 눈길로 올라간다.
> 어느 날 말들은 술집에 살게 될 것이고,
> 성난 개미들은 노란 하늘을 공격할 것이다.[3]

내 옆에 앉아 있던 노인의 가슴과 하늘색 모자에는 붉은 십자

---

[3] 1930년에 출간된 로르카의 시집 『뉴욕의 시인』에 수록된 「꿈 없는 도시」란 시의 일부.

가가 새겨져 있었다.

「당신은 어느 쪽입니까?」 나는 그에게 물었다.

「알비니아노스!」 그가 자랑스럽게 대답했다.

「알비니아노스라고요? 그게 뭐죠?」

「가톨릭 왕당파요.」

「레케테스와 비슷한가요? 그러니까 스페인 부흥단과 비슷한가요?」

「아니, 아니요! 우리는 다른 지도자가 있소.」 그가 불평하듯이 말했다.

「누구죠?」

「알비니아테스.」

「그는 지금 어디 있나요? 그를 만나서 그의 강령을 들었으면 좋겠는데…….」

「어이쿠, 어떻게 그 불쌍한 사람을 만날 수 있겠소? 몇 달 전 감옥에서 돌아가셨다오. 붉은 군대가 그분을 죽였지. 그들이 그분을 잘게 잘라 버렸다오. 고기를 다지듯이 말이오.」

「그럼 그 다진 고기가 당신의 지도자란 말인가요?」

「그렇소! 그렇소……. 그 다진 고기!」 노인은 사나운 표정을 지으며 미친 듯이 대답했다.

「그럼 당신들의 사회적 강령은 무엇입니까?」

「우리의 뭐…… 뭐라고요?」

「당신들의 사회적 강령…….」

노인은 머리를 긁적였다. 그러고는 한참 후에 입을 열었다.

「내 친구가 그걸 가지고 있다오.」

나는 일어나 성당 뒤의 언덕길을 따라 올라갔다. 한때 끔찍한 종교 재판소가 있었던 낡은 건물이 있는 곳까지 갔다. 바깥문은 아직 그대로 남아 있었다. 대리석으로 만든 매우 높고 늘씬한 그 문은 품위와 힘이 느껴졌다. 상인방 돌 위로는 이사벨 여왕의 문장이 새겨져 있고, 그 문장의 양쪽에는 두 개의 상징물이 있었다. 열린 부채 모양으로 된 갑옷의 미늘과 창이었는데, 몇 세기 후 팔랑헤당이 채택한 바로 그 문양이었다. 문의 맨 꼭대기에는 또 다른 문장이 있었고, 쥐 같은 머리의 박쥐가 그것을 붙들어 매듯이 하고 있었다. 그것은 여전히 선명하게 보였다.

종교 재판소가 있던 건물은 이제 〈동포들의 여인숙〉이 되었다. 더럽고 어둡고 당나귀 냄새가 가득한 싸구려 여인숙이 된 것이다.

「이리 오세요, 이리 오세요!」 여인숙 주인이 나를 불렀다. 이 더러움 속에서도 정중한 모습이었다.

나는 넓고 낡은 마당, 즉 정원으로 들어가면서 코를 막았다. 당나귀들이 먹이를 먹고 배고픈 돼지들이 서성이고 있었다. 나는 육중한 돌계단을 올라 1층으로 갔다. 그곳은 위대하고 전지전능한 종교 재판관들이 회합을 하던 방이었다. 마루는 구멍투성이이고 이루 말할 수 없이 더러웠다. 구석에는 누더기를 걸친 농부들이 드러누워 자고 있었다. 벽에 그려진 색 바랜 벽화에서는 아직도 엷은 붉고 푸른색을 볼 수 있었다.

마놀라 — 칼리반

 시간은 지나가고 있었다. 더 이상 우리는 전선으로 갈 수 없었다. 사람들의 얼굴은 갈수록 무뚝뚝해졌다. 승리는 피에 젖은 날개를 접고 양 진영 사이에 가만히 서 있었다. 소코도베르 광장에 내려가자, 얼음장처럼 차가운 바람이 불었다. 이른 아침의 회색빛 속에서 요새는 마치 참회자처럼 슬픔에 잠긴 채 창백하게 반짝였다. 〈이제는 가야 한다…… 이제는 떠나야만 한다.〉 나는 마음속으로 생각했다. 광장을 돌아다니며 내 운전사 홀리오를 찾았다. 어디선가 술을 홀짝거리면서 씁쓸하고 애처롭게 마드리드를 욕하고 있을 것이었다. 마치 마드리드가 부정하지만 못내 사랑스러운 부인이라도 되듯이.

 나는 스페인의 운전사들이 차와 트럭에 새겨 놓은 마스코트들을 바라보았다. 박제된 독수리, 올빼미, 괴물 같은 인형, 빨간색과 노란색으로 칠한 포악한 가면들. 위험한 순간에 인간 기억의 심연에서 끌어 올린 야생 동물들과 늙은 신들의 정글이었다. 불쌍하고 가엾은 사람처럼 인간은 그들을 부활시켜 도움을 호소하고 있었다. 모든 사람은 마음속에 어떤 동물을 지니고 있다. 그것은 그의 세대를 지배하는 고대의 신이다. 그리고 위기의 순간에

이 신을 공개한다. 그런 마스코트에 깊이 빠진 스페인 사람들은 가장 기괴한 판테온을 지니고 있음이 틀림없다.

「훌리오, 떠납시다!」

그는 술집에 앉아 혼자 술을 마시고 있었다. 그가 일어나서 슬픈 눈으로 나를 쳐다보았다.

「그런데 마드리드가 함락되려면 오래 걸릴까요?」

「즐거운 봄이 되기를!」 나는 그에게 중얼거렸다.

우리는 멀리 떠난다. 아빌라, 살라망카, 바야돌리드, 부르고스, 이룬…….

훌리오는 한숨을 내쉬고는 손으로 십자가를 그은 후, 무섭게 생긴 마스코트 인형을 오른편에 두었다. 그리고 우리는 출발했다.

우리는 위대한 유적에 우리의 흔적을 남겨 두고 떠난다. 톨레도 요새의 영웅들, 신비로운 엘 그레코의 모습들……. 들판은 조용하고 평화롭다. 구름 속에서 태양이 나타나 쟁기로 갈아 놓은 밭에 빛을 뿌린다. 군화들은 흩어져 있고, 트럭은 거꾸로 뒤집혀 있으며, 죽은 말도 눈에 띄었다. 그리고 저 멀리 전선에서는 붉은 군대와 검은 군대가 싸우고……. 폐허가 된 마을에 다시 사람들이 가득 차기 시작했다. 여자들은 문밖에 나와 웃고 떠들었다. 마치 전쟁이 벌어지고 있지 않은 듯했다. 어느 마을 광장에 〈예수님 이발소〉라는 간판이 있었다. 발코니 위에는 담요 한 장이 펼쳐져 있고, 그 가운데는 서양 배처럼 생긴 커다란 붉은 페인트 얼룩이 있었다.

「저것은 주님의 심장이에요.」 내 운전사가 설명해 주었다.

마을 너머로 길이 두 갈래로 갈라졌다. 큰 집 현관 앞에서 창백한 젊은이가 햇볕을 쬐고 있었다. 그의 다리는 붉은 담요로 덮여 있었다.

「이봐요!」 운전사가 소리쳤다. 「이봐요, 잠시 이리 와봐요.」

그러나 그는 고개를 저었다.

「당신이 오시오.」

운전사는 화를 냈다.

「부끄럽지도 않소? 여기 외국인이 타고 있어요!」 운전사는 나를 가리키며 말했다.

그때 젊은이가 담요를 들치었다. 그는 양다리가 잘려 있었다!

우리는 오른쪽으로 돌았다. 포플러들이 태양빛을 받으며 서 있었다. 꼭대기에 있는 두세 개의 잎사귀는 황금색으로 빛났다. 나는 주위를 둘러보았다. 몇몇 집의 굴뚝에서 평화롭게 연기를 내뿜었다. 무너져 가는 지붕 아래에서는 사람들이 요리를 했다. 남편과 아내가 다시 나란히 앉아 음식을 먹었다. 이제 그들은 다시 힘을 모을 것이다. 이제 그들은 저녁에 함께 잠들 것이다. 이제 그들은 새로운 아이들을 낳을 것이다. 포탄이 아무리 떨어져도 새로운 생명은 태어날 것이고…… 그러나 숭고한 창조의 순간에 그 누가 논리와 죽음을 고민하겠는가?

우리는 밥을 먹기 위해 다른 마을에서 멈췄다. 여관집 주인은 눈이 크고 키가 작은 늙은 여인이었다. 젊은 시절엔 대단한 미인이었을 듯싶었다. 아마 해가 떠 있는 대낮이건 달이 떠 있는 밤이건, 많은 남자의 마음에 상처를 남겼을 것이 틀림없었다. 사람들은 그녀를 화니타 아주머니라고 불렀다. 그녀는 우리에게 삶은 달걀과 후추, 그리고 수박을 가져다주었다. 그녀는 우리 주위를 맴돌며 대화를 갈망했다. 그러더니 분노나 슬픔도 없는 무덤덤한 목소리로 끔찍한 이야기를 들려주기 시작했다. 그녀는 먼 과거의 일을 이야기하는 듯이 보였다.

「여기 이 문간에서 내 남편이 살해되었지요. 그리고 저기서는 신부가 죽었고……. 그들은 가장 부유한 집안의 청년 스물다섯 명을 모아서 강제로 트럭에 태우고는 기름을 부어 불을 질렀어요!」

이야기가 진행될수록 화니타 아주머니의 목소리는 생기를 되찾고 있었다. 약간 흥분하자 그녀의 볼이 상기되었다.

「아주머니는 어떻게 생각하십니까? 그 살인자들이 지옥으로 떨어질까요?」

「지옥?」 그녀가 놀라서 소리쳤다. 「왜요? 아마 살인한 후에는 후회했을 거예요. 누군가를 죽이면 그 시체를 보고 〈아, 불쌍한 사람 같으니!〉 하고 말하는 법이잖아요. 하느님이 용서해 주실 거예요.」

「하지만 그걸로 충분한가요? 〈불쌍한 사람 같으니!〉라는 말로?」

「그래요, 젊은이. 그걸로 충분해요. 충분해요.」 그녀가 마치 날 위로하듯 어깨를 토닥이며 말했다.

음식을 먹은 후 우리는 수박을 잘랐다. 신선한 바다의 향기가 느껴지는 듯했다.

「안녕히 계세요, 화니타 아주머니……. 옛날처럼 시간이 충분했다면, 여기서 이틀이나 사흘 더 머물면서 당신의 젊은 시절 얘기를 모두 들었을 텐데요. 붉은 벨트를 매고 화려한 안장을 놓은 당나귀를 타고 산에서 내려와 당신의 문을 두드리는 젊은이들의 이야기를 말이에요……. 하지만 지금은 그럴 시간이 없어요, 아주머니.」

여인들이 우리 주위에 몰려들었다. 그들은 서로 팔꿈치로 밀치면서 말하고 싶어 안달이었다. 자기의 어려움을 이야기하고 마음을 달래기 위해 애를 썼다. 그것이 가련한 인간이 지닌 불치의 약점이었다. 즉, 지나가는 나그네에게 자존심이나 수치심도 없이 자신의 속내를 다 털어놓고 싶어 했다. 난 자신의 슬픔을 털어놓기를 거부하는 노인은 단 한 명밖에 만나지 못했다. 그는 허물어진 오두막 앞에 앉아 텅 빈 요람을 아주 조심스럽게 천천히 흔들고 있었다. 멍하니 텅 빈 요람을 쳐다보는 그의 눈은 완전히 말라 있었다.

「왜 그러십니까, 할아버지?」내가 물었다.「저들이 무슨 짓을 했습니까?」

그는 고개를 들고 화난 표정을 보였다.

「꺼져 버려!」할아버지는 나에게 고함을 쳤다.

나는 기뻤다. 자존심을 지닌 영혼을 만났기 때문이다.

나발카르네로…… 산마르틴…… 셈브레로스. 그곳에는 젊은 군인들로 가득한 카페가 하나 있었다. 모두 스무 살 정도인 그 청년들은 먹고 마시고 있었다. 그들은 우리에게 셈브레로스에서 만든 훌륭한 포도주를 가져왔고, 우리는 그들과 함께 마셨다. 스무 살, 그러나 그들은 이미 백 살 먹은 노인처럼 살았고 고생했다. 그들은 자기들이 본 모든 것, 즉 살인, 순교, 피바다 등에 대해 이상할 정도로 가학적인 말투로 이야기했다. 그들은 마치 죽음이 스페인 근처의 나라인 것처럼, 차례로 죽음에 관해 이야기했다. 그러나 그것이 다시 돌아올 수 없는 끔찍한 나라라고 지적하는 사람은 아무도 없었다.

「여러분, 이제 죽은 사람들 얘기는 그만!」아직도 볼에 솜털이 보송보송한 까무잡잡한 젊은이가 외쳤다.「각자 의자를 들고 모두 마루 중앙에서 물러나. 카를로스, 노래를 불러. 내가 춤을 출게!」

그 청년을 쏙 빼닮은 검은 머리의 모로코인이 커다란 입을 열어「칸타 훈토」[1]라는 안달루시아의 오래된 아랍 노래를 부르기 시작했다. 머리를 뒤로 젖히고 땀에 젖은 채, 그는 무어족 조상의 애절한 후렴에 도취되어 있었다. 그가 그 노래를 부르자, 야만적이고 관능적인 아프리카 전체가 그의 입술을 통해 야만적으로 흘러나왔다. 첫 번째 군인이 춤을 추기 시작했다. 사랑, 전쟁, 여인, 죽음이 모두 합쳐졌고, 미친 듯이 빙빙 도는 춤 속에서 하나가 되었다. 군인들의 다리가 떨리더니, 모두 일어나 춤추기 시작했다. 색색의 모자에 달린 조그만 술이 흔들렸고, 판초도 펄럭였다. 군인들은 마치 숲 속의 암컷 앞에서 춤추는 봄날의 누른도요들 같았다. 갑자기 전쟁의 공포가 모두 사라졌다. 전쟁이 본연의 모습, 즉 핏자국과 도취, 극도의 잔혹함, 그러나 악의가 없는 모습을 되찾았던 것이다.

저녁 무렵 아빌라에 도착했다. 거리에서는 이상한 동요가 일고 있었다. 마치 커다란 불길이 비친 것처럼, 모든 이의 얼굴이 벌겋게 상기되어 있었다.

「무슨 일입니까?」 내가 물었다.

「오늘 프랑코가 도착했어요!」 그들이 대답했다.

불같은 영혼이 주위를 스쳐 지나가자, 갑자기 평소에 빛도 열기도 없던 부유하고 퉁퉁한 사람들의 얼굴이 빛나기 시작했다. 그것이 무엇인지 알지도 못하면서, 그들은 열기에 사로잡혔다. 존경과 사랑, 특히 공포에 압도되었다. 그들의 눈은 불타고 있었다.

저녁을 먹으러 들어간 식당에서 나는 안면이 있던 에르난데스 대위를 만났다. 내가 셈브레로스 군인들이 죽음에 관해서 재미있게 말했던 이야기를 들려주자, 그는 웃음을 터뜨렸다.

「스페인 사람들의 입에서 〈유감이다〉라는 말을 들어 본 적이

---

1 〈칸테 혼도 Cante jondo〉의 오기로 보인다. 〈칸테 혼도〉는 안달루시아에서 발생한 플라멩코의 기본을 이루는 노래로, 아랍과 유대인 등의 영향을 다양하게 받았다.

없어요.」 내가 말했다. 「오히려 정반대였지요. 실제로 어떤 사람이 이런 말을 했어요. 〈스페인 사람들에게 내전은 하느님의 선물이다.〉」

그러자 에르난데스 대위가 웃으며 말했다.

「네, 알고 있습니다. 오직 스페인 사람만이 이 끔찍한 말의 의미를 알지요. 그러나 당신은 스페인에 도착하면서, 틀림없이 뭔가 설명할 수 없는 열광적인 환희를 눈치 챘을 겁니다. 우익이든 좌익이든 모든 스페인 사람이 마침내 그들이 원하는 것을 찾아낸 거지요.」

「폭력의 몸짓, 피비린내 나는 광경, 그리고 전쟁인가요?」

「그래요....... 투우 경기의 가장 고귀한 형태라고 할 수 있지요. 나도 이 군복을 입고 전쟁을 하기 전에는 다른 일을 했어요. 아스투리아스의 조그만 마을에서 교사로 일하고 있었죠. 사람들과 만나, 그들의 이야기를 듣고 그들과 함께 이야기를 나누었습니다. 그들과 함께 먹고 마시고 그들을 사랑했지요. 그들도 나를 사랑했고요. 종종 노동자들이 나에게 와서 고충을 털어놓기도 했어요. 대부분은 교회에 가지 않았고, 그래서 나는 일종의 고해 신부 노릇을 했어요. 나는 그들의 마음에 담긴 고백을 듣고 무척 놀랐습니다. 그런 식으로 조금씩 우리 민족이 어떻게 될 것인가 곰곰이 생각하기 시작한 겁니다. 폭력적 충동과 치유할 수 없는 분노를 가진 우리 민족 말입니다. 그래서 다음과 같은 결론에 도달했지요.......」

에르난데스 대위는 잠시 머뭇거렸다. 그러다가 다시 입을 열었다.

「내가 옳은지는 잘 모르겠지만......, 이건 내 개인적인 의견입니다. 스페인 사람들은 내부에 여러 개의 영혼을 가지고 있어요. 아직도 결정화되지 않고 모순적인 욕망으로 가득 찬 수많은 인종의 혼합체랍니다. 이 모든 욕망이 내부에서 충돌하고 결코 우리를 가만히 놔두지 않습니다. 우리는 인생을 열정적으로 사랑합니다. 그러나 동시에 〈이 모든 것은 아무것도 아니야!〉라는 외침이 우리 내부를 뒤흔들어 놓지요. 그러면 갑자기 스페인 사람은 어디에도 어울리지 못하고 죽음을 동경하게 됩니다. 그의 영혼은 한 극단에서 다른 극단으로 나아갑니다. 아무리 온순한 스페인 사람이라 할지라도 내면적으로는 순교자 같은 고통을 겪지요. 그리고 자기의 내면에서 일어나고 있는 모든 것을 보거나 듣지 않기 위해서는 기질적으로 폭력과 학살이라는 현상으로 뛰어들어야 할 필요성이 있는 것이죠. 피가 너무 많아서 피를 뽑아내야 하는 사람과 같아요. 이것이 내전과 비인간적인 것이 왜 우리에게 기쁨을 주는지에 대한 답입니다. 물론 경제적 원인도 중요한 역할을 하죠. 그걸 부인하지 않아요. 그러나 스페인에게 그런 것은 변명에 불과합니다. 이것만이 우리 내면에 갇힌 동물 우리를 여는 열쇠입니다. 일단 원시적인 열정이 분출되면, 그런 투쟁은 더 이상 경제적 원인이나 위대한 이상의 통제를 받지 않지요. 단지 열정에 의해 통제됩니다. 스페인 사람의 열정에는 쓰라린 근원이 자리 잡고 있어요. 그건 바로 절망입니다.」

그의 말을 듣자 나는 몹시 혼란스러워졌다. 내가 설명할 수 없었던 수많은 것들이 이제는 역겹지만 분명한 설명을 통해 명확하게 밝혀졌다. 나는 혼자 있고 싶어서 방으로 올라갔다. 그러나 잠들 수가 없었다. 전혀 생각하지도 못한 너무나 많은 모순적인 인상들이 마음을 어지럽혔다. 결국 내 마음이 개입하여 정리를 해야만 했다. 이제 내 고통스러운 모험은 끝나 간다. 그래서 나는 내가 겪은 사건들을 정리하고 혼란스러운 생각을 정돈해야만 한다.

스페인 사람들은 오래된 숙적처럼 서로를 죽이고 있다. 마치 수 세기 동안 적의와 반목이 마음속에 자리 잡고 있었던 것 같다. 이제 끔찍한 순간이 도래했고, 그들의 영혼은 위안을 찾았다. 그들은 훨씬 마음이 가벼워졌다.

두 개의 끔찍한 말, 〈붉은 군대〉와 〈파시스트〉는 작금의 증오와 적의의 원인이 아니다. 그것은 스페인 사람들이 스스로를 분출하고 위안을 얻기 위해 줄곧 만들어 온 역사적 변명 중의 하나일 뿐이다.

그들을 사로잡는 어둠의 힘은 무엇인가? 스페인 사람들은 무엇보다도 아프리카 종족이다. 몇 년째 계속 그들은 가만히 웅크린 채 바라보며 듣고 갈망하고 있다. 그들의 심장은 물탱크와 같다. 그것은 갑자기 넘쳐흐른다. 그러면 전쟁과 위험한 모험, 그리고 시민 봉기가 피에 굶주린 신의 선물인 양 다가와 그들에게 탈출구를 준다. 그들은 탈출구를 찾고 넘치는 과잉 에너지를 소모하고 다시 자연의 정적으로 회귀한다.

물론 알 수 없는 다른 힘도 관여한다. 그중 두 가지가 가장 큰 영향력을 행사한다. 바로 굶주림과 부정의 힘이다. 스페인의 사회적 부정은 참을 수 없을 지경이다. 수 세기 동안 소작농들은 영주의 땅을 갈아 왔고, 그들의 땀과 피를 땅에 쏟아 부었다……. 그러면서 자신들은 굶주렸다.

그러나 어느 날 모든 학대받고 배고픈 사람들이 들고 일어나 권력을 잡았다. 바로 지난 2월 선거에서 그랬다. 바로 이 승리에 바탕을 두고 위대하고 과장된 기대감들이 조성된 것이다. 그러나 이 승리 직후 공동의 적과 맞서 싸우는 동안 단결했던 승리자들은 자기들끼리 싸우기 시작했다. 공산주의자, 사회주의자, 무정부주의자들이 서로 싸우기 시작한 것이다.

당연한 일이지만 스페인에서는 무정부주의자들이 우세했다. 파업, 살인, 방화가 일어났다. 여러 지방들이 고개를 들고 분리와 독립을 요구했다. 스페인은 산산조각이 날 위험에 처해 있다.

반대편의 구심력, 즉 가톨릭교회와 왕당파, 군부와 애국자들이 조직화되었다. 7월 18일, 혁명이 일어났다. 치명적인 충돌이 시작되었다.

누가 이길까? 누가 승자가 되든, 승리를 확실하게 굳히려면 두 개의 가치를 스페인에 도입하고 확립해야 한다. 하나는 규율이다. 힘에 의하건 호의에 의하건 가능한 모든 방식을 통해서 규율을 세워야 한다. 다른 하나는 사회 정의다. 소작농들은 봉건 지주로부터 해방되어야 하고, 배가 고프지 않아야 한다. 노동자들을 위한 법률이 제정되어야 한다. 교회는 교회 밖의 모든 일에서 손을 떼야 한다. 그리고 사람들은 교육을 받아야 한다.

미래의 승리자가 이런 것을 할 시간이나 의욕이 있을까? 내 개인적 견해가 조금이라도 가치가 있다면, 단연코 나는 주저 없이 〈아니다〉라고 말할 것이다.

나는 아빌라의 황량한 구석에 홀로 앉아 생각에 잠겼다. 나는 피에 뒤덮인 이 애처로우면서도 사랑스러운 나라에 대해 참을 수 없는 슬픔을 느꼈다. 내가 스페인의 도시와 마을들을 돌아다닌 지도 어언 3년이 되어 간다. 처음 스페인 땅을 밟았을 때는 봄이었다. 세월의 흐름을 말할 때 사용하는 〈세상의 모든 것은 한 마리의 새였다〉라는 속담이 정확하게 들어맞았다. 아르헨티나는 새카만 머리에 붉은 장미를 꽂고 춤을 추었다. 하지만 이제 아르헨티나에서 〈라 파시오나리아〉, 즉 공산당이 활개 치면서 붉은 장미는 깊고 붉은 상처로 변했다. 그리고 당시에 내가 알던, 미소 지으며 냉소적이고 자신감 있던 아사냐는 이제 창백한 보름달과 같은 가면이 되었다. 어떤 끔찍한 비극의 무능한 주인공이 되어 버린 것이다. 최근에 그를 본 사람이 나에게 말해 주었다. 「그는 나이 먹어 늙어 버렸어요. 최근 몇 달이 그를 그렇게 만들었지요. 그의 두뇌는 모든 과오를 투명하게 파악하고 있고, 그는 외치지만 거기서 누가 그의 말을 들어 주겠어요?」 우리는 어둡고 끔찍하고 철로 둘러싸인 20세기로 들어왔다. 그러나 불쌍한 아사냐는 행복한 과거의 민주주의자로 계속 살아가고 있다. 공화국 대통령이라는 비극적 역할을 맡으면서, 그는 선언했다. 「나는 극우나 극좌에 의해 매수되지 않는 청렴한 대통령이 될 것이다……」 하지만 그의 판단은 옳지 않았다. 그는 개인적인 역량도 부족했고, 무엇보다도 우리가 오늘날 당면한 역사적 격변을 저지할 힘이 없었으며, 그런 역사적 격변이 우리를 필연적으로 극좌 혹은 극우로 내몰고 있다는 사실을 제대로 파악하지 못했다. 그는 정치가의 진정한 역할이란 역사를 멈추는 것이 아니라 역사와 조화를 이루어 나가는 것이라는 사실을 망각했다. 삶은 감정의 문제가 아니며, 자유 이데올로기에 찬성하거나 반대하는 것도 아니기 때문이다. 그것은 놀라운 힘, 즉 피를 두려워하지 않는 힘이다.

날이 밝을 무렵이 가까웠다. 잠시 나는 잠이 들었다. 그리고 늘 그렇듯이 전날의 고뇌와 투쟁이 지속되었다. 나는 끔찍한 꿈을 꾸었다. 아르헨티나가 춤을 추고 있었다. 이상하게 흥분된 상태로 머리로 땅을 비비고 있었다. 스커트 주름을 흔들고, 구두 굽으로 돌멩이를 차고, 거친 목소리로 외쳤다. 「올레! 올레! 올레!」[2] 그러더니 갑자기 고개를 높이 쳐들었다······. 그것은 죽음의 해골이었다!

나는 벌떡 일어났다. 새벽이었다. 아빌라의 까마귀가 울부짖고 있었고, 아르헨티나의 유령은 사라지고 없었다. 창백하지만 상쾌한 가을 햇빛이 창가에서 미소를 지었다. 다시 한 번 내 마음은 기운을 되찾았다. 나는 더 이상 죽은 아르헨티나 사람들이나 아사냐의 절망적 운명에 대해서 마음을 쓰지 않았다. 차에 올라타고 북쪽으로 향했다. 그러자 마드리드의 시인 에랄도 디에고[3]의 용감한 시구가 내 입술에서 천천히 흘러나왔다.

> 부서진 합판과 낡은 벽돌과 깨진 돌로
> 우리의 세상을 재건하자!
> 역사의 페이지는 비어 있다. 「태초에······.」

그러나 종이는 백지가 아니다. 그것은 짙은 붉은색이다. 하지만 역사의 모든 첫 페이지는 바로 그런 색깔이다.

---

2 투우장에서 외치는 고함 소리.
3 헤라르도 디에고Gerardo Diego의 오기로 보인다. 스페인의 유명한 시인이며 27세대에 속하는 헤라르도 디에고는 1896년 산탄데르에서 태어났으며, 1910년대부터 마드리드에 거주했다. 대표작으로는 『인간의 시』, 『에키스와 세다의 우화』, 『도덕 송가』 등이 있다. 1987년 마드리드에서 세상을 떠났다.

우리는 아빌라를 뒤에 남겨 두고 살라망카를 지나 바야돌리드로 향했다. 우리가 높이 올라갈수록 하늘은 어두워졌다. 비가 내리기 시작했다. 우리는 마을들과 폐허가 된 탑들과 다리들을 지났다. 포플러는 잎이 떨어져 앙상한 가지만 드러낸 채 떨고 있었다. 마을과 도시에서는 남자와 여자와 아이들이 벽에 붙은 전황 발표문을 읽고 신문 위에 누워 라디오를 듣는다. 모두 정신을 집중해서 열심히 귀를 기울이고 있다. 다른 때였다면, 이들은 배가 고픈 채로 아무 말 없이 잠들었을 것이다. 아니면 따분함을 이기지 못해 카페나 들락거렸을 것이다. 그런데 이 끔찍한 전쟁 덕분에 이제 모든 스페인 사람이 우파건 좌파건 깨어나 있다. 습관, 무관심, 일상이란 개념은 더 이상 스페인의 운명을 주조하지 않는다. 모든 스페인 사람이 열심히 참여하고 함께 책임을 진다. 그들은 시간이 중요하고 소중하다는 생각을 하게 되었다……

몇 년 전 어느 날, 세비야에서 나는 한 젊은이를 만났다. 스물다섯 살쯤 되었고 창백하였으며 짙은 수염을 기른 그는 눈을 반쯤 감고 햇빛 속에 누워 차분하고 나른하며 관능적인 모습으로 지나가는 행인들을 바라보고 있었다.

「그는 마놀라예요!」 내 스페인 친구는 웃으며 이렇게 말해 주었다. 「하루 종일 저 사람은 햇빛을 받으며 저기 누워 있죠. 일하길 원하지 않아요. 굶어 죽는 한이 있어도 말이에요.」

나는 그에게 다가갔다.

「이봐요, 마놀라!」 난 그를 불렀다. 「사람들이 말하길, 당신은 배고프다고 하더군요. 일어나서 일하는 게 어떻소? 이런 자신이 부끄럽지도 않소?」

마놀라는 굼뜨게 꿈틀거리더니, 손을 들어 왕처럼 거드름을 피우며 대답했다.

「배고픔 속에서 나는 왕이오!」

마치 배고픔이 국경 없는 왕국이고, 배가 고픈 한 그는 그 왕국의 왕권을 쥐고 있게 되는 듯이 말이다. 그러나 조금이라도 일을 하거나 조금이라도 음식을 먹으면, 곧 왕위를 상실한다고 믿는 것 같았다.

「저 사람은 계속 저렇게 개처럼 살게 될까요?」 내가 친구에게 물었다.

그러자 내 친구는 웃었다.

「마놀라가 일어난다면 그에게 재앙이 일어날 겁니다!」

어쨌든 마놀라, 즉 칼리반[4]은 일어났다. 배고픔의 왕관을 쓰고 있는 것이 지겨웠던 것이다. 그는 병사처럼 옷을 갈아입었다. 공산주의자, 무정부주의자, 팔랑헤 당원, 〈레케테스〉, 정규군 들처럼. 그러자 그의 인생 리듬이 바뀌었다. 배고픔, 부정, 가난은 늘 그렇듯이 엄청난 폭발력으로 전환되었다. 우리는 위험하고 시간 낭비적이고 불안정한 전환의 시기를 지나면서 실험과 열정과 쓰라림을 맛보고 있다. 인류는 항상 이런 식으로 정치적이고 사회적인 삶의 형태에서 그다음 형태의 삶으로 나아갔다. 현재의 공포를 참을 수 있는 사람, 그리고 참기보다는 정당화하기를 원하는 사람은 현재를 넘어 미래를 보아야 한다. 감성을 극복해야 한다. 그리고 피와 흙탕에 발을 담그고 있는 정신이라는 것이 지상에서 늘 그렇게 행보해 왔다는 것을 알아야 한다.

이제 우리는 부르고스를 바라보고 있다. 벌거벗은 참나무와 회색빛 암석들로 가득한 거친 풍경이다. 세찬 빗방울이 그들 위로

---

4 셰익스피어의 『폭풍』에 등장하는 인물. 아리엘이 영혼이나 사랑 등 정신적이고 천사적인 면을 상징하는 반면에 칼리반은 육체와 욕정 등 동물적인 면을 상징한다.

떨어지면서 흠뻑 적신다. 태양은 핏빛의 붉은 구름 사이에 숨어 있다. 뭔가 끔찍하고 비인간적인 기운이 대기에 퍼져 있다. 그리고 갑자기 야만적인 기억이 내 마음속에 떠오른다. 톨레도 근처의 폐허가 된 마을에서, 나는 광장에서 책과 사진과 신문을 불태우며 그 주위에서 춤추고 기뻐하던 군인들을 본 적이 있다. 마치 산 사람을 화형시키는 듯했다. 나는 우연히 채색된 석판화를 보았고, 얼른 불길 위로 몸을 굽혀 그것을 건져 냈다. 그것은 고야의 「크로노스」[5]였다!

불타오르는 눈에 입을 크게 벌리고 있는 크로노스는 작은 인형만 한 아이를 손으로 으깨고 있다. 그가 아이를 먹자, 턱수염 아래로 피가 흘러나온다. 그의 입술은 선홍빛이고, 탐욕과 욕망으로 부풀어 있다.

그리고 내가 스페인을 떠나려는 마지막 순간에 이 크로노스가 내 기억 속에서 별안간 튀어나왔다. 나는 공포에 질려 그것을 쳐다본다. 〈누가 스페인의 하느님의 얼굴을 보았는가?〉 안토니오 마차도는 그의 노래에서 이렇게 외친 적이 있다. 〈나의 마음은 딱딱한 손을 가진 이베리아 반도 사람이 카스티야의 참나무에 스페인의 하느님을 새겨 주기를 기다린다.〉 그러나 분명히 크로노스는 스페인의 영원한 하느님이 아니다. 크로노스가 아무리 많은 아이들을 먹어 치워도, 이 세상에 새로운 리듬을 가져다줄 아이가 반드시 한 명은 남아 있을 것이다. 이 미래의 하느님, 즉 크로노스의 운 좋은 아들은 누가 될까?

이 질문에는 답을 하지 않도록 하자. 위대한 서정시인 후안 라

---

5 1820~1823년 사이에 그린 고야의 그림. 〈자기 자식을 먹어 치우는 사투르누스〉라고 불리기도 한다. 고야 집의 식당과 거실을 장식한 〈검은 그림〉이라고 알려진 열네 점의 그림 중 하나이다.

몬 히메네스의 시구로 우리의 피투성이 스페인 체류를 마무리 짓고자 한다.

    나는 빛나는 다이아몬드처럼 내 희망을
    그 주머니, 내 심장에서 꺼낸다.
    나는 그것과 함께 장미 사이를 걷고
    딸처럼, 동생처럼, 애인처럼 쓰다듬는다.
    굶주린 듯 나는 그것을 숭배하고
    다시 홀로 잠가 놓는다.

옮긴이의 말
송병선

흔히 스페인을 생각할 때면 투우, 정열, 플라멩코, 카르멘, 돈키호테 등을 떠올린다. 그리고 미술을 좋아하는 이들은 아마도 피카소, 미로, 벨라스케스, 고야, 엘 그레코 등을 연상할 것이다. 이렇듯 스페인은 예술과 정열의 찬란한 나라라는 인식이 우리의 무의식 속에 깊이 자리 잡고 있다. 그리고 실제로 세계사를 살펴보아도 스페인은 철학보다는 문학과 예술에서 지대한 공헌을 했다는 것을 알 수 있다.

1937년 처음으로 출간된 카잔차키스의 『스페인 기행』은 스페인의 여러 유명한 인물과 크고 작은 여러 도시의 유산들의 역사와 이야기를 조용하고 사색적인 어조로 전개하고 있다. 이 책은 크게 두 부분으로 구성되어 있다. 1부는 미란다 데 에브로, 부르고스, 바야돌리드, 살라망카, 아빌라, 에스코리알, 마드리드, 톨레도, 코르도바, 세비야, 그라나다 등의 도시를 여행하면서 느낀 감상과 더불어 스페인 하면 빼놓을 수 없는 투우, 그리고 돈키호테에게 바치는 시로 이루어져 있다. 그리고 2부 〈죽음이여 만세〉는 카세레스, 살라망카, 바르가스, 톨레도, 마드리드에서의 스페인 내전을 다루고 있다.

이 작품은 단순한 스페인 여행 안내서가 아니다. 그러한 것을 기대하고 읽는 독자라면 틀림없이 실망할 것이다. 그러나 스페인의 예술과 정신, 그리고 그 안에 담긴 의미를 이해하려는 독자라면 분명 카잔차키스의 이 책을 반길 것이다. 그것은 바로 이 작가가 죽어 있는 정물이나 인물을 그대로 묘사하는 것이 아니라, 작가의 철학에 바탕을 두고 스페인의 유적과 역사에 생명력을 불어넣고 있기 때문이다.

익히 알려져 있다시피, 니코스 카잔차키스는 20세기 그리스 문학에서 가장 논쟁적이고 중요한 작가로 여겨지고 있다. 그는 생애의 대부분을 인간 존재의 목적을 규정하기 위해 여행하고 연구하면서 보냈다. 가령 우리에게 가장 널리 알려진 『최후의 유혹』이나 『그리스인 조르바』에서 카잔차키스는 인간의 육체와 지성, 그리고 영적 본질 사이의 충돌과 투쟁을 탐구한다.

『스페인 기행』을 쓰던 1920년대와 1930년대 초는 카잔차키스에게 매우 힘든 시절이었다. 그는 구소련, 독일, 스페인에서 아테네 신문사들의 외국 통신원으로 일하면서 몇 푼 안 되는 생활비를 벌기 위해 현실과 치열한 싸움을 벌여야 했다. 소련에서의 경험은 환멸로 끝나지만, 그는 레닌을 존경했고, 그래서 평생 동안 좌익이라는 낙인이 찍혀 살아가야 했다. 동시에 그는 무솔리니를 존경했다는 이유로 파시스트, 기독교의 사랑을 추구하기 위해 폭력을 거부했다는 이유로 기독교도로 불리기도 했다. 하지만 그는 공산주의자도 아니었고, 파시스트도 아니었으며, 기독교도도 아니었다. 그것은 그의 작품 전체를 관통하고 있는 형이상학적 개념인 베르그송의 〈생명력〉의 관점에서 바라보면 쉽게 이해할 수 있다.

사실 그는 여러 번에 걸쳐 레닌과 무솔리니, 아프리카 흑인, 그리스 민족주의자들, 마오쩌둥 등을 존경했다. 이 사람들이 자신들의 시대에 걸맞은 정신적인 길을 발견했기 때문이었다. 가령 그가 그리스도를 주인공으로 제시하는 것은, 기독교로 돌아가기 위한 것이 아니라, 신의 구세주로서 그리스도를 존경하면서, 작가가 처해 있던 전환기적 상황에 합당한 길을 따라가고자 함이었다. 그는 이런 자기의 신념을 평생 동안 충실하게 지켜 갔다. 사실 그를 비난하는 사람들에게 그의 죄는 개인의 고통에 대해 냉혹했다는 것이 아니라, 그의 신념에 완고할 정도로 충성을 다했다는 데 있었다. 이런 비타협적인 자질은 우리 시대의 특정한 문제에 대해 그가 순수한 마음으로 반응하게 만든다. 바로 이런 점 때문에 우리가 카잔차키스의 작품을 읽을 때면, 그의 인간적이고 순수한 정신에 매료되는 것이 아닐까 생각한다.

이렇게 그의 작품에 흐르는 영혼과 육체의 전쟁, 순수한 인간정신, 그의 철학적 가치를 살펴보는 까닭은 지금의 독자에게 『스페인 기행』이 다소 혼란스럽게 다가오기 때문이다. 개인적 경험을 서술하자면, 특히 2부에서 그가 왜 진보적 공화주의자 편이 아닌 독재자 프랑코 편에서 스페인 내전을 바라보았는지에 관해 몹시 의문이 들었다. 헤밍웨이를 비롯한 전 세계 대부분의 지식인 작가들이 내전에서 패배한 공화주의자들의 관점을 찬양하고 있는 것과는 상반되었기 때문이다. 그러면서 1부에서 서술된 그의 기독교적 관점과 아랍 문화의 찬미를 다시 한 번 되돌아보았고, 그 의도가 무엇인지 의문을 갖게 되었다. 아마도 내가 이렇게 당황했던 것은 그가 문제 작가이며, 투철한 의식이 있는 작가라는 편견이 먼저 자리 잡고 있었기 때문인 것 같다. 잘 알려진 사실처럼, 그의 『최후의 유혹』은 그리스도의 인간적 측면에 초점을 맞추었고, 이에 분노한 그리스 정교회가 카잔차키스를 이단으로 낙인찍으면서 파문하겠다고 위협했다. 또한 예수가 마리아 막달레나와 결혼하여 아이를 가지려 한 것으로 묘사했다는 이유로 로마 가톨릭교회의 금서 목록에 포함된다.

그러나 베르그송의 〈생명력〉 개념과 육체와 영혼의 투쟁에서 본다면, 그것은 그리 이상한 것이 아님을 알 수 있다. 그리고 카잔차키스의 여행기를 읽어 본다면 그가 어느 쪽을 일방적으로 두둔하는 것이 아니라, 모든 사물에 숨겨진 이중성을 꿰뚫고 있음을 간파할 수 있다. 이런 점에서 스페인은 그 어느 곳보다 카잔차키스의 철학을 잘 보여 주고 있는 곳이다. 그래서 작가는 이 책의 첫 부분에서 〈슬픈 얼굴의 기사〉인 열정적이고 이상적인 돈키호테와 실용주의자인 산초를 언급하고, 두 얼굴을 가진 스페인의 육체와 영혼을 조명한다. 이런 이중성은 단지 스페인의 예술이나 민족정신에서만 나타나는 것이 아니다. 그는 황량하고 험준하기 그지없는 스페인 북부에서 차갑고 쌀쌀한 카스티야의 고원을 거쳐 따뜻한 스페인 남부에 이른다. 이렇게 그가 여행하는 스페인의 지형 또한 서로 대조를 이루지만, 그 둘은 서로 화합하면서 스페인이라는 국가와 더불어 그 문화를 이루는 데 없어서는 안 될 요인이 된다.

이 책이 쓰인 것은 1930년대였지만, 아직도 그의 관점은 유효한 듯 보인다. 특히 그가 스페인을 여행하면서 보고 느꼈던 기독교 문화, 유대 문화, 아랍 문화의 혼합은 매우 중요하다. 1492년 콜럼버스가 신대륙을 발견하던 해, 스페인에는 또 하나의 중요한 역사적 사건이 일어난다. 그것은 바로 8세기에 걸친 아랍의 지배에서 벗어나 스페인이 온전한 기독교 국가로 다시 태어난 것이다. 그전까지 스페인은 카잔차키스가 보았던 세 개의 문화가 서로 충돌하면서도 화합을 이루고 있었다. 하지만 그 후 스페인 왕실이 정통 가톨릭을 고수하면서, 스페인의 문화는 몰락의 길을 걸었고, 그 몰락은 프랑코의 독재에서 절정에 달한다. 이제 스페인은 다시 예전의 영화를 되찾으려 노력하고 있지만, 그 절정이 언제가 될 것인지는 알 수 없다.

이런 현상은 우리에게 두 가지 의미를 시사한다. 하나는 〈순종〉이나 〈기원〉 혹은 〈출신〉을 중요시하는 우리의 무의식에 〈혼혈〉이나 〈혼합〉 혹은 〈변종〉이 문화적으로 얼마나 중요한지를 보여 준다. 후자는 혼돈의 시대 속에서 다양성으로 표현되며, 현대성의 강력한 문화 조건으로 나타난다. 즉, 근대적 인간이 추구했던 순수 이성과 단일한 진리가 요구한 억압에 대한 비판으로 출발한 문화적 이종 교배와 정신적 혼합은 경계를 넘어 문화 횡단이 보편화된 지구촌 시대의 조건인 것이다. 카잔차키스가 여행을 하면서 둘러본 스페인의 혼합 문화는 바로 이러한 문화가 얼마나 생성력이 강하고 창조적인지를 보여 준다.

다른 한 가지는 아랍에 대한 편견이다. 최근 미국의 이라크 침공은 서구 세계가 아랍에 대해 얼마나 경도된 생각을 가지고 있는지 보여 주는 단면이다. 아랍의 지배 아래 있었던 스페인의 경우, 아랍인들은 기독교 문화와 유대 문화의 화합과 공존을 추구하는 관용의 정책을 편다. 반면에 스페인의 통일이 이루어진 후, 기독교 문화는 아랍 문화와 유대 문화를 배척하고, 정통 가톨릭만을 수호하는 배타적 종교가 된다. 서구인들은 아랍의 정복 사업을 〈한 손에는 칼, 다른 한 손에는 코란〉이라는 표현을 사용하여 이슬람들의 호전성과 그 종교의 강압적 전파를 설명했지만, 스페인의 옛 문화는 이것이 이슬람 세력에 대한 위기감에서 날조된 신화에 불과하다는 것을 보여 준다.

이렇듯 스페인의 옛 문화는 찬란하고 다양하면서 아직도 우리에게 시사하는 바가 많다. 카잔차키스의 『스페인 기행』은 스페인 문화의 의미를 다시 한 번 음미하게 해줄 뿐만 아니라, 그동안 우리가 무비판적으로 받아들였던 서구적 관점을 되돌아보게 만든다. 또한 여행의 참 의미를 일깨워 주기도 한다. 그래서 그는 〈[여행을 기록하고 사색하면서] 우리는 우리 자신을 알게 된다. 그것뿐만 아니라, 비정상적으로 자만한 자아를 넘어설 수 있다. 이것이 더욱 중요한 것이다. 여행을 기록한다는 것은 오만한 자아를 인간이라는 고통 받는 편력 군대 속으로 던져 담금질하여 부드럽게 만드는 것이다〉라고 말한다.

마지막으로 옮긴이를 당황스럽게 만든 일화 하나를 소개하면서 끝을 맺고자 한다. 그것은 바로 이 책이 세계적으로 유명한 작가가 쓴 스페인 기행이지만, 아직도 스페인어로 옮겨져 있지 않다는 것이다. 정작 스페인에서는 스페인에 관한 카잔차키스의 글을 읽을 수 없다는 이런 사실은 역설적이기 그지없다. 그러면서 왜 이런 현상이 벌어졌을까 생각해 본다. 첫째는 지금은 모두가 증오하고 있는 독재자 프랑코 편에서 쓴 스페인 내전의 정치적 성격 때문일 것 같고, 둘째는 아직도 가톨릭 신도가 대부분인 스페인에서 그의 작품 『최후의 유혹』이 부정적으로 수용되고 있기 때문일 수도 있을 것 같다.

이 책은 1983년에 Creative Arts Book Company에서 출간된 *Spain*을 옮긴 것이다. 그러나 불행히도 이 영어 번역본에는 인명 및 지명이 틀린 경우가 종종 발견된다. 아마도 그리스어 전공자가 스페인에 관한 것을 모르고 번역해서 생긴 문화적 오류일 것이다. 본 번역본에서는 가능한 한 이런 오류를 수정하려고 노력했음을 밝혀 둔다. 그리고 이 책을 옮기는 데 많은 도움을 준 울산대학교 대학원생 김언정에게도 감사의 마음을 전한다.

니코스 카잔차키스 연보

1883년 2월 18일(구력)* 크레타 이라클리온에서 태어남. 당시 크레타는 오스만 제국의 영토였음. 아버지 미할리스는 바르바리(현재 카잔차키스 박물관이 있음) 출신으로, 곡물과 포도주 중개상을 함. 뒷날 미할리스는 소설 『미할리스 대장 *O Kapetán Mihális*』의 여러 모델 가운데 하나가 됨.

1889년(6세) 크레타에서 터키의 지배에 대항하는 반란이 일어났으나 실패함. 카잔차키스 일가는 그리스 본토로 피하여 6개월간 머무름.

1897~1898년(14~15세) 크레타에서 두 번째 반란이 일어남. 자치권을 얻는 데 성공함. 니코스는 안전을 위해 낙소스 섬으로 감. 프랑스 수도사들이 운영하는 학교에 등록. 여기서 프랑스어에 대한 그의 사랑이 시작됨.

1902년(19세) 이라클리온에서 중등 교육을 마치고 법학을 공부하기 위해 아테네 대학교에 진학함.

1906년(23세) 대학을 졸업하기도 전에 에세이 「병든 시대 I arrósteia tu aiónos」와 소설 「뱀과 백합 Ofis ke kríno」 출간함. 희곡 「동이 트면 Ximerónei」을 집필함.

1907년(24세) 「동이 트면」이 희곡 상을 수상하며 아테네에서 공연됨. 커다

---

*그리스는 구력인 율리우스력을 사용하다가, 1923년 대다수의 국가가 현재 사용하고 있는 그레고리우스력을 받아들이면서 그해 2월 16일을 3월 1일로 조정하였다. 구력의 날짜를 그레고리우스력으로 환산하려면 19세기일 때는 12일을, 20세기일 때는 13일을 더하면 된다.

란 논란을 일으킴. 약관의 카잔차키스는 단번에 유명 인사가 됨. 언론계에 발을 들여놓음. 프리메이슨에 입회함. 10월 파리로 유학함. 이곳에서 작품 집필과 저널리즘 활동을 병행함.

1908년(25세) 앙리 베르그송의 강의를 듣고, 니체를 읽음. 소설 『부서진 영혼*Spasménes psihés*』을 완성함.

1909년(26세) 니체에 관한 학위 논문을 완성하고 희곡「도편수O protomástoras」를 집필함. 이탈리아를 경유하여 크레타로 돌아감. 학위 논문과 단막극「희극: 단막 비극Komodía」과 에세이「과학은 파산하였는가I epistími ehreokópise?」를 출간함. 순수어*katharévusa*를 폐기하고 학교에서 민중어*demotiki*를 채용할 것을 주장하는 솔로모스 협회의 이라클리온 지부장이 됨. 언어 개혁을 촉구하는 선언문을 집필함. 이 글이 아테네의 한 정기 간행물에 실림.

1910년(27세) 민중어의 옹호자 이온 드라구미스를 찬양하는 에세이「우리 젊음을 위하여Ya tus néus mas」를 발표함. 고전 그리스 문화에 대한 추종을 극복해야만 한다고 역설하는 드라구미스가 그리스를 새로운 영광의 시기로 인도할 예언자라고 주장함. 이라클리온 출신의 작가이며 지식인인 갈라테아 알렉시우와 결혼식을 올리지 않은 채 아테네에서 동거에 들어감. 프랑스어, 독일어, 영어와 고전 그리스어를 번역하는 것으로 생계를 유지함. 민중어 사용 주창 단체들 중 가장 중요한 〈교육 협회〉의 창립 회원이 됨.

1911년(28세) 10월 11일 갈라테아 알렉시우와 결혼함.

1912년(29세) 교육 협회 회원을 대상으로 한 긴 강연에서 베르그송의 철학을 그리스 지식인들에게 소개함. 이 강연 내용이 협회보에 실림. 제1차 발칸 전쟁이 발발하자 육군에 자원하여 베니젤로스 총리 직속 사무실에 배속됨.

1914년(31세) 시인 앙겔로스 시켈리아노스와 함께 아토스 산을 여행함. 여러 수도원을 돌며 40일간 머무름. 이때 단테, 복음서, 불경을 읽음. 시켈리아노스와 함께 새로운 종교를 창시할 것을 몽상함. 생계를 위해 갈라테아와 함께 어린이 책을 집필함.

1915년(32세) 시켈리아노스와 함께 다시 그리스를 여행함. 〈나의 위대한 스승 세 명은 호메로스, 단테, 베르그송〉이라고 일기에 적음. 수도원에 은거하며 책을 한 권 썼으나 현재 전해지지 않음. 아마도 아토스 산에 대한 책인 듯함.「오디세우스Odisséas」,「그리스도Hristós」,「니키포로스 포카스Nikifóros Fokás」의 초고를 씀. 10월 아토스 산의 벌목 계약을 위해 테살로니키로 여행함. 이곳에서 카잔차키스는 제1차 세계 대전 중 영국군과 프랑스군이 살로니카 전선에서 싸우기 위해 상륙하는 것을 목격함. 같은 달, 톨스토이를 읽고 문학보다 종교가 중요하다고 결심하며, 톨스토이가 멈춘 곳에서 시작하리라고 맹세함.

1917년(34세) 전쟁으로 석탄 연료가 부족해지자 기오르고스 조르바라는 일꾼을 고용하여 펠로폰네소스에서 갈탄을 캐려고 시도함. 이 경험은 1915년의 벌목 계획과 결합하여 뒷날 소설 『그리스인 조르바 *Víos ke politía tu Aléxi Zorbá*』로 발전됨. 9월 스위스 여행. 취리히의 그리스 영사 이안니스 스타브리다키스의 거처에 손님으로 머무름.

1918년(35세) 스위스에서 니체의 발자취를 순례함. 그리스의 지식인 여성 엘리 람브리디를 사랑하게 됨.

1919년(36세) 베니젤로스 총리가 카잔차키스를 공공복지부 장관에 임명하고, 카프카스에서 볼셰비키에 의해 처형될 위기에 처한 15만 명의 그리스인들을 송환하라는 임무를 맡김. 7월 카잔차키스는 자신의 팀을 이끌고 출발. 여기에는 스타브리다키스와 조르바도 끼여 있었음. 8월 베니젤로스에게 보고하기 위해 베르사유로 감. 여기서 평화 조약 협상에 참여함. 피난민 정착을 감독하기 위해 마케도니아와 트라케로 감. 이때 겪은 일들은 뒷날 『수난*O Hristós xanastavrónetai*』에 사용됨.

1920년(37세) 8월 13일 드라구미스가 암살됨. 카잔차키스는 큰 충격에 휩싸임. 11월 베니젤로스가 이끄는 자유당이 선거에서 패배함. 카잔차키스는 공공복지부 장관을 사임하고 파리로 떠남.

1921년(38세) 1월 독일 드레스덴, 라이프치히, 예나, 바이마르, 뉘른베르크, 뮌헨을 여행함. 2월 그리스로 돌아옴.

1922년(39세) 아테네의 한 출판인과 일련의 교과서 집필을 계약하며 선불금을 받음. 이로써 해외여행이 가능해짐. 5월 19일부터 8월 말까지 빈에 체재함. 여기서 이단적 정신분석가 빌헬름 슈테켈이 〈성자의 병〉이라고 부른 안면 습진에 걸림. 전후 빈의 퇴폐적 분위기 속에서 카잔차키스는 불경을 연구하고 붓다의 생애를 다룬 희곡을 집필하기 시작함. 또한 프로이트를 연구하고 「신을 구하는 자*Askitikí*」를 구상함. 9월 베를린에서 그리스가 터키에 참패했다는 소식을 들음. 이전의 민족주의를 버리고 공산주의 혁명가들에 동조함. 카잔차키스는 특히 라헬 리프슈타인이 이끄는 급진적 젊은 여성들의 소모임으로부터 영향을 받음. 미완의 희곡 『붓다

Vúdas』를 찢어 버리고 새로운 형태로 쓰기 시작함.「신을 구하는 자」에 착수하면서 공산주의적인 행동주의와 불교적인 체념을 조화시키려 시도함. 소비에트 연방으로 이주할 것을 꿈꾸며 러시아어 수업을 들음.

1923년(40세) 빈과 베를린에서 보낸 시기에는 아테네에 남아 있던 갈라테아에게 보낸 편지를 통해 많은 자료를 남겼음. 4월「신을 구하는 자」를 완성함. 다시『붓다』집필을 계속함. 6월 니체가 자란 나움부르크로 순례를 떠남.

1924년(41세) 이탈리아에서 3개월을 보냄. 이때 방문한 폼페이는 그가 떨쳐 버릴 수 없는 상징의 하나가 됨. 아시시에 도착함. 여기서『붓다』를 완성하고, 성자 프란체스코에 대한 평생의 흠앙을 시작함. 아테네로 가서 엘레니 사미우를 만남. 이라클리온으로 돌아와, 망명자들과 소아시아 전투 참전자들로 이루어진 공산주의 세포의 정신적 지도자가 됨. 서사시『오디세이아 *Odíssia*』를 구상하기 시작함. 아마 이때「향연 Simposion」도 썼을 것으로 추정됨.

1925년(42세) 정치 활동으로 체포되었으나 24시간 뒤에 풀려남.『오디세이아』1~6편을 씀. 엘레니 사미우와의 관계가 깊어짐. 10월 아테네 일간지의 특파원 자격으로 소련으로 떠남. 그곳에서의 감상을 연재함.

1926년(43세) 갈라테아와 이혼. 갈라테아는 뒷날 재혼한 뒤에도 갈라테아 카잔차키라는 이름으로 활동함. 카잔차키스는 다시금 신문사 특파원 자격으로 팔레스타인과 키프로스로 여행함. 8월 스페인으로 여행함. 독재자 프리모 데 리베라와 인터뷰함. 10월 이탈리아 로마에서 무솔리니와 인터뷰함. 11월 훗날 카잔차키스의 제자로서 문학 에이전트이자 친구이며 전기 작가가 되는 판델리스 프레벨라키스를 만남.

1927년(44세) 특파원 자격으로 이집트와 시나이를 방문함. 5월『오디세이아』의 완성을 위해 아이기나에 홀로 머무름. 작업이 끝나자마자 생계를 위해 백과사전에 실릴 기사들을 서둘러 집필하고『여행기 *Taxidévondas*』첫 번째 권에 실릴 글을 모음. 디미트리오스 글리노스의 잡지『아나예니시』에「신을 구하는 자」가 발표됨. 10월 말 혁명 10주년을 맞이한 소련 정부의 초청으로 다시 러시아를 방문함. 앙리 바르뷔스와 조우함. 평화 심포지엄에서 호전적인 연설을 함. 11월 당시 프랑스에서 큰 인기를 얻고 있던 그리스계 루마니아 작가 파나이트 이스트라티를 만남. 이스트라티를 비롯한 몇몇 사람들과 함께 카프카스를 여행함. 친구가 된 이스트라티와 카잔차키스는 소련에서 정치적, 지적 활동을 함께하기로 맹세함. 12월 이스트라티를 아테네로 데리고 옴. 신문 논설을 통해 그를 그리스 대중에게 소개함.

1928년(45세) 1월 11일 카잔차키스와 이스트라티는 알람브라 극장에 모인 군중 앞에서 소련을 찬양하는 연설을 함. 이는 곧바로 가두시위로 이어짐. 당국은 연설회를 조직한 디미트리오스 글리노스와 카잔차키스를 사법 처리하고 이스트라티를 추방하겠다고 위협함. 4월 이스트라티와 카잔차키스는 러시아로 돌아옴. 키예프에서 카잔차키스는 러시아 혁명에 관한 영화 시나리오를 집필함. 6월 모스크바에서 이스트라티와 동행하여 고리키를 만남. 카잔차키스는 「신을 구하는 자」의 마지막 부분을 수정하고 〈침묵〉장을 추가함. 「프라우다」에 그리스의 사회 상황에 대한 논설들을 기고함. 레닌의 생애를 다룬 또 다른 시나리오에 착수함. 이스트라티와 무르만스크로 여행함. 레닌그라드를 경유하면서 빅토르 세르주와 만남. 7월 바르뷔스의 잡지 『몽드』에 이스트라티가 쓴 카잔차키스 소개 기사가 실림. 이로써 유럽 독서계에 카잔차키스가 처음으로 알려짐. 8월 말 카잔차키스와 이스트라티는 엘레니 사미우와 이스트라티의 동반자 빌릴리 보드보비와 함께 남부 러시아로 긴 여행을 떠남. 여행의 목적은 〈붉은 별을 따라서〉라는 일련의 기사를 공동 집필하기 위해서였음. 두 친구의 사이가 점차 멀어짐. 12월 빅토르 세르주와 그의 장인 루사코프가 트로츠키주의자로 몰려 처벌된 〈루사코프 사건〉이 일어나 그들의 견해차는 마침내 극에 달함. 이스트라티가 소련 당국에 대한 분노와 완전한 환멸을 느낀 반면, 카잔차키스는 사건 하나로 체제의 정당성을 판단하기는 어렵다는 입장이었음. 아테네에서 카잔차키스의 러시아 여행기가 두 권으로 출간됨.

1929년(46세) 카잔차키스는 홀로 러시아의 구석구석을 여행함. 4월 베를린으로 가서 소련에 관한 강연을 함. 논설집을 출간하려 함. 5월 체코슬로바키아의 한적한 농촌으로 들어가 첫 번째 프랑스어 소설을 씀. 원래 〈모스크바는 외쳤다 *Moscou a crié*〉라는 제목이었으나 〈토다 라바 *Toda-Raba*〉로 바뀜. 이 소설은 작가의 변화한 러시아관을 별로 숨기지 않고 드러내고 있음. 역시 프랑스어로 〈엘리아스 대장 *Kapetán Élias*〉이라는 소설을 완성함. 이는 『미할리스 대장』의 선구가 되는 여러 작품 중 하나임. 프랑스어로 쓴 소설들은 서유럽에 자신의 존재를 드러내려는 최초의 시도였음. 동시에 소련에 대한 자신의 달라진 관점을 반영하기 위해 『오디세이아』의 근본적인 수정에 착수함.

1930년(47세) 돈을 벌기 위해 두 권짜리 『러시아 문학사 *Istoria tis rosikis logotehnias*』를 아테네에서 출간함. 그리스 당국은 「신을 구하는 자」에 나타난 무신론을 이유로 그를 재판에 회부하겠다고 위협함. 계속 외국에 머무름. 처음에는 파리에서 지내다가 니스로 옮긴 뒤, 아테네 출판사들의 의뢰로 프랑스 어린이 책을 번역함.

1931년(48세) 그리스로 돌아와 아이기나에 머무름. 순수어와 민중어를 포괄하는 프랑스-그리스어 사전 편찬 작업에 착수함. 6월 파리에서 식민지 미술 전시회를 관람함. 여기서 『오디세이아』에 나오는 아프리카 장면의 아이디어를 얻음. 『오디세이아』의 제3고를 체코슬로바키아에서 은거하며 완성함.

1932년(49세) 재정적 어려움을 타개하기 위해 프레벨라키스와 공동 작업을 구상함. 여러 편의 영화 시나리오와 번역을 구상했으나 대체로 실패함. 카잔차키스는 단테의 『신곡』전편을, 3운구법을 살려 45일 만에 번역함. 스페인으로 이주하여 그곳에서 작가로 살기로 하고 그 출발로서 선집에 수록될 스페인 시의 번역에 착수함.

1933년(50세) 스페인 인상기를 씀. 엘 그레코에 관한 3운구 시를 지음. 훗날 『영혼의 자서전 Anaforá ston Gréko』의 전신이 됨. 스페인에서 생계를 해결하지 못하고 아이기나로 돌아옴. 『오디세이아』 제4고에 착수함. 단테 번역을 수정하면서 몇 편의 3운구 시를 지음.

1934년(51세) 돈을 벌기 위해 2, 3학년을 위한 세 권의 교과서를 집필함. 이 중 한 권이 교육부에서 채택되어 재정 상태가 잠시 나아짐. 『신곡』이 아테네에서 출간됨. 『토다 라바』가 프랑스 파리의 『르 카이에 블루』지에서 재간행됨.

1935년(52세) 『오디세이아』 제5고를 완성한 뒤 여행기 집필을 위해 일본과 중국을 방문함. 돌아오는 길에 아이기나에서 약간의 땅을 매입함.

1936년(53세) 그리스 바깥에서 문명(文名)을 확립하려는 시도로서, 프랑스어로 소설 『돌의 정원 Le Jardin des rochers』을 집필함. 이 소설은 그가 동아시아에서 겪은 일들을 바탕으로 함. 또한 미할리스 대장 이야기의 새로운 원고를 완성함. 이를 〈나의 아버지 Mon père〉라고 부름. 돈을 벌기 위해 왕립 극장에서 공연 예정인 피란델로의 「오늘 밤은 즉흥극 Questa sera si recita a soggetto」을 번역함. 직후 피란델로풍의 희곡 「돌아온 오셀로 O Othéllos xanayirízei」를 썼는데 생전에는 이 작품의 존재가 알려지지 않았음. 괴테의 『파우스트』 제1부를 번역함. 10~11월 내전 중인 스페인에 특파원으로 감. 프랑코와 우나무노를 회견함. 아이기나에 집이 완성됨. 그가 장기 거주한 첫 번째 집임.

1937년(54세) 아이기나에서 『오디세이아』 제6고를 완성함. 『스페인 기행 Taxidévondas: Ispanía』이 출간됨. 9월 펠로폰네소스를 여행함. 여기서 얻은 감상을 신문 연재 기사 형식으로 발표함. 이 글들은 뒷날 『모레아 기행Taxidévondas: O Morias』으로 묶어 펴냄. 왕립 극장의 의뢰로 비극 「멜리사Mélissa」를 씀.

1938년(55세) 『오디세이아』 제7고와 최종고를 완성한 뒤 인쇄 과정을 점검함. 호화판으로 제작된 이 서사시의 발행일은 12월 말일임. 1922년 빈에서 걸렸던 것과 같은 안면 습진에 걸림.

1939년(56세) 〈아크리타스Akritas〉라는 제목으로 3만 3,333행의 새로운 서사시를 쓸 계획을 세움. 7~11월 영국 문화원의 초청으로 영국을 방문함. 스트랫퍼드어폰에이번에 기거하며 비극 「배교자 율리아누스Iulianós o paravátis」를 집필함.

1940년(57세) 『영국 기행Taxidévondas: Anglia』을 쓰고 「아크리타스」의 구상과 「나의 아버지」의 수정 작업을 계속함. 청소년들을 위한 일련의 전기 소설을 씀(『알렉산드로스 대왕Megas Alexandros』, 『크노소스 궁전 Sta palatia tis Knosu』). 10월 하순 무솔리니가 그리스를 침공함. 카잔차키스는 그리스 민족주의에 대한 새로운 애증에 빠짐.

1941년(58세) 독일이 그리스를 점령함. 카잔차키스는 집필에 몰두하여 슬픔을 달램. 『붓다』의 초고를 완성함. 단테의 번역을 수정함. 〈조르바의 성스러운 삶〉이라는 제목의 새로운 소설을 시작함.

1942년(59세) 전쟁 기간 동안 아이기나를 벗어나지 못함. 다시 정치에 뛰어들기 위해 가능한 한 빨리 작품 집필을 포기하기로 결심함. 독일군 당국은 카잔차키스에게 며칠간의 아테네 체재를 허락함. 여기서 이안니스 카크리디스 교수를 만나 호메로스의 『일리아스』를 공동 번역하기로 합의함. 카잔차키스는 8월과 10월 사이에 초고를 끝냄. 〈그리스도의 회상〉이라는 제목으로 예수에 대한 소설을 쓸 계획을 세움. 이것은 뒷날 『최후의 유혹 O teleftaíos pirasmós』의 전신이 됨.

1943년(60세) 독일 점령 기간의 곤궁함에도 불구하고 정력적으로 작업을 계속함. 『그리스인 조르바』와 『붓다』의 두 번째 원고 및 『일리아스』의 번역을 완성함. 아이스킬로스의 〈프로메테우스〉 3부작을 모티프로 한 희곡 신판을 씀.

1944년(61세) 봄과 여름에 희곡 「카포디스트리아스O Kapodístrias」와 「콘스탄티누스 팔라이올로구스Konstandínos o Palaiológos」를 집필함.

〈프로메테우스〉 3부작과 함께 이들 희곡은 각각 고대, 비잔틴 시대, 현대 그리스를 다룸. 독일군이 철수함. 카잔차키스는 곧바로 아테네로 가서 테아 아네모이안니의 환대를 받고 그 집에서 머무름. 〈12월 사태〉로 알려진 내전을 목격함.

1945년(62세) 다시 정치에 뛰어들겠다는 결심에 따라, 흩어진 비공산주의 좌파의 통합을 목표로 하는 소수 세력인 사회당의 지도자가 됨. 단 두 표 차로 아테네 학술원의 입회가 거부됨. 정부는 독일군의 잔학 행위 입증 조사를 위해 그를 크레타로 파견함. 11월 오랜 동반자 엘레니 사미우와 결혼. 소풀리스의 연립 정부에서 정무 장관으로 입각함.

1946년(63세) 사회 민주주의 정당들의 통합이 실현되자 카잔차키스는 장관직에서 물러남. 3월 25일 그리스 독립 기념일에 왕립 극장에서 그의 희곡 「카포디스트리아스」가 공연됨. 공연은 커다란 파문을 일으켰고, 우익 민족주의자들은 극장을 불태우겠다고 위협함. 그리스 작가 협회는 카잔차키스를 시켈리아노스와 함께 노벨 문학상 후보로 추천함. 6월 40일간의 예정으로 해외여행을 떠남. 실제로는 남은 생을 해외에서 체류하게 되었음. 영국에서 지식인들에게 〈정신의 인터내셔널〉을 조직할 것을 호소하였으나 별 관심을 끌지 못함. 영국 문화원이 케임브리지에 방 하나를 제공하여, 이곳에서 여름을 보내며 〈오름길〉이라는 제목의 소설을 씀. 이 역시 『미할리스 대장』의 선구적 작품이 됨. 9월 프랑스 정부의 초청으로 파리에 감. 그리스의 정치 상황 때문에 해외 체재가 불가피해짐. 『그리스인 조르바』가 프랑스어로 번역되도록 준비함.

1947년(64세) 스웨덴의 지식인이자 정부 관리인 뵈리에 크뇌스가 『그리스인 조르바』를 번역함. 몇 차례의 줄다리기 끝에 카잔차키스는 유네스코에서 일하게 됨. 그의 일은 세계 고전의 번역을 촉진하여 서로 다른 문화, 특히 동양과 서양의 문화 사이에 다리를 놓는 것이었음. 스스로 자신의 희곡 「배교자 율리아누스」를 번역함. 『그리스인 조르바』가 파리에서 출간됨.

1948년(65세) 자신의 희곡들을 계속 번역함. 3월 창작에 전념하기 위해 유네스코에서 사임함. 「배교자 율리아누스」가 파리에서 공연됨(1회 공연으로 끝남). 카잔차키스와 엘레니는 앙티브로 이주함. 그곳에서 희곡 「소돔과 고모라 Sódoma ke Gómora」를 씀. 영국, 미국, 스웨덴, 체코슬로바키아의 출판사에서 『그리스인 조르바』 출간을 결정함. 카잔차키스는 『수난』의 초고를 3개월 만에 완성하고 2개월간 수정함.

1949년(66세) 격렬한 그리스 내전을 소재로 한 새로운 소설 『전쟁과 신부

I aderfofádes』에 착수함. 희곡 「쿠로스Kúros」와 「크리스토퍼 콜럼버스 Hristóforos Kolómvos」를 씀. 안면 습진이 다시 찾아옴. 치료차 프랑스 비시의 온천에 감. 12월 『미할리스 대장』 집필에 착수함.

1950년(67세) 7월 말까지 『미할리스 대장』에만 몰두함. 11월 『최후의 유혹』에 착수함. 『그리스인 조르바』와 『수난』이 스웨덴에서 출간됨.

1951년(68세) 『최후의 유혹』 초고를 완성함. 「콘스탄티누스 팔라이올로구스」의 개정을 마치고 이 초고를 수정하기 시작함. 『수난』이 노르웨이와 독일에서 출간됨.

1952년(69세) 성공이 곤란을 야기함. 각국의 번역자들과 출판인들이 카잔차키스의 시간을 점점 더 많이 빼앗게 됨. 안면 습진 또한 그를 더 심하게 괴롭힘. 엘레니와 함께 이탈리아에서 여름을 보냄. 아시시의 성자 프란체스코에 대한 사랑이 더욱 깊어짐. 눈에 심한 감염이 일어나 네덜란드의 병원으로 감. 요양하면서 성자 프란체스코의 생애를 연구함. 영국, 노르웨이, 스웨덴, 네덜란드, 핀란드, 독일에서 그의 소설들이 계속적으로 출간됨. 그러나 그리스에서는 출간되지 않음.

1953년(70세) 눈의 세균 감염이 낫지 않아 파리의 병원에 입원함(결국 오른쪽 눈의 시력을 잃음). 검사 결과 수년 동안 그를 괴롭힌 안면 습진은 림프샘 이상이 원인인 것으로 나타남. 앙티브로 돌아가 수개월간 카크리디스 교수와 함께 『일리아스』의 공역을 마무리함. 소설 『성자 프란체스코 *O ftohúlis tu Theú*』를 씀. 『미할리스 대장』이 출간됨. 『미할리스 대장』 일부와 『최후의 유혹』 전체에서 신성을 모독했다는 이유로 그리스 정교회가 카잔차키스를 맹렬히 비난함. 당시 『최후의 유혹』은 그리스에서 출간되지도 않았음. 『그리스인 조르바』가 뉴욕에서 출간됨.

1954년(71세) 교황이 『최후의 유혹』을 가톨릭교회의 금서 목록에 올림. 카잔차키스는 교부 테르툴리아누스의 말을 인용하여 바티칸에 이런 전문을 보냄. 〈주여 당신에게 호소합니다.〉 같은 전문을 아테네의 정교회 본부에도 보내면서 이렇게 덧붙임. 〈성스러운 사제들이여, 여러분은 나를 저주하나 나는 여러분을 축복합니다. 여러분께서도 나만큼 양심이 깨끗하시기를, 그리고 나만큼 도덕적이고 종교적이시기를 기원합니다.〉 여름 『오디세이아』를 영어로 번역하는 키먼 프라이어와 매일 공동 작업함. 12월 「소돔과 고모라」의 초연에 참석하기 위해 독일 만하임으로 감. 공연 후 치료를 위해 병원에 입원함. 가벼운 림프성 백혈병으로 진단됨. 젊은 출판인 이안니스 구델리스가 아테네에서 카잔차키스 전집 출간에 착수함.

1955년(72세) 엘레니와 함께 스위스 루가노의 별장에서 한 달을 보냄. 여기서 그의 정신적 자서전인 『영혼의 자서전』을 쓰기 시작함. 8월 카잔차키스와 엘레니는 군스바흐의 알베르트 슈바이처 박사를 방문함. 앙티브로 돌아온 뒤, 『수난』의 영화 시나리오를 구상 중이던 줄스 다신의 조언 요청에 응함. 카잔차키스와 카크리디스가 공역한 『일리아스』가 그리스에서 출간됨. 어떤 출판인도 나서지 않았기 때문에 비용은 모두 번역자들이 부담함. 『오디세이아』의 수정 재판이 아테네에서 엠마누엘 카스다글리스의 감수로 준비됨. 카스다글리스는 또한 카잔차키스의 희곡 전집 제1권을 편집함. 〈왕실 인사〉가 개입한 끝에 『최후의 유혹』이 마침내 그리스에서 출간됨.

1956년(73세) 6월 빈에서 평화상을 받음. 키먼 프라이어와 공동 작업을 계속함. 최종심에서 후안 라몬 히메네스에게 노벨 문학상을 빼앗김. 줄스 다신이 『수난』을 바탕으로 한 영화를 완성. 제목을 〈죽어야 하는 자 *Celui qui doit mourir*〉로 붙임. 전집 출간이 진행됨. 두 권의 희곡집과 여러 권의 여행기, 프랑스어에서 그리스어로 옮긴 『토다 라바』와 『성자 프란체스코』가 추가됨.

1957년(74세) 키먼 프라이어와 작업을 계속함. 피에르 시프리오와의 긴 대담이 6회로 나뉘어 파리에서 라디오로 방송됨. 칸 영화제에 참석하여 「죽어야 하는 자」를 관람함. 파리의 플롱 출판사가 그의 전집을 프랑스어로 펴내는 데 동의함. 중국 정부의 초청으로 카잔차키스 부부는 중국을 방문함. 돌아오는 비행 편이 일본을 경유하므로, 광저우에서 예방 접종을 함. 그런데 북극 상공에서 접종 부위가 부풀어 오르고 팔이 회저 증상을 보이기 시작함. 백혈병을 진단받았던 독일의 병원에 다시 입원함. 고비를 넘김. 알베르트 슈바이처가 문병 와서 쾌유를 축하함. 그러나 아시아 독감이 쇠약한 그의 몸을 순식간에 습격함. 10월 26일 사망. 시신이 아테네로 운구됨. 그리스 정교회는 카잔차키스의 시신을 공중(公衆)에 안치하기를 거부함. 시신은 크레타로 운구되어 안치됨. 엄청난 인파가 몰려 그의 죽음을 애도함. 훗날, 묘비에는 카잔차키스가 생전에 준비해 두었던 비명이 새겨짐. *Den elpízo típota. Den fovúmai típota. Eímai eléftheros*(나는 아무것도 바라지 않는다. 나는 아무것도 두려워하지 않는다. 나는 자유다).

옮긴이 **송병선** 1962년 서울에서 태어났다. 한국외국어대학교 스페인어과를 졸업하고 카로 이 쿠에르보 연구소에서 석사 학위를, 콜롬비아의 하베리아나 대학교에서 박사 학위를 받았다. 하베리아나 대학교와 콜롬비아 국립 대학교에서 전임 교수를 역임했으며, 2008년 현재 울산대학교 스페인·중남미학과 교수로 재직 중이다. 지은 책으로 『보르헤스의 미로에 빠지기』, 『영화 속의 문학 읽기』 등이 있고, 『외국문학』, 『문학정신』 등에 라틴아메리카 현대문학에 대한 많은 글을 발표했다. 옮긴 책으로 가브리엘 가르시아 마르케스의 『콜레라 시대의 사랑』, 마누엘 푸익의 『거미여인의 키스』, 호르헤 루이스 보르헤스의 『칠일 밤』, 『모래의 책』, 아돌포 비오이 카사레스의 『모렐의 발명』, 마틸데 아센시의 『최후의 카토』 등이 있다.

스페인 기행

발행일	2008년 3월 30일 초판 1쇄
	2024년 11월 1일 초판 14쇄
지은이	니코스 카잔차키스
옮긴이	송병선
발행인	홍예빈
발행처	주식회사 열린책들

경기도 파주시 문발로 253 파주출판도시
전화 031-955-4000 팩스 031-955-4004
홈페이지 www.openbooks.co.kr 이메일 literature@openbooks.co.kr

Copyright (C) 주식회사 열린책들, 2008, *Printed in Korea.*
ISBN 978-89-329-0794-9 04890
ISBN 978-89-329-0792-5 (세트)

이 도서의 국립중앙도서관 출판예정도서목록(CIP)은 서지정보유통지원시스템 홈페이지(http://seoji.nl.go.kr)와 국가자료공동목록시스템(http://www.nl.go.kr/kolisnet)에서 이용하실 수 있습니다.(CIP제어번호 : CIP2008000651)